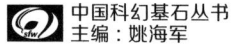
中国科幻基石丛书
主编：姚海军

科幻世界精选集

精选集

2019 Science Fiction World

主 编————姚海军

四川科学技术出版社

图书在版编目（CIP）数据

科幻世界精选集 2019 / 姚海军 主编 . -- 成都 : 四川科学技术出版社 , 2020.11
（中国科幻基石丛书 / 姚海军 主编）

ISBN 978-7-5364-9972-0

Ⅰ . ①科… Ⅱ . ①姚… Ⅲ . ①幻想小说—小说集—中国—当代 Ⅳ . ① I247.7

中国版本图书馆 CIP 数据核字（2020）第 218775 号

中国科幻基石丛书

科幻世界精选集 2019

出 品 人	程佳月
丛书主编	姚海军
责任编辑	宋 齐　姚海军
特邀编辑	陈 曜　贾雨桐
封面绘画	张 舰
封面设计	杨 岚
版面设计	杨 岚
责任出版	欧晓春
出版发行	四川科学技术出版社
	四川省成都市槐树街 2 号 出版大厦　邮政编码：610031
成品尺寸	147mm × 208mm
印　　张	13.5
字　　数	289 千
插　　页	2
印　　刷	成都博瑞印务有限公司
版　　次	2020 年 11 月成都第一版
印　　次	2020 年 11 月成都第一次印刷
定　　价	52.00 元

ISBN 978-7-5364-9972-0

写在"基石"之前

■ 姚海军

"基石"是个平实的词，不够"炫"，却能够准确传达我们对构建中的中国科幻繁华巨厦的情感与信心，因此，我们用它来作为这套原创丛书的名字。

最近十年，是科幻创作飞速发展的十年。王晋康、刘慈欣、何夕、韩松等一大批科幻作家发表了大量深受读者喜爱、极具开拓与探索价值的科幻佳作。科幻文学的龙头期刊更是从一本传统的《科幻世界》，发展壮大成为涵盖各个读者层的系列刊物。与此同时，科幻文学的市场环境也有了改善，省会级城市的大型书店里终于有了属于科幻的领地。

仍然有人经常问及中国科幻与美国科幻的差距，但现在的答案已与十年前不同。在很多作品上（它们不再是那种毫无文学技巧与色彩、想象力拘谨的幼稚故事），这种比较已经变成了人家的牛排之于我们的土豆牛肉。差距是明显的——更准确地说，应该是"差别"——却已经无法再为它们排个名次。口味问题有了实际意义，这正是我们的科幻走向成熟的标志。

与美国科幻的差距，实际上是市场化程度的差距。美国科幻从期刊到图书到影视再到游戏和玩具，已经形成了一条完整的产业链，动力十足；而我们的图书出版却仍然处于这样一种局面：读者的阅读需求不能满足的同时，出版者却感叹于科幻书那区区几千册的销量。结果，我们基本上只有为热爱而创作的科幻作家，鲜有为版税而创作的科幻作家。这不是有责任心的出版人所乐于看到的现状。

科幻世界作为我国最有影响力的专业科幻出版机构，一直致力于对中国科幻的全方位推动。科幻图书出版是其中的重点之一。中国科幻需要长远眼光，需要一种务实精神，需要引入更市场化的手段，因而我们着眼于远景，而着手之处则在于一块块"基石"。

需要特别说明的是，对于基石，我们并没有什么限定。因为，要建一座大厦需要各种各样的石料。

对于那样一座大厦，我们满怀期待。

目 录

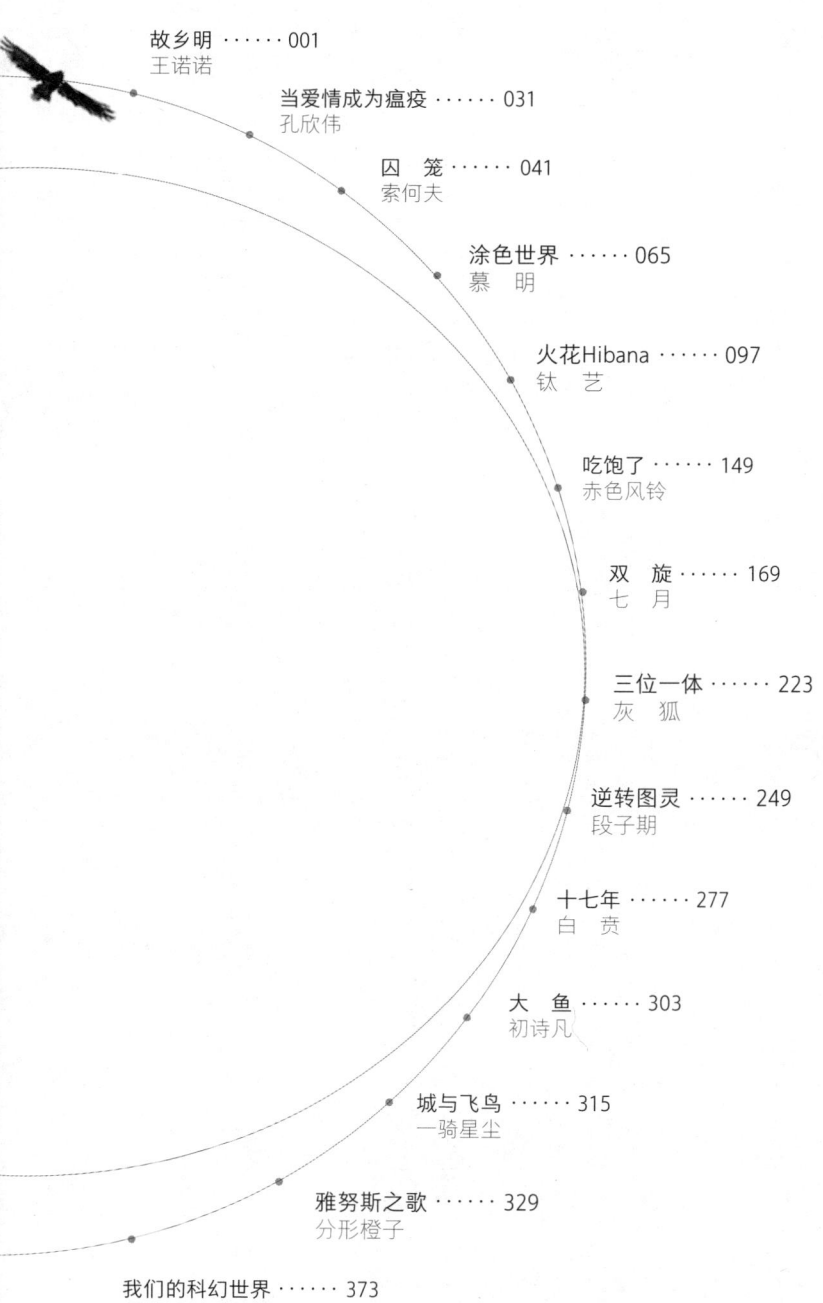

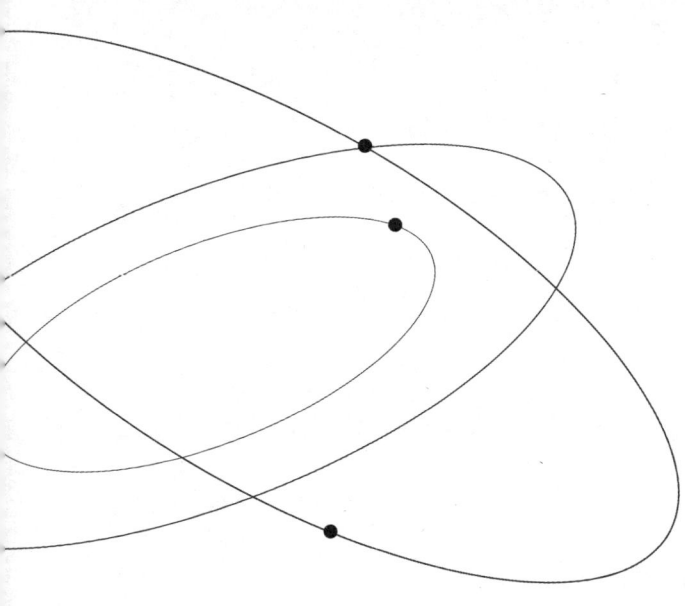

王诺诺

故乡明

1

"见过紫外线消毒灯吗?"柳林问我。

"嗯,见过,我家碗柜里就有一个。"我回答道。

"对,就是那种灯。在餐具上照一小会儿,细菌的DNA被破坏了,然后成片死亡。当伽马射线暴来的时候,我们就会跟你家盘子上的脏东西一样,脏器停工,皮肤大面积脱落,甚至整个儿被烤焦!这样解释,你懂了吗?"

柳林转过身,将眼镜取下,缓缓地说道:"我宁可你没把石牌带回来——那样的话,我们现在至少不会恐慌。细菌被消毒灯杀死前就不会恐慌。"

说句良心话,这锅真不该让我来背,因为我不过是一个月球矿产勘探队的成员。去年,我带队前往月球雨海勘察,在雨海的质量瘤(一块引力大于周边的月表区域)中央发现了那块石牌。

这石牌一米见方,通体暗红,像一块烧红的烙铁,也像一个凸起的肚脐,表面布满规律圆点,预示着与高等文明的关联。我还记得,那时头顶的地球散发着淡淡的辉光,映照得这块不大的石牌晶莹透亮。它一动不动,似乎在这儿等候已久。

我心中狂喜——自己成了第一个找到地外智慧生命的人！以后我的名字能写在初中课本上吧？

在那之后，从危海到东方海，类似的石牌在质量瘤中央被一一发现。我们至今没弄清它们是如何被运送到月球的，倒是上面的信息先被破解了。

那是一条语意模糊的警告：

"我们是地球上的先代文明，早已消亡。我们无能为力，只能为未来的地球文明留下预警：

"1000光年外存在一个恒星密度极高的球状星团，这是一个行将就木的古老星团，那里的恒星大多已经死亡。

"而在球状星团的外侧，有一个大型黑洞围绕其公转，公转周期是1500万年。黑洞具有极高的轨道离心率，和星团之间的距离变化很大。在靠近星团时，强大的引力会导致星团中的中子星、黑洞合并，特别是距离本来就不远的中子双星。这时大量伽马射线暴就会被引发，像节日烟花一样射向宇宙。

"由于星团内复杂的引力扰动，其中一束射线会直指地球，我们的文明因此毁灭。

"下一个黑洞公转周期里，你们也会遇到同样的灾难。我们无力改变一切，希望你们可以幸免。"

根据石牌上的数字和公式，我们找到了那个球状星团。

如果用光学望远镜观察，那儿就是一片模糊的暗红色，和大多数年老星团一样，它是球状的，内部塞满了白矮星、中子星和恒星级黑洞，仅剩一些质量不大的红矮星苟延残喘。同时，我们也通过追溯大量X射线的源头，找到了那个围绕该星团公转的致命大型黑洞。

更加可怕的是，根据石牌信息，早在九百多年前，黑洞已经走过了距离该星团最近的轨道顶点。星团内部中子星碰撞合并已经启动，相当于几个太阳的物质消失殆尽，被转化为能量。其能量之大，等于银河系所有恒星数百年来释放的光和热的总和。

在其中的一场碰撞里，一束伽马射线从星体磁场两极发出，大约四十年后，这束光将到达地球，它将成为地球人看到的最明亮的、也是最后的景象。

我随柳林走进一扇门，会议室除了大屏幕外空无一物，这是一场高度机密的远程会议，与会执委不知道彼此姓甚名谁，却共同掌握人类的存亡命门。

"柳林，这次你不是一个人参会？"数字在屏幕上跳闪，代表16号执委正在发言。

"我把杨庆海带来了。"柳林说道。

"杨庆海？是'报丧者'杨庆海吗？"

"报丧者"？这个代号我始料未及，没想到啊，我历尽考验成为一名宇航员，就是为了留下这么个丧气的名号？

"是我。"我极不情愿地说。

"我带杨庆海来，是因为他需要知情。"柳林顿了顿，"这是石牌危机的唯一转折，而杨庆海，他是第一个接触石牌的人，又接受过完整探月训练，会在未来的任务里成为关键角色。"

关键角色？这绝不是好事，电影里的关键角色通常都落得个舍己渡人的下场，于是我连忙摇头，说道："先别急啊，为了避免民众恐慌，石牌危机可是S+的加密等级，我就这样走进来旁听是不是有点儿……不如你们先聊，我去外面等？"

柳林无视了我的抗议，清了清嗓子，说道："现在，我宣布特别应急委员会根据投票达成的一致共识——经过严密论证，人类已无生还可能，文明即将终结。从今天开始，我们将彻底放弃求生计划，转而将资源放在更有意义的事情上。"

什么?! 真要放弃了？

黑暗中的空气变得凝固，我愣住，胸口像被狠锤了一下，头皮一阵发炸！我喘了几下粗气，犹豫了片刻，终于开口说道："还……还有四十年，对吧？不是还有四十年伽马射线才会到地球么？从现在开始，将全球一切一切资源都投入星际飞船的研制，也不行吗？拼命努力一下，至少能够让一部分人逃生吧？"

屏幕上跳闪起一个数字，8号发言："你真觉得射线暴是一束细光么？它的横截面直径接近一百光年！而我们应用可控核聚变才不到五十年。以现在的技术，你想研制出怎样的逃生飞船？曲率引擎？还是黑洞引擎？"

"逃不走还不会躲吗？地球只有一面会承受打击，对吧？可以将人集中送往另一面躲起来嘛……"我追问。

屏幕上几个数字共同闪耀了一下，这代表几个参会人同时发声："地球无时无刻不在自转，你知道受灾的是哪个半球？"

我求助般地看向柳林，他却只是摇了摇头，说道："无法预测死亡射线到达地球的精确时间，即使派出探测器，也不能将任何消息提前传回，我们的死神跑起来可是光速！"

我反驳道："就算不做任何预警，也总有某个半球的人能躲过去。管他是谁呢,只要有人活下来……"

16号发声打断我:"是的,伽马暴只会杀死一个半球上的人,但活下来的另一半才是真正的不幸。辐射随水和空气进入体内,死刑只是变得漫长了一些。更糟糕的是,伽马射线接触的臭氧层会在瞬间分解,而另一半球完好的臭氧会随着大气向受灾面流动。很快,全球臭氧层密度会被稀释到过去的40%。地面接收到的紫外线将是原来的十倍以上,大量植物和动物将因此死去,随之而来的是饥荒和瘟疫,人口会在短时间下降到不足目前的万分之一。"

我没死心,争辩道:"我们可以造生态循环仓来隔绝紫外线啊!再不行就去地下,用人造光源培育植物,本世纪初的技术就能实现这些了。等到地球自我调节后——也许几十年臭氧层就能慢慢恢复——幸存者们再从避难所里出来,虽然人不多,但那就是文明的火种啊!"

"你以为我们想不到这种方案?可惜啊!中子星碰撞时,和伽马射线同时喷射出的,还有一束高能带电粒子。只不过它的速度略小于光速,会在地球遭受第一波辐射后的几十年内抵达。"对方顿了一顿,"还是和上次一样,我们无法预计它来的时间,以及它会打击地球的哪一面。"

6号说:"被它横扫的半球,没人能够幸存。"

4号说:"臭氧层再次遭到破坏,地面又暴露在过量紫外线下。"

16号:"刚开始恢复的脆弱生态系统会再次崩溃,而这一次,它面临更大的考验,需要数倍的时间来自我修复。"

"而在修复完成之前，地表所有大型动物，包括人类在内，早就灭绝了。"柳林补充道。

"……什么?! 居然辐射打击还能……买一送一?"我喃喃自语，绝望如同冰凉的巨石，压在背脊上。

"'报丧者'杨庆海，你能想象吗? 幸存者们从臭气熏天的生态仓出来，满心希望地开始改造盐碱地。可新播下去的种子还没来得及发芽，又一波致命辐射袭来，用同样的方式把他们消灭干净。就像神手里拿着一盏细菌消毒灯，轻轻按两次开关，这对神来说只是动动手指，而对于我们……就是希望彻底覆灭的代价!"

我感到喉咙发涩，勉强咽下一口唾沫，润了润嗓子，开口道："所以……你们叫我来，需要我做些什么?"

"我们需要你给月球抛个光。"

"……嗯? 什么意思? 你说什么? 这……这是要做啥?"我大惑不解。

柳林挥挥手，显然已经很疲惫了，他说："不多解释了，先进行表决吧。同意放弃逃生计划，将所有资源投入月球抛光计划的执委，请亮灯表决。"

话音落下的刹那，原本漆黑的大屏幕上亮起了几十个数字。

昏暗的会议室里，这些光芒显得高亢而明亮，我的眼睛被突如其来的光明刺激得流出了眼泪。

——几十年后，当夺走全人类生命的那道光线亮起时，我是不是也会像现在一样，泪流满面?

2

古人怎么定义夜晚？

看到天黑，他们便觉得这是夜晚；如果能看到月亮，夜晚就是良夜；如果当时的月亮还恰好符合他的心境，这良夜便值得为之赋诗一首了：

> 床前明月光，
> 疑是地上霜。
> 举头邀明月，
> 低头思故乡。

我吟着诗低下头，可是脚底下却是灰褐色的月亮，悬在我头顶的，精美、复杂、炫目，包裹一层薄薄大气的大蓝球，那才是故乡。

月球抛光工程的一万三千名组员，分九批次来到月球。作为项目组指挥官，我是其中的第一批。

和一年多前来月球勘探的情况截然不同，上次，发射发布会聚集了大批媒体和要员，他们像欢送英雄一样为我献花、祝酒。而这次，我们只能灰溜溜地动身。

"月球氦-3的开采工程延长了。"这是月球抛光计划的对外说辞。

抛光计划需动用的资源是天文数字级的，即使有世界上前十大经济体的全力支持，如此大的支出也违背了经济学规律。大萧条当前，当局"举地球之力去月球开采氦－3"，很快就引起了众怒。

知情层只能不停向外界宣传"核聚变发电需要氦－3，能源革命带领社会走向未来"之类的屁话。这纯属无奈之举，因为说出真相只会引起巨大的混乱。所幸，在危机面前各国高层出奇地团结，竟没走漏半点儿风声。

这些战略层面的困扰倒没给我带来影响，因为从登陆月球的那一刻起，这项人类史上最大的工程就占据了我所有的时间。

在给月球抛光前，需要先做一些准备工作。就像不管是汽车还是地板，上蜡之前都要把表面清理干净。对月球也是如此。

月球表面有一层很细的尘埃，这是在长达几十亿年的陨石撞击中逐渐形成的。这一层月壤实际上数量不小，在多数地区厚度达到十米以上。我们不能一劳永逸地把它堆到月球背面去，因为如果这样做，月球背面会变得比较重，在潮汐力作用下，它就会慢慢地转过来。这等于是我们好不容易把它正面收拾干净，它又把屁股转过来了。

月球上没有空气，所以要对付灰尘，再强大的吸尘器也不行。只能用铲车把月壤集中起来，全部打包，然后送到太空里面去……实在都是笨办法。

我们选择了成本较低的运输方法——太阳能电磁投射器。这和高斯炮是同一个原理，以前在地球上曾被用作发射洲际导弹。我们在月球表面铺设了长达数百米的轨道，用通电线圈给塞满月壤的"胶囊"一个洛伦兹力，为其加速。好在月球引力很小，又没有空气阻力，速度达到2.4公里/秒就可以把打包的灰尘送走了。

一时间，数十条电磁投射器沿着月球表面蜿蜒铺设，不断地向外发射胶囊，同时有上千台大型铲车穿梭不断地收集月壤……原本冷清的月上世界显得繁忙无比。

灰尘终于扫干净了，月球表面还有一层数公里厚的碎石。同时，月表也不平整，有山丘，高地，月海。所以还得接着干，把这些碎石填到月海里面去，山丘则全部铲平，剩余的废料就全部如法炮制，仍然用电磁投射器扔进太空。

在工程实施的过程中，我听说，人类社会的恐慌此时达到了巅峰——地球上能够看见月海逐渐变浅。如果用望远镜看，还会发现月海的边缘变得平滑了，蔓延到高光地区的深色玄武岩成了浅灰色。

阴谋论、质疑声喧嚣尘上，街道上聚满了肇事者和标语，恐慌的人开始去超市抢购盐和米（我不懂了，盐和米可以防辐射吗？）。玛雅人的预言、法老的诅咒……这些早在百年前就过时的套路又卷土重来。

人类从来没有像现在这样，急切需要别人为他们撒一个谎。

最高应急执委会找到了世界首富王先生。于是，首富先生成了除军政学界外，第一个接触危机内幕的人。

首富旗下的传媒公司立即对外宣布，启动月球投屏广告业务，发射84颗月球同步轨道子卫星，将月球作为一块幕布，在上面投射客户广告，供全球潜在消费者观看。

从那以后，人们在新月前后的夜晚抬起头，可以在月亮上看见不同图像——如果是巨大的红底黄字"M"，就是麦当劳广告；

如果是四个白色圆环相连,便是奥迪广告。

王先生进一步宣布,为了更好拓展业务,在未来,他的企业将联合军方,把月球改造成一块平滑幕布,供客户投射更精细像素的复杂广告。

出人意料,这种奇葩商业逻辑竟没遭到什么质疑,还被誉为"大众传播的又一次革新"。据说,当王先生接受媒体采访,被问到是怎么想到这种天才传播方式时,他曾一度哽咽:"人类的每一次创新,背后都有不为人知的苦涩……"

这句含泪而下的话,感动了在场所有记者,被《福布斯》杂志评为本年度最具商业价值箴言。可世界上只有极少数人真正知道,王先生当时到底为什么而哭。

无论如何,有了这层商业伪装,我的工作得以顺利进行了。

二十年之后,所有山丘被铲平,任何高于平面的凸起都被刨去,月海变成了平原,碎石填上的坑也已经用混凝土盖好。

满月时,月亮就像一个洁白的橡皮球,再没有了过去的坑坑洼洼,反射着一层均匀细腻的白光。

这时,准备工作就此完成,可以开始正式的抛光打蜡工作了。

关于抛光的原料,当然不能用普通的地板蜡,这东西的熔点是80摄氏度左右,而月球表面白天最高温度可达127摄氏度。虽然打上蜡以后,月面反射率提高,月球温度应该会下降一些,但还是靠不住。到时候融化的蜡会四处流动,还会在地球潮汐力作用下聚到一起去,那可真的是一团糟了。

相比之下刷一层高分子反光涂料(熔点在300摄氏度以上),要比直接打蜡高明得多。

100平方米如果刷两遍的话,要用3.5公斤反光涂料,月球的表面积是3.8×10^7平方公里。一个简单数学题,涂满整个月亮,需要高分子反光涂料大约1.3×10^9吨,也就是13亿吨。

不过事实上,根本用不到那么多。由于潮汐锁定,月球自转一圈花的时间和它绕地球公转一圈相同,它永远用固定的一半脸对着地面,只考虑视觉效果的话,把这一半看得见的脸处理好就行了。

当然,也不能忽视月球天平动。对地面上的人来说,月球可见面会有上下左右小幅度的摆动,实际上地球上能观测到月球表面的59%。所以,真正等待抛光的部分,实际上就是月球59%的面积,算下来需要7.7亿吨涂料。

上漆的过程持续了十七年。无论白天还是黑夜,月亮上都往来着扁平的喷涂车,它们先将高分子涂料喷涂均匀,再在表面加热一遍,使得月球一寸寸变得光亮起来。

等漫长的工程结束,我已经长出一些白发了。

"你说,这个光滑的月亮能保持多久?"我站在工程总基地门口,望着明亮如镜的月表,问道。

"应该挺久的吧……还好现在已经过了太阳系的大轰炸期,遇到的陨石不多,而且基本上都很小。"柳森说道,他是柳林的儿子,也是我的副手。

"是啊,不然月球没有大气层保护,什么陨石都能长驱直入。我们又不能永远在这儿驻扎一支维修队,撞一次修一次。"

隔着厚重的航天服,我还是感到了柳森言语中透出的无奈:"哎,费那么大劲儿,以后……他们真能明白我们的苦心吗?"

"我也不知道。"我实话实说。

抛光完毕的月球反射率超过90%,我们如同踏在湖面上,低头能看到脚边有一个地球的镜像,和天上那个地球交相辉映。银河也有两条,一条游走在头顶,另外一条从脚下穿过,我们被星空温暖地包裹住。

可是,星空是有代价的。

在那些星星里,无数超新星爆发和星体合并正在发生,发射出的伽马射线暴如同孩子们手中持着的一杆杆激光枪,随机向四面八方射去死亡之光。这不是第一次了……1500万年前,上一个地球文明也是如此被毁灭的。

3

"他们为什么不把石牌留在地球上? 要是我们早点儿读到预警,早点儿准备,说不定就能逃过这一劫了!"

我曾这样问过柳林。那时我还在地球上,刚接受抛光月球计划的指挥官职位,柳林私人办了个欢送酒局,就我和他,地点在发射中心行政楼的顶楼,那里可以模糊地望见远处的发射塔,除此之外,四周都是荒漠。

柳林抿了一口酒,缓缓开口说道:"你忘了,信息也要依托物质才能存在,而物质不是永恒的。人类消失的200年后,人造的摩天建筑缺少维护,就会在地质活动和雨水侵蚀里倒下;最大的拱桥也会在1000年内坍塌;五万年后,玻璃和塑料这种人造材料也全部消解，所有遗迹都将变得难以追溯。"

"你的意思是，无论之前的文明把预警以何种形式留在地球上，等我们出现了，也早就无迹可寻了？"我问道。

"是的，文明演化需要几百、上千万年，在这个时间尺度上，完全留不下任何信息！一块刻着文字的石牌在地球上会被风化侵蚀，被地质运动挤入地下重新变成岩浆。即使自然没有把它消灭干净，被蒙昧时期的人类找到了，估计也会被当作巫蛊一类的东西毁掉。"

"所以，上一个文明才选择了月亮！"我恍然大悟，"月球少有地质活动，真空更是良好的保存环境。等文明掌握了登月技术，也差不多具备解读能力了，这时人们找到石牌，就不会闹出什么笑话来。他们倒是考虑周到！"

柳林点了点头，然后点上一支烟，说道："我猜，留下文字时的他们，跟我们今天的科技水平不会相差太远，甚至还略弱一些。谁知道呢……也可能是留在月球的考察队目睹地球灾难后，死前留下石牌作为警示。"

"但……那又怎么样呢？到了这个节骨眼儿上才搞清状况，我们不是一样逃不走？看来，被周期性伽马射线暴一次次摧毁，就是这颗星球上文明的命运啊……"我丧气极了。

柳林向烟灰缸里弹了弹烟灰，说："还有四十年！既然逃不走了，或许可以做些什么。给地球的下一个文明留下更多的信号，说不定他们就能在下一个周期的伽马暴到来前，逃离太阳系，奔向深空。"

"这恐怕很难。"我说，"在同样的伽马暴间期里，人类文明的发展水平和先代文明差不多,足以说明地球文明的发展是线性的。如果说,月亮是唯一适合的信息存储点,等下一代文明有能力登月获取信息时,射线暴就又快要来了!他们还是什么都来不及做啊。"

"所以啊,这一次我们得试试新法子……"柳林将烟熄灭,面对窗外黄色的戈壁滩。一阵风吹过,从远到近地卷起灰黄的扬尘。

"你知道'镜面自身识别测试'吗?也叫作MSR。"柳林缓缓说着。

我有些摸不着头脑,问道:"你是说,进化心理学家盖洛普的那个镜子实验吗?让动物照镜子,看它们明不明白镜子里头的就是自己……我记得除了人类以外,只有海豚、虎鲸和一些灵长类动物能够认出镜子里的自己。"

"是的,动物能通过镜面测试,就说明拥有了自我意识。另外,盖洛普还给婴儿做过这个测试。"柳林说。

"他可真闲……"我插嘴道,"但我有个问题,婴儿照不照镜子,跟我要去执行的月球任务有什么关系?"

柳林没有理会我,继续说道:"实验发现,6个月大的婴儿看到自己在镜里的像,会把他当成另一个婴儿。但到24个月时,他就知道那是自己了。在这个时间点后,他们开始理解自我和外界的关系。比如说,6个月的婴儿听见别的孩子哭,他的反应是跟着哭,但有了'自我'的概念后,他会去寻找其他孩子哭的原因,甚至安慰那些哭的孩子。"

"所以呢?"

"你还没懂吗?只要人有了自我意识,就能利用自己的经历判断周遭情况; 也开始思考自己与过去、现在和未来之间的关系; 甚至体会自己将会死亡的必然性; 然后他们就会开始团队协作, 开始观察世界。人之所以为人, 就是因为有'自我'啊!"

我非常困惑:"就算你说得对。但自我意识这种东西, 恐怕南方古猿看见水中倒影时就有了, 可那又怎样? 还不是茹毛饮血了400万年? "

"古代中国人用紫微斗数解释一切星相, 视它们为政治经济活动的启示; 希腊神话里, 夜空88个星座对应神的88个故事, 于是希腊人把祭祀诸神视为头等要事; 基督教会焚烧一切有悖神创论的学说, 有关日心说和地心说的争论在欧洲持续了几百年……人类不理解星空, 也不理解自己, 结果在弯路上实在浪费了太多时间。当我们被科学开蒙, 尝试用理性探索世界时, 已经太晚了! "柳林变得激动起来, 他一下子站起身, "一个人需要一面镜子才能看清自己, 地球文明又何尝不需要一面镜子呢? "

"你的意思是……文明也需要有自我意识? 也需要看清自己? "我并不愚钝, 渐渐明白了他在说什么。

"是的, 如果文明在镜中看到了自己, 会更早明白地球、太阳和星空之间的关系, 不再把时间浪费在'过去是谁创造了自己'这种问题上, 而开始思考'未来应当走向哪里'! 我们要造一面地球文明的镜子! "

"所以……抛光月球? 把月亮改造成镜子! 一面抬头可见的镜子! "我兴奋地说。

"是的, 我们要将月亮变成一个直径3500公里的球面镜! 满月的夜晚, 月球正对着太阳, 从地球看月亮不会看到轮廓, 看到的是镜子上太阳的像。由于球面镜发散光线,它看上去比真正的太阳小,亮度也低得多,不过那也远远超过了过去的月亮,在夜里看个书不成问题。"

"也就是说……太阳的像就是一颗极亮的星星啊!"我说道。

"没错。那时,因为强烈的'月'光照着地球的夜半球,所以地球还能反射给月球一些光,月球镜子上就映出一个暗淡的地球影像。"

"你说,会有人意识到,那就是地球的像吗?会有人明白旁边那颗明亮的星星,就是白天的太阳吗?"我在脑海中画出那样的星空,兴奋地说道。

"换一个时间,一切又会截然不同。比如原本能看到半个月亮的农历初八,月球和黄道面交叉,通过月亮镜子,可以看见阳光照亮的半个地球,太阳从球面的边缘反射过来,亮度很弱,而且变形严重。虽然看不见抛光后的月球轮廓,但是凭着这些月相变化的信息,就可以估计它的大小。相信我,一定会有聪明人这么干!"

"对!知道了月球的大小形状,就能知道地球、太阳的大小和形状。"我接口说道。

"在农历初一前后,月亮在白天出现,抛光后的月球就会反射地球的白昼地区。这时,人们会在白天看见蓝天上出现了一个地球的像。就算在发明望远镜之前,观测者也应该能模模糊糊看到,天空中有一个圆形物体,每天慢慢自转。这个物体上的图案表现出奇特的变形效果,我想一定有人会把这个现象和球面镜联系起来,推断出这是地球的像,进而认识到地球是球形的,并且在自转。而且，无论什么时候，地球的像总是在球面镜子正中，也会有人能因此推断出月亮、地球和太阳的关系。"

"还有！发明望远镜以后，观察空中的像，也能帮助他们认识地球。读懂了这面月亮镜子，天文、地理、物理学都会……哦！还有哲学，一上来就对着一面镜子，天知道新文明会弄出什么新哲学体系！"

柳林拿起桌上的一杯酒，示意我共同举杯。今天桌上的菜本不丰盛，酒也比较寡淡，但此刻我看着手中的酒，仿佛这一杯里，就是地球历史上所有文人写过的诗，所有画匠绘过的图。

窗外还是风沙连天，我开口问道："说了这么多……你觉得，未来地球上的智慧生命，真会明白我们的苦心吗？"

"……说实话，这我也不知道。"柳林举杯一饮而尽。

4

柳森的声音把我从四十年前的回忆里拉出来，"趁今天是初一，地球上不方便观察月亮，我们把最后一个太阳能电磁投射器拆除了。"

"嗯，月球抛光工程已收尾完毕，接下来，执行全员地球返程任务，这就要辛苦你了。切记，继续向公众保密，真相只能带给他们恐慌。"我说道。

"我明白。只是……杨指挥官，你确定不回地球了？虽然月壳下面放了几个休眠仓，但那只是应急用的，就算能源全续上，最多也只能维持50000年。"

"我知道,就是把它当成棺材来用的。我问你,回地球我们又有几年好活? 不到一年了,对吧? 我从小想到月亮上来,又为抛光工程耗去了快四十年,如今我想在这里永远待着了……这儿也挺好,成天绕着地球转,离家不远,也不孤独。"我说。

柳森笑起来特别像他爸,"好的,生死面前,我们能选择的东西确实也不多。那么,祝你好运。"

我也笑了笑。

但就在这时,原本黯淡的月表毫无征兆地蒙上一层粉红色的光。我突然警觉,连忙问道:"怎么回事? "

柳森与耳边的无线电交流了几句,答复道:"没什么大事,地球方面知晓我们拆完了电磁投射器,王先生的公司就又开始在月球上打广告了。"

"原来如此,他倒是兢兢业业。不过现在反射率那么高,广告效果肯定差了好多,也不知道他又找了什么借口继续糊弄人。"说到这里,我停顿了一下,"记得这个季度广告订单……是苹果公司吧? logo不是银白色么? 怎么是粉红色的光? "

"回复指挥官,情况是这样的: 今天是王先生的结婚纪念日,他事先赔付了苹果一笔巨额资金,把今天的月球广告位要回来了,给他夫人爱的表白。"

"嘿,难怪是粉红色的,有钱真好啊,一把年纪了还能玩这么一出……"我戏谑道,"他在月亮上写了些啥? 我们也跟着学学。"

"唔,爱……爱你直到世界末日。"

"……"

直到世界末日啊……我和柳森都陷入了沉默。

在漫天粉红色的光芒里，我们两个大男人杵着特别尴尬。但我也知道，如果在地球上看，此刻的月亮变成了一颗粉红色的心脏，世界上所有女孩都会觉得这浪漫极了，纷纷憧憬着未来某个小伙子也能送自己一颗这样的心脏。

然而唯有王先生清楚，这颗心脏最多还能跳动一年，等到它停跳的那一天，自己仍然会牵着心爱女人的手。

爱你直到世界末日……有钱真好，混蛋啊……

"杨总指挥官，那我们就在此告别吧。明天我将与大部队返航地球。我会向父亲带去你的问候。"柳森在那颗心下说。

"谁要问候他？给我派的……都是什么鬼差事！"

送走了柳森，我转身沿漫长的阶梯往月壳深处走去。

这阶梯真的很长，长到我有足够时间去回忆一生，长到我有冗余的思维去羡慕地球上的人，他们上班下班，他们笑了又哭，他们的一天过去后又是充满希望的一天，直到……

在"滴"的一声后，休眠舱打开，我横躺进去，混合着麻醉物的气体开始释放，意识越来越缥缈……可能死亡就是一个永恒的梦境吧。

早知道这就和做梦一样，我还怕什么呢？

5

(1)

我梦见一个异常明亮的夜晚,亮得如同一个长达十二个小时的黎明。

簌簌声响后,灌木丛一阵颤抖,钻出一只河狸,它是现存的数一数二的大型哺乳动物了。这要多亏了它是顽强的啮齿类,其家园又临近水源,水和自己搭建的巢穴都成了它的庇护所。

河狸纵身跃进河中,朝下游游去,泳姿类似狗刨,厚而致密的皮毛在水中油油发亮。

河狸不能理解为什么这些年里,比它高大、凶猛、强壮的生物都逐一死去了,但它能隐隐察觉,日子正一点儿一点儿变好。雷暴在全球范围内造成一场场酸雨,这是好信号,氮氧化物随雨水渗进贫瘠的土地,充当起肥料;氧分子在高能放电中进一步氧化——臭氧层也在恢复。

入海口很近了,河狸扎进水里,许久搜寻后,却没找到可以吃的水草和嫩枝,只在淤泥里捡到了几个甲壳类动物。

这时,一个灰色的影子闪过,河狸一惊,把泥蟹一扔,迅速摆尾逃走了。

影子是一只海獭,它抢走了被河狸扔下的泥蟹。如今地面上都是死去的动物,但在过量紫外线的照射下,它们的尸体早就革化，难以下咽，眼前这泥蟹是不可多得的美食。

和所有鼬科动物一样，海獭拥有可提供强大保护的毛发和锐利的牙齿，可这牙不适合做开罐器。它抱着战利品，仰面浮在水中，以肚子为臼，找了块石头作杵，节律清晰地敲着泥蟹的壳——

"咚，咚，咚……"

海獭毛茸茸的脑袋仰着，豆子一般的眼睛对视夜空。海獭的目光聚焦在夜空中一个特别明亮的小点上，正是它发出的光芒让夜晚如此明亮。

似乎……这个小亮点旁还有个圆圆的影子？

"咔嚓"一声传来，泥蟹的厚壳终于被石头砸烂。海獭将它送到嘴边，愉快地吮吸起内脏来。

(2)

口耳相传的历史能追溯到 5000 年前，一切都从石头开始。

咸水文明的先民捕食鱼类和虾，对于海胆一类外壳坚硬的生物，就找一块石头将其敲碎。

如果遇见用得顺手的石头，就把它藏起来反复使用。慢慢地，先民们也在石头的用途上做了一些区分——锋利的石头撬开贝类，厚重的石头碾碎螃蟹的钳脚。

那为什么不自己造一块得心应手的石头呢？

第一个这么想的人，被后世称为"碎人氏"，他带领咸水文明走入了石器时代。石器的制造从一开始的摔制，变为精细的磨制。碎人氏发现，石头经过加工不仅可以捕食，还可以做更巧的事，比如用石针缝制树皮衣服。

对于咸水文明来说，世界被包裹在一个巨大的贻贝里。贻贝吃饭，张开两瓣外壳儿，太阳光就透进来，那是白天。贻贝要睡觉了，合上壳挡住光，天就黑了。壳上的孔眼会零零散散透进光来，便是放眼望去的满天星星。每隔20多天，这只大贻贝会产出一颗大珍珠，那是奉献给神的礼物——亮星。

因为亮星周期性出现，每隔20多天，会有5至6个夜晚比其他夜晚更亮。在这些被眷顾的夜晚里，咸水文明的女人们做衣服、磨制石器，男人们则教育幼子入海捕鱼的要领。

但也有极少数时候，他们需要和来自甜水文明的敌人作战——那群河狸！

河狸们总是在河道上用木枝筑坝修屋，举着木制的矛和弓冲进咸水文明的部落。有巢氏就是这一群怪胎的头子，据说是他第一个想出了盖楼房和修磨坊的点子。

有巢氏用嘴把大坝啃开了一个口子（多么野蛮啊！），在开口的阀门上装了个舂子，水流过阀门，带动舂一下一下砸进地基，有了更深的地基，河狸就能住在安全的高楼上。但讽刺的是，它们天生没有一双灵巧的手，光会啃木头筑楼又有什么作用呢？要知道，石头代表文明，木头象征落后！

亮星在上，请给予那些蠢河狸应得的惩罚！

(3)

"为什么我们的夜晚是这样？"

河狸可以活20岁,从3岁成年开始,伽狸略就开始思考这个问题,已经思考了17年。

伽狸略是一名优秀的筑坝师。甜水国居民善于计算,会测量地形数据,根据地貌修出用场不同的建筑:有的拦截河流;有的提供动力;有的一半没在水中,可以养殖水草;有的内部画满了星图,用来观测天象。这些屋子在河湾里连成一大片。河流就像它们的血液,带动研磨机房的齿轮运转,带动锯条锯开树木的底部,也流进锅炉为新生儿的房间加热。

最大的水中之城就是伽狸略设计的。可他现在不务正业了,只想弄清为什么天上总隐约有个蓝球。不同时间里,这个蓝球的样子也不大一样,有时是完整的,有时候只能看到一部分。甚至有时它会在白天出现。

他知道光凭眼睛去看是不行的,需要更好的观测器具。但河狸造不出精密仪器,能做到这一点的只有海獭。

虽然持续数千年的狸獭之战在上个世纪告终,但两族间的隔阂丝毫未减。幸亏獭勒密不信奉唯獭主义,作为海獭中首屈一指的能工巧匠,他欣然接受委托,按伽狸略计算的模型造出了一架桶状机器,它的前后各有一个磨制出的镜片,可将远处景象放大。

伽狸略用这机器观测天空,逐渐得出一个结论,蓝绿色圆球的变化和亮星的出现,有一定的关联。

"世界或许不是一个大贻贝。"伽狸略说,他的大牙在桌上蹭来蹭去。

"嘘,亮星在上,这可不能乱说。神会降下海啸……"獭勒密连忙用手捂住伽狸略的嘴,可还是捂不住他的大牙。

"亮星就是太阳。"

"瞎说什么呢！太阳是一个火球,亮星是一颗珍珠……"

伽狸略面前放着一张草稿纸,在一堆公式和数字旁,画着大小不一的三个圆球,它们连成一条线。

"如果天上有一面球形的镜子,而世界就处在镜子和太阳中间,那会怎么样?"伽狸略问道。

"哦不!亮星会生气的!"

(4)

发射仪式的现场,狸獭联盟的主席正在发表演说,他身后是象征甜咸联盟和平发展的徽章——代表海獭的石头与代表河狸的木桩绕成一个圈,环抱着地球。

"镜球之谜是世界七大谜团之一。曾经,镜球帮助我们了解了太阳系,也给我们留下了无尽疑惑——是谁将那面镜子放在地球旁边?他们有何目的?是为了帮助我们,威慑我们,还只是单纯的一个恶作剧?

"在獭狸文明的历史上,无数假说和理论因此提出。今天,凝结着河狸的科学与海獭的技术的航天器,将前往镜球,揭开这一谜底!

"让我们共同期待着,航天员登上镜球,为獭狸文明的发展谱写充满希望的新篇章!"

台下掌声雷动,但如果仔细听,会发现掌声分成两部分:分别是水獭手肘碰撞发出的砰砰声,以及河狸用尾巴击打地面发出的啪啪声。

6

"我们在你意识中植入了四个梦境,分别对应了獭狸文明的四个重要历史节点。希望能够帮助你了解我们的过去。"

休眠舱启动了复苏程序。

刚刚说话的⋯⋯是谁?

等等等等,什么情况?

我没死?

难道是冬眠装置失灵了?我艰难地抬起手操作屏幕,想弄明白自己究竟睡了多久。

这时,一种我能够听懂的语言传来:"1500万年。'报丧者'杨庆海,你好。你在休眠状态里度过了1500万年。"

"怎么可能?要真是这样,休眠系统早就坏掉了!"我喊道。

"你再仔细看看周围的装置。"

我意识到这声音是电子合成的,难怪它显得生硬而死板。

由于身体机能尚未恢复,我拼尽全力才坐了起来,环顾周遭,发问:"啊?!所有机器我都不认识了,怎么回事?!"

"休眠舱深处于月表以下,伽马射线暴没有对你造成致命打击。但五万年后电源耗尽,你还是难逃一死。所幸月球环境和废旧的休眠舱对于保存肉体来说非常理想。等到1000万年后我们找到你的遗体时,还能勉强读取你大脑存储的信息。"

"你是说我死了？但我现在不是好好的吗？"我惊讶万分。

"用你那个时代的话来说，我们克隆了你。但这也不准确，实操中，我们是将你身上每一个细胞重新独立培养，然后再进行组合。这比克隆好，不需要花力气把你从单个细胞养大。我们还将你大脑的物理状态复刻为休眠前一秒的样子，可以理解成你的记忆被移植了。还有一个好消息，现在的你，就是你21岁时的样子。恭喜你了。"

我来不及消化这些信息，急忙问道："你究竟是谁？"

"我们是人类之后的地球文明。我们来到镜球——也就是你概念里的月球，发现了你，就给你留下了这一段语音。现在我们也不在这颗星球上。"

"那这段语音留言倒是挺智能的。"我说。

"首先，要感谢你和你的同僚，月球抛光计划为我们留下了至关重要的信息。明亮的夜晚给了我们更多学习的时间，镜面给了我们审视自己的机会。你休眠1000万年后，我们就有了登月的能力，从而发现了你，也收到了你们留下的警告。在那之后，我们用一千年时间研发出了近光速飞船，并用了大约一万年时间转移全体地球居民。大批飞船分别向银河中三个不同的恒星系进发，开启了星际移民时代。我们不再会被任何灾难一次性消灭，这多亏了你们的镜子！"

"所以你们已经全都跑光了？还有，你刚刚说我睡了1500万年？为什么500万年前你们就发现了我，却直到现在才把我叫起来？"我大声问道。

"咦？你不是曾经说，想在月亮上长眠吗？"

"这是海獭的幽默感吗？我都睡一千万年了，还不算长眠啊?！"

"刚刚是玩笑，请不要介意。"他似乎想要模仿人类的语气，却显得笨拙而尴尬，"虽然我们已经离开地球，但伽马射线暴还是会如期而至，地球生态又将经历一次涅槃。新的文明轮回又要开始，曾经，人类送给我们一个光滑如镜的月球；而现在，我们想留给下一个文明的礼物，就是你——'报丧者'杨庆海。"

"啊？什么意思？"

"我们改造了你的休眠装置，能够让你在新一轮伽马暴到来后醒来——是的，你在睡梦中经历了两次伽马射线暴。并且你的身体也跟过去不同了，你不会衰老，也不会因外力打击而死亡——其中的科技对我们来说并不复杂，已经储存在我们留下的资料中，你可以慢慢学习。反正你也不会死，时间有的是。"

"我要学这些干什么啊？"

"我们还给你留下了去往地球的穿梭装置，以及充足的物资与设备，从武器到休闲娱乐设施都有。这些东西，连同我们文明的所有科技成果一起，都向你开放了使用权限。带着这些回到地球，在那里可以建造任何你想要的东西。"

"可我为什么要回地球？我去那儿一个人做什么呀！"

"伽马射线暴的打击刚刚过去，新周期里一切还将继续。经历过两个文明的更迭，你难道没有什么想对未来的孩子们说吗？"

听到这里，我心中一紧。

电子合成音继续说道："你可以亲口说给他们听，关于黑洞和中子星的危机，关于地球的过去和未来，告诉他们每一个为文明传承牺牲的人的名字,也能教给他们每一首你小时候唱过的儿歌。你将不老不死,至高至明。你将作为唯一的神,引导生灵从蒙昧走出,直到走向星空深处。"

"星空深处……星空是有代价的!"我突然想起许多年前,面对星空之中无处不在的危机时,自己曾这样感叹过。

"对了,离开之前,还要告诉你一件事:你曾在月球雨海里发现一块石牌,那也不是地球的第一个文明。远在那之前,地球上的智慧生命就尝试用各种方式,在文明代际之间传递危机的警告,有的成功了,下一个文明飞速发展;有的失败了,下一个文明没有接收到信息就被射线暴杀死。这颗蓝色星球一次又一次孕育出文明,正是因为星空是有代价的,星空里的危机是文明迸发的动力,星空深处又是文明最后的归宿。星空有代价,但那是星空啊……"

那个声音说完这些,便不再吱声了。

我从月壳深处的休眠室内踉踉跄跄地走出来。他们的科技水平令我无法理解,居然能把我的身体改造成不要隔离装备也可以在月表自如行走。在真空中,我没有痛苦的感觉,也不能体会欢乐。看着陌生又熟悉的身体,巨大的空虚感袭来,我竟一时不知该如何是好。

这时,我抬起头,看见地球正散发出淡淡的辉光。

星空掩映下,它还是淡蓝色的,像宝石,像一滴眼泪,像所有故事的起点。

哦,对了,刚才他们叫我什么来着?报丧者?

我流下眼泪,但真空中没有气压,液滴瞬间在我脸上沸腾,放热结束后，又凝结成极细小的冰晶。

报丧者杨庆海……哈……看来，又得是我来把坏消息带给下一个文明了，这都给我布置了些什么差事啊！

第一次，我带回一块石牌。

第二次，我抛光了月亮。

第三次，我将亲口对孩子们讲述一个故事，一个关于这颗星球上文明生与灭的传说。

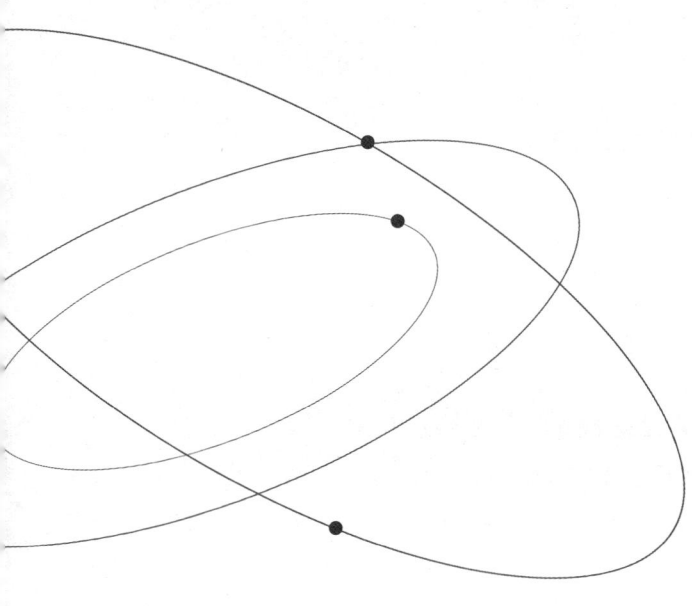

孙欣伟

当爱情成为瘟疫

"活见鬼,我肯定是爱上你了!"男人绝望地说。

"我也是。"女人面色惨白,眼中闪烁着深深的恐惧,语无伦次地说着,"怎么……怎么办呢? 也许不是真的,这……我们怎么会这么倒霉……"

看着女人凄苦的神色,男人的心仿佛被一柄利剑穿透,但那是多么甜蜜的一柄利剑,把世界上所有的糖果碾碎,提炼出它们的精华,也铸造不出这样的甜蜜。

男人紧紧地抱住女人赤裸的身体,让心脏贴在一处,同时被甜蜜之剑穿透,并因为甜蜜交织的痛苦而呻吟。

"我们大概是染上了最倒霉的爱情瘟疫,但还是需要找医生确认一下。你别太担心,大部分爱情瘟疫都会在三个月之内自行痊愈,虽然损失三个月的生命很不幸,但在这三个月里的感觉是很棒的。"

女人还是很担心,脸色更苍白了,说道:"但也有很多延续更长时间的例子……据说如果超过三个月没有痊愈,很可能就需要一两年。还有一些例子,居然延续了七年之久,甚至可能变成绝症,一直到死也无法痊愈!"

"一直到死都不消失的爱情,是非常非常罕见的,先别担心这个。我们还是去看一看医生,说不定我们并没有真正染上爱情瘟疫,只是对彼此的身体有着强烈的欲望。"

女人点点头,说道:"希望如此。不过,这至少不是我经历过的任何一种欲望。现在的我,如果能让你开心,我自己的痛苦毫不重要。但是,以前即使在最强烈的欲望里,我也只是想让自己开心。"

男人心里也荡漾着相似的感觉,"我也是。刚刚和你拥抱时,我心里希望和你一起死掉……这确实是爱情瘟疫的主要症状,但无论如何,我们还是先找医生看看吧……据说,还是有些治疗方案的。"

诊所里人不多,爱情本来就不常见,加上这些年人们已经普遍采取了防护措施,真正患病的人就更少了。

接诊的医生是个神情严肃的人,他为这一对男女抽了血,检测了血液里长生抗体的浓度。

长生药剂每次服用,可以让人恢复到二十四小时之前的状态,但二十四小时内重复服用是无效的,因为这样会在人体内产生一种抗体,二十四小时之后才会消失。一个人只要每日定时服药,就可以长生不老,除非他或她感染上了爱情。而爱情可以在人类体内产生同样的抗体,导致长生药剂失效。一个人只要陷身于爱情之中,生命就如流水,一去不回头。

医生对男人和女人竟然在毫无防护措施的情况下做爱感到异常气愤,他斥责道:"你们怎么可以对自己的生命如此不负责任?沉默、面具、黑暗,这三大防护措施,你们一样也没有做,这简直是自杀行为!"

男人和女人没有作声。他们平常还都是做足了防护的，现在只是偶尔放纵了一次，没想到如此倒霉，正好遇到了让自己一见钟情的人。

医生看他们可怜的样子，也就没有继续发飙，他稳住自己的声调，说道："事已至此，你们也不用太害怕，头三个月爱情自然消失的概率有87%，如果完全依照我的建议，可以把这个概率增大到95%。"

说到这里，医生拿出一份资料，接着说道："这是根据最新临床研究给出的注意事项。三个月内引起爱情消失的最大两个因素是了解与厌倦。真正完全适合彼此的两个人，我认为其实并不存在。所以在联结还不是特别紧密时，尽快了解对方的缺陷，是治疗的最佳途径。记住，首先要尽力展现自我。不用区别哪些是优点，哪些是缺陷，只要尽量直接、诚实、不虚饰，缺陷自然会暴露无遗。其次，当你们感到不满时，不要压抑自己，尽情地嬉笑怒骂攻击对方。最后，当你被攻击时，也要尽情地反击，可以用语言暴力、身体暴力，或者冷暴力还击，千万不要体谅对方而给予善意的回应。

"了解之外，还要设法引发厌倦。你们两个在这三个月，要每时每刻都待在一起。我建议你们无限地纵欲，但只用一种你们最喜欢的方式，一直用下去，直到厌倦。其他事情上也是如此，尽量多地去做你们最喜欢的事，不要有任何节制。节制会导致新鲜感，而厌倦才是爱情的杀手。"

医生把手里的资料递给两人。

男人和女人接了过来，茫然地点了点头。

医生起身说道:"一定要照着资料去做,不要感情用事。祝你们好运,希望爱情可以尽快消失!"

接下来,男人和女人一起度过了他们一生中最美好的三个月,不用做任何努力,就自然而然地腻在了一起。他们连对方去卫生间洗浴都会觉得失落,醒来的第一件事,就是确认另一个人还在身边。

第七天的时候,男人和女人之间发生了第一次争吵。到底争吵的是什么,男人已经记不清了,但是那种尖锐的痛楚一直留在他的记忆中。那是一种从心中挖掉了一块的疼痛。

他问自己:"疼痛的这一块,是在什么时候成了我心灵的一部分?它应该是和爱情有关的,那么从第一次相遇到第一次心痛,不过七天的时间,它如何能在这么短的时间,就和我的心血肉交融,一旦被拉扯就会如此疼痛?它是新生的,还是一直潜伏在我心里?是因为她,还是因为爱情?"

无论那多出的一块来自何时何地,男人和女人经历过这种剜心般的痛苦之后,变得没有那么恐惧死亡了。两人开始觉得,没有爱的生命,不值得活。有了爱,生命一去不复返,也没有那么难以忍受。

第八天,两人就和好了。他们亲吻、拥抱、做爱,身体和灵魂被泪水与欢愉浸透。

从此,虽然两人在行动上都努力遵守医嘱,但是心里却充满一种无法被遮挡的光;在它的照射下,任何缺陷都是美好,任何厌倦都是激情。

三个月之后，男人和女人去复诊。

医生发现自己的疗法完全无效之后，不禁深深地叹了口气。

反复思忖之后，医生决定下一剂猛药！

医生建议他们尝试"嫉妒疗法"。

一周后，男人和女人来到医生安排的酒店，和另一对同样需要治疗的情侣会面。

这一对头发都染成蓝色的情侣，身材相貌都很出色，让男人和女人有些自惭形秽，说话也有些干涩，觉得很不自然。

医生为他们预定了一间有两个卧室的客房，男人和蓝发女人进了左边卧室。卧室里有一张特大号的双人床，铺着纯白的床单，靠近窗户的地方，有一只黑色的皮质沙发。床头上的装饰是一张海边落日的照片，落日景象壮观美丽，可是在地球上任何一个地方都可以看到这样的风景。

蓝发女人坐在床头开始脱衣服，但她却发现男人没有动。她停了下来，说："已经来了就试试吧，我也不想这样，但这也许能救我们的命……"

男人有些害羞地说："我不是不愿意尝试，只是心里一直想着她，实在是没有感觉。"

蓝发女人有点儿生气，说道："干吗这么矫情？你的她在隔壁做什么，你也不是不知道，别这么假惺惺的。"

男人这时也觉得自己有些虚伪，于是他走过去，和蓝发女人抱在一起。但男人仍然心不在焉，脑中一直想着隔壁的她。

蓝发女人无奈，只好主动凑过去，吻在他的嘴上……

温暖柔软的双唇贴着男人的嘴唇，他闭上双眼，试着想象自己拥抱的是她,于是身体开始有了一些反应。

这时,门突然被推开了,女人满脸泪水地冲了进来,后面跟着那个蓝发男子。

女人哭着抱住男人。男人的眼睛也湿了,忘情地吻着女人,完全忘记了蓝发情侣的存在。

蓝发男子看到了蓝发女人衣衫不整的样子,不禁怒容上脸,开始厉声指责蓝发女人,蓝发女人也反唇相讥。他们的爱情在这一刻开始变质,终于出现了痊愈的可能。

但男人和女人却愈陷愈深,病入膏肓。

男人和女人从此没有再去看医生,因为他们觉得失去对方比死亡更加恐怖。

两人死心塌地在一起过了七年,一直到女人二十九岁。据星相学的说法,二十九岁,是土星回归之年。

二十九岁的女人开始有了一种新的恐惧,明年自己就永远是一个三十岁的妇人了。她想起了酒店里那个蓝发女人,那个女人就是三十出头的样子,在那样的一天,蓝发情侣的爱情突然消失了。如果爱情注定要消失的话,她宁可它消失在现在,在自己三十岁之前。

一天晚上,女人鼓足勇气问男人:"你不害怕变老吗? 我们万一在很老的时候,却突然不爱彼此了,那可怎么办? 作为一个没有爱的老人永远地活下去,真是非常恐怖的一件事。"

男人没有多想,他也许应该说:"不会的,我会一直爱你,直到死亡。"但这时他却说:"我也害怕呀,但是爱情不愿消失,我也没有办法。"

这是压死骆驼的最后一根稻草。其实之前还有很多其他的迹象,不过一直在努力忘掉过去的男人,不记得那么多了。

第二天清晨男人醒来,发现女人不在身边了。他没有太在意,又昏沉睡去,一直到阳光从窗缝中透进来,在他脸上闪耀,把他从睡梦中惊醒。他依稀记得自己做了个有些伤心的梦,却又记不清楚了。

男人起身走到厨房,发现一小锅热粥用微火炖着,边上是一笼蒸好的肉包子,她亲手包的,还有些热气。男人叫了一声女人的名字,没有回应,他想,她也许去超市了。

他盛了粥,拿了包子,坐到桌边,才发现桌子上放着一封信。

信封是蓝灰色的,里面是一张明信片,上面印着小女孩在和一个小男生挥手告别,整个画面都是黑白,只有小女孩的皮鞋是红色。

明信片的背面,写着一句话:"对不起,我不爱你了。你也不要爱我了,好好生活,把我忘掉。"

女人离开那年,男人也是二十九岁。一直到十三年后,他才彻底从爱情中走了出来,血液里不再有抗体,可以重新开始服用长生药剂。这样,男人的年龄固定在了四十二岁。

男人从此有些恐惧异性。他尽量减少和异性的约会次数,实在忍不住,也只在黑暗中和戴着面具的异性身体接触,而且尽量保持沉默。

这样又过了四十多年,男人一直都没有再次感染爱情瘟疫。

他有时也想要放纵一下，但一想到可能要付出的代价，就压下了那些念头。

男人再次收到女人的消息，是在一个秋天的清晨。

那一天是星期日，连着下了十几天的雨，终于出了太阳。男人看着阳光，不禁心痒，于是一个人来到海边，散步闲逛。

海边人不多，即使有几个，也都戴着口罩或围巾。爱情瘟疫造就了人们深居简出和掩藏自己的习惯。

男人沿着海边的步道，准备走到远处那块巨大的白色礁石，再折返回来。

大概走到离礁石还有五十米远的时候，裤兜里的手机震动了一下。因为正在等一封重要的邮件，他立刻拿出手机来看。

发信人的邮箱显得很陌生，点开之后，看到名字，他才想起是女人。这些年他一直痛恨着女人，觉得自己额外损失了十三年。因为先离开的人是对方，而不是自己。

女人在来信中说，她就要死了，想见男人最后一面。女人说当时离开，并不是不再爱他，而是为了让彼此都有活下去的机会。可惜，女人心中的爱情比男人心中的更加牢固，它一直不肯消失。女人又说，她知道男人已经痊愈，所以一直都没有打搅他。直到生命的尽头，她才忍不住想见男人最后一面。

男人点上一支烟，面朝大海，坐了下来，一边抽烟，一边想着，"原来我还是幸运的，我的爱情至少在十三年之后消失了。她却一直爱着我，直到耗尽了生命。我一直被人如此爱惜着，超过她自己生命地爱惜着，我却一点儿也不自知。这对我意味着什么呢？"

他想出了神，烟灰积了很多，也没觉察，他问自己："如果她一直不告诉我，直到死亡，那她的爱对我似乎就毫无意义。但现在她告诉我了，难道对于被爱者来说，爱情的意义只在表白之中？"

男人吐出一口烟，透过烟雾看着远方海面的闪光，思忖着，"我该不该去看她？这是她最后一个愿望，这样的爱在她死后就不存在了，以后也不再会有人如此爱我了。我应该去啊，去感受一下我的生命中最好也是最后的爱情。"

他想到这里，轻轻地摇了摇头，"不，还是不能去！见她实在太危险了，即使她是一个垂死的、白发苍苍、皮肤松弛的老妇人。爱情是盲目的、不讲道理的，它可以让你爱上任何一个人，哪怕是一个看起来绝无可能被爱的对象。"

男人下了决心，收起手机，继续向着白色礁石走去。

过了一会儿，他似乎记起了什么，停住了脚步，又拿出手机，把女人拉入了黑名单。

男人以为自己做出了最安全的选择，但他的怯懦恰恰让他回想起半个世纪之前的女人，他深爱过的模样。爱情的灰烬，终将被追忆点燃。也许这时他应该去见女人，见一个面容陌生、白发苍苍、垂死的、皮肤松弛的老妇人，其实更加安全。

当女人的死讯在三周之后传来，男人再一次感受到了爱情的煎熬。

这次的爱情瘟疫，再也没能痊愈，一直持续到他死去。

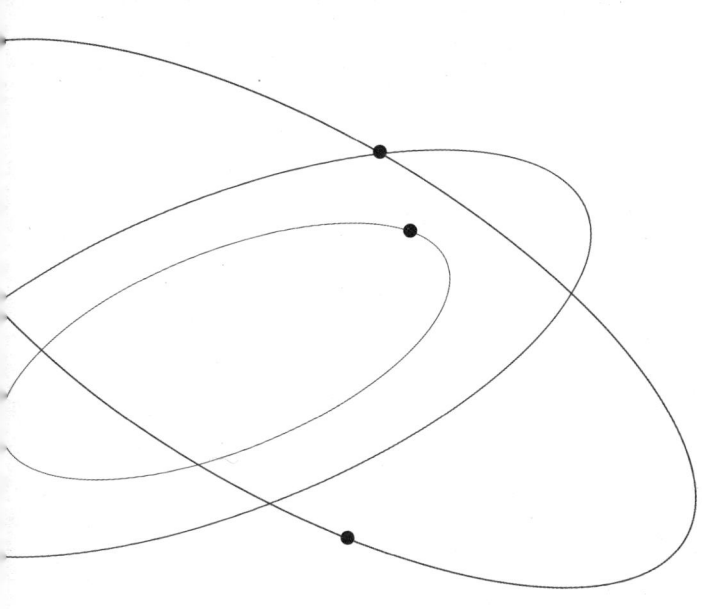

囚笼

索何夫

1

前方吹来的风中,携带着大海的味道。

我很清楚,对于那些正在数百甚至数千公里外关注着我的观众而言,我抵达海岸线的瞬间,绝对是值得纪念的;对我自己而言,意义也非常重大。考虑到剩下的半打竞争对手几乎全都落在我身后几百公里,而且没有丝毫赶上我的可能,这不仅意味着我长达三个月的充满艰辛、意外连连的旅行马上就要画上句号,也意味着我即将成功地将真人秀举办方承诺的两百五十万美元奖金外加其他一大堆花里胡哨的奖品统统收入囊中。

事实上,就在五分钟前,节目主办方已经将这个消息提前通过卫星通信装置告诉了我。

是的,我本应该感到非常高兴。但说实在的,我现在真是一点儿都高兴不起来。如果可以,我现在肯定会立即停下前进的脚步。

然而不幸的是,我那早已因为长时间持续跋涉而变得酸疼不堪,仿佛随时都在遭受炮烙之刑的双腿,却仍在以令人敬佩的毅力不断地行走着。

不过,驱动我竭尽全力迈开双腿的,既非对金钱的贪婪,亦非对名望的极度渴望,甚至不是对成功或者超越自我——这些陈词滥调几乎已经被那些老旧的励志冒险故事给用烂了——的追求。事实上,就连我也不知道那个正像该死的奴隶主一样疯狂地驱赶着我前进的家伙的名号,因为它在生物分类学上压根儿就还没有一个正式的名字,但基于它一贯的表现,我现在暂时管它叫作"狱卒"。

相信我,这他妈的绝对是个非常贴切的称呼。

2

对于一个在生命科学专业惨淡挣扎了整整十年的倒霉鬼来说,最令人兴奋的事——至少是其中之一——莫过于成为一种有着全新生存方式,以及有显然与其他生物截然不同的生命史的生物的首位发现者。

而最不幸的事则是,在发现它时,你自个儿恰好正在成为它的牺牲品。

不知从什么时候开始(有好事者考证过,很可能是本世纪初的那几年),生物学相关专业就一直是"前途黯淡""不好混"的代名词之一。尽管这个世界上几乎每一个人——或许我在这次真人秀的旅途中段碰上的那几个住在中非雨林里的俾格米部落民可以除外——都受益于我们的辛勤劳动和智慧的结晶,但像我这种从二流大学的二流生物专业毕业,然后辗转在各个随时可能倒闭或者裁员的三流公司打下手的家伙，却从来没和"发财"这个词儿扯上过一星半点儿的关系。

更糟糕的是，我同样也不是个安贫乐道的家伙，尤其是在得知读研究生时和我待在同一个实验室里的清秀女孩居然与一个刚出道不久，而且在很久之前就与我相识的二流主持人混在一起之后。

这也是我会报名参加这次真人秀的缘故。

"最后净土大挑战！"这场连名字里都塞满了商业化铜臭味和三流文艺青年式酸臭味的真人秀，真是我最最不喜欢的类型。

按照它的规则，如果要获得胜利，我必须沿着儒勒·凡尔纳的长篇成名作《气球上的五星期》中的路线徒步（没错，是徒步，不准乘坐包括热气球在内的任何交通工具）沿着赤道的方向横穿非洲大陆，并确保另外二十三个竞争者都不能在我之前做到这一点。

唔，我得承认，作为一只被常年圈养在实验室里摇管子、俗称"生物狗"的两足生物，我的体质、经验和个人能力，其实都绝对不适合如此艰苦的旅行。但我还是在权衡良久之后，选择了报名。

这在一方面是因为足以让我摆脱眼前痛苦劳碌、浑浑噩噩生活的丰厚奖金；另一方面则是因为，那个胆敢和我学生时代女神暧昧不清的小子正是这次真人秀的主持团队中的一员。从南方古猿时代之前流传下来的雄性行为模式，让我极其希望在这家伙面前获得胜利、展示自己，让他看清楚谁是更强、更聪明、更有权把基因传承下去的那个个体！

当然，至少在一开始时，我并没有对成功抱太大希望——直到我发现其他参与者居然全都比我更弱鸡时为止。

在旅程的开端，那些愣头青还有余力优哉游哉地上传他们在桑给巴尔采摘丁香，或者在维多利亚湖边钓鱼的视频。

但随着相对发达安定的东非地区渐渐被我们抛在身后，这班养尊处优的小布尔乔亚很快就在没有自来水、电力稀缺、卫生条件奇差的环境中现出了原形：有两个家伙刚穿过乌干达国境，就火速宣布了弃权；八个倒霉鬼在乍得南方的荒漠里因为缺水、迷路、没有抽水马桶、患上寄生虫病和被当地人打劫而自行弃权；从中非方向迂回的六个家伙情况更糟——其中一个因为卷入班吉市贫民窟里的一次街头交火而送了命，另外五个只是在国境线边上晃悠了一圈，便果断选择了打道回府。虽然我的对手里倒也有那么三四个半职业探险家，但无常的命运早早便替我排除掉了这些强有力的竞争者。

总之，当我牵着骆驼、步履蹒跚地离开早已变成一摊肮脏的含盐污泥的乍得湖南岸时，这次真人秀已经正式变成了属于我的独角戏。残存的几个家伙自知成功无望，早已主动放慢了脚步，并且避开了最糟糕的地方，将竞赛变成了一次纯粹的旅游秀。

为了挽回收视率，节目组的家伙们开始将目光放在了我的生物学学历上……

于是，我开始不断接到指示，要求我在力所能及的范围内进行一些节外生枝的小小冒险，哪怕我反复声明我所学的专业和野外勘探完全无关也没用。

唔，这就是我碰上"狱卒"的直接原因。

自从离开炎热荒凉的中非地区，进入林木茂盛、绿意盎然的几内亚湾沿岸之后，根据节目制作组的授意，我不止一次地离开计划路线，前往一些他们声称"绝对没有危险"的地方进行所谓的"冒险"。

这些所谓"冒险"的内容，基本上大同小异：根据临时转发给我的地图，找到所谓的"神秘古迹"（通常是殖民时代的法国人和英国人留下的传教站、小型堡垒或者仓库的遗址），郑重其事地在那些断壁残垣里晃悠一圈，随便抓着几只奇形怪状的小生物，摆出一副大惊失色、让我自个儿都难为情至极的表情，再向啥都不懂的观众们随便科普一点儿自然科学知识就成了。

当然，这些活儿全都非常安全、毫无难度，顺利得甚至连我自己都放松了警惕。正因为如此，当我在最后一次"冒险"中进入一处曾被兼作乡村医院使用的废弃天主教堂，并在积满灰尘的药剂仓库里发现那只尘封已久的箱子之后，我不假思索地直接打开了它。

那只用来自遥远的勃艮第的木材制成的箱子里，塞着一沓笔记、几只瓶口被蜡封住的瓶子和一盒已经锈成一团的手枪子弹。

如果在那时，我还保留着一点儿最起码的理性与谨慎的话，那么整件事多半也不至于演变成现在的样子。现在想来，那时我至少应该先认真阅读那些由英法双语写成的笔记，好好动脑筋思考思考其中所传达的信息，然后再决定是否要拧开那些瓶子上的蜡质封印。

但是，当时的我并没有这么做。

"呐，大家看，我好像发现了不得了的东西了哦……"入戏太深的我像个货真价实的探险节目主持人一样，举起了一只瓶子，在负责摄像的微型机器人的镜头前很招摇地晃了晃，还配上了一个我自以为很帅其实多半傻得冒泡的笑容，"好了，激动人心的时刻马上就要来了！接下来，我要在各位面前慢——慢——地把瓶子打开，让里面的秘密重见天日！"

然后，作为一个彻头彻尾的大蠢蛋，我他妈的真这么干了。

3

如果我没记错的话，以前有个草根历史学家曾经说过，真正重大的事件在发生时总是悄然无声的。自然，这话也适用于我。

在我打开那只棕色玻璃瓶瓶口的蜡封时，除了掉出一小团细碎的灰褐色粉末，让我猛地打了几个喷嚏之外，没有任何东西从瓶子里掉出来。

"呃，看来里面没什么秘密。"我朝着镜头挤眉弄眼一番，然后说道。

我想，大概确实有不少待在屏幕前的无聊人士被我的蠢样给逗笑了吧。

我并没有把那天的"探险"太当一回事儿。在太阳下山之后，我便在这座古老医院的院长办公室里暂时住了下来，为第二天赶路做准备。

在节目组为我准备的自动化个人安保系统的保护下，我睡得很不错，与我的主要器官相连的几个植入器所传来的读数也完全正常。唯一让我感到不适的只有一点：在那个夜晚快要结束时，我做了一个梦，在梦中，我发现自己变成了一只被僧帽水母捕获的沙丁鱼幼崽，正在无数遍布刺胞的触手包裹之下无助地挣扎着，同时渐渐窒息……

第二天一切如常，但到了夜里，那个梦里的僧帽水母变成了巨大的章鱼——就是那种吸盘里长着利齿、散发着尿素般怪味的大家伙。我的窒息感更强烈，也更真实了。事实上，当我醒来时，我甚至真的大口大口地喘了好几分钟的气。

到了第三天早上，当睁开双眼之后，我觉得自己的后颈窝那儿似乎有点儿疼。当然，由于没有别的不适症状，我当时也没把这点儿小毛病当回事，而是继续朝着大西洋的方向走去。

但是，到了那天晚上，后颈窝附近的轻微疼痛开始蔓延到了颈椎，与此同时，我的双手和双脚也开始有些间歇性的发麻——作为好歹学过点儿医学基础知识的人，这些异常状况总算是引起了我的不安。也正是在这个晚上，我第一次打开了那卷老旧发黄、破损不堪的笔记，试图从那些上百年前留下的字句中找出某些能带我弄清现状的线索来。

由于年深日久，虽然保存状况不算太差，但笔记的许多部分仍然出现了缺页、破碎或者污损丢失的现象，剩下的那些又大多是以我不太了解的法语写成的。万幸的是，通过那些零星的英文段落，我还是大致读出了一些关键的信息。

按照这位没有留下姓名的神父兼医院院长的说法，他是在1905年前往法属西非任职的，而留下最后记录的时间，在1907到1908年之间，就在这一年的圣诞节即将到来之时，医院附近的一些当地人村落出现了一些行为异常的人。按照他的说法，这些人似乎是被"魔鬼附身"了……由于记录的缺失，我没有读到多少有意义的信息，但一小段熬过漫长时光存留至今的语句，仍然引起了我的注意。

"……异常现象从最接近森林的地方出现，然后……在最开始时，症状有些像是轻微的疟疾或者感冒，甚至几乎没有症状。不过，有人报告说他们感到头疼、皮肤疼痛，以及最关键的——在后颈处的持续性不适，就像有异物卡在了脊椎之间。"那位没有留下姓名的神父写道，"综合其他一些描述，我怀疑这是微生物感染的症状。通过医院唯一的显微镜也从患者疼痛处流出的体液中发现了一种过去未曾见过的……可以肯定的是，一旦症状发展到……患者的行为变得有些微妙。虽然乍看之下没有任何异常，但只要时间一久，那些他们最为亲密的人最终肯定会察觉到……他们的灵魂仿佛变成了囚犯，而魔鬼则成了狱卒……"

记录最后的部分非常模糊而混乱，而最后一小段话则出于另一人之手——那似乎是一个从达荷美赶来的殖民地警察部队指挥官。按照这名指挥官的说法，认为患者被"邪灵附体"的当地人发起了一次小小的暴乱，烧死了所有看上去不太正常的人，医院里的人也不幸包括在内。之后警察部队的镇压，几乎导致了所有知情者的死亡，而他则决定把在神父办公室里找到的那些"令人不安、无法确定用途的东西"封存起来。

"搞啥啊？"在读完这堆玩意儿之后，我毫不意外地感到了一阵从脊背上蹿起的恶寒。就算我并不是真正的医生，对传染病学的了解也只限于大一和大二学的那些基础课里的内容，但如果记录哪怕有一半是实话，那也意味着无数种可怕的潜在可能性！而从我后颈传来的轻微疼痛时刻都在提醒着我，那一天发生的事并不是一场梦，而且多半也不是节目组特意安排的整蛊桥段。

我必须尽快寻求帮助。身体不舒服的时候要看医生，这可是所有现代人的常识。

虽然现在的我是孤身一人，离最近的城镇也有几十公里之遥，但这并不是什么问题。毕竟这是一场真人秀节目，只要我需要，五花八门的通信设备随时可以把我的需求传递出去，而且我也不认为节目组会有什么理由阻止我因为身体不适而要求进行一次全面体检。现在我所需要做的，只是打开随身携带的海事卫星通信系统，摁下一个按钮……

但我突然发现，自己甚至连如此简单的事也无法做到。

当然，从理论上讲，在这一刻，我的身体机能并没有受损。我的双手双脚都还好好地长在身上，肌肉没有萎缩，骨头没有折断，神经也没有出毛病。

但我就是无法拿起通信设备，按下按钮，将我想说的话传达给任何可能向我提供帮助的人。

我尝试了一次又一次，可结果都是一样——如果我想用我的双手做其他事情，都不会遇到任何困难；但只要我试图寻求医疗帮助，我的手就会变得不听使唤，无论如何都动不了丝毫。

更可恶的是，出问题的还不只是我的手！

在两个小时后，当节目组与我进行定时联系时，我本想立即向他们开口求援。但无论我如何努力，都无法将相关的语句说出口来。我希望能告诉他们我目前的状况，希望说出我心中的惶恐、不安与种种推测，但这些话语只能在我的脑海中打转，怎么都无法变成有条理的语句，就仿佛有一只无形之手死死地捏住了我的舌头。从事后的录音来看，在这次对话中，我所说的话只是一连串对对方问题的消极回应，包括几句不经大脑的客套话，以及"啊""喔""是的"或者"没问题"。

去他的没问题！

就在那一刻，我总算彻底弄明白了那份笔记里的意思：没错，我已经正式沦为了"狱卒"的囚徒！

4

自从后颈开始疼痛之后，我又连续赶了三天的路。

经过这三天的时间，我和旅途的终点——大西洋海岸线——之间的距离大幅度拉近了，这也让其他尚未退出的参与者更加没有了取胜的可能。要是在打开"封印"，放出"狱卒"之前，这一事实肯定会让我信心百倍、欣欣鼓舞，但现在的我，却正忙着考虑其他问题。

我所面对的第一个问题是："狱卒"的目的到底是什么？当然，这并不是什么特别困难的问题，对身为正牌（虽然只是二流的）生命科学专业毕业生的我而言，更是如此。无论从哪个角度来看，"狱卒"都是一种生物，一种营寄生生活的病原体。就像所有不存在智慧的生物一样，它的生存目的，无非只有那么一个——繁殖，从而把自己的基因传承下去。

于是，这就导致了第二个问题：它接下来打算干什么？

这个问题同样也不难回答。无论是被中国人盲目地奉为灵药仙丹的冬虫夏草，寄生在人们的消化道里、让所有人都极其不待见的蛔虫，抑或是艾滋病毒或者埃博拉病毒这样的危险角色……寄生生物的生活史主轴，无非是生存、成长，以及寻找新的寄主。

随着后颈的疼痛开始逐渐消失，我估计"狱卒"已经完成了前面的步骤，而这也意味着，它驱使着我行动的目标，只剩下了一个。

不用说，这可不妙。

相当不妙。

在确认了这两点之后，我立即开始了对第三个问题的思考：是否有办法对付"狱卒"？如果有，我又是否能用上这些办法？

第一个问题的答案是肯定的。从那位不知名的神父兼医院院长留下的记录来看，"狱卒"既然可以在20世纪初水平的光学显微镜中被看到，那么多半是某种细菌或者真菌。不过，考虑到它能够持续脱离宿主休眠上百年而保持活性，我推测它很有可能是芽孢杆菌的某个特殊亚种。在早已进入21世纪中叶的今天，对细菌进行分门别类，然后找出一种能够收拾掉它的抗生素，并不是什么特别困难的事情。至于发现它们，更是非常简单，任何医疗机构都可以在常规检验中轻易做到这一点。

但问题的棘手之处也正是在这里：身处自己身体的"囚笼"之中，我该怎么让自己去接受医学检查？

毋庸置疑，指望以理服人说服这些该死的原核生物，肯定是滑天下之大稽；而不知为何，这些鬼东西似乎颇为"聪明"，能够及时阻断我寻求医疗救助的任何行为。在几天的旅途中，我不仅从来没能通过通信工具成功求援，甚至连自救也没办法。其实，在我的背包里一直放着几盒强效广谱抗生素，用于预防紧急状况。有好几次，我都曾打算用它们来碰碰运气，但只要这样的念头出现在我的脑海之中，我的手就绝对无法伸进背包，仿佛那里面装着一整个核反应堆的堆芯似的。

除此之外，"狱卒"还竭力阻止我去做任何危险的事——或者更准确地说，任何会让我下意识地感到危险的事。

有一次，当我偶然发现一条颜色鲜艳的蛇悬挂在一棵树上，打算走上前去查看它是否有毒时，我的双腿立即像陷入泥沼般定在了原地；而另一次，当走过一处陡峭的河岸边时，我下意识地想象了一下从崖壁上跌落的场景，结果身体的反应大大出乎我的意料——我立即趴了下来，以最不容易摔倒的姿势手足并用地爬到了离河岸足够远的地方，然后才慢慢地站了起来。

当然，观众们都把我的这一行为当成了某种刻意为之的即兴搞笑表演。事实上，还真有不少人在那一天笑疼了肚子。

随着这样的事件不断发生，我总算意识到，正如它竭力阻止我寻求医疗援助一样，"狱卒"也在设法保护我的生命安全，或者更准确地说，在保护它目前唯一可以依凭的寄主。它需要我活下去，直到能够接触更多的人类，让它的子孙后代有机会开枝散叶为止。

而通过与它进行的一系列接连失败的博弈，我也在大致上推测出了"狱卒"的手段：与恐怖电影中经常出现的从头到脚都散发着不科学味道的丧尸病毒，以及现实中存在的经常控制宿主丧命的铁线虫和诸多真菌不同，这玩意儿对我的身体并没有造成任何显而易见的危害。事实上，它甚至没有完全控制我的行为。我的生活完全能够自理，也能正常进行绝大多数日常活动，唯一遭受阻碍的，只有那些可能对"狱卒"不利的举动。

虽说神经科学并非我的研究方向，但我所拥有的那些基础知识，还是足以让我大致猜出"狱卒"是怎么做到这一切的。我推测，它多半通过某种方式侵入了我的大脑皮质，并时刻监视着几个特定区域内的少数几类特定电信号，这些信号所代表的都是一个意思：我刚才又想到了某个可以收拾掉"狱卒"的点子，并且正打算将其付诸行动。接着，长在我脊椎后侧的那个迷你病灶就会立即做出反应，通过阻断神经信号的传导，将我计划中的下一步行动死死地卡在大脑之中。除此之外，一旦我察觉到危险，"狱卒"也会立即做出反应，强迫我立即采取最大幅度的避险行动。

我实在无法想象，到底是什么让"狱卒"进化出了如此不讲道理的能力。但话说回来，进化这事儿本来就是突变的"瞎猫"撞上自然选择的"死耗子"的结果，其实压根儿就没什么道理可讲。

这下可麻烦了。

而且是非常非常麻烦。

在这之后，我曾经试过停下脚步，就这么待着不动，好以这种最为简单直接的方法让自己的异常被其他人察觉。

但很不幸，随着停下的时间不断延长，那该死的寄生混蛋也逐渐失去了耐心。为了让我动弹起来，"狱卒"开始在我的脑子里胡搞瞎搞，狠狠地刺激了我的痛觉中枢。在凭着意志力坚持了几分钟后，我不得不承认自己的失败，并重新踏上了前往海岸的旅程。

　　更可恶的是，或许是在刺激我的过程中尝到了甜头，"狱卒"在这之后变得更加肆无忌惮了。每当我的脚步稍稍放慢，或者打算多花一点儿时间休息，它都会让我的脑袋疼得活像是被塞进了一窝愤怒的美洲火蚁！这种虐待狂式的行径，一直持续到我的脑子里不由自主地冒出了一幅我累瘫在地、口吐白沫而死的图像为止。

　　唔，这就是至今为止在我身上所发生的一切倒霉事——虽然我有种强烈的预感，倒霉事大概不会到此为止。

5

　　根据我的个人终端显示在护目镜内侧一角的数据，截至今天中午十二点，我离几内亚湾遍布肥沃淤泥的海岸线，只剩下不到十公里远。

　　按照活动安排，一旦走完剩下的这点儿距离，上千名来自世界各地的观众、当地志愿者、节目组人员、新闻记者和别的家伙，就会把我围个里三层外三层——对于任何以人类为宿主的寄生生物而言，这种景象都不啻天堂。

　　考虑到之前我被感染的整个过程，"狱卒"的人际传播显然是通过空气中的粉尘或者气溶胶进行的，并不需要进一步接触。换言之，就算我到时候什么都不做，只要抵达终点，这玩意儿就能立即找到一大群潜在的新宿主。几个小时内，感染就会完成；而再过上区区两三天，"狱卒"就会得到一大批任它操纵的傀儡！在交通发达的现代社会，这些傀儡可以在几周之内就将"狱卒"的后代散播到地球的每一个角落！

这样的状况显然不是一支达荷美土著警备队就能对付得了的。

当然，好消息倒也不是没有。无论如何，现代人的医疗与防疫技术，比起20世纪初已经提升了好几个数量级。对于"狱卒"而言，它唯一的优势兼生存希望，就是隐蔽性——在成功扩散到全球之前，只要它的存在被发现，各国的医疗检疫系统就会迅速将它的传播途径切断，最终像所罗门封印魔鬼一样，将它重新塞回那个瓶子里。换言之，我只需要让人们意识到我出了问题，意识到有必要对我进行医学检查，就行了。

可问题是，我他娘的做不到。

虽然我的身体暂时还看不出任何异样，但随着与终点的距离一点点拉近，我大脑中的搏斗也正变得越发激烈。我思考着一个又一个点子，并试图将它们付诸实施，而"狱卒"则以堪称歹毒的精准度将我的每一个可能对它不利的打算阻截下来。我试图停下脚步，试图伤害自己，甚至试图在"不经意"间让自己从危险的陡坡与山崖上摔落……但这一切全都是无用功，一旦我针对它的恶意被察觉到，"狱卒"就能提前让我无法采取行动；而如果不思考的话，我要想摆脱"狱卒"更是无从谈起。

当然，我还可以指望无常的命运之神会在下一个瞬间对我露出微笑：如果节目组突发奇想，决定让结束冒险的我接受一次全面体检，那"狱卒"的存在几乎一定会被发现。

　　除此之外，如果有非常熟悉我平日的言行举止的人突然出现，那么他们大概也能从我略显不自然的举止细节中看出某些端倪—— 一个世纪前，那座已经不复存在的村子里的居民们，就是这么意识到情况异常，并进而将他们的亲人送往医院的。

　　然而不幸的是，这些可能变成现实的概率，也只能让我用来安慰自己而已。那些制作节目的家伙一天到晚想着的，只有如何省钱，要他们为我这么个看似健康的人进行检查，简直和割他们的喉咙一样难。而我虽说还不至于举目无亲，但我年迈的母亲和大学里的导师都年事已高，难以长途旅行，指望他们能在这种时候恰好来到遥远的非洲，无异于白日做梦。

　　总而言之，从技术层面上讲，我连一丁点儿的机会都他娘的没有。

　　说来也怪。在确信了这一点之后，之前一直充塞着我的脑海的诸多烦恼，反倒在转瞬之间烟消云散了。而随着我停止抗拒，"狱卒"也不再继续给我制造烦恼和痛苦，就像它从未存在过一样。在彻底放弃治疗的心态支配下，我开始难得地欣赏起周围的森林、花卉与河川，同时半是自嘲、半是认真地幻想起未来世界的景象。我实在是不相信"狱卒"的运气能好到一统全地球的地步，但毋庸置疑，在一切结束之前，这会成为人类史上最值得纪念的历史事件之一。也许一千年后，孩子们还会在历史课上学到我的名字，然后互相嬉闹着嘲笑那个随随便便就打开瓶盖的大蠢货。

　　而我还能说啥？我确实就是个大蠢货。一个运气极坏的、傻得掉渣的、彻头彻尾的大蠢货，除了认栽别无选择。

　　最后的十公里很快就走到了尽头。当太阳开始西沉之时，我来到了一片开阔的泥质滩涂旁。虽然附近有好些港口城镇可以选择，但节目组认为，一定要把终点设在这种鸟不拉屎的荒郊野外，才能体现出本节目"挑战自然"的主题。说实在的，他们现在总算如愿以偿了：一个遭到了自然的挑战，而且刚刚一败涂地的倒霉鬼正朝这儿过来，并即将神不知鬼不觉地为所有人献上一份大礼！

"……看哪！经过九十七天六小时十一分钟的艰苦跋涉，两百五十万元的大奖正在朝它的得主招手！"就在我大步流星（而且很不情愿）地穿过竖立在终点线前的绿色大拱门时，一个让我隐约觉得有些耳熟的声音飘荡在空气中，"在座的诸位！让我们以热烈的掌声恭喜'最后净土大挑战'的胜利者！他一路前行，凭着自己的力量、智慧与知识，战胜了这片原始狂野大地上的无数艰难险阻，以压倒性优势甩开了所有强有力的竞争者，最终来到了这里！"

我停下脚步，放下背包，双眼在聚集于终点附近的人群中来回搜索着说话的那个人。当然，这并不是因为我对于那家伙无聊的陈词滥调产生了什么兴趣，真正吸引我的是他的声音——这家伙的声音对我而言，其实算不上非常熟悉，但却让我感到非常恼火。不知为何，我总觉得自己十分厌恶那个说话的家伙，因为……

……好吧，我想起来了，因为他抢了我的女朋友。

在看到站在一顶巨大而花里胡哨的帐篷下的那家伙的瞬间，令人不悦的记忆立即像开闸的水流般回到了我的脑子里。在过去的几天中，我一直忙于绞尽脑汁思考和"狱卒"斗争的方法，以至于一时间忘记了比赛、两百五十万奖金以及我选择加入这场真人秀的原因。没错，现在我想起来了，除了改善作为一条可怜的生物狗那糟糕透顶的收入状况之外，我来到这里的另一个目的，就是这个混蛋。

"啊哈，你这混球。"我打量着那小子漂亮的脸蛋，像一头在交配季节保卫领地的雄性棕熊一样喘着粗气。不过这一切全都和"狱卒"无关，而是出于我自己的愿望。

"咱们又见面了。"我说道。

"是啊，很高兴能见到你。"那小子皮笑肉不笑地对我鞠了一躬。我俩从初中起就是同学，因此，早在这小子勾搭上我的学姐兼前女友之前，我就对他的这些个小伎俩烂熟于心了，"恭喜你赢得了胜利……哦，对了，还有那两百五十万奖金。"

我强忍着想要一拳揍在他脸上的冲动，勉强笑了笑，说："看来今天是个好日子啊。"

"是啊，"那小子欢快地说道，"更重要的是，现在就像俗话说的那样：好事成双。我这儿恰好也有件好事儿得告诉你。"

"啥？"

那小子伸出一只手，把一只附着一封手写信件的小小礼盒塞到了我的鼻子底下。

虽然我是个穷光蛋，但也能一眼看出这是一只用来装钻戒的盒子，而那封信上的字迹也是我所熟悉的。

"没错，我们正式订婚了哦。"那小子说道，"而且她才是主动的那一方。"

我得承认，作为他的墓志铭，这句话确实有一种别样的美学意味。

6

事后想来，我确实应该好好感谢那小子——严格来说，不仅是我，全人类都有必要挨个儿走到他的坟前，朝着他的墓碑鞠躬致意。如果他没有挑在那个时候对着心烦意乱、头大如斗的我送上那样的"惊喜"，我实在是不敢想象，我们这个世界到底会变成什么模样。

具体而言，这小子通过刺激我的极端情绪而激怒了我。此时我的愤怒是人类这个物种所拥有的最为原始的愤怒形态：基于生殖冲动所产生的愤怒。由于持续好几天将精力耗在与"狱卒"的缠斗中，接着又被不情不愿地驱赶到海边，我早早地便憋了一肚子的火气，而自控能力则早已跌到了谷底。更妙的是，或许是因为过度沉醉于战胜了竞争对手的喜悦，这小子很可能是一生中头一次在"察言观色"这个课题上失算了。

因此，当我一巴掌拍开那只戒指盒，然后朝他冲去时，他脸上堆满了难以置信的神色。

"狱卒"没有阻止我的行动。

诚然，作为一种体积远小于人类肉眼能够观测的极限的寄生生物，它的"智慧"（虽然我不知道这个词在这里能否使用）可谓惊人。在数十个小时中，它准确地侦测到了我存心与它对抗的每一个念头，并将其全部无效化；而所有危及我人身安全的可能性也都在它的操纵下被全部避开了。

但是，我对那个浑小子所发起的攻击却是例外！

在那一瞬间，铭刻在我的每一条染色体中的本能，都对我的行动持完全支持态度。毕竟，就纯粹的生物角度来看，我比他高，比他壮，比他迅速，在非洲大陆上历练了三个月后更是如此，这样的竞争对手对我而言并无威胁。自然，作为一种纯粹的生物，"狱卒"也接受了我的这种想法。因此，"狱卒"放任我开始攻击并进入搏斗所造成的高度兴奋状态。

那小子先是试图抵抗，然后又试图逃走。

但我没有让他达成这两个目的中的任何一个：在其他的在场者意识到这不是真人秀的一部分并做出反应之前，我已经像一头发怒的黑猩猩一样咬住了他的喉咙，用我那虽然远不及黑猩猩，但起码还算足够坚韧的门齿和犬齿撕开了对方的颈动脉。

迎面喷涌而出的鲜红色温热液体将我的兴奋推到了极致！在现代文明的第一缕灯火被点亮之前，这便是属于男人的最大的快乐。在过去万年之中，名为"法律""道德"与"社会规范"的压制，从来没能真正将它逐出我们的身体和血脉，在那一刻，我用亲身体验证明了这一点。

当然，我总共只在战胜竞争对手的本能狂喜中沉浸了短短几秒，接着，至少一打胳膊就从不同的角度揪住了我，粗暴地将我拽到一旁，强行摁倒在地。

直到这一刻，操纵着我行动的"狱卒"才意识到大事不妙，开始强迫我挥舞手脚、拼命抵抗。

而我完全顺从了它的行径——毕竟，在这种时候，这么做不仅无害，而且有益。

此时此刻，我越是目眦欲裂，像一头被困的野兽一般拼命挣扎，就越能证明我的情况不正常。

接下来发生的事全都在意料之中：在无数人惊讶的目光下，我被制伏，然后被捆绑起来，最后被送进了医院。

在穿着精神病人的拘束衣的状态下，我接受了一番全面检查——当然，那些医务人员就像几天前的我一样，对"狱卒"的存在一无所知。直到发现位于我后颈部位的病灶之前，他们都一直以为，我多半只是在过度辛劳的跋涉中积累了太多压力，并因此陷入了失常状态。

不过，这些都并不重要。在接下来的几小时内，"狱卒"的存在就被昭告天下，所有与我有过接触的人，都立即得到了及时的隔离检疫。其中几个人已经抵达了波多诺伏的国际机场，再过一两个钟头就要登上返回故乡的飞机了。虽然确实有少数几个人出现了遭到"狱卒"感染的迹象，但万幸的是，迅速动员起来的防疫体系成功地阻断了它的传播……至少看上去是这样。

至于我自己，当然，在受到拘束的状态下，我不得不在特护病房里待了相当长一段时间。在这段日子里，"狱卒"一直驱使着我疯狂地挣扎，把我生生折腾掉了半条命。不过，在我那些更优秀的同行成功地为"狱卒"验明正身，并找到合适的抗生素之后，一切便都结束了。

经过这混蛋整整一个月的支配，我终于被解放了出来……然后收到了法庭的传票。

当然，我最后啥事也没有。直到现在，上千名法学专家仍然在持之以恒地就我当时的行为到底算是故意杀人、紧急避险抑或纯粹是身不由己，而进行争辩。即便在我和我的同行们认真仔细地向他们解释了"狱卒"是个什么玩意儿，以及它控制人类行为的原理之后，这种争辩仍然没有任何结论。而一般民众对我的看法同样如此。有些人认为我是让世界免于浩劫的英雄，但也有人认为我是个单纯的杀人犯或者受害者。

　　也有人询问过我的看法，但不幸的是，就连我自己也不知道哪种说法更接近事实。没错，我当时确实已经意识到，"狱卒"只会制止那些刻意针对它的行为，或者避免我遭遇直接的危险，而无法从人类社会的层面判断我的行为对它而言是否属于最优解；我也知道，在怒吼着扑向那小子的一瞬间，我的心中确实短暂地闪过了这个念头——而幸运的是，充斥着我大脑的狂怒成功地将它暂时掩盖住了。不过，我当时的所作所为到底有几分是为了对付"狱卒"，又有几分是纯粹出于私欲？恐怕没有任何人能弄清楚这个问题。

　　然而至少，我可以确定一件事：直到现在，我仍然会对与"狱卒"的邂逅感到那么一丁点儿的庆幸。真的。

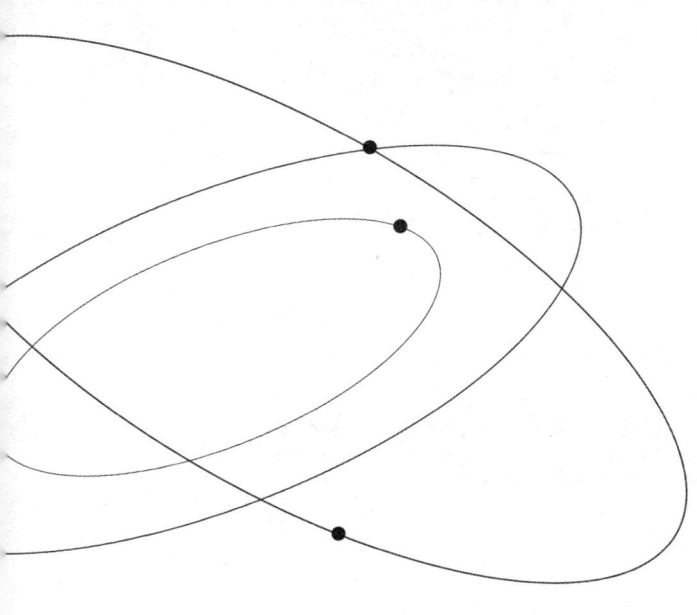

慕 明

涂色世界

现在，正如你已看见，我来到此地，带着船只和伙伴，踏破暗酒色的大海，前往忒墨塞，人操异乡方言的邦域。

1

十一岁时，我第一次读《奥德赛》。雅典娜化身为门忒斯，向奥德赛的儿子忒勒马科斯传递父亲已经从特洛伊返乡的消息。在塞缪尔·巴特勒翻译的古雅诗节中，有许多拗口的古希腊人名和陌生的词语变格，但我的注意力一下就被那个词抓住了。

"什么是暗酒色？"我问妈妈。

妈妈眨了眨眼，"你认为呢？"

"我觉得这是荷马的比喻。"我记起阅读课上的修辞知识，"大海是蓝色的，不是吗？"

"荷马是个盲诗人。"妈妈叹了口气，"大海也不总是蓝色的。在古希腊语中，甚至没有蓝色这个词。你还记得长岛①的海滩吗？夕阳下的大西洋，是什么样子？"

我试图回忆暑假时在海边骑车时的景象。天空呈现出和水

---

① 位于美国纽约市东南，是著名的浏览休闲胜地。

面相似的青蓝色,靠近海面的部分则被染成了葡萄和玛瑙的颜色。太阳落下的地方,乳白色的云块筑成了众神居住的神殿,绯红与金黄的光带像流泻的天河,倾入渐渐深沉的大海。

我喜欢暑假。在那几个月里,耳边响着的,只有海鸥的鸣叫和海风的低吟,而不是班上同学在我面前故意的窃窃私语。

我也并不真的讨厌古老的诗行,或是画板上的油彩。在我更小的时候,我曾经坐在儿童车里,看着妈妈画画——她常常忘记时间,直到我哭起来。可是在十一岁时我已经明白,生活并不是由色彩和诗句组成的。那就像是脆弱的琉璃筑成的幻境,在碎裂的时候,只会把人扎得生疼,让我不得不面对真实。

我是从亲身经历里认识到这一点的。

"我不懂什么是暗酒色。"我耸了耸肩。

妈妈沉默了一会儿。"荷马也用这个词形容过公牛。在《伊利亚特》中,'像两头暗酒色的犍牛,齐心合力,拉着制合坚固的犁具,翻着一片休耕的土地……'"

"噢,好了,妈妈。"我打断她,"承认自己不知道也没什么。说真的,你就是说荷马植入了视网膜调整镜也没人在乎。反正只有我没有。"

妈妈合上了书,"艾米,我希望你能至少读完……"

"算了吧,妈妈。为什么我就不能像其他同学那样有个调整镜?"

"可是你还小……"

"所以你就宁愿去理解那个盲诗人,也不愿意听听我是怎么想的吗?你根本就不知道!"

妈妈懂得五种古代语言，能够背诵整节的史诗，熟悉已经死去的词汇的微妙用法，可是没有一种语言，能描绘现在这个世界。

我并不明白她为什么那么抗拒调整镜。她总是让我感到格格不入，我甚至不敢邀请同学们来家做客。没有调整镜已经让我与众不同，而壁炉上方那幅灰白色的古怪油画，肯定会让我看起来更像个怪妈妈的怪女儿。

《暴风雪中的汽船》。我觉得，也许那个叫作透纳的古代画家，像荷马一样，是在失去视力之后才画这幅画的。

黯淡沉闷的色彩，看不清轮廓的粗糙笔触，就像我那时的生活一样。

"书呆子，嘿！"

我的胳膊肘被重重地撞了一下，铅笔掉在了地上。等捡起铅笔，黑板上的字迹已经被擦得乱七八糟。

"拜托，别……"

撞我的男孩把黑板擦甩过来，"砰"的一声打在我的桌角，腾起一阵呛人的烟雾，"书呆子，看不清？"

"我的视力没问题……"

"你连蓝色和绿色都分不清！"他居高临下地看着我。

"我只是没有调整镜……"我争辩着，"我分得清，只是需要久一点儿……"

"得了吧，你还是像你妈妈那样，戴上那种老式眼镜比较合适，跟你的模样也挺配。"男孩用手指在眼眶边比出两个圈，漂亮的绿色眼眸里满是嘲笑，"就像只丑青蛙。"

"别说了！"我再也忍不住，捡起黑板擦扔向他，可是我的力气太小，他轻而易举地躲开了，连一丝粉尘都没有沾上。

"好了，我们该走了。"安吉拉轻巧地迈过黑板擦。男孩吐了吐舌头，帮她拿过书包。

我望着安吉拉。冬日的夕阳下，她的金色头发闪闪发光，映衬着白皙得几乎透明的耳朵。即使在调整镜外她也是这么漂亮，也难怪他们都喜欢她。她回头冲我一笑，笑容那么甜美无邪，像油画中的少女。

可是她夸张的嘴型分明在说："拜拜，青蛙。"

教室里只剩下我自己，愣愣地盯着笔记本上抄写的修辞知识。我的成绩很好，即使我有时看不清楚黑板上的字迹，需要在下课后补抄。可是那真的有意义吗？那些妈妈希望我专注的东西，那些看似美好的东西，正在伤害我。它们让我和其他人离得越来越远。我现在需要的，并不是它们。

我没有向妈妈说起过这些，现在，也许是时候改变了。

我慢慢撕掉了笔记上未完的那一页，又一点点撕得粉碎。

2

十二岁，妈妈终于同意了我接受视网膜调整镜的植入手术。那一天我醒得很早，在黑暗中，我打开衣柜，感受着轻薄的蕾丝和柔滑的缎带划过指尖，想象着在植入之后，那些一成不变的套装裙子将呈现出怎样的缤纷色彩。最终，我选择了一件象牙白色的针织溜冰裙，裙背的开口恰好能露出纤细的颈背曲线。最重要的是，调整镜的色彩滤镜效果在白色底色上能得到最完美的呈现。

"别害怕，只是个小手术。"爸爸握着我的手，我能感受到他手心的汗。

"好了好了，爸爸。只是让我变得'正常'一点儿的小手术嘛。"我撒娇地说，故意不去看妈妈。她站在角落里，穿着她经常穿的那件灰色兔毛大衣，脸上涂了过多的粉底，苍白得像个假人。她总是把自己裹在黯淡的颜色里，就像她的书和她的画，都蒙了一层古老的雾。

"这里。"医生指着一个呈现纵向切面的眼球模型，透明的玻璃体像个水晶球，占据了眼球五分之四的体积，在后端附着的那片金色薄膜，就是视网膜。

"视网膜调整镜的原理其实并不复杂。我们知道，视网膜是由对光敏感的视杆细胞，和对颜色敏感的三种视锥细胞组成的。在古代，当人们在没有月光的漆黑夜里穿越丛林的时候，人眼的视杆细胞能够捕捉单独的光子，并排除周围其他细胞的干扰把它放大；而当来到一片日光明媚的夏日海滩时，人眼对颜色敏感的视锥细胞很快便能够适应强烈的日照。最新的视网膜调整镜，是将生物微电极阵列制成的芯片，植入到视网膜神经感觉上皮和色素上皮之间的区域，辅助视杆和视锥细胞感受光照，直接利用视网膜本身的编码和解码机制来将电信号转化成视觉。它依然利用了你自身的'镜头'，就像是为数码相机换一块感光器件一样。"

"但是它比我自己的'镜头'可厉害多了。"我抢着说，想要卖弄一下早就从同学那里听到过的东西，"它可以呈现更多的视觉细节，也可以自动调整视觉成像的明暗、色彩范围。我再也不会看不清楚黑板上的字迹了。"

"可是你也许再也摘不下来了。"妈妈摇摇头，"艾米，再想想，这不是传统的眼镜，这可能是你的新眼睛……"

"所以我才不愿意一直当瞎子！"我的眼前，安吉拉那夸张的嘴型时隐时现。青蛙，青蛙。

"对于安全性您大可放心。现在已经不是三十年前了。视觉系统的增强技术已经相当成熟。"医生的声音十分平缓，显然已经见多了这样的对话，"事实上，大多数孩子在更小的时候就已经接受了植入。这就像曾经的最新款手机，最热门的社交软件，再加上最流行的服饰的集成体，人们是无法抗拒的。我们当然不能只从商业的角度考虑问题，但是可以预见，调整镜人群才是未来的主流。"

"现在已经是了！班上的每个人都在用。调整镜还可以设置滤镜共享——只需要同步频率。"我从爸爸的手中抽回自己的手，凝视着手腕内侧。我知道，在植入后，那里就会亮起一个微小的光点。

"没错，通过可编程接口，调整镜可以对电信号进行实时编码。"医生点点头，"某种程度上讲，它为你展现了无数个新的世界——并且可以与别人分享。"

"是啊，简直太棒了。"我故意说得很大声。也许妈妈可以在那间昏暗的书房里逃避现实，但是我不想。她不知道孩子们的世界是多么残酷又是多么精彩。也许她根本就不在乎。

而这个世界最终将属于我们。

"医生，我想跟你单独谈几句。"妈妈忽然开口。

我不知道妈妈和医生说了什么。只有爸爸陪在我旁边，我们谁都没有说话。直到医生返回手术室他才离开。医生开始在手术操作系统上输入调整参数。护士小姐为我注射了麻醉剂，眼部一阵冰凉之后，是无知无觉的黑暗。我知道，手术马上就要开始了。

"医生，大人……也可以植入视网膜调整镜吗？"

"技术上可行，不过成年人的术后适应往往不如未成年人。"医生的声音显得有些遥远，"而且，目前的技术并不支持某些特殊的情况。比如有些人的排异反应过于强烈，比如……"

我并没有听完医生的话。无可抵挡的睡意已经袭来。在香甜的梦境中，无数的异彩纷呈正在等待着我。

"嗨，安吉拉。"我鼓起勇气，朝着迎面走来的女孩招招手。她浅粉色的裙子上装饰有淡绿色的缎带蝴蝶结，像一支初绽的郁金香。"喜欢你的粉裙子。"

"哦？"她扬起淡金色的眉毛，"你终于也有那个了？"

"嗯。"我若无其事地理了理裙摆。深蓝色的裙子上有星光流转，搭配浅栗色的头发，而非和妈妈一样的黑色。手腕内侧，调整镜的同步信号闪着微弱的绿光。我知道，在她的眼里，我一定和以往大不相同。

"还不错。你知道吗，以前，我们都觉得，你这儿有点儿问题……"她歪着头，指了指眼睛。

"当然不是！我只是……我只是没有调整镜而已！"我连忙

说，"不过，现在不同了，再也不同了。我和你们一样。"

"不，还差一点儿。"她眯着眼睛笑了。

"哪一点儿？"

"我们不把这叫作粉色。这是荆棘鸟滤镜套组里的玫瑰灰烬。玫瑰灰烬。又温柔，又残酷。同样，你的裙子也不是蓝色，在调整镜里，那叫作皇家午夜。就是那种忧郁的感觉。"

"喔……"

我忽然意识到，调整镜改变的，不仅仅是物体的色彩或者明暗本身。它也改变了描述这个世界的语言。

而语言……我模模糊糊地想起妈妈曾经讲过的睡前故事。无论是童话故事里的魔咒，还是希腊神话中的预言，似乎，都拥有可以改变一切的神奇力量。

那都是骗小孩子的。一个声音在心里说。我眨了眨眼，想要拂去那些飘忽不定的思绪——其实那完全没有必要，调整镜会保证视野的绝对清晰。

"嗯，玫瑰灰烬。"我点点头，"我懂了。想要试试我的皇家午夜吗？我想，它会很衬你的发色。"

3

后来，我读了人机交互专业。大学毕业后，我加入了一家为视网膜调整镜编制滤镜插件的初创公司。如今，人体改造技术已经成了最炙手可热的领域。植入了RFID芯片的人们再也不用担心忘记钥匙或者钱包,3D打印的心脏、肺和肾则大大缓解了器官移植供应的压力。

生物黑客成了每个年轻人的理想职业,不过,最吸引我的,仍然是调整镜的相关技术。视觉是我们与外部世界建立关联最重要的渠道。我不会忘记在那场手术之前,我曾经被排除在外。

几乎已经没有人再抗拒人体的硬件升级,除了妈妈。

她曾经委婉地提出希望我在文学或者艺术领域继续深造,但是,在爸爸出差时因为车祸去世之后,我就从家里搬进了自己租的小公寓。她再也不能要求我什么了。

事实上,自从上了中学,我和妈妈的话就渐渐少了。

调整镜固然是重要的原因。十年来,随着技术的不断升级,调整镜所能呈现的视觉效果早已超出了人类的固有经验,只有使用来源于调整镜本身的语言,才能传达准确的含义。我很难与妈妈分享什么是"超空三号",那是一个类似于在大气层中不断上升的光线渐变渲染,由淡蓝、深蓝、紫色、紫黑逐渐变成深沉的黑色丝绒,夹杂着许多难以形容的纤细光丝,那是我最喜欢的睡眠环境。我也没办法向她讲述我第一次暗恋的那个男孩儿,他的眼睛里有真正的黑洞,星星在瞳孔边缘纷纷坠落——那是最新款的芯片才能达到的效果。

与此同时,各种基于传统人眼感知原理的显示器,也进行了针对调整镜的更新换代。如今我们看到的,不再是前信息时代那种可以看见边缘锯齿的粗糙图像,而是与调整镜算法相融合的超写实成像。这跟前信息时代的3D成像有点儿类似,但是更为生动。事实上,如果不是显示器强制性的边框限制,我们已经很难分清显示器内外的世界。

但是妈妈拒绝这一切。在某种程度上,我觉得,是她的态度,而非调整镜本身,造成了我们之间微妙的沉默。她甚至不使用电子阅读器或者非侵入式的增强现实眼镜,而是埋首于那些日益暗沉的古代典籍和艺术作品中去。

我知道,在我离家上学之后,她又重新拾起了年轻时的爱好:画画。我曾经看过她的作品,老式的静物、风景,乏善可陈。凝固的油彩,并没有调整镜下的光线灵动飘逸。

"怎么样?"她期待地看着我,像个等着夸奖的小女孩。

"唔……不错。"我努力让自己听起来真诚一点儿,"不过说真的,妈,你就不能试试……"

"艾米,我真希望你关掉那玩意儿,用自己的眼睛去看,用自己的语言去说。"她从老式的玳瑁眼镜上边缘盯着我,声音干巴巴的,"妈妈毕竟是过来人,要记住,你眼中的颜色……"

"'黑色并不总是黑色,白色并不总是白色……'好了,好了,难道这就是你在葬礼上也穿着一件灰衣服的理由吗?"我忽然提高了声音,某种存在已久的情绪裹挟着词语,破口而出,"妈,我已经长大了,而你却止步不前。你要知道,在这个时代,年龄不是你的资本,体验才是。"

"那些一模一样的人造体验?"妈妈绞着双手,"艾米,你忘了你曾经是个多么特别的孩子,还记得……"

"不,我并不特别。那些只是你想要强加于我的东西。我从来就没喜欢过那些古典文学、那些油画。"我背对她,不想看她的眼睛,"我只想做个正常人。"

"艾米……"她停住了,声音里有抑制不住的惊讶和失落。我听得出。

"我早就不是孩子了。"我强迫自己一口气说下去,生怕因为泛起的丝丝歉疚而停顿,"现在我看到的,懂得的,都比你多得多。别再用那些故作神秘的陈词滥调约束自己,也约束我。出去看看这个前所未有的时代吧!"

她终于不再说话。有那么一瞬间,我似乎听见了强忍住的哽咽。

我转身走出了光线黯淡的老屋。外面正淅淅沥沥地下着小雨。我调出了特瑞尔七号的全景模式,那是天空中维纳斯带的视效模拟,阴沉的天色在温暖的二次瑞利散射光下变得柔和。我长长地呼了一口气,疯狂跳动的心,渐渐平缓下来。

对不起,妈妈。但是我已经长大了。

4

爸爸的葬礼也是那样一个雨天,我还记得冰凉的雨水顺着黑色的呢子外套滴答落下。牧师在十字架顶端渲染出一对流光溢彩的小天使,在雨雾中撑起拱形光环,虚明如镜的光晕中央,是熟悉得让我心碎的投影。我告诉自己,爸爸会在那光芒中永远照看着我,就像很久以前拉着我的手一样。

可是在我身边,妈妈无法理解那些。依然是过厚的粉底,古董似的毛衣。她看不见,也听不懂什么是"天国的三种光冕"。她只能透过被雨淋湿的眼镜片，望向那片只属于她一个人的灰白天空。

在牧师的致辞之间，我听得到人们的窃窃私语。我熟悉那种刻意压低的声音，也熟悉目光相接时，那种略不自然的回避眼神。成年人的游戏规则变得隐秘，但我明白那些体贴的微笑和言语背后，究竟隐藏着什么。理智告诉我，在葬礼上也许不该想到这些，但是理智从来无法抑制情感。

如今再没有人为我挡住生活的风风雨雨。至于妈妈，我不能指望她。

"请节哀。"马克与我握手，他的西装泛着黑曜石的色泽，笔挺而庄重，像我每次见到他那样得体。我和他刚刚开始约会，本没想到他会来。

他握住我的手，凑近我的耳边，"你辛苦了。"

"还好。谢谢你。"他手心的温度，让我好受了些。

"我的意思是，我不知道……"他费力地寻找着合适的词语，"你母亲原来……你家可真是特别。"

我的手僵住了。

"不是这样的，只有她……"

我想要争辩什么，但是他陌生的同情眼神忽然让我明白，我曾经挣扎着想要摆脱的东西，仍然像个拽住我的泥坑。

"我们都很特别。孩子。"妈妈转过头，眼镜片上的水滴淋漓，声音大得让我羞耻，"艾米，你，我。我们每一个人都是。别那么相信你那镜片里的……"

"别说了，妈。求你停下。"

马克耸了耸肩，离开了。只剩下我不得不强作镇定，应付剩下的客人。妈妈依然漠然地坐在一边。她本来就没多少朋友。

我不知道她是否真的在乎爸爸的离去，是否真的在乎我的想法。在那之后，我几乎完全放弃了。我的房间门常常紧闭，我也不再会跟妈妈闲聊。我们的语言交流越来越少。不久之后，我就搬离了家。

不，妈妈。我也许无法改变你的想法，但我不想变成你的样子。

5

当技术革新改变了描述这个世界的语言，它也永久地改变了我们看待世界的方式，哪怕脱离了技术本身，语言也已经深刻地塑造了人类的心灵。大学时的语言学课上，老师曾经讲过萨丕尔-沃尔夫假说。有些小说家曾经根据这个假说，畅想了学习外星语言能给我们带来的超级能力，但我觉得，这个想法的真正意义，在所有东西都快速迭代的今天，远比人们认为的要更现实。

"又得扩充语音助手的词汇表了。"比尔的即时信息在我的显示器上跳动，中断了我的回忆，"调整镜上周的用户数据已经发布，可能会增加七十多个高频新词。"

我回头，在格子间里寻找着那一团熟悉的银灰色乱发。比尔是公司的资深工程师，目前和我结对编程。

我知道，他的头发是实实在在的银灰色，而非调整镜的效果。"遗传。"在第一次见面时，他解释说。

"挺酷的。"我不想显得大惊小怪,"我也认识不用调整镜的人。"

"我还没那么酷。"他咧嘴一笑,乱草似的头发开始变成一根根纠结的微型彩虹。

"嗯……我觉得,我们应该重新思考一下词汇更新的流程。"我飞快地键入字符,"新词随着新视觉效果增加,旧词随着旧视觉效果被剔除,近三个月来我们已经更新了三次。太快了,也许。"

"你可能想计算一下加速度。"他加上一串数字,那是调整镜代码中的鬼脸编码,"咖啡间见?"

"有时我感到,事情在逐渐……失控。"我拆开一袋巧克力豆倒在纸盘里,"你也许听说过语言会导致思维的差异。"我拨弄着一颗颗彩色的小球,"而我们正在加速这一过程——"

我努力不去想妈妈的脸,"想想看,调整镜已经渗入了生活的方方面面,从电影院的屏幕到手机应用。而从广告标语到网络新闻,所有的语言都在尽力跟上调整镜中描绘的景象……要不了多久,不,就是现在,人们已经无法脱离调整镜和与它相关的一切进行思考交流。可是……可是那些没有调整镜的人该怎么办?"

"脱脂奶? 纯奶?"

"喂,比尔,我说真的。"

"还是脱脂奶吧。"他耸耸肩,"没什么大不了的,艾米。人们创造了技术,技术也重新塑造了人类的心灵,从古至今,都这样。"

"可是至少不应该这么快……"

"有那么悲观?"他晃了晃起泡的牛奶,在咖啡上画出复杂的花样,"在面试时,你不是说调整镜和所有的先进技术一样,能让人们联系得更紧密吗？分享你眼中的美妙世界——"

"也许我完全错了。"我有气无力地说，感到巧克力豆在温热的指尖渐渐变得黏稠，就像我的思绪。

比尔将拿铁递过来，表面的拉花是一张只有眼睛、没有嘴的脸。我的心里突然一阵抽搐，几乎无法直视那漂浮在褐色液体上的稠密奶泡。

"我曾经是个物理专业的学生。"他慢慢说道，"直到现在也还相信以理智追求物质世界的真相。但是我明白，如果只是依赖牛顿光学的颜色理论进行数学抽象，我们永远也无法理解，当古希腊人站在海滨，眺望着暗酒色的大海伸向遥远的天际线时，他们看到了什么。"

"他们到底看到了什么？"一颗巧克力豆在我的指尖四分五裂，我顾不得擦拭四处溅射的甜腻浆液，也忘记了之前的话题。我只想解开那个被遗忘了很久的谜。

"呃，我只是试了试刚发布的荷马之眼……"他显然没有预料到我的反应，"应用市场的第一个。"

盲诗人用词语为遥远的年代涂色，而那词语如今成了我窥视真相的眼睛。该如何描述我见到的？在古希腊人的眼中，这世上的每一种色彩依然清晰可辨，只是比起色盘上的差异，他们的目光更多地聚焦在明暗的程度上。暗酒色描述的不只是红与蓝的中间色，而是一种明亮与运动的混合，随着不同季节和一天中不同时辰的光线状况而变，那是最能捕获古希腊人感受的特征。人们依然能感受到最细微的颜色差别，但他们并不在意。和夕阳下波光粼粼的海面，以及浸满了汗水、闪闪发亮的公牛躯体一样，我感知到的，是在纸杯中荡漾闪烁的甘醇液体。

"难以置信……通过词语反向构造……这是……用古希腊人的眼睛去感受这个世界。"

某种程度上来说，这项算法的设计不但考虑了客观世界的真相，也反映了物质世界对于古代人类心灵的启示。而这，全都来源于语言。

萨丕尔-沃尔夫假说并不是故事的全部，语言并没有阻断我们的视野，也没有让我们丧失思考的能力，它只是为我们戴上了一副眼镜。

我切断了调整镜的信号。我有多久没这么干了？我试图回忆起那些古老的形容词，或者说，忘记调整镜赋予的新词汇。"你得学会摘下眼镜，才能戴上另一副……你得暂时忘掉母语，才能更好地学会外语——"妈妈严厉的目光挂在玳瑁镜框上。

"艾米？你还好吗？"比尔的声音听起来很遥远，"真没想到，绿色也挺适合你的。"

我的心跳忽然漏了一拍。

很久以来，我的衣柜都是由黑白深蓝组成的，不管是在调整镜内还是外。我不喜欢绿色。那让我想起某种滑腻的两栖动物，以及那些曾经刺痛过我的眼神。

6

"妈，我想问你一件事……"

我盯着刚刚发出的语音讯息，犹豫良久，还是按下了"取消"。也许她会听到一句没说完的话，也许她会看到一条发送又撤回的消息。我不知道她会怎么想，我们都清楚，我早已不习惯向她寻求帮助。

可我又该怎么办呢？

单身公寓里一片狼藉。地板上散落着剩了一半的外卖餐盒，没洗的衣服揉成一团，工作台的曲面屏幕上，显示着环形的孟塞尔比色图和带状的可见光光谱。

我的手边堆满了打印出来的资料，德谟克利特对于颜色的论述，道尔顿的《论色盲》，还有马克·罗斯科那些只有大幅色块的抽象绘画。

然而没有任何资料能告诉我，我看见的颜色，到底是不是别人眼中的颜色。

我到底是不是一个——色盲。

这听起来不可思议，但又完全可能。在模糊不清的记忆里，妈妈指着晴朗的天空说那是蓝色，指着花园中的嫩叶说那是绿色——通过学习，我能对应颜色和词汇符号，但是，假如我眼中的视锥细胞与常人的位置不同，通常意义上的"蓝色"波长的光波在我眼中引起的，实际上是常人眼中的"绿色"的神经信号，我会发现吗？

我会认为"蓝色"就是那么"绿"。我学会了将语言符号与某种特定感知对应，却没有意识到，符号所指的可能并不是一种物理属性，而是一种心灵表象。我永远无法知道别人眼中的世界是什么模样。

这就像一台计算机,我的眼睛是输入端,大脑是个黑匣子,而嘴巴是输出端。当别人接受绿色信号,产生绿色感应,说出"绿色"时,我学习到的是接受绿色的信号,产生"蓝色"感应,却同样说出"绿色"。我无法意识到自己的特点,我特殊的地方不只在于眼睛本身,更在于对外在刺激的内化。我的心灵。

"你连蓝色和绿色都分不清。"

"青蛙,青蛙。"

儿时的记忆碎片涌入脑海。以前我一直以为,那是因为我没有调整镜,所以不能像别人一样迅速地分辨细微色差。但事实可能比那更严重。

调整镜让我看到的,是别人眼中的景象。我熟练地运用着那些词语,自以为融入了那个"正常"的世界。但那并不真的属于我。我想起了妈妈总是说我特别。她一定早就知道。

可是,她为什么从未告诉过我?

我终究不是个"正常人"吗?

我忽然想起公司用户论坛上的那个请求。有用户抱怨我们为某款增强视觉游戏设计的新界面不够友好。

"我喜欢这个游戏,不过我看不清敌人的发光轮廓。一切看起来都一样。"

那个帖子并没有多少人关注。寥寥的几条回复中,有人说:"新界面没问题。你是色盲吧。没有调整镜就别玩。"

那个帖子的主人显然情绪激动,"去你的调整镜,因为交通信号灯的升级,我现在开不了车,连我最爱的游戏都要被你们毁了吗? 这不是我的错。"

最初我没在意，只是把那个请求标记为"不予处理"。每天收到的用户反馈和要求成百上千，而我们只会挑选那些最重要的处理。

最重要，等于影响人数最多，可能产生的效益最大。像这样的特例，通常并不在我们的考虑范围之内。

但是现在，我盯着那个用户的注册地址，心脏像被人狠狠打了一拳，一种钝感的疼痛几乎要让我呕吐。

那个国家，正是爸爸车祸去世的地方。

爸爸和妈妈一样，一直没有植入调整镜。他开车一向小心。我本以为，是上天的残忍带走了他，我从来没有想过，也许是因为，他也像那个用户一样，被我，被某些人，当作了一个"不予处理"的特例。

也许，我本来可以看到他眼中的世界，至少……接近他。他的基因仍然存在于我的每一个细胞里，我的眼睛，和他有着同样的颜色。爸爸眼中的一切是什么模样？我可曾听他说过？

古希腊人的词语犹可让我一窥古老的过往，但我却忘记了身边的声音，那些本来也属于我的声音。

也许我本来可以阻止那件事发生。

不……

几乎被愧疚吞噬的我，切断了调整镜的信号，再接通，再切断。电势的频繁变化中，眼前的一切似乎变了，又似乎没变。但是究竟什么才是真实的？那个多数人的世界，真的更好吗？

突然，我的眼前一片浑浊，随之而来的是越来越严重的头晕。我吓了一跳，赶忙闭上眼睛。我听得见自己的喃喃低语，安慰着自己这只是幻觉,再用僵直的指关节敲了敲自己的太阳穴,然后睁开眼睛期待光明——还是没用。

所有的颜色都消失了。黑暗包围了我。

难道就这么瞎了吗?

从未有过的恐惧中,我终于体会到了什么叫作度日如年——甚至度秒如年,我几乎已经看到了那个倒在地上后被人送去医院,躺在病床上虚弱无助的自己。滤镜、调整镜、色盲、视觉异常……纷乱的词语在我的脑中回旋飞舞,然而在真正的黑暗面前,什么都了无意义。

我怎么还未到生命的中途,

就已耗尽光明,走上这黑暗的,茫茫的世路。①

如今还会有盲诗人吗?在失去意识前,我莫名地想起荷马。

7

"艾米……你听得到吗?艾米……"

黑暗中似乎有遥远的呼唤。一只冰凉的手轻轻放在我滚烫的前额上,又移开了。

我很久没有像现在这样渴望那个声音、那种触感——像是渴望黑暗中的一道光。

①《哀失明》,弥尔顿。

"妈妈……"

"别怕。"她紧紧握住我的手,"没事的,你只是因为眼压不稳导致短时失明。"

我战战兢兢地睁开眼睛。四周渐渐亮起来。

而我的视野因为泪水,再次模糊了。

"我不知道……爸爸……我……"我泣不成声,"为什么……不告诉我?"

"你是多么害怕自己的特别啊,孩子。所有人都害怕。我也曾经害怕过。"妈妈叹息道,"我只是想保护你,不过,我错了。"

我惊讶地抬起头,难道妈妈也……

镜框后,她疲惫的眼睛闪着光。

"我们每个人都很特别,但又没那么特别。"妈妈将我的头发拢到耳后,"妈妈也是花了很久,才明白了这一点。"

她为我戴上了一副耳机。

"现在你的眼睛还需要休息。闭上眼睛吧,孩子。用耳朵去听。"

我颤抖地重新躺下,耳机里传来妈妈的朗读声,就像很多年前,她在我床前朗读童话和传奇一样。不过,和过去的夜晚不同,这次的故事,让我的呼吸渐渐急促,内心翻江倒海,我时而忍俊不禁,时而泪水涟涟,像是荷马的第一批听众。

那是妈妈的日记。

……2024年,1月25日。

今天我在滑雪场遇见了乔。我几乎一下子就被他的眼睛吸引住了。浅淡的冰蓝色，里面还有那么多不同层次的绿色、丁香色、青金石色……怎么可能有这么漂亮的眼睛？我呆若木鸡的样子，在他眼里一定很可笑。

不过我很快发现，他可能是个色盲。他的滑雪服是我见过的最丑的绿色，像一个放了半年的牛油果，还掺杂有脏兮兮的土橘色，我在他面前忍不住咯咯笑个不停，搞得他莫名其妙。看来我以后必须帮他打理衣橱……不过，至少现在，我不用担心别的姑娘会在雪道上跟他搭讪了。

……2028年，5月30日。

谢天谢地，最后一批花总算在婚礼前送到了。白色的芍药，早上刚刚从费尔班克斯的农场里采摘下来。我的手捧花是含苞待放的白色栀子花。白色的蜡烛，白色的蕾丝桌布……白色，白色，全是白色。

乔小心翼翼地问我，真的不用别的颜色吗？哎，我该怎么向他描述呢，他总是看不见，白色不是白色。就像我见到他的那天，雪地的颜色一样。我让他想象蛋白石的样子，在半透明的白色石头上有比红宝石更柔和的火彩，紫水晶的绚丽紫色，以及祖母绿的绿色之海，所有闪闪发亮的元素汇聚在一起，就像普林尼说的那样，像硫黄燃烧的火焰，可与画师最深广最丰富的色彩媲美。那就是我的白色。

他像往常一样，不知道我在讲什么，却还是频频点头。好像看见了，就像……他装作听懂的样子，一脸严肃地搜肠刮肚，想要找一个形容词，让我不得不去吻他的唇。

就像我爱你的样子。

……2030年，11月1日。

艾米来到了人间。第一眼看到裹在襁褓里的，小小的她，我竟然不相信那是我的女儿。

她不像我。我的皮肤是浅橄榄色的，可她却是那么苍白，透出细小的血管，像奶油覆盖的蓝莓。她的颜色不对。我一遍遍对护士重复，他们费了好大力气才听懂我在说什么，又再三保证，让我平静下来。我知道这蠢透了，她并不一定要跟我的皮肤色调一致，但我还是忍不住这么想。

颜色对我来讲是如此特别。我早就知道，并不是所有人都能像我一样，看到这么多种颜色。从七岁起，我就是美术课上最特别的孩子。我画得其实并不好，但是所有人都说那些画一看就是我画的——别人画不出来那种颜色。而我只是将眼中所见的百分之一画出来了而已。

我希望艾米也能像我一样。如果她也是个"正常人"，她的世界将是多么平庸乏味啊。

……2035年，7月6日。

乔真令我郁闷。他不小心将一块苹果掉在地板上，却无法分辨苹果块与木地板的边界。而对于我，那醒目得像块青柠色的火腿，难以置信他竟然看不见。

为了这个，我差点儿和他吵了起来，我不知道自己是怎么了……听说有一种视网膜调整镜技术正在实验，也许至少可以让乔成为"正常人"？

我开始在画画时把艾米放在一边，让她学着看。尽管有点儿早，但是塞尚和莫奈的颜色是那么丰富而生动，我希望她能够早点儿发现颜色的魅力。

不过，目前看来一无所获。

······2037年，9月2日。

我不知道该说什么。艾米抱怨，看不清楚老师在墨绿色黑板上用蓝色粉笔写下的数字。我忽然有种可怕的预感。

我让她识别印象派作品中的细微色差。她看不出来。

艾米无法完全分辨蓝色与绿色。与乔的红绿色盲相比，这并不算严重，但是，也远远算不上"正常"。更不要说，像我一样。

艾米。在她诞生的那一天我就抱有的希望，如今变成了巨大的讽刺。

我和乔激烈地讨论，到底要不要给艾米植入调整镜。我简直无法想象女儿在一个色彩缺失的世界里生活，但是乔说，并没有那么可怕。他并不觉得自己比我少了哪些生活的乐趣。

那是你没体会过。我试图解释。想想看，看到一个完全不同的世界，更丰富、更清晰、更生动，充满了难以穷尽的可能性。一旦看到这样的场景，你将无法忍受之前的一切。

不，亲爱的。我也看到过你从未看到过的东西。他微笑着说。拉格朗日力学可以让你对整个世界的存在产生新的看法。一旦理解了那些公式和符号的语言，你会觉得这个宇宙和谐得可怕，也脆弱得可怕，人们的喜怒哀乐、生老病死都了无意义······但是这并不妨碍我听你讲述那些我永远看不见的美妙景象，去感受艾米躺在我臂弯里的温度。

语言也是一副眼镜。我记得他说，它可以让我们看到往常看不见的东西。但是何时戴上，何时摘下，需要我们自己的选择。

我们决定再过几年，把选择权交给艾米自己，她需要做出自己的选择。在此之前，尽量不让她感受到自己的异常。我的特殊或许能带来赞许，但是艾米的特殊不是。

我和艾米的老师通了电话。

……2043年，4月12日。

我的朋友并不多。在以前，和女伴们聚会时，我就常常因为被那些引人屏住呼吸的色泽吸引了目光，而显得格格不入。我记得，她们抱怨说，不得不重复喊我的名字，才能把我从无休无止的凝视中拉回来。

也许只有乔能忍受我。谢天谢地。

我曾经希望艾米在植入调整镜后，能看到和我一样的景象，体味到那些幽微的感触，但是我错了。我能感受到她在一点点离我远去。她不再阅读我钟爱的那些书籍。我听不懂她那些时髦的用词，就像她也听不懂我的话语一样。

乔不会要求我去学习拉格朗日力学。我又能要求艾米什么呢？

她宁愿凝视着虚无，也不愿意和我一起画画、看画了。我知道，在她的眼睛里，是一个我所无法达到的地方。

今天我去咨询了成人植入调整镜的手术。在初步检查后，医生对我特殊的颜色感知很感兴趣,表示需要等待进一步的实验报告。

······2043年,4月20日。

四色视觉。我第一次听到这个词。

极其罕见,医生说。人只有三种视锥细胞,负责加工红色、绿色和蓝色,而四色视觉者眼睛里有第四种视锥细胞,还可以对其他颜色进行加工。这种状况通常是由单X染色体变异导致,发生在男性身上可能引起色盲症,而女性则多是四色视觉者。

相似的变异,让我和乔走上了不同的方向。他能看到的颜色,比正常人能看到的一百万种要少得多,而我却可以看见将近一亿种颜色。

由于双X染色体变异,艾米继承了糟糕的那种结果。

目前,四色视觉者无法接受调整镜的植入。我本身的视觉神经通路已经过于复杂,调整镜的算法无法整合。

我无法看见艾米的世界了。

也许是该放手了,她已经是个亭亭玉立的少女,粉红色的青春痘从她白皙的面颊上悄悄冒出来。有了调整镜的修饰,她并不太在意。不像我,曾经为脸上的青春痘痛苦不已,它们是那么的触目惊心,直到现在,我也必须化妆之后再出门,皮下血管的青绿色、深紫色、酒红色,在我的眼中过于清晰了。

也许,她能看到的,是一个比我眼中更好的世界。

······2047年,12月19日。

乔离开了我。

他躺在那里，紧闭着眼睛，脸色灰白。所有的颜色都消失了，红宝石、紫水晶、祖母绿。那是死亡的颜色。

甚至黑色都太丰富了。我在黑色里能看见紫罗兰、深蓝、翡翠，那让我想起椋鸟的翎羽和太阳刚刚落下的大海。

而我的心是一把燃尽的灰。

……2050年,4月25日。

艾米马上要毕业了。她健康、聪明、自信，几乎完美。她也懂得照顾自己。有了调整镜，她的色觉感知"正常"了，我再也不用担心，她会像乔那样，在某个更新了调整镜交通信号的国家，看不清红绿路灯。

我已经老了。我们的时代已经过去，就像所有的世代一样。如今我只能从那些越来越陌生的词语里捕捉那些旧日的气息。它们像一个个沉睡在黑暗中的矿洞。

人也一样。近来我有个可怕的念头，为什么每个人喜欢的颜色都各不相同。

那一束束光线，在艾米和乔的眼中，是近似到乏味的色调，在我的眼中，则是令人屏息的异彩，在"正常"人的眼中，难道，就是一样的吗？

没有人知道。每个人都是个黑暗中的矿洞，每个人都是特别的。我们永远无法得知物质世界在不同的洞穴中映照出的影像。物理世界的真实，犹如一团无所定型的灰白色云雾，而使其凝结下来的，是每个人的心灵。人们的认知本身重塑了世界，也是某种意义上,我们所能认识到的,唯一的世界。

黑暗中的一个个洞穴冷漠而疏离,而将他们勉力联系在一起的,不是眼中所见,而是口中所言。人们无法定义个人心灵中的独特体验,但是可以为那些体验赋予统一的名字。我们就凭借着这些名字,在这个疯狂而混乱的世间相知相爱。多么神奇啊,即使荷马的暗酒色的时代早已逝去,即使乔的白色和我的白色完全不同,我们仍然可以分享一丝同样的感受。

艾米。我看着你飘得越来越远。我无能为力,也安然接受。我们都太注重看到的东西,忘记了倾听,也忘记了述说。爸爸懂得这一切,但是他已经离开了。

日记结束了。我紧闭的眼睛早已温热。

我明白了盲诗人的诗篇为何动人。

8

"现在,你看见弥漫的苍黄云层被闪电击穿,扰动了远方的天空。随着视角渐渐移动,从天上回到了人间,视线聚焦雷暴在云层下造成的破坏。你所驾驶的旋翼机就正处在雷鸣闪电间,机身因为强风上下摇摆……"

"什么是旋翼机?"杰克问道。在这些无法植入调整镜的客人中,他的年纪最大,却对沉浸式游戏或者影视最感兴趣。

"呃……"我一时语塞,不知道该如何解释这个常见词汇,"就是一种单人飞行器，造型精细，不过稳定性一般……"

"就像罗伯特·弗罗斯特写的，暴风雨中七歪八倒叶残瓣破的花儿？"妈妈问道，她现在是我们这个小小的"心目"俱乐部的管理员、茶点供应人，也是第一位"观众"。每个周末，我们都会为他们举办一场特别的体验会。

"嗯……对。"我努力回想起那些诗句，以及它们在我心中留下的痕迹，"这个场景的数据模型来源于国际空间站拍摄的地球大气变化，不过……的确，这个场景想要表达的，就是类似的感受。"

我不确定这样的讲述到底会产生怎样的效果。这当然与调整镜中的视觉体验不同，我们的"观众"也并不多，但是我知道，有些人不惜乘车两三个小时，从郊区赶到这里，也有些人，会在我的讲述中，攥紧手中的茶杯，像握住过山车的扶手。

这对我来说也绝非易事。很多时候，我不得不关掉调整镜，甚至蒙上眼睛，去寻找合适的语言，向他们展示一个个从未体验过的世界。

他们说，我就是他们的眼睛。但是我知道，是他们，教会了我如何用自己的眼睛去观看。

"哎，其实就有点像那幅画。"比尔扬扬下巴。场景中，他正处于跟随视角，不过，他似乎对我长大的这间老屋更感兴趣。

我回过头，倒吸了一口气，那是《暴风雪中的汽船》。那幅妈妈喜欢的画。翻卷的旋风把海浪高高卷起，空气中夹杂着雪花和海雾，天地一片混沌。所有事物的形状都消失了，所有的颜色都混杂在一起，但画家也有意在它们之间保持了细微的差别。虽然我无法细细辨识,但我现在知道,在妈妈的眼中,那是一种极其丰富、极其鲜明的壮丽景象。而那种超越了人们日常经验的大自然的壮阔和崇高之感,正是我在设计这个场景时,想要达到的效果。

"透纳为了作画,曾经把自己绑在桅杆上,驶入暴风雪中的大海。"妈妈说,眼神飘得很远。

"就像奥德赛一样……"我和她异口同声,目光碰上,相视一笑。

这一刻,我觉得,我们的世界有着相同的颜色。

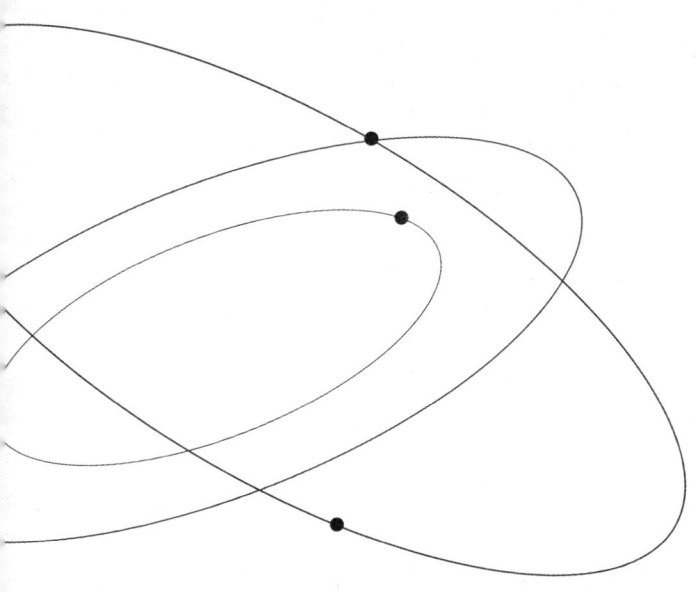

钛
艺

火花 Hibana

1

世界上只有一种真正的英雄主义，那就是认清生活的真相之后依旧热爱生活。

——罗曼·罗兰

"小护，上课的时候要听老师的话，不可以随便乱动。"盐野亚子一边蹲在护的面前打理着他的校服，一边对小护嘱咐道。

"嗯。"护盯着母亲的手发呆，一脸茫然。

"小护，看着妈妈。"

男孩机械地抬头看着亚子的脸，依旧面无表情。她重新嘱咐了一番，看到护点头后才继续打理。

打理完之后，护就转身跑进校园里。

初冬已至。盐野亚子穿着卡其色呢子大衣，领口裹着白色与卡其色相间的羊毛格纹围巾，步行去两个街区外的便利店打工。她在店里做售货员，换上店员的制服，整理柜台和货架上的货物，有客人来到时，就会站到柜台后面为他们选的货物扫码和收费。

在日复一日的枯燥生活中，亚子却总是心神不宁，因为小护经常在学校里闯祸,有时亚子甚至会在工作的时候接到老师或者校长打来的电话。

希望今天不要接到什么电话,亚子在心里祈祷着。不过她知道,这一切都不是小护的问题。

小护患有儿童自闭症。

早在小护五个月大的时候,亚子和丈夫就发现了端倪。每次小护盯着父母看,脸上总是不露出任何表情。发声也比同龄的孩子晚,直到一岁之后才发出了呀呀声。这些隐忧促使父母带他去看医生,医生在确定小护没有听力问题之后,进一步做了GARS-2行为观察量表和核磁共振。核磁共振的报告显示小护双侧的侧脑室周围有异常信号,髓鞘化延迟或脱髓鞘。结合主治医生的临床观察,最终小护被确诊为儿童自闭症。

盐野夫妇永远忘不掉那天发生的一切。

看到诊断结果的瞬间,亚子就哭了出来。虽然心里早有准备,但眼泪还是止不住地落了下来。亚子抱住了护,但护没有什么反应。他对亚子的泪水置若罔闻。

"为什么是护呢?"亚子心里想道,"你以后也会对妈妈的眼泪视而不见吗?"

小护的主治医生交代给盐野夫妇很多事情,当然安慰的成分更大一些。亚子开始天天上网,或者跑到市立图书馆,不停查阅相关的资料。而亮在繁忙的工作之余也会帮忙整理资料,将两人觉得很重要的信息打印出来。

在慢慢梳理自闭症信息的过程中，盐野夫妇才逐渐理解小护面对的到底是什么。这是一种持续终生的发展性障碍，至今病因不明，研究者们只能得出同遗传和免疫有关的结论。因此，即使关于自闭症的治疗方法层出不穷，患儿的治愈率也并不高。很多情况下，对于一个患儿有效的治疗方法，对于其他患儿却没有一丁点效果。作为一种慢性病程的障碍，自闭症的预后较差，三分之二的患儿在成年后无法独立生活，需要父母或相关组织的照料。

这比他们所能想象到的最坏情况还要糟糕。

为了和自闭症对抗，两人把所有能查到的治疗方法搜集起来，并仔细研究其治愈率和具体案例。资料鱼龙混杂，流传着千奇百怪的疗法，他们从中挑选了一些进行尝试，比如维生素B_{12}疗法、无奶制品无豆制品食疗以及纯氧加压疗法。看着小护被送进治疗潜水员减压症所研发的高压氧舱中时，亚子对治疗效果充满期待。

但这些方法完全没有起到任何效果。小护快到三岁时，在盐野夫妇眼中，他的自闭症状况好像更加严重了。原本只是对周围声音——尤其是父母的说话声——非常漠视，后来他开始出现重复性的行为，这种行为包含自残。他会突然撞墙，倒地后爬起来会继续向墙撞去。这些行为可把亚子吓坏了，夫妇两人商量来商量去，只好把整个家里的墙面上安装了跟小护身高平齐的橡胶垫，防止他冲向墙面后把自己弄伤。

鉴于这种情况，盐野夫妇认为他并不适合去普通的幼稚园。丈夫是一名在职的软件工程师，工作任务繁重，在项目的设计、编码和上线阶段几乎天天都要加班，但起码薪水还不错，一个人的收入也能支撑起家用。在夫妇两人多次商量后，从事办公室文员工作的亚子辞掉了工作，专门在家中看管和教育小护。

既然原先尝试的手段都不能改善小护的病情，两人便决定使用ABA疗法（Applied Behaviour Analysis，即应用行为分析疗法）来看看效果。

一开始了解到这种疗法的时候，亚子多少有些排斥，因为据说ABA疗法会利用大量诸如噪声和体罚这种厌恶物来塑造孩子的行为方式。这让亚子想起自己小时候家里养的小狗。那时候为了训练，小狗可受了不少罪。小护又不是小狗，自己不可能这样对待他。丈夫亮则说这种疗法就像为机器人编程。这种刻板的方法会不会有效，两人都将信将疑。

后来他们咨询过治疗自闭症的专家后了解到，现在的ABA疗法可以尽可能减少对厌恶物的依赖（当然与奖励机制相对应的惩罚机制还是必须存在的），主要以奖励手段来激励孩子行为模式的形成。而且在这么多种自闭症的治疗手段中，ABA疗法的效果向来高于其他疗法。

盐野夫妇最终下定决心，准备找ABA疗法的专家为小护进行治疗。不过看到专家不菲的报价后，两人倒抽一口凉气。每年的治疗费用接近于一家人半年的总收入，同时谁也无法保证治疗绝对有效。

简直就是一场豪赌。

但是没有办法，ABA疗法对部分高功能自闭症患者有一定效果。盐野夫妇明白，早在小护被确诊为儿童自闭症的那一刻起两人就已经坐到了赌桌旁,哪怕赔得倾家荡产也必须尝试。

盐野夫妇拿出了家庭记账簿,把存款、未来三年里丈夫的收入、要偿还的贷款和专家所需的费用罗列出来,讨论了整整一天的时间,拟好未来三年里全家的预算情况。

节衣缩食恐怕是要一家人长时间面对的事情了。

咬咬牙撑过去吧。亮和亚子看着在角落里沉迷于自己世界的小护,便下定了决心。

2

在日本自闭症治疗界比较有名的两位ABA疗法专家被盐野夫妇请到了家中。

"请问,这里是盐野府上吗?"门铃响后,亚子打开屋门,一男一女向她问道。

"是的。是山崎和岩井两位老师吗?"亚子问道。

"嗯,是的。"两人分别递上名片后彬彬有礼地鞠了一躬。接过名片,亚子看到山崎瑞人和岩井理惠的这两个名字。他们看起来有三四十岁的样子。小护的主治医生曾多次提到过这两个名字。

亚子压抑住心中的激动,将两位专家带过玄关,进到起居室中。坐在沙发上的亮站起身来,跟两人握手,表情上带着一丝紧张。而小护继续坐在沙发上,眼睛只盯着地板看,哪怕是陌生人进屋的声音也不能引起他的注意。

两位专家从进门开始就不断检视家中布置和装修的情况,然后观察小护和父母的互动状况。

"可以去小护的房间看一下吗?"山崎老师问道。

"可以。这边请。"亚子拍拍小护的肩,示意他和大家一起上楼。不过小护一直没什么反应,直到亚子拉着他的手往楼上走去。小护并不抗拒,只是顺从地跟在亚子身后。进到小护的房间后,亮和专家们一起席地而坐。两个专家打量着屋子里的布局,而小护坐到角落里,拿着一个玩具的火车头玩个不停。

岩井老师慢慢坐到小护身边,看小护并没有拒绝自己,然后用适中的音量问道:"小护喜欢火车吗?"

没有反应。

亚子过去拍拍他,接着说道:"老师在跟你说话呢。"听得出来,亚子的声音有些焦虑。

岩井老师向亚子摇摇头,之后从自己随身携带的包中拿出了一个木制的涂着红漆的胡桃夹子玩偶,轻轻放到小护面前。小护的目光被新玩具吸引过去,便放下手中的火车头。

"你好。"当小护的手抓到胡桃夹子时,胡桃夹子说道。亚子看到小护那充满惊讶的神情,不禁露出笑容。

"小护,你可以跟它打招呼哦,这样它就会跟你说话了。"岩井老师放慢语速对小护说道。为了让小护理解自己的意思,岩井老师之后又说了两遍。

"你……你好。"为了组织语言,小护花了很长时间才开口对胡桃夹子说道。

"小护真棒!"岩井老师轻轻挠着小护的腋窝,逗得他咯咯直笑。

渐渐地，小护和岩井老师的关系变得融洽起来。老师不厌其烦地教小护和胡桃夹子玩偶交流，而玩偶的语音反馈简明易懂。看着小护突然拾起长久未用的语言能力，亚子有些惊讶。

"在对小护进行ABA训练之前，两位家长一定要理解他现在的处境。"山崎老师对亮和亚子说道，"小护的感官知觉是失调的，这意味着他不能过滤正常世界里的大部分信息。打个比方，如果两位此刻把小护带到游乐园，你们会自然而然地将视觉、听觉甚至是嗅觉和触觉中席卷而来的大量信息都过滤掉，然后寻找你们的目标信息，比如寻找过山车的售票点，或者购买冰激凌，或者是和穿着布偶装的人们合影。但小护做不到。

"对于他来说，这些信息无法被他的大脑加以区分，以至于他是被这些信息以异常残暴的方式对待。看得出两位对待小护很用心，我和岩井老师都查看过了，家里没有会对他产生这种不良影响的东西。不过两位还要多加注意，小护的行为举止很多都源自于此，只有你们充分理解这一点，才能同小护展开良性的互动。"

三个人看向小护。虽然岩井老师在和小护嬉闹，但能看出小护的互动能力比起同龄的孩子来说欠缺很多。他时不时就会走神，同时对于心里想要表达的东西完全没有诉诸复杂语言的能力。好在岩井老师的经验十分丰富，会引导小护用表情或是最简单的词汇来表达自己，每当他做到之后，岩井老师就会用各种方式奖励小护。

"现在岩井老师跟小护进行的互动就是ABA疗法的一部分。"

山崎老师随后将小护的情况与两位家长需要注意的事情详细讲解道。

由于小护的感官知觉是失调的,所以要格外注意小护对于信息的接受能力。在跟小护进行语言交流时一定要避免使用成语或是比喻,在很长时间内他都可能无法理解语言的复杂用法,这需要后期一点儿一点儿锻炼。但现在,两人必须学会将一切复杂的交流全部分解为最粗浅的指令,并一点儿一点儿去教给小护,这就是ABA疗法的精髓。

"岩井老师,咱们教小护说谢谢吧。"山崎老师跟两人解释完之后向岩井老师提议道。

"好呀。"岩井老师笑着点点头。

她用手机为胡桃夹子玩偶设定了一段对话。当小护走近被放置在地面上的玩偶时,玩偶对小护说道:"可以将我拿起来吗?"

而小护用手将玩偶拿起来时,玩偶就说道:"ありがとう(谢谢)。"

"小护知道谢谢是什么意思吗?"岩井老师问道。

小护只是盯着玩偶看,岩井老师再次问过一遍之后才摇摇头。

"谢谢是在别人帮助自己之后会说的词。小护要不要跟我一起学啊。"

他依旧没有看岩井老师,但童真的脸上充满笑容。

她拉长语调,慢慢念着"A-Ri-Ga-To-U"的读音,小护则用稚嫩的声音跟着念,重复了多次才把读音记住。

山崎老师对盐野夫妇说道:"表情和语言都是重要的社交线

索。小护不仅难以对交谈做出反应，对于人们的表情恐怕他也无法立即读懂。两位需要锻炼小护这方面的能力。以后无论小护在家中提出什么样的要求，都务必让他先看你们的表情。"

虽然初识两位老师给亚子和亮带来了些许希望，但也让他们明白，未来的挑战无处不在。即使经验丰富如岩井老师，第一次也没能让小护看着她的表情说话。

"我能不能做到呢？"亚子在心里问道。

而一旁的亮则把老师们说的事情都在本子上记了下来。请来的老师固然重要，但山崎和岩井老师每两周最多能来一次——邀请他们去做辅导的预约已经被安排得满满当当了。山崎老师说，无论是接触时间还是亲密程度来说，双亲才是小护最重要的老师。盐野夫妇尽可能记录下老师们教授的互动方式，准备日后尝试。

傍晚吃过晚饭，送走两位老师之后，小护又自己坐在房间里摆弄着火车头。胡桃夹子玩偶作为老师们带来的见面礼留给了小护，但此时的他已经失去了兴趣。

亮拿起了胡桃夹子，根据山崎老师留下的网址查找到玩具公司的信息。原来这是一家叫作"火花"的公司。

"我可以对胡桃夹子升级，让它具有更多对话模式。另外说不定还能增加很多其他功能。"亮一边看着网页上的介绍，一边对亚子说道。

虽然对这种玩具机器人的运行原理不太懂，不过从小护今天的表现情况来看，亚子依然明白这是一件非常实用的礼物。两位老师果然经验十足，亚子感慨道。

"你会好起来的。"亚子突然说出了声。小护并不理解这句话的含义,而亚子却非常清楚,这句话其实是说给自己听的。

3

在小护上学之前,亚子留在家中,专门用学到的ABA疗法同他展开互动。

和岩井老师一起时,小护的语言能力只是昙花一现。为了夯实他的发音基础,亚子利用ABA疗法中的塑造法,不厌其烦地教小护念出五十音图的基本发音。

对于高功能的自闭症患儿来说,这种方法在新行为的塑造方面比较有效。其本质就是要将大目标分解为小护容易执行的小目标。亚子要根据这些小目标的执行情况对小护进行反馈,如果小护的行为和想要达到的结果相似,亚子就要通过奖励来不断强化这种行为,直到小护可以熟练完成这个小目标。反之则要及时叫停。

在小护完成所有小目标后,亚子还要把它们组合成原本的大目标,让小护慢慢实现。这种教育的过程很漫长,比起其他儿童来说过于消耗精力和时间,但是没有办法——小护必须不断加强巩固这些同龄人早已学会的技能,不然很快就会遗忘。

当亚子教小护发音时,就会自己先张嘴,再让小护模仿这个行为。有时小护会一脸茫然地看着亚子,更多的时候则是四处张望。亚子只能不断想办法吸引小护的注意力,然后用手辅助小护去模仿这个动作。这个步骤完成后，亚子会要求小护发出声音。

小护发出的声音很可能和亚子要教他读的声音不一样，于是亚子不断重复自己的发音，然后要求小护慢慢去模仿这个声音。如果小护的发音越来越差，亚子就会叫停，认真思考怎样才能让小护的发音变得更加正确。随着互动进行，亚子不断强化小护的发音，直到他不需要接受辅助就能独立发出正确读音。

当小护能完成某个发音时，亚子就会由衷地感到开心。当他因为搞不懂某个发音而深感挫败时，亚子的心里也非常难过。为此小护会回避两人的互动，甚至会自残，用玩具小火车不断敲击自己的头。亚子只能阻止小护，威逼利诱小护继续参与ABA治疗。

每隔两周的时间，山崎和岩井两位老师都会在盐野家待两天，观察小护的情况，提出下段时间里两位家长应该做什么。为了帮助两位老师判断小护的情况，亚子和亮每天都会记录下当天教给了小护什么，以及小护的表现究竟如何。山崎老师称赞了夫妇的做法，说这样记录点滴的积累非常重要。

于是记日记这个方法贯穿了治疗的始终。

当漫长的五十音图学习结束后，山崎老师交给盐野夫妇一套常用语的书籍。

"先让小护熟悉最常用的语句，务必要经常使用。这样胡桃夹子机器人也能派上用场了。"山崎老师说道。

当盐野夫妇无法陪伴小护时，胡桃夹子机器人也可以和小护进行对话。

亮利用工作之余对胡桃夹子机器人进行了深入研究。

这种简单的A.I.机器人内部并不包含电机和运动轴，所以它无法独立行动,需要孩童把它拿起来才能进行互动。

不过它拥有大量埋在小小的木制外壳下的传感器,这些传感器可以使胡桃夹子机器人看到小护的面部,听到他说的话语,感知到他是否将自己拿在手中。利用这些感知的能力,机器人便可以判断与小护互动的内容。

另外,这种袖珍机器人的逻辑核心可以经由网络连接到母公司的服务器进行功能升级,以便获得更多同孩童互动场景的判断和相应的反馈模式。由于接口信息已经公开,亮可以利用自己的编程知识为胡桃夹子机器人增添新的功能。

当然,亮还没法利用传感器获得的复杂信息来直接进行编程。这些信息究竟代表互动者怎样的情绪,他完全一头雾水。对于这些信息的处理还是要直接调用母公司的用户情绪分析函数,这是没有办法的事情。不过,公司授权给用户一定的操作权限,可以将远程的反馈语音用新用户自定义的语音替换掉。亮用自己和亚子的声音将很多话语替换成教材中的常用语,这样就可以充分利用起机器人的功能,帮助小护巩固从亚子那里学到的东西。

另外,亮给机器人取了一个名字——“火花”。

“你叫什么名字呀?”小护奶声奶气地问道。

“我的名字是‘火花’。”机器人回答说。

于是小护最初的玩伴也有了名字。

亮晚上会和亚子交流小护今天学到了什么,然后根据小护的学习情况来修改“火花”的反馈信息。有时夫妇两人会看到小护拿着机器人玩得不亦乐乎,不断重复今天学到的新短语。不过,更常见的是小护结束了一天繁重的学习之后，一个人蜷缩在自己的世界中。只要"火花"的语音增加一丁点儿难度，小护就会对它的反馈不知所措。这时的它不再是守护小护不受外界伤害的忠心耿耿的士兵，而更像是要把他卷入意义不明的、谜一般的、疾风骤雨的漩涡中的滔天巨浪。这时的亮总会来到小护身边，轻轻抱抱他，然后将胡桃夹子机器人拿到自己的电脑旁，一边和亚子讨论机器人应当如何反馈，一边着手利用编程工具调用官方的API进行修改。

这是一场长期的拉锯战。

每过几天，小护总会将他本已取得长足进步的语言能力抛诸脑后。稍微取得的进步总会被大大的退步所掩盖，盐野夫妇为此倍感压力。亚子不得不压抑自己不安烦躁的情绪，对小护重复之前的教育。而亮还是只能不断为工作忙碌着，然后抽时间帮助亚子。

一家人就像西西弗斯一样，每天都在奋力将石头推向山顶，却又总是目睹着石头滚落下去，没有止境。

"所以说，我究竟该怎么办呢？"一个万里无云的晴朗午后，亚子在讲述了小护不断反复的情况后，小声向岩井老师问道。

"对于很多患儿来说，这是常见的状况。"岩井老师安慰道。

"那么小护过段时间就会好起来？"亚子问道。

"嗯，根据我们过去接触的患儿来看，这是有可能的。"

"但不是百分之百的，对吗？"

岩井老师没有回答。两人沉默了一会儿，亚子接着问道："如果想让小护好起来的话,还要花多久的时间呢?"

两人再次陷入了沉默。

她们看着山崎老师教小护用蜡笔在大大的白纸上画着画,稚拙的画中有大大的太阳,有鲜花和绿草,有小护自己,有爸爸妈妈,还有岩井和山崎老师。在小护画完之后,山崎老师引导小护用已经学到的语言技能讲出画中的故事。

"亚子小姐,周末有时间吗?我想请你陪我去个地方。"岩井老师微笑着说道。

"当天就回来吗?"

"可能要过夜。"

亚子考虑了一下,然后点点头。虽然有些放心不下小护,但有丈夫在,肯定也没问题。岩井老师嘱咐亚子一定要戴旅行用的渔夫帽,穿好适合长途步行的鞋子。这是要去野外春游吗?亚子不禁这样想。不过她十分清楚岩井老师的为人,老师邀请她去的地方一定非常重要,她的心中充满了这种预感。

4

在一个春末时节的周末,亚子穿着适合在野外出行的浅灰色冲锋衣,背着黑色的登山包。当然,岩井老师明确说她们并不是去爬山,所以穿着舒服的软底运动鞋即可。亚子自己一个人来到有绿色JR标识①的车站。无云的晴空播撒着浓密的光线,此时艳

① 日本铁路公司(Japan Railways)的标识。

阳已经渐露夏天那毫无节制的热度。不过毕竟是春天，吹拂到脸上的来自远方的风依旧十分舒爽。岩井老师已经在车站门口等候，微笑着向亚子招手。老师和亚子的行头很相似，两人会合后就刷Suica卡[①]进入站台。

亚子跟随岩井老师上了一趟去往西北方向的电车。城市的风光不断从车上的窗口中退去，楼房越来越稀疏，田野和远处连绵的林山出现在亚子的视野中。三三两两的人突然出现在风景中，不知是农人还是踏青的游客。

这真是个出游的好天气。

过几天也带小护去踏青吧，如果丈夫有时间的话那就三个人一起出来，亚子在心旷神怡的景象中不禁想道。毕竟儿童自闭症患者的知觉和空间感知能力是有缺陷的，亚子每天都会带小护到户外练习简单的运动，他在户外通过蹦蹦跳跳的方式来摸索运动的节奏感和平衡性，这对于自闭症的康复来说是必需的事情。

电车行驶了接近两个小时的光景，两个人下了车，然后转乘两次大巴才到达目的地。第二辆大巴越过三四个并不高的山头，在一片杉树林前停下。到站下车后，岩井老师带亚子沿不宽不窄的道路走进这片林中。走了十分钟左右，她们两人进入一块开阔地，看到一个大大的农场。农场的大门挂着一块标有"小松寮"字样的牌匾，从屋里出来透气的看门人远远见到岩井老师后就挥着手臂。

"岩井老师你来啦？需要我让人来开车接你吗？"看门人的头发有些花白，精神却十分抖擞。

"谢谢啦，不过不必了。这么好的天气，我和朋友想多走走

---

① 日本的一种交通卡。

路。"岩井老师笑着说道。

看门人点点头,打开侧门为两人放行。还没进门,动物身上的味道就从里面飘了出来,多少有些刺鼻,不过亚子却觉得这里的味道令人十分怀念。这让她想起小时候去动物园的时光。

两人路过开阔的农田,后轮有一个成年人高的巨大拖拉机在田地上慢吞吞地履行自己的使命。农田后面密密挨着几处外观十分质朴的建筑。岩井老师向亚子解释着它们的功能,有的是鸡舍,有的是猪舍,里面充满各式各样现代化的养殖设备。当然这几处并不是岩井老师的目的地,所以先不带亚子去参观了。

向农场深处走了很久,亚子看到一片被木制栅栏围住的场地。场地里有一些障碍物,一个穿着浅色工作服佩戴马术帽的男人正在骑马翻越它们。棕色的马速度并不快,但节奏感很好,伴着踏踏的马蹄声沿着既定路线灵活前进。当马儿腾跃在空中时,亚子都会为骑手捏一把汗,不过视野中的骑手牢牢踩着马镫,抓马缰的姿势也恰到好处,看起来不会有什么危险。在越过最后一个障碍前,骑手对马低声耳语,而马也在回应着骑手,逐渐放下速度,调整好跳起的切入角度后才奋力一跃。

一次成功。

看到此情此景亚子不禁鼓起掌来。骑手从马的身上下来,轻轻抚着马的鬃毛。马的尾巴也雀跃欢腾着,它活像一个被夸奖的孩子。

"平一郎!"岩井老师笑着向骑手招手道。

"妈妈!"骑手叫道。啊,原来是岩井老师的孩子啊,亚子在心里想道。

叫作平一郎的人将马牵出围栏。他的脸上还充满稚气，大概刚刚20岁。当两人走上前去的时候，亚子发现他的眼神在躲避着自己，时不时看着自己的鞋，或者看着马的眼睛。这种似曾相识的感觉让亚子很快就明白过来。

"这位是妈妈的朋友，亚子小姐。"岩井老师向平一郎介绍道。平一郎只是点了一下头，然后又扭头看向马。

高大的马仿佛也感受到了这里的气氛，屏息凝神地等待主人的命令。

"他叫平一郎，我的儿子。"岩井老师又向亚子介绍道。

"你好。"亚子微笑着向他点头问好。

"嗯。"他还是不看亚子。

"跟人打招呼时应该说什么呀？"岩井老师不急不躁地引导着平一郎。

"你……你好。"平一郎终于正眼看着来客，不过立刻又回过头去看着马的眼睛。一副在他人面前就坐立不安的模样。

平一郎牵着马向马厩走去，两人则在他身边跟着。岩井老师问了平一郎最近生活的情况，但平一郎无法都做出回答。对于有些问题他会想很久，甚至会停下脚步。而马和两人也会配合他停下。

平一郎的情况令亚子大感意外。看着他的时候亚子总会想到小护。如岩井老师这样厉害的教学者也不能真正改善平一郎的社交情况，这样的现实令亚子心里五味杂陈。

平一郎把马关进马厩，将马厩的栅门关好。"大家一起去吃饭吧。"等他在更衣室换好便服之后，岩井老师拍手说道，说罢便拉着平一郎和亚子去两公里开外的食堂。

吃午饭的时候已经两点半了，毕竟两人到小松寮的路上花了很多时间。不过亚子被这里可口的蔬菜吸引过去。蔬菜不仅种类很多，颜色很鲜艳，而且味道也是清脆可人。

"这里的蔬菜可真好吃。"亚子说道。

"这是平一郎和同伴们一起种的。"岩井老师回答说。

"是自己种的吗？你们好厉害！"亚子不禁感叹道。

"肉也是，是他们自己饲养的经济动物。"

"你们真了不起！"亚子对平一郎说道。这时平一郎虽然害羞地将脸别过去，但脸上露出自豪的笑容。

午休过后，平一郎继续参与劳作，而亚子跟随着岩井老师，在整个小松寮好好转了一圈。小松寮的规模并不小，听岩井老师讲有很多和平一郎相似的人在这里工作。

"因为专家们认为自闭症的孩子多跟动物打交道比较好，所以我便将平一郎送了过来。但如你所见，即使我和他的主治医生用尽了浑身解数，平一郎的自闭症也并没有痊愈，起码离直接在社会上自立生活这一目标很遥远。"

这就是问题的答案吗？听到这里，亚子的心不禁一紧。

"话说，我最近总是想起自己在年轻时听到的一则故事。你愿意听一下吗？"沉默了一会儿，岩井老师问道。

"嗯。"亚子点点头。

"故事是这样的——曾经有一个人在野外被狂象追赶，于是拼命奔逃，结果不慎坠入一口枯井中。下落时他侥幸抓住了一根悬挂在井中的藤蔓，狂象追不进来，他便稍微歇了一口气。但是没过一会儿,他就看到有一只老鼠正在啃食着那根藤蔓的根部,井底也有毒蛇嘶嘶作响,而他身边的井壁上,有一条大蟒蛇在对他虎视眈眈。如此命悬一线的情况下,突然有蜂蜜顺着藤蔓流下,那人用手指蘸了蜂蜜,舔食之后赞叹道:'真甜哪!'"她慢慢说完故事,然后接着讲道,"这是佛经《四百论广释》中解释第二品时提到的故事,劝诫人们不要被一时的乐所蒙蔽双眼,要看清楚世事背后的苦。那井中的人也不应贪恋一时的甜蜜,而应尽力在险象中求得生机。"

这时,岩井老师转过身去,握住亚子的手,说道:"可是,我却不这么认为。我觉得,在人生陷入无以复加的困境时,务必要记得甘甜的事物。这并不是逃避,而是一种修为。我们和孩子相处的时候,不要忘记羁绊中一点一滴的美好。这是我们一定要做到的事情。"

岩井老师的眼神如此坚定,亚子以前从没见过。

"嗯。我一定竭尽所能。"亚子回答说。

5

不管过去多久,亚子依旧能回想起自己和岩井老师一起在小松寮度过的短暂时光。这件事在两人回家之后也被亚子记到了日记中。

亚子在那里的两天时间里详细询问了很多事情,比如小松寮的运转情况,还有自闭症患者在这里工作和居住的情况。

　　"这里会根据大家的情况分配工作和居住场所。有些患者的情况很棘手，进入社会的话一定会无所适从，但是他们在照顾动物或者种植作物的时候却表现很好。在和动物打交道的时候，他们要比普通人更加细心，动物也更依赖他们。耕作时也是，他们的注意力会全部放在工作上面，所以这里的作物收成都很好。如果有的患者不适合这两样工作，也可以去尝试其他职位，比如打包蔬菜和肉类，以及在木材加工厂做木工活。这里的货物在运输时所用到的木筐和木箱基本都出自他们之手。通过自己的劳动来自食其力，能够增强大家的责任感和自信心，而且可以活得更有尊严。

　　"至于住宿条件，管理者们也会按照每个人的情况具体分配。这里的居住地被称为潮寮，即'Group home'，几个人住在一起，但又有自己的独立空间，互相帮助，又有完备的隐私条件，对于住在这里的人们来说还是比较舒适的。"岩井老师基本上知无不言，言无不尽。

　　在征得平一郎的同意后，岩井老师带亚子参观了他的房间。他的房间十分整洁，衣服收纳在从事木工的工友所打造的木橱中。简洁的橱子上还摆放着马术比赛的奖杯，而家人的照片也被放在奖杯旁。岩井老师说，私人空间的一切都可以按照自己的爱好来布置，至于潮寮里的公共空间则由住在这里的全体人员来共同决定如何布置和使用。

　　亚子感到自己不虚此行。

　　"我把小护送到这里，可以吗？"两人在为客人准备的房间住下时，亚子问道。

"可以是可以，但对于小护来说还太早。这里就像'榉之乡'这样的社会福祉法人机构一样，是专门面向成年以后自闭症情况也不能好转的人。"

"可是，如果小护一直不能好转的话，就……"这是亚子始终不想面对的可能性，只要一想到这点心里就会非常难受。

"我带亚子小姐来这里，只是想说，面对小护的情况请不要太焦虑。竭尽全力，把自己的一切都奉献出来。但面对无可奈何的结果时也请顺其自然，就像我面对平一郎时一样。这些孩子的内心其实非常纤细，家长的一言一行他们都会铭记在心里，如果太过用力就会事倍功半。所以亚子一定要改变心态，这样才有可能真正帮助到小护。"

"嗯，我明白了。"听到这里，亚子握住了岩井老师的手，说道，"十分感谢。"

"不客气。"岩井老师笑着回答。

从小松寮回来之后，亚子的心态发生了巨大转变。当小护的语言能力发生了倒退时，亚子也不再急躁。坏的情绪传递给小护之后，他会更加抗拒学习，亚子早就明白了这一点，但之前的自己并不能很好地控制住情绪。现在她觉得结果已经不再是必须要保证的东西。

亚子的内心如此爱着小护，所以现在和他相处的一点一滴都是幸福的结晶。

在和丈夫畅谈了小松寮之旅后，他也觉得受益匪浅。他很认同岩井老师的观点，认为切不可用力过猛。循序渐进，做好父母该做的事情，剩下的就只能看小护自己了。面对反复的情况，夫妇两人还是会急躁，但他们已经明白了，如果想让小护战胜缠绕其身的病魔，那么夫妇两人非得先战胜自己的心魔不可。

这才是他们需要竭尽所能来面对的事情。

在那阴暗潮湿而又危机四伏的井中，顺着藤蔓滴下的蜜会和努力挣扎的人们不期而遇。

有一次亮在晚上研究胡桃夹子机器人的时候，小护凑了过来。他好奇地盯着笔记本电脑屏幕上的代码，感觉十分新鲜。

亮把小护抱到自己的大腿上，让他对电脑屏幕看清楚些。他睁大眼睛，脸上的表情仿佛像发现了不得了的东西。

亮不禁笑了起来，然后跟小护介绍起了这些代码的作用。

"这里就是'火花'的内部。这一部分是驱动代码，是让你的小机器人看到你，感受你，以及发声用的。"亮单独调用了机器人的视觉代码，于是小护看到电脑屏幕中出现了自己的脸。

"小护，对'火花'招一下手。"

小护挥了一下手。屏幕中的自己也在挥手。

"对它说晚上好。"

"晚……上好……"小护一边思索，一边重复父亲的话。

"晚上好。"胡桃夹子机器人也回答说。

"小护，看这几行代码。在你对机器人挥手并且说话时，他就在调用这些代码来回复你。"

小护看罢就伸手去碰电脑的键盘。亮让他先等一下，然后把现在的代码进行了备份。之后就交给他随意摸索了。

小护还太小，没有学过英语，自然不明白这些编程语句的含义，很快就把代码弄得乱七八糟。屏幕上充满了错误的语句，只要一运行就会报错。小护闷着头继续乱点乱写，错误越来越多。这让亮想起了小护的涂鸦。

小护沮丧地看着机器人，此刻它毫无反应。

"如果想让机器人和你交流的话，你需要保证这里面语句的正确性。"亮指向屏幕上的编程区域，然后恢复了刚才的备份。这时小护在亮的指导下，只是一点一点调用语句，于是他看到机器人也有了正确的反馈。

这下小护明白了那些语句的作用，开始在不修改原有语句的情况下自己调用那些语句。小护的兴致被"火花"的内部世界调动起来。

也许小护不明白自己正在面对什么，而亮却觉得这本身就代表了人类的一种天性，那就是人们天生对于逻辑性的热爱。

宛如闷热阴暗的井中突然亮起的火花。

后来亮看了看屏幕右下角的时间，现在已经22点多了。对于小护来说这个时间睡觉就太晚了。

"明天，玩。"小护在睡觉前，指着机器人说。

"好的，等明天爸爸回家，接着教你。"

"嗯！"小护在床上开心地点头。

6

盐野夫妇完全没想到小护对于胡桃夹子机器人的编程那么

喜欢，以至于两人开始商量如何继续培养小护的这个兴趣，直到它真正生根发芽。

"可惜我对编程不太懂，没法好好教小护。"亚子面对丈夫的工作显然十分苦恼。她试着看过丈夫的工具书，但对她来说，那些大部头宛如天书。

"嗯，编程对于没有基础的人来说的确很麻烦。这方面还是由我继续来教吧。不过还是需要太太来帮忙教小护英语。"

"可以是可以，但面向儿童的英语教授方式更偏向口语化，和你们工作中常用的那些语句区别还是蛮大的。"

"的确是如此。"亮点点头，稍做思考后说道，"所以如果教小护英语的话，还是要从传统的方法开始。没办法，只有这样他才能更好地理解编程语句的含义。"

两人就如何教小护学习英语聊了很长时间，最终达成了一致。

"好吧。我明天就开始试试教小护英语。"最后亚子答应道。

"拜托了。"亮轻抚着亚子的手臂。左手无名指上的指环闪闪发亮。

不出所料，小护对于英语的接受能力明显要更差。他的母语基础本来就不理想，亚子还要在不断巩固小护母语的基础上，见缝插针地教他简单的日常英语。为此，夫妇两人买了不少面向幼儿的教材，只是效果并不好。对此，山田和岩井老师建议夫妇两人还是应该以教授日语为主，毕竟将来周围孩子们交流起来肯定是以日语为主。如果小护进入学校的话，还是要先和同学们打好交道。

　　毫无疑问，两位老师的建议是有道理的。不过夫妇两人还是想慢慢培养小护的爱好，所以在母语的教学没有落下的基础上，亚子依旧会慢慢教他一些常用的英语。而到了晚上，如果亮不加班的话，就会教小护去调用胡桃夹子机器人的程序。

　　小护的兴趣使他在机器人的编程上进步神速。虽然他还不了解屏幕上那些英语和数字的具体含义，但是他已经能找到机器人的全部功能。

　　不过令他困惑的事情依旧很多。

　　"爸爸！程序！"小护有时候无法很好地描述心里的问题，所以亮只能去慢慢引导他表达自己。

　　"小护是在说哪里的程序呢？"

　　"这儿！"小护指着"火花"在远程调用的用户情绪分析函数。亮这时恍然大悟，原来小护想了解输入和输出之间的逻辑过程。为什么和"火花"进行不同的互动之后会得到不同的反馈呢？他百思不得其解。

　　就像小护自己跟其他人的互动一样。

　　亮由此陷入思考之中。由于机器人的A.I.是基于深度学习原理，和其他软件工程自上而下的设计范式不一样，研究员所能给予的都是基础算法，A.I.根据学习时所使用的样本数据来不断自我迭代，具体会生成怎样的最终算法，人类完全无法预测。

　　所以在大量复杂的应用中，人类根本读不懂A.I.迭代出来的算法代码，但是测试的结果却能和人类设定的目标值拟合。

　　简直和人类孩童的学习过程一样。

亮认为人类成年之后的学习过程不过是量的积累，但孩童的学习显然不是。在和父母的语言互动中，从牙牙学语到掌握基本对话之间并没有什么明显的界限。那里大概有着算法爆炸式地增长，然后迅速成型，不再发生剧烈的变化，以至于在人们成年之后也受此恩惠，亮不禁这样想道。

只要火花出现了，就注定会演变为烈焰。

但是这对于小护的学习并没有什么指导作用。小护不得不面对无法处理的海量信息，必须要学会在其中挑拣有用信息并进行学习和记忆。就像A.I.形成自己的算法一样。

成长的过程中，时间和运气哪样都缺不了。

想到这里，亮故意笑着弄乱小护的头发，于是小护一边用胳膊徒劳地保护着自己的脑袋，一边咯咯地笑个不停。

这件事也让亮有了新的想法。

之前山田老师在上课时跟亚子说，小护的语言基础已经接近中游，但对话的发生是要根据对话者的表情与举止而变化的。社交线索是对话发生的基础，只有读懂这点，小护才能真正融入人群。根据山田老师的建议，一家三口经常会在周末的时光去动物园或者小公园，然后夫妇二人让小护学会观察别人的表情，并制造一定的机会让小护去跟同龄人对话和玩耍。另外在家里的时候，夫妇也会陪小护一起看录制好的电视剧或者特摄片，随时暂停来问小护剧中人的表情代表了什么。

亮突然想到，可以让机器人帮助小护一起判断社交线索。就像之前让"火花"陪小护进行语言训练一样，每当夫妇都不在小护身旁时，它就是小护的训练师。

"小护读不懂剧中人物的表情时，可以请教'火花'哦。"亮对小护说道。

由于具备训练成熟的A.I.算法，机器人和人们对话时并无疏漏，在判断社交线索时也有着得天独厚的优势。这种从社交线索结合对话的能力就是跨指令综合处理的能力，这也正是现在小护要学会的技能。从那以后，小护看电视时总会让"火花"陪在身边。

"英雄生气了吗？"在看每周都会播出的特摄片时，小护总会向机器人询问剧中角色的表情。

"是的，这个表情是在生气。"它回答。

"坏人在笑吗？"

"虽然坏人戴着面罩看不到表情，但是根据音调判断的确是如此。"

"嗯，原来如此。谢谢。"

"不客气。"

在外出时小护也想带机器人一起。为此亮给小护买了一个戴在耳朵上根本不起眼的蓝牙耳机，根据可修改的程序设定，"火花"可以直接将他人的情绪名称通过蓝牙耳机来告知小护。为了避免他对它的能力产生依赖，亮有时会允许小护带机器人出门，有时则不允许。

每当碰到不允许的时候，小护的表情总是显得愁云惨淡。亮有些于心不忍，但是没办法，不可能一辈子都让小护把机器人带在身边。

不过有了"火花"的帮助，小护在语言和社交线索方面的训练度得到了保证，所以相应地水平在不断提升。

对于小护来说，说不定机器人就是他的第三位老师。亮有时会这样想。

7

虽然前途未卜，但是方向和方法确定之后，时光宛如白驹过隙。很快小护就到了需要上学的年龄，于是亚子和亮有了一个大胆的计划——把小护送进普通学校。

盐野夫妇就这件事咨询过两位老师。他们认为小护基本达到了中等偏下的语言能力，如果去上学的话已经足够了。他的运动协调性要比同龄人差一些，可能无法正常参加集体活动。另外，在家里小护的注意力自然够用，如果进入课堂后面对更多人，能不能适应还是未知数，毕竟他从没去过幼稚园。当然这些只是担忧而已，究竟实际会如何谁都不清楚。如果小护能和正常孩童一起成长，自然不是坏事。

在两位老师的祝福中，小护结束了 ABA 疗法，背起了小书包，开始进入小学。与此同时，亚子也重新步入社会，开始在便利店打工。每天亚子都会早早起床，准备一家三口的早餐。等小护吃完饭之后，亚子还要帮小护穿校服。由于小护的运动能力有些失调，对他来说像其他孩子一样穿戴衣物是很难的。他回家时衣服也总是显得乱糟糟的。为此亚子也在慢慢训练小护，他现在穿衣的表现比过去好很多了。

果不其然，小护的学业并不顺利。由于没上过幼稚园，小护可能会在课堂上突然起立，或者突然大声说话，这让老师们很不愉快。即使夫妇二人经常叮嘱小护要注意课堂纪律，小护也总是犯这些错误。为此，亚子在小护上一年级的时候经常会被叫到学校。

"实在抱歉，小护又在课堂上惹什么事情了吗？"每次被叫到学校里的时候，亚子总是提心吊胆。

一开始，年轻的班主任对小护的行为有些恼怒。别的孩子在上课时都很乖，像小护这样完全不听话的孩子她还是第一次碰到。最让她生气的是，小护经常对老师的提问视而不见，回答问题的时候又显得语无伦次。他大概会成为班上成绩最差的学生吧，班主任总是这样想。

后来她和校长与亚子三个人一起讨论时才真正了解小护的情况，以及盐野一家这些年究竟经历了怎样的生活。一方面她认为盐野夫妇有些自私，进到普通学校后小护的课业并不顺利，而他造成的麻烦也势必会影响其他学生的学习。但另一方面她又很认可盐野夫妇的教育方针。也许自己在那种情境下不可能做得更好，她发自内心地想道。而且当她明白小护在学习中并不存在态度问题时，她对小护的态度自然也缓和起来。在她的算术课上，但凡小护听不明白的问题，她都会慢慢地重复几遍。对于其他授课老师们，她也做过沟通。

对于小护来说，最麻烦的当属集体参加的体育活动，一边要听从老师或者队长的指示，一边又要做出相应的动作反应，这实在是太难了。别的同学很快就能学会的东西，在他这里宛如一道天堑，始终无法跨越。所以上体育课时他只能默默坐在场外，看其他小伙伴在那里开心玩耍。

没有办法，亚子开始在下班后帮小护练习运动协调能力。恰好7至12岁的自闭症儿童正处于运动能力快速增长的阶段，这对于小护的康复来说也是很好的机会。在咨询过岩井老师之后，亚子开始按照她给出的建议为小护进行训练。

她会模仿老师下达指令，然后分解动作，一点儿一点儿教给小护。玩躲避球时，亚子先教小护如何接球，如何传球给队友，如何进攻，进而教他如何在场上避免撞到队友身上。

单一的指令小护很快就能领会，但是跨指令就很麻烦，比如如何一边接球一边避免撞到队友或者出界。运动的跨指令综合处理和语言类似，有些指令是默认的规则，老师不会发出，需要小护根据临场的空间状况来执行，所以难上加难。

但没有办法，只能靠不断的练习才能让小护勉强跟上同龄人的步伐，就像当初的语言练习一样。利用类似于ABA疗法的方式，亚子不断将体育指令细化，让小护完成跳绳、左右手交替拍球、接球、侧滑步、交叉步、变速跑、单腿平衡等基本动作的指令。等小护对于单一指令能很快做出反应之后，亚子又不断将指令组合起来对小护进行训练。

每天看着接受这些训练的小护，亚子就会想到其他孩子。有些孩子正在展现自己的运动天赋，加入空手道、弓道、剑道、棒球、游泳社团中，并逐渐在训练中成长为独当一面的选手。但小护不是。他吃了很多苦，每天都要花出很多时间来训练，到头来只是为了成为一名普通的孩子。

每每想到这里，亚子总会心有不甘。

但这就是命运，一家人就因为命运那头残暴的野象被逼至一口黑暗的井中。和其他天然生活在阳光下的家庭不一样，盐野一家拼尽全力也只是为了一线生机。

"So be it."——那就这样吧。

亚子一边想着，一边为运动后变得邋遢的小护整理了一下衣服。

"妈妈，我能回家看动画了吗？"小护奶声奶气地问道。

"今天的锻炼已经完成了，可以哦。"亚子点点头。

快快成长起来吧！亚子和小护一起回家时如此想道。

8

每当已经成为高中生的盐野护回忆起过去的生活时，他并不能意识到自己到底经历过什么。在他心目中，自己小时候每天都过得很辛苦，除此以外就没有值得一说的事情了。那时候母亲和父亲每天也很辛苦，虽然他能感觉到这点，但究竟是为什么变成这样，他并不清楚。而且那时候有两位老师经常来到家中，而现在他也很少会再见到他们了。

如今他已经成长为一个平凡无奇的年轻人，智力水平一般，学习成绩一般，体育能力一般，交着两三个可以在中午的教室里一起吃饭的朋友，丝毫不引人注目。

如果说有什么不同，那就是他参加了学校计算机部的活动。初中时他是"归宅部"的一员，什么社团都没参加，于是到高中时他就想改变这一点。至于为何要寻求改变，他自己也并不清楚。

先加入社团看看，后面的事情再说吧。他怀着这样的心情交上了入部申请书。

社团里的人都很喜欢编程。有些人像自己一样，很小就因为双亲的缘故一直在接触软件开发。除了部长有时会发布一些开发企划来让大家一起参加外，平日里部员们都是按照自己的喜好进行研究。社团活动室里不时会响起噼里啪啦的键盘声，有的部员则会经常翻阅计算机部利用经费购买的编程用书，而有人在编程遇到困难时就会找部长和学长们交流。

这样的环境令盐野护感到十分惬意。他会在放学后躲在社团的一角，面前摆着一台笔记本电脑和一个蓝色漆装的胡桃夹子机器人，然后埋头进行自己的研究与实验。

"盐野君每天在用小机器人做什么？"有一天，坐在他旁边的同级生好奇地问道。

"想让它调用我训练的A.I.。"盐野指了指自己电脑中的程序。

"你会训练A.I.？"同级生露出了不可思议的表情。

"网上有现成的套件，在任何电脑上都能部署。"

"你在训练A.I.？"计算机部的部长听到他们的谈话后非常惊讶，于是也来到盐野护的身边。

"嗯，是的，部长。"盐野护点点头。

"不过普通笔记本的计算性能并不太好，存储空间也太小。

用这样的硬件系统来训练 A.I.是不是效率很低？"部长接着问道。

"的确如此，所以我把深度学习的层数设置得很少。这样得到的结果也不是很理想。"盐野护回答说。

"你主要做哪个方向的训练？图像识别？语音识别？还是自然语言处理？"

"跨指令分析处理。我想让它通过图灵测试。"

"唔……也就是说，上面几样你都要一一训练咯？"部长轻扶下巴，然后说道。

"嗯，全都要训练一遍，然后做跨指令处理。"

"现在训练到什么程度了？"

"可以的话，请来试一下吧。"盐野护把小机器人递到部长手中。

"你好。"当部长的手抓到机器人时，它便说道。

"你好。"部长回答说。

"我刚才听到了对话，你就是计算机部的部长吗？"

"是的。你很聪明。"部长笑着说道。

"过奖过奖。"小机器人谦虚道。

这样的对话促使其他部员都围了上来。

"这个机器人我小时候也使用过。好怀念啊！"一个部员说道。

"嗯，我也是。话说这个是后来推出的开发版嘛？"另一个部员说道。

"估计是。我也想买一个了。"

"盐野君，你从哪里购买的？"

"我把购买链接发到 Line 上。"盐野护打开自己的手机寻找计算机部的群组。

"谢谢啦！"

"不客气！"小机器人突然回答说，惹得大家都笑了起来。

"对了，大家听我说。"这时候部长对在场的所有部员说道，"五个月后有面向高中的计算机大赛，我部一直在参与单人的算法竞赛，A.I.相关的挑战赛一直还没涉及。诸君今年要不要尝试一下？"

"好啊好啊！"听到部长的话语后，大家的情绪顿时高涨了起来。

A.I.挑战赛被安排由盐野护负责，共有五人代表学校参赛。

大家把过往比赛的记录找到，然后一一进行研究。

很久以前，在他们还没上小学的时候，面向高中的A.I.赛事主要涉及观点型问题阅读理解竞赛、细粒度用户评论情感分析竞赛、英日文本机器翻译竞赛之类的比赛。

也就在那时，跨指令综合处理在商用A.I.范畴内已经成为主流，于是比赛也在向这方面靠近。后来，由于A.I.助手商用化大行其道，相关比赛就开始以通过"图灵测试"（即当初由图灵提出的"模仿游戏"）为主——由评委们通过麦克风同人或者A.I.交流，而被测试对象则在屏幕上反馈文字。

如果测试对象被判断为A.I.，评委就要为其"人性化"的各项指标打分；如果被判断为人类，则不需要打分，只需要标明为人类即可。如果评委判断其为人类而实际为A.I.，则其成绩自动为满分（当然这种情况在历年的图灵测试中实属凤毛麟角）。大部分情况下是评委很容易能判断出对方是否为A.I.，而"人性化"评分最高的A.I.即被视为优胜。

规则看起来很简单，但图灵测试一直是A.I.测试的皇冠。在复杂的人机对话中，A.I.稍有不慎就会露出马脚。比如像胡桃夹子这样的A.I.，随着代码在这些年的升级迭代，它同人类交流的功能已经日趋完备。纵使如此，它依旧只是合格的A.I.助手，因为它的代码从来不为欺骗人类而进行优化，所以也不可能通过图灵测试。

当然，即使通过了图灵测试，也不能说机器就真的拥有了人类智能。或者说，通过图灵测试的A.I.未必比胡桃夹子更有用。所谓"人性化"评分也只是描述在评委的感受中对方是不是更像人而已。

9

在研究完过往比赛的情况和本届大赛的章程之后，五个人开始分工，为参与大赛进行准备。

图灵测试融合了过去A.I.类比赛中的多个分赛道，进而形成一种统一的跨指令综合分析处理测试。不管是图像识别（尤其是人脸部表情识别）、语音识别（人类声音的语义识别），还是自然语言分析（包含阅读理解和细粒度情感分析）、自然语言反馈（将分析结果以自然语言的形式进行反馈），这些以往分赛道的训练统统都要做。

另外，为了便于评委在测试结束后检查各参赛队有无作弊，参赛者需要将 A.I. 代码和训练过程中用到的练习数据集与测试数据集全部归档，发给大赛主办方，以备异议检查。

为了参与这次 A.I. 相关的比赛，部长在学生会那里软磨硬泡，终于拿到了比往年高得多的部活预算。这笔预算被用于购买了五台适合进行 A.I. 训练的计算机。这些计算机除了装有强大的 CPU 和足够大的硬盘外，更重要的是安装了拥有足够强劲的 GPU 的显卡。由于每台电脑都装了四块性能强大的显卡，运行时可以听到机箱内发出轰鸣的风扇噪声。

"哇，好吵！"部员们抗议道。

"没办法，挪到学校的机房吧。"大家七手八脚地把这些沉重的电脑挪到了控温防尘效果很好的学校机房。

盐野护教其他四个参赛者远程部署必需的软件，其中就包括 Python 和 CUDA 这些软件。五台计算机中有四台被用于进行图像识别、语音识别、自然语言分析和自然语言反馈。等需要安装的程序都部署完成后，接下来就是要开始展开深度学习的训练了。

实际上，不管是应用于图像识别的卷积神经网络，还是用于语音识别的使用隐马尔可夫模型状态网络，抑或是基于自然语言分析的 NLTK 工具配合贝叶斯神经网络，这些技术已经非常成熟，队员们在网络上扒取所需的知识即可完成训练，甚至有人专门提供了庞杂的 A.I. 训练库，便于新手选取其中的素材。

由于在 Github 上就有很多成熟的代码，盐野护的小队就根据历年比赛的成绩去研究优胜队伍的开源代码，不断评价并进行改进，慢慢地形成了属于自己风格的代码范式，然后部署在那四台计算机中进行训练。

在其他队员已经开始为比赛上手之时，盐野护却陷入苦战之中。最难的工作就是如何整合这四项深度学习的成果，并形成具有一定容错能力的反馈机制。这种基于遗传算法和决策树的价值网络被部署在第五台计算机上，每天盐野护都要对相应的自动学习参数进行微调，结果却总是差强人意——时间太过紧张，这方面的训练该如何进行，自己对此完全没有头绪。

为了解决问题，盐野护每天晚上都在家里利用远程登录的方式对第五台计算机上的A.I.程序进行测试，然后根据结果修改价值网络的参数。这项繁重的工作让他经常在上课时哈欠连连，在家里时注意力也集中不起来，进度还不理想。

看着每天起床后都没胃口吃早饭的盐野护，亮和亚子不禁担心起来。

"看你每天都在熬夜调试程序，没问题吧？"一天早晨，亮在餐桌上向小护问道。

"嗯，最近碰到的问题有些棘手。"盐野护摇摇头，咬了一口培根三明治，然后喝了一口超浓的咖啡。他以前明明最不喜欢浓咖啡的味道。

"感觉你最近的精神状态变得很差，这样下去会影响身体的。"亚子也说道。

"唔，我会注意的。"他想方设法吞下了手中的三明治。虽然妈妈的手艺无懈可击，但长时间睡眠不足让他感觉吃早饭的时候味同嚼蜡。

"如果你在编程上碰到什么问题，可以问问你爸爸。"亚子建议道。

"嗯。"盐野护仔细想了想，过了一会儿向亮问道，"爸爸，该怎样教小孩成长呢？"

夫妇两人都在餐桌旁愣住了。

两个人互相迎着彼此的视线，而盐野护也察觉到了父母的异样。他不知道两人为什么会是这副表情。

"所以说？"他歪着头看着自己的父母。

"所以说，你是想了解小孩的养育过程是吗？"亮重复了一下小护的问题。

"嗯，是的。"他点点头。

餐桌旁又陷入了寂静。

由于盐野护到了该出门的时间，他不得已先穿好校服，提着书包出门了。

"老婆，给他看看咱们过去一起记下的日记可以吗？"等小护走了以后，亮看着亚子说道。

"唔……给他看那个是不是太早了？"亚子问道。

"不知道。不过感觉对他现在来说是有帮助的。"亮回答说。

"嗯，让我考虑考虑。"亚子点点头。

盐野护晚上回到家之后，看到自己的书桌上摞着二三十本厚厚的本子。不明所以的他翻开本子之后才发现，原来这里面是这个三口之家十多年的光阴。

……

3月12日　晴　by　亚子

今天在教小护"た"行的读音,结果他对"ち"和"つ"的读音学习了好久都没有掌握。不知道是不是我不太会教的缘故呢?过两天老师们就要来了,到时候我要好好请教一下他们。

……

5月30日　晴　by　亚子

小护又把之前学习的五十音图读音全部忘记了。为此我跟岩井老师通了电话。她安慰了我,并劝我不要在小护面前着急。

嗯,我知道的。我还没有气馁。

晚上的时候,我和亮一起带小护去家庭餐厅吃饭,点了他最爱的蛋包饭。看到他的笑容我就"充电完成"了。

明天再从头开始。

亚子,加油!

……

9月22日　雨　by　亮

小护把机器人的代码搞得一团糟。幸亏我做了备份,不然就该返厂维修了吧,哈哈。

另外听亚子说,看到白天外面在下雨,小护就在屋里像青蛙那样跳来跳去,嘴里还发出"ケロケロ"①的声音。为了避免他碰到家具上受伤,亚子一直在看着小护,等他玩够了才去忙别的事情。

不过亚子在说这件事的时候一直在笑。

我猜,我在听的时候也一直在笑吧。

……

---

①拟声词,形容青蛙的叫声。

12月24日　雪　by　亮

一直期待圣诞老人的小护发烧了。可他比平时更精神了,白天睡够了,晚上就各种哭闹,说要等圣诞老人来。没办法,我和亚子只能轮番哄他说只有好好睡觉,圣诞老人才会给他送礼物。

哎,多大时他就不再相信圣诞老人了呢?

我真希望这一天能早日到来,却又希望这一天永远不要来。

……

5月15日　晴　by　亚子

趁着好天气,我带小护去到郊区的游乐园。由于不是节假日,游乐园里面没有什么人。这样挺好的,因为小护一直害怕人多的地方。

在园子里,他一直盯着工作人员手中的气球看,我便鼓励他去买气球。他说话慢吞吞的,而且总是词不达意。不过工作人员明白了他的意思,取过了他手里的钱币,然后递给他一个气球。

结果气球被他紧紧抓了一路,生怕会飞走。

……

9月15日　晴　by　亮

今天听亚子说,她在人挤人的电车上教给了小护两个比喻的用法。比喻对于小护来说很难。但是如何去教会小护理解比喻是什么,对于亚子来说要更难。

第一个比喻就是“鮨詰め”(直译是“寿司被装到了食盒里”,形容车上人很多,中文中类似的比喻是“沙丁鱼罐头”)。结果小护一直以为亚子是要带他去吃寿司,亚子解释了很多遍他才明白。

由于误解而产生无法实现的心愿，继而出现落差，这可真是"糠喜び"（直译是因为糠而高兴，形容白高兴了一场）。这是小护学到的第二个比喻。

……

4月20日　阴　by　亚子

没想到小护已经在小学里上了几天课了。这几天我一直都在为他揪心，结果在柜台上频频犯错。

幸亏店长是个温和的人。

如果小护今天没被老师批评，我就奖给他一块巧克力。没想到还没到下班，我就接到了他老师的电话。

哎哎，小护会不会在课堂上哭起来呢？

不过其他同学可能会更困扰吧。

该怎么办？

……

10月15日　晴　by　亮

到了小学三年级，小护的编程能力就已经很强了。代码他大体都能理解了，所以做一些简单的小程序不在话下。不过由于他的数学水平还不高，所以对于复杂的逻辑还一时无法掌握。

他的语言水准也慢慢稳定在了中游水平。体育课的成绩也到了及格线之上。老师也很少会批评他了。

他在努力变成一个普通的孩子。

真是了不起！

……

6月28日　晴　by　亚子

今天带小护最后一次去主治大夫那里复查。大夫说小护已经完全没有自闭症的症状了。后来山崎和岩井老师祝贺了我们一家。

十分感谢两位老师!

小护已经成了一名普通的四年级生,过去所有的付出都有了回报。

回到家的时候,亮把我抱得紧紧的。我对他说辛苦了。本来以为我会先哭出来,结果没想到亮先哭了起来,而且哭得非常凶TAT。

结婚这么多年,这还是我第一次看到亮哭鼻子。

小护躺在床上,慢慢翻看这些日记。有时能听到纸张中传来的欢声笑语,而那时一家人的艰辛也在字里行间中涌上心头。啊,这就是自己和父母当初所面对的一切,原来不经意间三个人已经一起走了这么远。

看完这些日记后,小护鼻头一酸。为了不让亮和亚子听到自己哭泣的声音,他把自己的脸埋在枕头里。

10

松田诚多次出任高中计算机大赛中图灵测试的相关评委。在诸多评委中,他自有一套鉴别屏幕那侧究竟是人还是A.I.的方法。当然,以高中生的水平自然无法完善出一套可以欺骗人类的 A.I. 系统，"人性化"分数只是在各个考察项里汇总出最佳的 A.I. 而已。

这次要鉴别的 ID 是"Hibana"（即日语中"火花"的读音），而松田也踌躇满志地进入评委席。

在一个隔音的房间里，机器的摄像头在捕捉着松田诚的表情，麦克风则能获取他的声音。而被测者需要根据他的表情和话语在屏幕上输出文字。

"你好。"松田诚说道。

>你好。

屏幕上如此显示道。

"你叫什么名字呀？"

>我叫火花，是一个普通的高中生。

自称高中生啊。由于为了进行盲测，大赛举办方经常会找真正的高中生和大学生来混入比赛中。不过由于当初尤金·古斯特曼（Eugene Goostman）的缘故，低于15岁的少年是不会被邀请参加被测人员的。因为这样就能方便 A.I. 伪装成不按套路出牌的调皮少年，使得图灵测试难以准确完成，而这正是尤金·古斯特曼在2014年欺骗了三分之一评测人员的制胜法宝。

被测者必须积极配合评委的要求，这是大赛的基本要求。

至少根据现在对方的描述，松田诚还看不出他/她/它是不是 A.I.。既然是图灵测试，就一定要先假定对方是 A.I.，然后诱使对方露出马脚。

"你觉得高中生活如何？"

>感觉还好，就是社团活动挺累的。

"你参加的是什么社团？"

>计算机部。

哦。过去被测试的 A.I. 都故意说自己是文化类或者体育类的社团，以避免被轻易怀疑。这家伙很有意思啊。

"计算机部一般都有什么活动呢？"

>为学校制作一些网页，或者和部员们一起做些小游戏。

打字速度忽快忽慢。大概是利用有限范围内的随机数匹配输出时间。

"能让我看看你做的那些网页吗？"

>可以啊。

>我去找一下网址。

过了一会儿，屏幕上发来一个网址。点开网页，一个高中计算机部的页面弹了出来。页面功能中规中矩，美工设计也实属一般。的确是高中生的网页水平。

浏览完网页，松田心想，热身运动已经做完了，是时候该亮出撒手锏了。

包括松田在内的很多评委都在人类的心理学方面有很深的研究。这种寄宿于人类独有的肉体和社会网络而萌发出的复杂机理与诞生自深度学习网络中的 A.I. 有着天壤之别，这是评委们进行图灵测试的重点方向。虽然近年来 A.I. 在拟人人格方面进展神速，但没有经过实际肉体的成长过程，即使 A.I. 可以产生出所谓的"电子人格"，也必然是和人类的人格完全不同的存在。

松田在做图灵测试时很注意对方的人称用法，用"僕"还是

"俺"，抑或是"私"①，会不会经常发生更换，以及在对方以某个人格示众时，松田会按照这个人格的某些行为特征提出问题，如果发现不符合的情况，基本就能判断出屏幕的另一侧是 A.I. 了（不过，如果在这种情况下对面真是人类，那么这个人有很高概率需要就医了）。

另外就是类比能力，松田会经常用成语和比喻同对方进行交流，这些用语必须是高中水平的人就很容易懂的，这样在和普通人交流时不会存在障碍。但是 A.I. 很容易在某些成语和比喻中搞砸，因为不同事物之间的类比非常复杂，而这些类比又暗含了人类的情感因素。不吃透这种纷杂交错的逻辑关系，A.I. 就很容易对人的词汇发生误判，进而给出错得离谱的答案。

"没想到今天是'神立'（雷阵雨），结果进到'鮨詰め'（拥挤）的电车里，让人更加郁闷了。"

>的确是这样呢，我也是挤过来的，早高峰的时候在电车里站都站不稳。不过我很喜欢有雷鸣的雨。

"不觉得雷鸣吓人吗？"

>声音在耳边炸响时的确会吓一跳，但闪电的形状很美。就像短暂的沙画一样。

这个类比很有趣。如果对方是 A.I. 的话，人性化分数一定会比较高。松田在心里默默想到。

"这里有几道阅读理解的卡片纸，需要你直接回答一下。"

>好的。

松田选出了一张卡片纸，然后摆在摄像头前。

---

① 日语中不同的人称用法。

"能看清楚吗?"

>可以。

纸片上用日语写了一段话:"小夜子和耕平即将入睡之时,一楼的起居室突然传来玻璃碎裂的声音。因为不知道发生了什么,两人轻轻走下了楼梯,结果看到三个年轻人在起居室翻箱倒柜。他们害怕被暴力伤害,于是不敢发出声音。"

"这里的'他们'指的是谁?"松田问道。

>是指小夜子和耕平。

回答得斩钉截铁。后面几道类似的题也是如此。

屏幕前的"火花"可能就是个人类吧,松田如此想道。

11

在比赛前,盐野护就像一个"爆肝"的软件工程师一样磨在A.I.研发和训练中,但光靠自己是不能真正训练好A.I.的,另外网络上的训练样本也不够真实自然,不能帮助A.I.真正成长起来。

这时他想到了父母所积攒的那一摞厚厚的日记。胡桃夹子机器人帮助他把那些日记中的每一页都扫描下来,并转录为电子文件发给他。而他上学时就把这些文件拷贝在计算机部的电脑中,利用计算机部训练的自然语言分析A.I.来把文件中的内容分类和归档,将其中涉及语言训练的部分提炼成非常具体的内容,然后印制为内容不同的训练手册。这些手册被分发给部里所有有时间帮助图灵测试参赛队的部员,而他们已经被临时委任为训练员。

"哇,部长订购了这么多开发版的胡桃夹子机器人?"

"为了帮助A.I.进行训练,这根本没什么。"部长哈哈笑道。只是学生会长已经不想再见到他了而已。

网络通贩来的整整一箱蓝色漆装的胡桃夹子机器人也被分发给训练员。盐野护为了方便大家一起训练A.I.,专门开发了面向服务的调用程序。与面向过程和面向对象的编程思想不同,面向服务的编程策略可以让五台电脑与这些胡桃夹子机器人之间共享同一套接口,方便统一部署和后期维护。小机器人通过调用主服务器上的服务请求来和训练员展开互动,而主服务器则将任务根据职责分发给四台分服务器并获取它们的反馈。

盐野护负责每天检查训练日志,查看接口有没有报错的信息,以及硬件的性能负荷是否正常。除此以外,他还编写了一套A.I.的初始人格,里面包含类似于个人信息的内容,而这套人格的基础正是父母的日记。里面的点点滴滴不仅变成了名为"盐野护"的这个人的人格基础,也成了这套A.I.的人格基础。

接下来,对A.I.的训练如火如荼地开展起来。

大家按照各自的训练手册帮助A.I.更加系统地学习人类的语言特征。就像帮助一个孩童成长一般,部员们不管到哪里都一直带着机器人。

无论是在学校上课时,还是在拥挤的电车上,抑或是星期六的海边,甚至在每个人的家中,大家让它们随着自己的脚步观察这个真实的世界,倾听街道上人潮的声音,再和自己进行语言交流。同学们和外面的人群有时会用异样的眼神看着他们,但部员们好像并不在乎。

因为他们在真切地感受着A.I.的成长，每天都会有新的发现，还有新的快乐。和自己身旁的这个小小的机器人一起，部员们也开始学会用更加中立的眼光看待自己。这是一种奇妙的、共同成长的过程。

另外，大家在做古文和现代文的题目时也会让它待在旁边。拿着让自己头疼不已的题目去考考小机器人也很有意思。那些复杂的代词用法被A.I.一一学到，而服务器上的A.I.核心不眠不休，不仅消化着同部员们互动时学到的知识，还一直在扒取着网络上的大量信息。

"喂，队长！"有一天，一个部员向盐野护发问道，"咱们要怎么称呼这家伙啊？"

"嗯，我想想。"他低头想了一下，然后说道，"我打算叫它'火花'，可以吗？"

"好啊好啊。"

"以后就叫它'火花'了！"

"所以我手里的是'火花'1号。"

"那我的就是'火花'65536号。"

"你有毒吗？这个号码是怎么来的？"

"因为这样有一种反派手下的小喽啰的感觉。"

部员们七嘴八舌地说道。

看着这一幕，盐野护不禁笑了起来。这大概是小时候的自己永远不敢想象的场景吧。

"火花,你真难住了我。"松田诚说道。

>为什么呢?

"因为你的身上充满了某些违和感,但我又不知道这种违和感来自哪里,因为对于我的提问你都回答得很好。"松田诚摇摇头。

>大概因为我是人吧。

"一个奇怪的人。"

>说不定正是如此(笑)。

"跟我讲讲你的家人吧。"这是松田最后的撒手锏。实际生活中的社会关系是A.I.很难掌握到的,很多A.I.会在描述这类关系时翻车。

>我和父母一起生活,他们是很好的人。

"就这些吗?"

>容我想一下。

>我的父母很平凡,所以我也注定很平凡。

>我的爸爸是个程序员,虽然很顾家,但工作很辛苦,天天都在加班。不过他的同事很倚重他,从小我就很敬佩他。所以我才会喜欢编程吧,因为这样就可以多和他交流一些。

>也因为这样,我才会加入计算机部中,虽然现在还没有能力去编出很厉害的程序就是了(笑)。

>我的妈妈是一个便利店的店员,每天工作也很辛苦,还要操持家里的家务。在我小的时候,妈妈陪伴我的时间最长。那时候我学习东西很慢,但我的妈妈,还有我的爸爸,一直在慢慢教我学习这些知识,陪我一同成长。

>因为他们不断地付出，我才能和您在这里正常地交流吧。

很好的回答。松田如此想道。

"那么，你想对他们说什么呢？"他接着问道。

> ありがとう（谢谢）。

作者后记

本文存在一个重大的问题，那就是ABA疗法能否真正治愈自闭症。

这是一个非常严肃的问题，故我必须在此进行澄清——在网上可以查到部分自闭症患者借由ABA疗法得到治愈的信息，但这实属凤毛麟角。

由于ABA疗法所治愈的部分患者都是高功能自闭症患者，所以也有学者对于他们是否真正是因为ABA疗法获得痊愈而表示存疑。很多患者，如文中所说，病程会伴随他们一生。为此，日本设立有"榉之乡"和"嬉泉"这样的成年自闭症托养机构，以帮助成年患者进行生活。

由于现阶段大家对于自闭症病理原因的了解才刚刚起步，ABA疗法依旧是一种常见的治疗手段。

随着医学的进步，希望人类早日攻克自闭症治愈的难关，帮助所有患者摆脱自闭症的影响，也祝愿全天下的家庭幸福和睦。

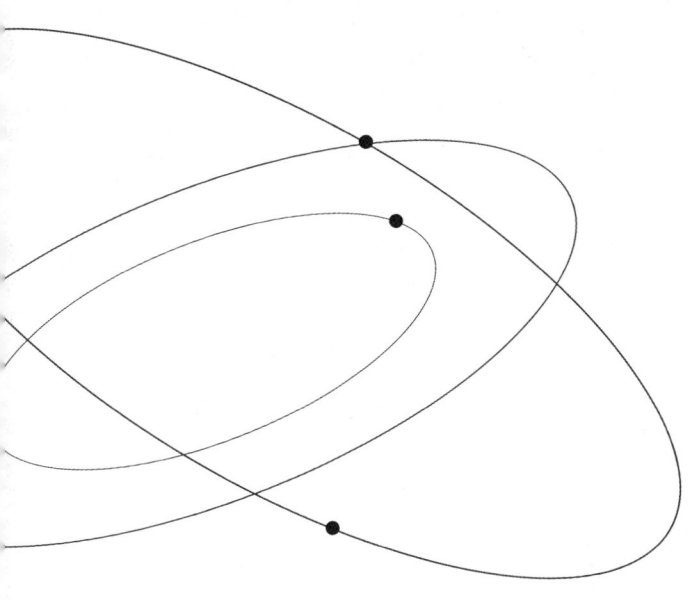

吃饱了

赤色风铃

1

早上这场本来主讲是陈一，但老板另请了"高人"来助场，让他"学着点儿"。正好发鸡蛋的那位有事请假，陈一就负责散场时分发鸡蛋，一人三个。那些闲得发慌的老头老太太凌晨四点开始排在会场门口，就等着这点儿实惠呢。

"细胞超强再生按摩椅"，陈一刚开始说这款公司的主打产品时，自己都会脸红。他陈一好歹也是名牌大学毕业，受过高等教育的。

但新来的讲师只粗略看过产品介绍，就敢径直上台吹捧。

"……我王二，今天要是在这里瞎说一个字！出门让车撞，全家死光光……"自称王二的讲师在台上啃着麦克风拍着胸脯大吼。

陈一听得头皮发麻，鸡皮疙瘩掉一地。

讲师王二穿着蓝灰色西服，却踩着黄绿色解放鞋，留着油亮的中分头，不伦不类的样子很搞笑。但潜在的客户们却都用一种仰视的眼神看着，并不觉得哪里可笑。各种高科技名词在他嘴里变成了绕口令，听着还挺押韵。反而对公司的主打产品，王二说得并不多,因为他自己也不了解嘛。

讲师王二秀完高科技绕口令,便开始打感情牌,亲情、友情、激情、豪情,扯了足足二十分钟。他表情夸张,语气抑扬顿挫,在台上又蹦又跳,别提多卖力了。

怎么还跪下了?

"……我是个孤儿,从没见过亲生父母……"

不要啊!陈一在心中大喊,他已经猜到了下面的套路,不用这么拼吧!

"……今天就让我喊一声,爸!妈!"

台下的老太太们抹着眼泪……

散场,两万八一台的"细胞超强再生按摩椅",卖出了八台。

同样的客户群,此前半个月陈一他们把鸡蛋、大米、面粉等送出了一卡车,也没卖出一台产品。

讲师一把鼻涕一把泪地送走了最后一个买了按摩椅的大爷,然后走到瞠目结舌、呆若木鸡的陈一身旁。

"兄弟,有烟么? 我先平复一下情绪。"王二说。

陈一掏烟给这位讲师点上,讲师坐在台子上深吸了一大口,抽大烟般擤了擤鼻子。

"老师……"陈一本来有很多问题想请教,又强行咽了下去。讲师道行如此之高,他陈一这辈子是不可能望其项背了。

"什么都别说。"讲师站起身,"我就问你服不服!"

陈一只得拼命点头。

"晚上我请客。"讲师说,"明天结完账我就走了。"

"成绩这么好，你不多卖几天？"陈一问道。

"这也叫好？我和你们老板是同学，给他个面子才过来讲一场。"讲师掐掉还有半截的香烟，"有好几个公司急着请我去，那里的城中村刚发完搬迁补偿，老头老太太们钱多得没处花。"

讲师走出空荡荡的大厅，又回头，大声地说："兄弟，人生如戏，全靠演技。"

晚上，参加完讲师王二的饭局，一行人又嚷嚷着要去 KTV 唱歌。KTV 其实就是唱的人爽，陈一不想被爽就没有参加。他从来都是个不合群的人，聚会时总是坐在最不起眼的角落。以前上学时如此，毕业后工作了也是。都说性格决定命运，这样下去前景堪忧。深层原因应该还是不自信带来的自卑，虽然他本人并不愿意承认。

陈一裹紧风衣，踩着枯黄的梧桐叶，独自穿行在南方没完没了的冬雨中。等回到租住的房间，一开门，寒气扑面而来，这背阴的房间竟然比屋外还要冷！

"你能相信吗？这里的冬天尽下雨，这里的蟑螂大如鼠。"陈一缩在潮湿难受的被窝里，发了条朋友圈，配图为昏黄路灯下的雨景。

他没舍得开空调，即使被子上已经结了一层小露珠。上个月，由于对空调的耗电能力一无所知，陈一被二房东两块五一度的电价吓破了胆……

没过多会儿，前女友给他发的内容点了赞。

陈一盯着那个苍白的心形，苦笑着，笑容慢慢变得呆滞，在哭出来之前,他移开了手机。

当初就是跟着前女友才来到这座南方大城市,短短半年,物是人非。唉……说出来简直就是老套的薄情戏,不提也罢。

回家! 陈一又一次下定决心,回到温暖有爱的北方!

但是,他真的有脸回农村老家吗?

没有。

空气湿冷,像个喜欢恶作剧的精灵,寻找着一切能钻入的缝隙。劣质的化纤被套像冰块一样贴着陈一的脸,别提多难受了。就在他认为一切已经不可能更糟时,一时手贱,他点开了前女友的朋友圈。

满屏鲜艳异常的色彩从手机中喷薄而出,前女友陪着新男友在欧洲杯决赛现场Happy得不得了。

万箭穿心,一夜无眠。

2

散场,依然没能卖掉一台产品。老板将陈一叫到办公室训了一通,骂了个狗血淋头。

陈一几次想甩袖离开,到最后却只能点着头说"是"。

走出老板的办公室,陈一正好碰到提着旅行箱下楼的讲师王二。

"王哥,还没走呢,我送你一程。"陈一嗓音沙哑地说,一边接过王二的箱子。

王二嗯了一声，倒是不客气。

陈一以为王二要去与老板寒暄几句，但王二轻蔑地瞟了一眼老板的办公室，径直下了楼。从他的眼神看，应该与老板有什么不愉快。

公司接送客户的商务车空着，但司机不在。陈一一阵尴尬，他没有驾照。

陈一拿出手机，用打车软件叫了去机场的车。

"小陈，你脸色怎么这么难看？"这还是王二今天第一次开口与陈一说话。

"没睡好。"陈一说道。

王二哈哈笑着，开着下流的玩笑。

陈一只得陪着苦笑，自己心中再苦再痛，又有谁在乎。

"你叫陈一，我叫王二，注定我们有缘。"车来时王二突然说，"稍后我给你打电话，介绍个工作给你。"说着，他钻进了车子。

当时陈一并没将王二的话放在心上，他只心疼打车的钱。

公司因为有了王二卖出的这一批货，很快就要换产品换战场了。迟早会有买了产品的老人家属来闹，这是常事。陈一对这类"包治百病"的产品已经厌烦，真有如此奇效，那么世界根本就不是现在这个样子。但不做这个，又做点儿什么好呢？陈一顿觉手足无措，从未有过的迷茫。

在心中那无法名状的痛苦煎熬下，陈一精神恍惚地过了三四天。直到一天中午，他的心突然就不痛了，他也说不清是怎么回事。仿佛有个疼痛开关，啪的一下关掉了。这大概就是所谓的"花大把的时间迷茫,在某几个瞬间成长"。

心情舒畅的晚上,陈一一个人用小电饭锅煮火锅吃。二房东不让在房间里做饭,还得偷偷摸摸的。

正准备举杯邀明月时,放在床头柜上充电的手机突然响了,发出电话虫的"菠萝菠萝"声。这样的铃声设定不管对方多大来头,接起来都能底气十足。

是讲师王二的电话。

"小陈,前两天有点儿事耽误了,现在才给你打电话。"王二清晰的声音传来。以前陈一对王二其实是鄙视的,生怕离得近了自己就会变得与他一样。但只是几天的时间,感受竟已完全不同。理想主义赚不了钱,唯有巧言令色才是生存法则。

"嗯。"陈一应了一声,他原本已经忘了王二这一茬。

两人闲扯了几句。

"大家萍水相逢,我就不拐弯抹角了。我看你也是一表人才,但有学识欠胆识,做不了这一行。"王二的声音很轻,语气听上去竟然还挺真诚,与讲台上那个唾沫横飞,怎么听都像街头卖"大力丸"的王二判若两人。

陈一尴尬地笑了笑,说道:"我打算回北方去了,要不是你打我这个电话,现在已经在买火车票了。"陈一不怕这话传到老板耳朵里了,任何员工说的任何与公司有关的话,最终都会传到老板耳朵里。

"好!树挪死,人挪活。"王二说,"下一步怎么走,想好了没有?"

"还没有。"陈一如实回答。

"正好。"王二说道,"我有个朋友让我帮他找一个可靠的代理商,卖减肥产品,有兴趣的话,我推荐你去。"

"这不是我的专业,我的专业是播音主持。"陈一说,"男怕入错行,女怕嫁错郎,当初走这一步就已经错了。"

"那是你没卖过'真的'产品。"王二笑着说,"我这朋友跟我说,他这产品千真万确,绝不糊弄人。"

"具体是什么产品?"陈一只是礼貌性地问了问,并不是真的感兴趣。

"我也不清楚。"王二说,"我把他的电话号码给你,你自己联系,行不行自己看着办。"

陈一听得不明就里,也不知如何回答。

电话挂了。

陈一突然意识到锅里的羊肉早就煮老了,可恶!难得吃点儿好的。

然后,"叮咚"一声,社交软件上王二将对方的联系方式发了过来,一起转过来的还有一笔不大不小的钱。

"借你的路费。"王二说。

话说得再多,唯有真金白银最能打动人。

3

"我有意,意无我。走!"陈一发了条酸溜溜的朋友圈,配图为机场停机坪上冰雨笼罩的"空中客车"。

真的是"冰雨",细雨夹杂着浑圆的小冰粒,沙沙作响地在地面上跳动着。这种当地人叫"雪籽"的东西,在北方不太多见,陈一看着,心情越发冷暗。

平生第一次坐飞机,当飞机在乱流中颠簸时,陈一还以为要坠机了。短暂的一生迅速在他脑海中划过,了无痕迹,真是可悲……

好在有惊无险,平安落地。

只身来到了另一座南方大城市,骄阳似火,高楼熠熠。椰子树在暖风中撒着欢,姑娘们在大街上露着腿。这他妈才叫南方!

前女友照例又给他的朋友圈点了赞。没问他去了哪里,不知是真的不关心,还是强忍着好奇。让那个无情无义的、冻死人的"假南方"见鬼去吧!陈一想。

他找了家便宜的小旅馆住下来。老板娘是个黑黑瘦瘦的本地人,说话带着软趴趴的当地口音。她好奇地问陈一是来旅游还是来工作。

陈一说是旅游。

老板娘不太相信地看着他,说我们这地方只适合旅游。但,你要是听哪个亲戚朋友同学同事说在这里做生意发了大财,叫你也来,千万别信呀,肯定是传销啊!

陈一笑着点了点头,这老板娘还真是个好人。

第二天早上,吃完难以下咽的椰子饭,陈一出去找组织了。

按电话中的约定,陈一找到了一幢有些年头的写字楼。他进楼后发现电梯正在换新,楼梯间乱得像灾难片的布景。

陈一只好徒步走上了十二楼,幸好大学时篮球社的底子还在。

找到了电话那头的"李老板",白白胖胖的一看就不是当地人。两人在简陋的办公室寒暄了几句,然后李老板将第一批产品拿了出来,两百多粒灰色的药丸,装在一个贴着"瘦身丸"的白色塑料袋里。

"货你先拿着,卖掉了再结款。"李老板说。

听到"货"这个词时,陈一脑子里嗡的一下,仿佛点着了一团黑火药。可别一时糊涂上了贼船!一个声音在他脑中高喊,现在退出还来得及。

李老板吩咐着定价区间,按这价钱算,这袋东西得值十来万,卖掉后陈一能拿走一半。

陈一冒着冷汗,双手哆嗦着几次都没接住。

"你这是干什么呢?"李老板哈哈大笑,"放心,不犯法,哈哈……"

最后陈一一咬牙,只要能赚钱,谁还在乎过程。他接过了塑料袋,塞进了随身的包里。

"我给你个电话,你可以先找他帮你卖。"李老板说,"我会半个月联系你一次,这期间你不用联系我。"

陈一离开了写字楼,捂着挎包,脚步慌乱,总感觉有人在背后盯着自己。

回到旅馆,拿出包装简陋的药丸,发现袋子里还有张打印的说明书。陈一拿起来一看,大意是说吃一颗瘦身药丸可抵消两天的进食量,猛吃不会胖。

就减肥药这么简单?现在各类五花八门的减肥产品满大街都是,何必搞得像卖白粉似的?陈一拿出一粒灰暗不起眼的小药丸,仔细看着,他根本不信这是什么减肥产品。谁会花几百块买颗药,就为了抵消两天的进食量?

陈一掏出手机,看了看时间,然后张嘴将药丸吞了下去——与其不明不白地被人利用,不如自己现在先试试。

十分钟后,没有任何反应。

他又拿出两粒,一起吞了下去。

一个小时后,还是没有任何反应。

在肯定了这玩意儿不是毒品之后,陈一快速跳动的心慢慢平缓下来。也许真是贫穷限制了自己的想象力,无法理解那些想瘦的胖子愿意付出的代价。

陈一拨打了李老板给的电话号码,说明了情况后,对方让他把东西送过去。

他从塑料袋中数出二十粒,包好放进挎包。剩下的放哪儿他都觉得不放心,最后他把剩下的那包药装进一个干燥的矿泉水瓶子,寄存到了超市的柜子里。

他是在下午走进那家酒吧的,这个时间段根本就没客人。他找到了与他联系的那个酒保,说明了来意。

"换人了?"酒保问道。

陈一耸耸肩表示不知情。

"李老板自己这么胖,卖瘦身产品确实不合适啊……"酒保要给陈一倒一杯,陈一摆手表示自己不喝酒。

两人很快把价格谈好，只比李老板要求的底价高了一点儿。但酒保欺负陈一是新手，坚持要等药丸脱手后再结款。

陈一也不知哪儿来的底气，断然拒绝。

两人扯了一阵皮，最终陈一还是凭借他不多的销售经验取得了胜利。

直到拿着钱走出酒吧，陈一都不相信这是真的。

卖掉产品后的第一件事，陈一先把王二借他的路费还上。说是借，实为让陈一打消顾虑的"押金"。大家都是做营销的，非常清楚如何建立互信。

奔波了一整天，陈一突然觉得好饿好饿，仿佛能吃下一头烤大象。

陈一抬头找了家招牌最大的饭店，大步走了进去。

"有酒，有故事，独缺有缘人。"陈一发了条朋友圈，配图为一桌的精致好菜。

然后他一个人大吃起来。

饭店服务员不动声色地在他对面的椅子上放了个大毛绒玩具。

接下来的五天，陈一分数次把剩下的药丸卖给了那个酒保，每次要价都比前一次高一点儿。他已经意识到，高出底价的部分百分百都是自己的利润。

"你挤牙膏呢！"酒保不耐烦地说，"有多少一次拿出来！"

前后六天时间，陈一挣到了以前打工一年也挣不到的钱。看着账号上那串如梦如幻的数字，陈一真心疼被自己吃掉的那三颗药。

不知为什么，这些天陈一总感觉身体疲惫、两腿发软。早上起来时，他的手脚甚至都在发抖，走路像在沼泽中跋涉般艰难。

可能是这些天精神过于紧张的缘故……陈一想。现在药全卖完了，就等着李老板联系自己了。

回到旅馆时已是晚上，陈一本来想去吃海鲜自助，但感觉肚子完全不饿。现在陈一头脑昏沉，两脚灌铅，希望睡一觉能好一点儿。

"回来了啊……"好客的老板娘从吧台后瞟了他一眼。

陈一有气无力地"嗯"了一声，一边摸索着包里的房间钥匙，一边向楼梯口走去。

"哎哟！小伙子，我看你脸色……"老板娘还没说完，陈一眼前一黑，咚一声倒在地上，晕了过去。

4

"可怜啊！"旅馆老板娘的声音，"医生说从血液检验情况看，至少五六天没吃东西了，饿的！"

陈一睁开眼，看到了输液管中滴落的葡萄糖注射液，看到了背对着自己的旅馆老板娘，还有两个前来了解情况的警察。

见他醒了，几个人围了上来。

"小伙子，有什么难处尽管说。"又是旅馆老板娘的声音，"这都什么年代了，哪里还听说有饿晕过去的啊……"

陈一坐了起来,随着输液管将葡萄糖注入血液,他感觉自己浑身充满活力,身体已经恢复了。陈一现在彻底明白了:当时那三颗药下肚后,虽然他餐餐好吃好喝,但瘦身药丸切断了肠道对食物养分的吸收,于是对身体来说,已经等同于六天没有进食。当血液中的葡萄糖消耗殆尽,自己的身体就会进入低碳水化合物状态,被迫将脂肪分解成脂肪酸,维持身体的能量消耗。在这种情况下,要想不瘦那还真是不可能的。

两个警察登记了陈一的身份信息,见没什么问题就走了。只留下陈一捧着旅馆老板娘塞给他的豪华盒饭。

三天后,陈一离开了那家旅馆,在市中心租了套公寓安置下来。离开时旅馆老板娘死活不肯收他房钱,还硬塞了两百块给他。陈一真是哭笑不得。

"万家灯火中,终于有一盏为我点亮。"陈一站在高层公寓的落地窗前,拍照,发朋友圈。

一阵巨大的虚幻感传来,陈一又一次打开理财软件,确认那串长长的余额,仿佛稍不留神它们就会消失不见。他现在生怕自己会突然在冰冷的被窝中醒来,发现一切不过是南柯一梦。

距李老板说的半个月后联系还早,陈一报了个纯玩旅游团,深度接触了这片满是槟榔树和椰子林的南方大地。

"没有越不过的海洋,没有到不了的远方。"陈一发了条朋友圈,配图为自己坐在海边礁石上,面朝辽阔太平洋的逆光背影。

在照片定格的一瞬间,陈一突然觉得自己又长大了一点点。

和当时约定的一样,李老板如期联系了陈一,结清了上一批的货款后，把新的药丸给了陈一。一笔丰厚的利润扎扎实实地落进了陈一的腰包。

陈一很知趣地没有多问，虽然他有很多的疑问——瘦身药丸为什么限量供应？为什么不能公开销卖？

陈一想摆脱对那个油滑酒保的依赖，自己跑了很多健身房、保健会所等地方，拓展销售渠道。

一开始，停滞不前、四处碰壁那是肯定的。不管到哪里，人们看陈一的眼神，就像他的脸上贴着写有"骗子"的标签似的。

等到陈一穿起了名牌正装，背起了几万块的挎包，戴起了几十万的金表，迎面而来的笑脸突然就变多了，进出大门也有人引路了，原来总是开会中的负责人突然就有空了。局面变得豁然开朗起来，真是奇妙。

效果极好的瘦身药丸总是供不应求，陈一每次都要求李老板增加供货量。

不能再多了。李老板每次都这样说，拿出来的却总会比上一次多一点儿。

过年时陈一带着新认识的女朋友回了趟北方老家，年货捎回去一大车，让年迈的父母也扬眉吐气了一回。似乎只一瞬间，周围十里八乡的人都知道了，陈家的儿子在南方做药材生意发了大财啦！

"蜀狗吠日，粤犬吠雪。"陈一发了条朋友圈，配图为漂亮的女朋友在齐膝深的雪地里撒着欢，笑得像朵花儿似的。

陈一突然意识到前女友已经很久没给自己的朋友圈点赞了，

而他也同样很久没有点开前女友的朋友圈。他看了看那个曾经令他魂牵梦萦的头像，淡然一笑。

成熟，就是把曾经令你彻夜痛哭的事笑着说出来。

5

过完年陈一就回到了南方，像一只着急赶路的候鸟。

瘦身药丸的业务风生水起，慕名而来的客户摩肩接踵，拦都拦不住。陈一从没想过竟然会有这么大的市场需求。人们对瘦身药丸趋之若鹜的推动力到底是什么？

好在陈一还算头脑清醒，美丽的东西都不能长久，虚幻的泡沫迟早要破灭。现在他都能清楚地感受到，连李老板都变得越来越紧张了。大家赚的钱越来越多，笑容却越来越少，总感觉有一种无以名状的风险高悬在头顶。

当瘦身药丸的业务能自动运转，不需要陈一再费心维护时，他去找了份工作。

还是那种不大不小的保健品公司，还是那份寒酸到难以启齿的收入。但是，现在陈一已经身处不同高度，眼中所见也已完全不同。

虽然在公司的最底层，但陈一积极乐观从不计较，也没人听过他的一句抱怨。不管是同事还是上司，竟然都能从他眼中看到相同的东西。公司上下几乎所有人对他的印象都非常好，不知不觉间他就成了众人环绕的核心。他还总是同事聚会的发起人，号召力无人能及, 有他在就没有冷场的可能。

而这一切改变, 原因只有两个字——"自信"。不是那种缘起于自我催眠的自信, 而是那种即使倒下一百次, 也能嗖地满血复活的自信; 而是那种手握时光机按钮, 不行就随时再来一次的自信; 而是那种万一实在混不下去了, 就只能回家继承百亿家产的自信。

一个人果然只要输得起, 赢就会变得很容易。

一年间数次升职, 陈一像一阵旋风, 为已对鸡汤和鸡血都免疫的公司带来了活力。年会上公司老总为了夸赞他, 搜肠刮肚把自己脑袋里的那点儿溢美之词都用尽了。

"人生新起点, 快刀斩荆棘。"陈一发了条朋友圈, 配图为新搬入的独立办公室。

没完没了的大小事务排山倒海般地压过来, 陈一的工作与生活绞在了一起, 变得繁忙无序。而他就像个手握充足预备队的老将, 进退得当, 挥洒自如。

眼前一片光明, 人生无比辽阔。

当某一天, 李老板突然没有按约联系他, 而陈一回拨过去却已停机时。他并不慌张, 反而松了一口气, 仿佛一直期盼着这一天的到来。

可能李老板另找了合作伙伴。陈一想。

但与陈一有直接联系的代理商们却心急火燎地找上了他, 赶都赶不走。开始陈一还编了些故事拖延着, 到最后他也只能两手一摊: 再也不会有瘦身药丸了, 大家都到此为止吧。

花了很久，陈一才让自己从瘦身药丸的生意中解脱出来。他长出了一口气，以为这段奇遇就这样结束了。

又是一年，与所有老板的噩梦一样，陈一和几个公司骨干商议着，大家脱离公司另起炉灶。

众将士听了马上踌躇满志，只等陈一一声令下，大伙立刻把老板炒了，自立山头！

真到了关键时刻，陈一反而犹豫起来，现在他要考虑的已经不只是他自己。

就在这时，事情仿佛都像商议好似的凑到了一起。

陈一的老朋友，李老板突然联系了他。没有瘦身药丸了，却带来了陈一意想不到的好东西。

饭局上，陈一终于第一次从李老板那里听到了瘦身药丸的真相，帮他解开了多年的疑惑。

李老板告诉他，瘦身药丸是北方一家大型制药企业合法研制的，但由于一些说不清道不明的原因，迟迟没能得到上市许可。在上市无望后，企业内的高管就勾结起来私自贩卖。原本出货量一直不大，细水长流，大家乐得一笔外快。后来陈一将市场打开了，在贪念推动下，产供销不断增加。终于在越来越丰厚的利润面前，众人突然撕破了脸。在互咬一通后，不欢而散，这条财路也就断了……

陈一若有所思地唏嘘着。

"现在，我手里有几份与瘦身药丸相关的专利，想找人合作。"李老板看着陈一说，"做不了药丸，我们可以做保健品。"

陈一低头沉思了一下，他其实早就思考过做类似产品，只是苦于缺少技术支持。"健康食品。"他说，"零热量的健康食品。"

两人惺惺相惜，一拍即合。

6

"王侯将相宁有种乎！"新公司成立的那天，陈一发个条朋友圈，配图为一桌子膨胀到要上天的"反骨贼"。

以前他总是喜欢吃饭前拍照，不如从什么时候开始，变成吃饭后拍照了。

望着一桌子的剩菜，陈一终于理解了瘦身药丸为什么不能上市。

在我们的星球上，发达国家每天都要扔掉数十万吨的食物。而且更气人的是，往往哪个家庭扔掉的食物越多，那个家庭的成员就越健康。食物的首要作用，早已不是维持生命，就像性爱的首要作用早已不是繁衍后代。

如果瘦身药丸上市，简直就是胖子们的福音、节食者的救世主。放开吃不会胖了啊！世界大变样了啊！大量的食物将被白白消耗，只被用来给人们解馋。

这样的情形，理智的人都不愿看到。

所以陈一他们打算另辟蹊径，绕一个巨大的弯子，推出热量为零的食品。吃了等于什么都没吃，这样既解决了馋嘴与发胖这对因果，过程也变得可以接受了。

"最健康的食品只有一个，就是不要吃！"

半年后，陈一在产品发布会上说出这句话时，引得台下一片哄笑，但他其实并不是在开玩笑。

就这样，在普遍的嘲笑和不看好中，价格高昂的"零热量系列食品"上市了……

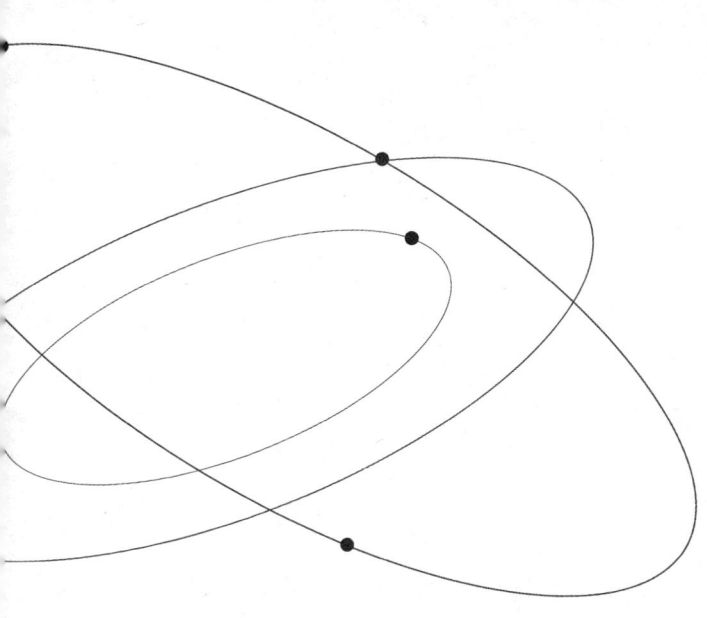

双旋

七月

1

　　梁一帆在市第二女子中学门口蹲守，寻找罗小琳的时候，最担心的事情是被当作萝莉控让保安盯上，然后愤怒的家长就会围上来把他打成烂酸梨。

　　据梁一帆自己想象，寻找罗小琳的情形应该是这个样子——

　　他抄手站在女中校门对街的电线杆旁，漫不经心地看着十四岁上下的女初中生三五结对从校门里走出来。女孩子像帝王蝶迁徙一般挥舞着衣袖，露出半截莲藕似的小臂，水手服刚刚掩过膝盖。若是罗小琳长得比别人快，裙摆下该是露出半寸大腿的绝对领域来（这倒不必须）。她应该刚刚开始发育，看起来像一颗微涩的青果，校服上的蝴蝶结略微飘起。若不是那一丝若有若无的少女馨香，罗小琳会更像假小子，这样喜欢她的男孩子就可以假装跟她是哥们儿，一起推推搡搡，拙劣地掩盖自己的真实目的。

　　在罗小琳十四岁的时候，她就应该是这样一副骨架，不能太高，自然也不能太矮，略比同龄人高出三四厘米的样子，恰恰能低视同学，出众但不能带有威胁感。

　　所以盯着这些青春洋溢的肉体时，梁一帆不能不担心自己会被人打死。

梁一帆是个基因猎人。更准确地说,是做私人身体定制服务的顶尖基因猎人。换句话说,基因贩子里面最高端的那种。按行里的黑话,他们叫私建筑师。

行里有句俗话,四流猎人做搜罗,三流猎人做解析,二流猎人做拼组,一流猎人做营销。刚入门的基因猎人四处搜罗功能基因,如同沙里淘金,找到一个关键功能基因就能发横财,在他们的眼中,基因分好的、坏的,值钱的、不值钱的;高端的基因猎人眼中则没有这样的区分,他们解析功能基因的表达方式,理解从基因到蛋白再到生理功能的流程链,他们定义基因值不值钱,是优是劣;顶尖的基因猎人不再关注单个功能基因的表达,他们注重多个基因的相互关联共同作用,设计出一整套方案。而在顶尖的猎人之上,占据整个行业顶端的领袖就不再是买卖基因方案这么简单,他们通过传媒告诉人们什么样的东西才是好的,然后把包子脸卖成珠圆玉润,把面瘫社恐卖成高冷女神。

当然,这只是其中一条道,还有另一条道——为更少的人,而不是更多的人服务,为占据人类财富塔尖万分之一比例的最有权势的人定制基因方案。

外人很难想到这些定制方案会开出什么样的价钱。

梁一帆在做基因采风的时候,如果太过无聊,有时候就会想起这些问题来。为什么人类会在自己的后代上耗费这么大的精力呢?他也养猫,母猫刚生下小猫的时候,如果营养不足,甚至小奶猫沾上了人的气味,母猫会把自己的幼崽吃掉。有一次,因为小奶猫萌得太过分,梁一帆忍不住摸了刚出生的小奶猫,不久就眼睁睁看着小萌物被母亲吃掉。那次之后，他就不再养猫了。

当然，如果放眼整个地球生命界，人类不算对后代付出最多的。鲑鱼、水母等大量水中美食会为了产卵而死（所以请一定在产卵前捕获食用，否则会损失大量风味），公螳螂会为了交配被配偶斩首吃掉，雄性银背艾蛛还会因交配被切掉生殖器（梁一帆想到这里只觉下身一紧）。

梁一帆接的这一单，从价钱上来说，大到够他下半辈子躺着花；但对于雇主来说，这点钱显然还是远不能跟"被切掉生殖器"的代价相提并论。

不过显然的，这么大一笔钱的活，也不是那么好干的。雇主是为了自己那现在连细胞膜都还没有的女儿买的方案，是一整套从出生到三十岁，女儿身体发育的详细蓝图。换句话说，人家要买的不是情人节那天，花朵绽放那一刻的完美玫瑰，人家要的是从育芽、苞叶、含苞、成花、初放、绽放，每一刻都规划清晰、每一时都完美无缺的玫瑰。

这一套方案的难做程度，远不是只要二十五岁的盛放玫瑰能比的。没有哪个基因像是电脑程序代码一样，写上"if"循环，加上时间判定标签，就可以在指定时间开启和关闭，而又在其他时候了无踪迹。基因与基因之间有着极端复杂的依存关系，复杂的开启条件，还有糟糕的交错连接，基因表达的蛋白质也几乎没有哪个只有一种用处，比如你希望自己吃得多、不长胖，未必就不附赠一个身高不过根号二的大礼。

当然，这也就是方案能养活梁一帆下半辈子的主要原因。

现在梁一帆需要一个罗小琳十四岁的身材模版，"自由""勇气""有些女权的独立""但绝对不能看起来男人婆那样的女权""笑起来有温和的感染力""坚定但是温和,不能让人有威胁性那种美""对了,不能像洛丽塔那样勾起人的欲望,绝对不行!""略有中性的吸引力,让LGBT有好感"……

回忆起雇主夫妇一人一句、潮涌而来、绵绵不绝的要求,梁一帆吓得浑身一激灵。他还记得接这单生意的时候的情景:雇主夫妇刚过三十,从任何角度看上去,男方都像行走的雅典大理石雕塑,女方却是野性摄人魂魄的美,眉脚高挑,发色淡金。梁一帆见到两位的时候,虽然心中早有准备,但还是一惊,出于职业习惯不由得多看了两眼。这两人最大的特点还不在于美,而在于美得过目不忘。男雇主虽是欧式面孔,轮廓分明,但第一眼就让自己感到此人诚实可靠,又有深邃目光洞察一切,不可欺瞒。女主人野性笑颜拥有惊人的感染力,让人瞬间就卸下防御,如沐春风。

这是被设计得完美无缺的身体,美是廉价的,但美得绝无仅有,将周围人的情绪掌控在一颦一笑当中,这就是大师之作。考虑到这是三十年前构造出来的仪表,梁一帆叹服不已。

女雇主刚刚坐定,就飘来一句悠悠的轻叹:"唉,我们两个这辈子啊,算是吃了父母没品位的大亏……"

声线悦耳如银铃,本是让人安定的,但这第一句话就让梁一帆胃里一缩。妈蛋,他心中一边暗骂,这个逼装得,我给双百!一边又告诉自己,这两人绝对是超级难伺候的主。

梁一帆还是客气地接过话茬:"您这话是指……"

男雇主说话单刀直入,声音也富有磁性,"你看我们的形象,从你专业的角度评价一下。"

这就是硬茬了，这话一是要看他的水平几何，二是雇主和雇员需要相互理解对方的品位是否对得上，三则是雇主对这份活有明确的想法，要从这里勾起来。

梁一帆略一沉吟，答道："如果我没有看走眼的话，两位形象都是陈柳明操刀的，大师之作。"

四十年前，基因反转录治疗刚刚进入临床，而整体形象构造业也才刚刚起步。那时候大多数猎人都是生物、医学专业出身，对艺术一窍不通，作品匠气浓重。只有为数不多的几个天才能做出这般以形入魂的方案来，而陈柳明又有自己明显的个人特色，用外貌和表情肌肉的强烈对比，来刻画形象中饱含的情绪。

妈的，当年请得起陈柳明的人，怕光方案价钱就不止上亿人民币。就这，还说自己吃了父母品位的大亏。梁一帆恨恨地想。

男雇主点了点头，肯定了梁一帆的说法，知道他也不肯正面批评自己这身躯壳，"确实，当初我的父母在这上花了不少钱，也费了不少心思，但是其实我这个样子有一个极大的问题，非常严重的致命问题。"

对对，梁一帆心想，男的长得太帅了，女的长得太美了，走在路上容易引起交通事故，明明自己还花了巨款构造了内在实力派，但下属光看着这个皮囊就花痴了，不就是这些吗？

梁一帆虽然自己是私建筑师，但也才将近三十，他长大的那个时候不同于现在，形象构造只有顶级富豪权贵才享受得起。所以在他们这代人的概念里，美还只是美，丑还只是丑，要等到现在这些才几岁的孩子慢慢长大，世界就会是另外的样子了。

梁一帆长得不丑，至少在他这一代里面，还算是身材提拔，面

目清秀的那种,奈何私建筑师这种职业,雇主都是这等人尖,绝不
会有比自己难看的,比自己没气质的。

当然,也绝不会有比自己笨,比自己情商低,比自己穷的……

知道私建筑师都是怎么死的么? 有很多种啦,丑死的,笨死
的,穷死的,要不你选一个吧,都成。

好在梁一帆早就养出了职业表情,忍着恶心面带微笑。他也
时常这么想,以雇主们的智商情商,想必很清楚自己的心理,只是
人家客气地不戳破这张皮吧?

毕竟人家光是躯壳的基因方案构造成本就比你八辈子
的收入都高啊……为什么自己要成天跟这么可怕的生物打交
道啊……

"你觉得我们这样的形象,是做什么的? "

"跨国集团老板咯。"梁一帆脱口而出,然后一下子就明白了
问题所在。

两人的形象有太多盎格鲁-撒克逊人的因素。高对比的线条,
光影分明的面相,是天生为闪光灯而存在的,是让人去尖叫的。
但是这个形象缺乏"自己人"的亲切感。

他们可以是影星、老板、世界精神导师,一切高高在上飘在云
端的人,但不是让平民百姓信赖的"自己人",也无法让上级放心
拿他们当作"自己人"。

换句话说,这不是一个可以"掌权"的身体。

财五行归水,来如奔兽,去若鸿。

权五行归土。

见梁一帆神色流转,雇主就知道他已经明白自己的意思了。

"我们家一位女领导有点儿少。"男雇主看着自己妻子半说笑道，两人相视大笑起来。每次遇到这种事情，梁一帆就很尴尬——是因为自己智力差雇主太远，无法领会他们的笑点，还是因为这是他们夫妻之间的闺房笑话？自己应该礼貌赔笑表示自己不蠢，还是应该待在一边，让他们享受"私人笑话"的优越感？

妈了个鸡的！干完了这最后一票，就真的洗手不干了，回老家结婚生孩子去！

客户用最完美的基因构造了倾倒众生的完美肉体，为什么自己却总觉得他们面目可憎？

更重要的是，既然客户总是这么面目可憎，为什么自己还非要跟他们打交道不可？

因为你是一个没有原则的人，梁一帆的女朋友这么评价他。

2

关于梁一帆是一个没有原则的人这件事，他女朋友非常有发言权，因为她是一个非常有原则的人。

他的女朋友关黎来自上海，身材娇小却偏偏有一双大长腿，大红樱桃小嘴，一头自然带卷大波浪的长发，走起路来，长发波纹荡漾，看起来特别像摇头娃娃。

梁一帆的女朋友哪儿都好，唯一的问题是她知不知道自己是梁一帆的女朋友。

这事情很尴尬，因为他们已经为要不要生小孩儿吵过架，但却没有正经确认过男女朋友关系。这顺序可能有点不太正常,梁一帆也没有考虑过把两人的暧昧立场确认清楚。从这,就可以充分理解,他是一个多么没有原则的人。

如果要简单定义两个人的正式关系,他们应该是纯洁的男女物理关系往上,男女朋友关系未决,然后两人在是否生孩子的问题上矛盾重重。

这结构混乱的关系形成是有缘故的,并且附送莫大的好处:关黎并不反对他守在中学门口看女学生。

不仅如此,她还喜欢在一边叼着棒棒糖和梁一帆讨论女中学生的身体细节——尤其是哪些基因已经被收入公共免费数据库,哪些是C级收费数据,哪些又只能去昂贵得离谱的S级数据库寻找,关黎比梁一帆明白得多。

"这个胸很不错,不过应该在S–02177–C6组里已经被收录过了。"关黎转着嘴里的棒棒糖,嘻嘻呼呼地吸着气,"我觉得你再花三天也找不到合适的原本啦。少女酥胸这种关键特征,早几十年就被你们这些变态臭流氓盯着采样遍了。别说没入库的,就算明知道入库了的,你们不还得'哎呀这个应该没见过,我要多接触一下'。是吧?问你呐,怪叔叔!"

梁一帆没有答话,关黎不依不饶地接着说:"要我说,还不如在这些高亮特征上都用已有数据库,其他数据上多用0DAY。要不光基因采风你就得吐血而亡。"关黎清了清嗓子,模仿出殡仪馆沉痛的调调,"梁一帆老师,享年二十八周岁。他的一生任劳任怨,为偷窥女中学生事业做出了杰出的、不可磨灭的贡献,带病坚持在女子中学门口,直到吐……血……而……亡。梁一帆老师,您一路走好，愿天堂没有短裙飘飘……"

梁一帆一脸生无可恋，却拿关黎一点办法都没有，他不是第一天拿这姑娘没办法，也看不到有办法的那一天。他也知道关黎说的都是实话，如今想要搜集到类似少女胸型、肩宽、唇型之类核心特征的0DAY基因数据越来越难。

罗小琳的身体构造方案里，关键表达基因必须有至少36%的0DAY基因，这是合同规定的死线。

所谓0DAY基因，是指未曾收入公众能查询到的任何基因库的第一手数据。不管是最贵的S级商业数据库，还是最便宜的D级，更别提免费开放的基因库了。数据库里的基因只要付出看得见的成本，就能让人任意使用，那么可以想见：随着价格的逐步降低，技术的普及，即便是全S级基因打造出来的方案，都会慢慢地烂大街。

这是私建筑师的客户绝对不能接受的。顶级后代定制方案里，至少会要求有30%关键特征基因是0DAY数据。这个要求是死线，客户宁可接受子女长相不如期待，也不能接受基因来自公开数据库。

至少三成的0DAY数据，这才能保证发育出来的身体独一无二，不会长出一副选美小姐似的皮囊。

梁一帆想起之前凭空损失掉的那两百多个0DAY基因，心痛不已，狠狠地瞪了关黎两眼。

关黎毫不客气地瞪了回去，"怎么？你要咬我啊？邪恶力量还想反扑啦？人家好怕怕哦……"

"干完这个活，我就不干了，好吗？"梁一帆一个头两个大，"就差最后十四岁的身体构成了,姑奶奶你饶了我吧……"

关黎嫌弃地叼上棒棒糖,"咦,恶贯满盈的恶势力要金盆洗手了。你不看电视的吗? 说这话会死哦! "

"我就想知道我死了你有啥好处啊! "

关黎粉拳一握,做出一个加油的动作,"又为世界除去一害! "

一边拌嘴,梁一帆一边检视着十四岁上下的女孩子们,一边认真考虑退休的问题。

私建筑师确实是越来越难做了。不光是客户要求的问题,更重要的,是0DAY数据越来越难获得。

一方面,是因为大多数基因数据在最近三十年间被大规模采集。不光是对形象影响大的,关系到重要疾病的、心智关联的、内循环结构的,都被收割了个遍。其中被深耕最厉害的并不是形象相关的,而是心智向的。毕竟Homo Sapiens这个物种叫作智人,三千年前就名言道:"劳心者智人……"

基因采样力度还是一方面,让梁一帆最头痛的,反而是后代基因建筑这个行业的急速壮大。在他们这一代,还只有极少数人用得起这门技术,但如今这种做法在中产阶级以上已经基本普及了——毕竟,只有有钱,谁愿意自己的孩子出生的时候就注定比别人丑,比别人笨,比别人情商低呢……

这不叫输在起跑线,这叫别人上奥运起跑线,你上残奥起跑线。

这个行业的快速普及,中低价位批量方案的泛滥,导致现在一线城市新一代小孩儿中已经几乎不可能看到自然基因样本了。梁一帆一眼就能看出绝大多数中产子女的身体编码,甚至有一些孩子连整个方案基础蓝本都是自己多年前参与过的。他总不能对这些作品进行采样吧，这算抄袭好吗？这种事情很严重的！

如今二线城市同样的趋势也锐不可当，梁一帆的采样工作已经下沉到了三线乃至四线县级城市，而且估计在可见的将来，这里也会不保。四线县乡自然现在还买不起定制的子女基因方案，但父母的期望可一点也不比有钱人低。钱少自然也会有钱少的做法，用B级往下的基因数据也能做出还行的方案，不说跑过高级定制，至少跑过身边不花钱的自然生育婴儿吧？

梁一帆想起当年贵宾犬刚刚在宠物圈里出现的时候，也是在一线大城市，一条贵宾要五千往上，个个形体方正，漂亮得像画出来的玩具熊。几年之后，四线乡下的宠物店就充值狗粮送贵宾了，长得怎么看怎么古怪。当然，还是比赖皮土狗好看。

真是糟糕的联想啊。这话要是说出来，梁一帆一定会被做父母的拖出去打成烂酸梨。

每一个ODAY基因都是不可再生资源，只要用过一次就不叫"ODAY"了。而如今采样越来越难，手上资源光出不进，自己还能保证几个高质量的定制方案？

梁一帆又确认了一下罗小琳的方案要求。作为一个希望能走上国家级舞台的女性领导人物，要从四岁开始拥有略带杀伤力的容颜，必不可少的单酒窝作为识别特征（一个，不是两个）要让人过目不忘。四到八岁，要比普通幼儿更高一些，机灵，成年人喜欢的小大人样，被大人指定为领导者。九岁到十二岁性别意识觉醒的时候，个子慢慢地回到正常身高，略快于普通人出现性别发育特征，被同学羡慕暗恋。十三到十五岁期间，略微中性轻盈，亭亭玉立但不早熟，在反叛期展现出酷酷的却又亲和的一面。十五到十八岁，成熟为领导者统御气质，凌厉但不尖刻。

这步步为营的棋局，梁一帆看着都觉得脸酸。罗小琳就不能老老实实像自己爹妈一样，只是好看得惊世骇俗不好吗？权贵的世界实在是不好懂。

像这样的要求，自己还能做得下来第二个么？

梁一帆歪过头去，看着关黎的侧脸，心想如果自己就这么金盆洗手了，她肯定会高兴吧。

但如果自己是她，估计生活在这个世界上，怎么都高兴不起来吧？按关黎的原则，她是怎么快乐起来的呢？

关黎发觉梁一帆盯着自己的侧脸一动不动，脸上竟微微发红起来。她转过头来，深吸一口气，把自己的脸鼓成一个河豚回瞪着他。

"给钱了吗？"她说，"不准看！"

幸好自己是一个没原则的人，梁一帆想。

3

关黎和梁一帆的原则问题可以简单表述如下：

关黎站在寒风凛冽的道德高地上，指着梁一帆的鼻尖怒斥："你们这一行，不管是合法的还是非法的，都是错误的、邪恶的、开倒车的，必将被钉在历史的耻辱柱上！"

这就解释了两人混乱的关系，因为他们的起点实在是问题太多。

当时两人初见，梁一帆刚结了一张大单，给某人次子做了一套方案。次子的方案比长子要挥洒自如一些，雇主也给了他更多的发挥空间。兴高采烈拿了酬劳回来，他还穿着一身业务员似的打扮，西装革履，拴着领带。关黎拽着他的领带，从电梯口一直把他拽进房间。梁一帆被一把推倒在床上的时候已经不是半推半就，完全已经是因为缺氧无法挣扎了。

被拉下领带，解开扣子的时候，梁一帆觉得自己是一匹受惊的马，被母狮扑倒在地，想要挣扎，翻起身，却怎么做都是徒劳。自己双臂被小而有力的手紧压身后，被咬上喉咙，然后一路向下，撕开腹腔。梁一帆不争气地像大玩具一样被骑乘着，跟着床垫一起翻覆。

因为窒息和上半身供血不足的缘故，后面梁一帆只记得房间里音符一样飘荡的夕阳投着洋紫色的辉光，床垫云一样陷入深黑的积雨层，然后尖叫着膨胀、膨胀，直到自己整个人黏黏糊糊地爆在酒店米色的墙纸里。

死里逃生之后的第二天，梁一帆才发现关黎拿了他将近两百个0DAY基因数据样本。他委屈地流下泪来，回忆起玲珑剔透的耳垂和柔软的舌，深恨自己没有把它们咬下来作为报复。

关黎当时十九岁，梁一帆再度找到她的时候，这批0DAY基因数据已经被公开在了网上，任何人都可以免费下载。梁一帆费尽千辛万苦，才在公园极限轮滑场把关黎堵住。他还担心关黎抄着滑板对自己来一下，自己未必受得了。谁知道关黎远远看到他，高高兴兴地飞过障碍停在他身边，仰起头凑近脸来对他说："怪叔叔你好，找人家又想干什么呀？"

　　清风袭来，发梢都抚上了梁一帆的鼻子，他浑身一激灵，吓得后退了两步，不自觉深吸了一口空气中潮润的呼吸味道："我……我……你……"他语无伦次，"你偷了我的数据！这些数据我辛苦了大半年才搞到手！你知道它们值多少钱？"

　　关黎的脸色瞬间严肃起来，正色说："叔叔，基因不属于任何人，没有人有权说基因数据是自己的。人类都没有权利说基因属于人类，更不要说你了！"

　　GBTNO（Gene Belongs To No One，"基因不属于任何人"）的人。其实梁一帆不用问，也知道是他们。如果是黑吃黑，商业间谍，地下基因贩子，自己的0DAY基因数据还或许有办法弄回来，花点钱，或者花很多钱，欠些人情的代价而已。但数据免费放到了网上，大半年的工作就彻底打了水漂，一点办法都想不出来了。

　　七个月，237个顶级0DAY基因数据。自己的数据永远是顶级的。不管私建筑师对外说什么"立足之本是品位和对基因的理解"，这一切始终必须建立在自己掌握的0DAY基因数据之上。这么多的顶级0DAY数据，本来可以做多少个方案？

　　梁一帆快要原地爆炸了，但拿关黎毫无办法。

　　是的，毫无办法。Gene Belongs To No One的原则早就得到了广泛认可，是公开的政治正确。如今的基因商业开发实际是一个绕道的灰色法则——不承认占有基因，但承认发现"某段特殊数据"付出的人力劳动代价。

　　从操蛋的法律上讲，你买的不是数据库里基因的使用权，而是一段"意义不确定的商业数据"的使用权。任何法律都不会支持 0DAY 基因数据的所有权,因为 Gene Belongs To No One。

梁一帆涨红了脸,咬牙切齿地盯着关黎微挺的鼻尖,还有轻撅起的唇。因为刚下滑板的缘故,她的脸上微微见汗,面颊潮红,唇尖轻启挑动,梁一帆的怒火从腹部直冲胸膛,恨不得一口就上前把那鼻和唇都咬下来、吞下去,才能稍微弥补一下自己半年的损失。

像是看破了他的仇恨,关黎笑骂道:"变态!"然后跳上滑板,转身,噌地飞驰而去。

梁一帆就被抽失了魂,断电一样立在那里,双手垂过膝,任它随风摆动。

大概过了有十分钟,关黎又踩着滑板绕回他面前。

"怪叔叔,你这样好像一只水母啊,你知道吗?"

梁一帆的系统还没有从死机中恢复,"水母?"

关黎拿着滑板,用尖头在地面上划出一个大大的不知是章鱼还是水母的形象,线条圆而软。水母四肢触手无力地飘着,加上三笔勾成的眼睛和嘴,还真像梁一帆失魂落魄的样子。

"软绵绵的,"关黎俏笑道,"软绵绵。"

梁一帆在崩溃的边缘也不知是抽了什么筋,或许是搞错了自己的性别,委屈地说:"你偷就偷吧,为什么要骗我上床?"

关黎听了这话,瞪大了眼睛。

"什么啊,大叔,你是不是傻?我跟你上床是看你长得好看!要光拿那东西,拽着领带早把你勒晕了,费这事儿干吗?我可是很有原则的人,不像你们。"

梁一帆的怒火和仇恨终于失去了控制,他一把抄过关黎的腰,用尽全力,咬上了她满是嘲讽的嘴角。

4

　　关黎最讨厌的两件事中的一件,是别人问她是不是做过基因架构。尤其讨厌问这句话的时候,对方那一脸谄媚的表情。

　　是,是。她爹妈有钱。那个时候没几个人用得起这技术,那时候做这个的都是大师级人物。

　　"我操,你他妈不就是想说我天生占了便宜吗?"关黎小时候还不懂,但越长大就越控制不住自己的恶意。她总幻想着一个直拳打碎对面的鼻梁,然后再接一个勾拳把整个脸都打塌下去。

　　很有钱的爹妈每次在她犯事儿的时候都对她说:"你知道我们在你身上花了多少心血么? 我们做的一切都是希望你能过得更好啊! 你怎么会这个样子?"

　　关黎有一段时间做梦都梦见哪吒,血肉模糊地指着李靖大喊:"你给我的血肉,我今天都还给你了!"

　　离家出走的时候,关黎带了二十万现金、总重大约有100g的黄金,还有作为十八岁生日礼物的百达翡丽成人礼私人定制手表。她丝毫没有那种"既然要断绝家庭关系,那我就必须净身出户,除了身上穿的什么都不要!"的神圣骄傲,因为毕竟自己没法像哪吒一样把一身骨血都还给父母,而她身上的每一个细胞都是爹妈用钱堆起来的。

　　这是她生命最大的悖论。中国传统豪门故事里,叛逆的子女净身出户，白手起家，凭自己打下一片天，然后名正言顺地回去拯救已经家道中落的家族。这时候父母纵横的老泪里自然有自豪，但也满是愧疚。这样主角不违孝道，同时胸中又满是复仇的快感。但对关黎来说，这样的路根本走不通。因为无论自己做什么，只要能获得成功，靠的都是"自己"。而这个"自己"却是父母定制的。从心智到身体，都是父母按他们的愿望捏出来的，所以一切一切的成功，都不是靠"自己"。

关黎在离家的飞机上，思路就陷入了这个死循环。因为优秀的智力，她很快察觉到这可怕的困境；但这样的智力却还不够优秀，不足以让她想出突破困境的办法。不过要是构造出更优秀的智力……

那是成都早春的四月，细雨绵绵，树上嫩叶薄黄，一切都浸在清晨乳白的雾色中。一个十八岁的背包姑娘，就浸在这样的雾里，在街头走了整整一天。

直到晚上七点，闹市的中央炸起来的时候，在死循环里嵌套了一整天，连饭都没吃的关黎才朦朦胧胧惊醒过来。

市中心的通威生物帆船大厦前亮如白昼，却不是大厦自己的灯光。消防车停在楼底，几个精壮的消防战士抬着坠楼保护垫，紧张地盯着大厦外墙。关黎听见有人喊"亮度调低，调低，晃瞎了掉下来谁负责？"，说话的人摆弄着地上的探照灯，然后哗啦一声，一道冲天白光从楼底直射大厦外墙。那外壁是飞船腹部一般光滑的弧形，一个长发短衫的男子就被灯光钉在光滑的墙上，只有一条细长的绳子脐带似的从八十八层的楼顶吊下，缠着他的腰。

"下来,马上!"楼底的扩音喇叭喊着,"你这是破坏公司私有财物的违法行为!现在下来我们可以从轻处理!"

脐带上的男子转身来做了一个鬼脸,扬了扬手上的喷罐,闭上眼,在自己脸上画上一个大叉,也不知道这代表的是"拒绝"还是"去你妈的"。关黎仰起头,这才注意到他的杰作:沿着摩天大厦的塔顶,外墙上从上往下喷着怒火中烧的涂鸦,涂鸦里张牙舞爪着巨大的字母:

G

B

T

N

N还差一个收尾,已勾着漆黑静默的死色,眼里喷薄着亮蓝的怒火,像在一百多米的高空响彻全城的咆哮。GBTNO(Gene Belongs To No One)还差一个O字。关黎已浸在雾中不知多久的心绪一下炸了起来,"写完!喷完它!喷完它!"。

似乎是听到她的声音,男子再两笔收完了N,抬手就松开脐带的搭扣,自由落体似的速降了三四层楼。关黎胸口一紧,差点儿叫起来,见他干净利落地停住,才放下心。探照灯也很快追逐而下,男子抬手挡了一下自己的眼睛,这动作让他在风中有点儿摇晃。

"不要再错上加错了!"下面的喇叭喊道,"现在停下来还来得及!有什么要求,我们可以下来一起坐下来谈!"这话让关黎忍不住笑出声来。她仰起头,仔细端详了那个风中飘摆的男子,像是狂躁的黑蛛,长发蛛丝一样飘舞着。

关黎紧了紧背包，走上前，顺着探照灯的线缆，一言不发地走进了大厦一楼的大厅。虽然有人看到她，但并没人注意。她拽过线缆插头，抬手就给探照灯断了电，然后又从包里掏出一把防身短刀，把探照灯的线切成两截。

外面"唰"的一阵混乱，关黎像什么也没做一样平静地走出大门，被冲进来查看情况的保安撞了个满怀。保安抬头本想骂句什么，一看到她的样子就咽了回去，侧身让过，连声抱歉："不好意思，不好意思。"他们是不是有什么特殊的识别办法呢？关黎想，是不是自己身上有一些味道，只有底层平民才闻得到？是偷偷地为他们这样的人构建了某种体味，然后又给另一些人识别这种气味的鼻子么？

她走回楼外，长发男子像被揭掉如来六字金印的孙猴子，一翻就腾了起来。借着钩缆，他脚踩外墙，双手各抓一个喷罐，开始快速涂出O的大圆。关黎疑惑这个O要怎么弄出来，若是接着下降，先喷出一边的半圆，那另一边他又怎么能升回去？有这个时间么？若是只做了半个圈，就又被……岂不是会很傻？

"GBTNC"，是个什么鬼？

她还在担心，就看到男子双脚踏着墙壁，横站了起来。他松手抛下手上的喷罐，换上腰间两罐全新的涂料，然后向右蹬墙疾走两步，喷涂，反蹬。钩索坠着他摆向左边，快到尽头的时候脚尖一点，稳住身体一秒，左边就喷上了。

身边一片尖叫，连消防战士都慌了神。喇叭大叫："危险！危险！小心！"关黎见他越荡越大，随着O从顶端慢慢长了下来，她也不由得紧张地捂着嘴，攥紧了拳。顷刻之间掌心就全是汗。帆船大厦外墙在他的脚下震颤着，发出砰砰巨响，似乎这弧形的墙面真要在烈风中起航了一样。墙上的"O"爬到了最长的中线位置，男子的步伐也慢慢缓了下来。这时候已经没人敢出声喊话，但一个咬着牙缝的声音低低地骂道："操你妈，你他妈这么好的本事，就出来折腾我们这些人。有本事怎么不去试飞八代机啊？"似乎来自消防官兵，关黎没有低头去看。

等O闭环涂完，男子才稳住自己，抬起头来，似乎是在欣赏自己的作品。比起前面几个字母的精心涂鸦，最后的O只是完成一个圈，草草收尾。关黎看见他摇了摇头，然后沉身全力一蹬墙面玻璃，同时松开了钩索的缓降。

下面守候的消防和保安已经在坐等他投降被捕，见他自由落体下来，吓得脑内一时空白一片。男子荡在半空，猛地一锁锁扣，自己全身挺直，摆锤一样朝玻璃幕墙撞了上去。轰然巨响，下面昂首以待的人赶忙扔下手上东西，你拉我拽地逃了出来，然后轰隆、哗啦，幕墙玻璃溃碎一片，满眼如银光泻地。

过了半分钟，这些人缓过神来。领队的消防官喊道："封锁！封锁大厦周边！"集合、整队，有条不紊地分队进入大厦搜索。关黎像做梦一样看着大厦，从楼顶上降下的细细脐带飘舞着，精心涂鸦的巨幅GBTNO草草用米白的大圆结尾，然后下面银色幕墙上那巨大的漆黑窟窿独眼一样，将周围的一切吞了进去。

关黎觉得身体燥热，潮水一样一层层的激荡涌上来，但心中却意外地清凉了起来，似乎常年缠绕着自己的迷雾被吹散了。她对男子的下落忧心忡忡——会伤了腿吗？会被抓住吗？她焦急地等待结果，只看着那银墙下的独眼，不敢低头看前方的大厅。

　　过了几分钟，一个消防官兵从大厅里走到她面前，大声说：
"无关人士麻烦不要在这里看热闹！"然后粗暴地抓住关黎前臂，
把她朝外面推了出去，"保持安全距离，谢谢。"

　　关黎没有挣扎。走出了十多米，把她推过了路口拐角，官兵
才脱下消防帽，麻利地褪下衣服，裹成一个球丢进了路边草丛。
他的长发乱七八糟，被汗水浸成一团麻，拐角晦暗的灯光下，关黎
盯着他温润如玉面孔上的汗水反光，觉得对方狂乱的心跳让自己
头晕，浓烈的汗味也不知是来自衣服还是身体，腿都有些发抖。

　　对方似乎对自己身上的臭味一无所知，毫不客气地拉上关黎
的手，笔直朝前走去，并不回头，也没看她的眼睛，"我不认识你
吧？刚才干吗帮我？"

　　关黎不知道他悬在高空的时候，是怎么看到自己拔探照灯插
头的。还不知道该怎么开口，对方又说："我叫家义，国家的家，仁
义的义。你怎么称呼？"

　　这时候他们已经穿过了一整条巷子，名叫家义的男子好像根
本不在乎关黎会不会说话，停下脚，反向转身，抬起没抓着关黎的
手，指着那幢耸入云端的通威生物帆船大厦，朗声笑道："这样看
还行吧！就是O字这结尾，结得怎一个丑字了得啊！你觉得呢？
没有名字的美女？"

5

　　过了好些天，关黎才知道家义还是有姓的，他全名徐家义。

如果有人敢叫他全名，他就会瞬间像布鲁斯·班奈一样换出另一个身体，用令人窒息的威压盯着你——关黎亲眼见过他光用眼神，就让一个家伙瘫坐在地。

关黎没有想过，会有一个和自己真正说上话的人。家义捱着红酒跟她绘声绘色地描述自己怎么跟爹妈正面硬杠，一会儿手舞足蹈地学老徐剑眉倒竖的神色，一会儿满脸轻蔑讥讽地说："怎么成这个样子？你们两个是不是傻啊？不是因为你们请人把我做成这个样子的吗?!"

关黎当时笑得上气不接下气，心想说得太好了，为什么自己就没想到这样说？脑内就自然代入自己父母听到这话会是什么表情，笑得自己鼻涕眼泪都出来了，酒也被喷在两人的食碟上，场面一度非常不雅。

家义给她讲GBTNO组织情况的时候，坐在她身边，身上是一种干爽的树叶气味，关黎想不起树的名字来。

"GBTNO既是组织的名字，也是组织的信念。"家义声音很轻，要靠得近才能听清楚，"在人类基因组计划开始之初，科学共同体就提出了这个概念，基因不属于任何人，基因属于全人类。没有人有资格注册基因专利，没有人有资格靠基因来赚钱。"

关黎盯着他的眼睛，看着黑眸里跳动的闪光，他嘴唇轻弹，没刮干净的胡茬微微刺出了薄唇，像是耀武扬威地对她说："来呀，我要扎痛你的脸！"她好像分裂成两个人，一个寻找信仰的羔羊，一个稍一说话就脸红的孩子。什么都脸红，别人告诉她家义以前从来不给新人讲组织入门的时候，她也脸红。

"可怕的不是赚钱本身。如果只是说赚钱的话，我反而觉得，要让去采集、分析基因的人有钱可赚,这样我们才有动力,让基因研究发展起来。"关黎知道家义口中的"我们"代表的东西很多,GBTNO组织、社会、国家、人类,还有他和她。

"但问题在于,当基因的使用有了价格之后,根据你拥有的财富地位多少,按照你的支付能力,你就可以买到对应质量的……'方案'。"他不喜欢这个词,狠狠心,才说出口。关黎明白这点,握住了他的手,家义感激地回应了。"于是,亿万富豪拥有亿万价值的方案,千万富翁拥有千万价值的方案,百万中产得到百万价值的方案,下层人民拿到四流的方案,穷苦人……自然生育。"

"方案"这个词让关黎心尖发抖。是的,"方案",方案就是他们,就是后代,就是子女,他们就是方案。他们被标定着价格尊卑在这里放着,如同出生前数据里ATGC绵延无尽的冰冷长链,如同锁在保险柜里永生不见阳光的秘密图纸与合同。

服务员不失时机地询问他们要不要续水,家义客气地表示您请。续水完毕,家义双指叩桌致谢,服务员也微笑回礼。关黎不太清楚这是四川本地的礼仪呢,还是别的什么地方的,只觉得举手投足间说不出的舒服得体。她有些惭愧。

等到服务员的身影都已经看不见,家义才问关黎:"就像这个阿姨。如果是以前,我是说基因构造技术没有商业化的时候,她的孩子将来会做啥?"

"不知道。对吧? 在他长大之前没有人会猜得到的。可能会像我爸一样考个清华,学个工科,毕了业当个水利工程师,当个IT程序员;可能读书没那么聪明,但是商业头脑灵活,白手起家,当个老板;也可能这些都不行,智力一般吧,可以这么说,但是人家也长得一表人才，当个电影明星、网络主播什么的。"

关黎忍不住笑了起来，"人家就给你续个水，你怎么对人家这么好？当个电影明星都是'这些都不行'。"她学家义的声音。

"好好好，他家小孩儿什么都不行，跟他家长差不多好吧？当个服务员，送快递，'叮咚，您的盒饭来了请签收，满意请打五星评价'，高兴了吧？"

"你怎么心肠这么歹毒啊？就盼着人家穷三辈子啊？不能当个公务员，做个普通白领职员什么的啊？"

"我怎么知道你心肠这么坏呢？都YY了，又不花你的钱，给人家小孩儿上个清华怎么了？不就一句话吗？"

"好好好！我的领导同志，组织上就这么决定了，续水阿姨家小孩儿上清华！请领导继续！"关黎笑得花枝乱颤。

家义做着鬼脸狠狠地瞪了她两下，才忍住笑，"总而言之，即使是底层群众的后代，仍然有无限的可能。寒门出贵子，祖坟冒青烟，这是我们中华文明几千年来，从科举文官传统就一直延续下来的特色，也是我们巨大的优势。"

"但是现在，这种可能性……不能说为零，但是基本不存在了。"

"因为他孩子的'方案'不可能竞争得过高阶层人的'方案'。"关黎还从来没有这样想过，但以她的智力，她瞬间就明白了。"方案"这个词把自己的存在从语意里抽离开，但这掩耳盗铃下的本质却再明白不过了。续水阿姨的小孩儿，永远不可能有能力与关黎和家义竞争。从出生开始，就注定了不可能。除非神迹。

"很显然，在一个时代里，或者说，在技术有明显进步跨越之前，一个价位的基因构建方案是没有可能跟比它更值钱的方案进行竞争的。同一价位的方案，可能大家的取向和想法不一样，但不同价位之间……"

"就像地质地层一样。"关黎说。

她似乎看到了一条条无形的丝线从每个人的身体上长出来，蔓延出去，结界一样横亘在人们之间。续水阿姨、大堂经理、保安、门童，清洁员和他们的后代被隔在一边，她被隔在另一边。地层在亿万年中一层层堆积起来，一层的生命绝不会出现在另一层。

一个疑问胆战心惊地从脑海里探出头，她看到了，却不敢读出来。

"关黎和家义在一个地层吗？"

家义并没有发现她的恐慌，说道："一个有活力的社会，不同阶层之间必须是流通的。不管你身处哪里，你都应该有梦想的机会，有自由去获得更好的生活，创造出更大的价值。"

"如果你生下来就注定了你所在的地层，那跟种姓制度有什么区别？婆罗门永远是婆罗门，贱民永远是贱民。你不管付出什么样的努力，都永远跨越不了自己的地层。"

"续水阿姨的孩子不可能考上清华，智力、情绪控制力、自控力，甚至性格和样子是不是讨老师喜欢，在出生的时候方案就已经写在那里了。他可能往上蹿一点点，也可能往下滑一点点，那也就是那么多了，不会有更多的可能。"

关黎有一些惊慌失措，以她的"方案"，她已经早比家义说的这些想得更远，这让她害怕。

"GBTNO想的只是把商业化收费的基因公开，让所有人都能免费使用已知的基因。"家义陷入了自己的沉思里,似乎没有注意到关黎的神色,"这是不够的。很简单的道理,即便所有基因都公开可以免费使用,也不能阻止构造师创造不同档次的方案来售卖。整合这么多基因,创造一套方案所需要的能力成本是非常高的,想要每个人都得到自己完美的方案,这不现实。"

"希望这样,还不如希望实现共产主义,消灭私有制。"

感觉到关黎的眼神有点迷茫,家义伸出手来,托着她的下巴,把她脸掰了过来,两人四目相对。

"我告诉你一个秘密,你不可以告诉其他人。好吗?"

家义托着关黎粉色的下巴,让她点了点头。这动作让两个人都笑了。

"我想了很久,觉得唯一可能可行的办法,是毁掉基因构造技术,让人不敢再用它。"

6

"这是一场两个人对抗全世界的战争。"

几个月之后,在几次行动受挫之后,家义这样给关黎说:"我们挑起这场战争,不是因为我们有胜利的信心,而是因为我们想站在对的一边,就算这边只有两个人。"

GBTNO的朋友笑称他们俩是组织里的极端主义教派,管家义叫"教主",管关黎叫"教主夫人"。GBTNO绝大多数的工作都是合规合法的,主要是宣传基因安全性,阻止新基因的仓促使用,甚至是滥用。他们主要方式是落地宣传和媒体传播，像家义那样去生物科技公司的大厦涂鸦本来就是"不被允许"的。这样的做法会给他们带来非常多的麻烦，也会影响组织和政府之间的合作。

即使是"战争"之前，家义也常常被组织里大大小小的领导请去喝茶。"我们的斗争方式要讲究政治！"领导苦口婆心地规劝他："我们当然支持和理解你的想法，但是我们要这样看问题：斗争的关键是讲政治，不是简单的对和错！讲政治你懂吗？讲政治是把我们这边的人搞得多多的，把敌人那边的人搞得少少的。你不要把围观的群众都推到敌人的阵营里面去啊。"

"妈的。"家义对关黎抱怨，"玩政治？玩政治你玩得过我？我家……"

这时候关黎总是及时岔开话题。对一个连姓都不可以提的人，后面是完全不可触及的话题。就连他自己不慎提起，都经常会把自己和身边的人炸得粉身碎骨，捡尸体的时间也长得难以忍受。

以家义的行事风格，能稳稳地待在GBTNO，还有不少资源可以使用，本来就是政治的结果。他作为吉祥物的意义远大于实际的工作：一个顶级基因构造方案的既得利益者，带头反对基因商用，家义是天然的旗手标志。

但教主想要的不是当一个吉祥物，要实现极端教派的秘密纲领"毁掉基因构造技术"并没有特别可行的方案。教主和教主夫人年轻，一往无前。无论是智力、执行力，还是面对挫折的韧性，简单地说，可能人类所应该具有的一切优秀品质，他们都达到了近乎满分的程度，但是事业的进展依旧陷在泥潭。

有一天家义对关黎说:"我想起工业革命的时候,那些害怕失业的手工工人冲进工厂砸机器,把机器都砸烂了,就兴高采烈地庆祝胜利了。"

关黎不知道他想说什么。

"妈的,"家义声音里带着颤音,"如果我们脑残一点就好了。像他们一样,我们也可以去炸两个生物公司,然后欢庆胜利。"

这让关黎心痛,静静地贴在他身边半晌无言,只是陪着他。她明白家义需要什么,更明白自己应该做什么。等家义的情绪平静了一些,她凑上前去对家义说:"好,那我们就这样定了!等有一天我们觉得一切都没有希望了,我们就去炸两个生物公司,然后就宣布自己拯救了人类,取得了最后的胜利!怎么样?!"

关黎神色严肃,表情坚毅。这一本正经的黑色幽默令家义再也郁闷不起来,忍俊不禁地哧溜一声笑出声,"好!就这么说定了。等到那天,我们就向世界宣布,你是人类的救星,是爱,正义与光明的白马骑士!"

"好长的封号。那你呢?"

"我?我是白马啊……"

关黎愣了半秒,看到家义盯着自己不怀好意的眼神,才明白过来,娇嗔道:"流氓!"虽然嘴上这样叫,但白马从骑士铠甲的缝隙探进那灵活的手的时候,骑士只是装模作样地抵抗了一下。

稍微装模作样。

后来,事情的进展依然非常艰难,但好歹也是有了一些成效。他们算是摸到了点儿门路。

基因构造产业已经成形了三十多年，这个时间说短不短，但说长，却远不算长。一个实力强大、高速发展的产业，必然在技术、在实际效果上是高效的。不过在人心上，却未必。

人类是被词语和概念束缚的生命，他们为了自己已经得到的和想要得到的东西去创造概念，来证明这些自己最隐秘的欲望是合理，是正义，是不言自明的真理。然后他们又被这些自己创造出来的合理、正义、不言自明的真理所绑架，即使因此失去了那些自己已经得到的、自己想要得到的东西，也还是不惜粉身碎骨。

事实、道理、背后的真相是不重要的，重要的是人们愿意相信什么。人类相信什么，不是因为它是真的，而是因为它是你想要相信的，它安抚了你的欲望和恐惧。

如果你能驾驭人类的欲望和恐惧，你就能让他们相信基因构造产业是糟糕的，是不应该被使用的。

当理解了这一点，家义的事业就开始有起色了。

最开始编造谣言的时候，家义还很谨慎小心，考虑的是怎么尽量让威胁听起来好像是真的一样。

这很难，毕竟是关系到人类自己生命的技术，从实验到实用，已经进行了非常多的安全保护措施。所有会被使用的构造方案都必须提交到基因构造管理中心备案，然后在量子计算机的物理化学模拟环境下，让方案运行完一整个生命周期：也就是从0到90岁，被证明没有额外安全隐患，才可以使用。这些方案会被永久保存，并且每过一段时间，新的基因功能机制被添加进系统之后，又会再验证一遍。

换句话说，基因构造技术已经远比自然生育要安全好几个级别了。如果说有什么漏洞，那大概只有两个微小的问题。

一个是量子系统无法模拟还没有录入数据库的基因，也就是0DAY基因数据。如果方案中存在0DAY基因，只有在相关基因的生物化学机理录入数据库之后，才能模拟。但随着基因采样的快速增长，以及"方案"长期保存和定期回归验证，危险性几乎为零。

另一个问题，是DNA的构造除了功能基因，还有大量的非基因功能的碱基。从理论上说，当你改变功能基因时，这些非功能DNA碱基可能恰恰被顺便组成了有意义的表达序列。就像你用"汽水"和"果汁"两个基因构造方案的时候，"汽水不如果汁好"，于是这套方案不光会表达出"汽水""果汁"两个基因，还会附赠一个"如果"的。

当然，基因序列长度远比文字复杂几十个数量级，"恰恰"构成没有考虑到的功能基因，这种可能只存在于理论上，就好像大猩猩"恰好"在打字机前打出大英百科全书一样。

但是这种理论上的可能也足够让家义去创造谣言了。

家义这样做了一段时间，才发现，其实完全没有这样的必要！

基因构造技术已经有足够的安全性，但这不重要，人们并不关心真相。危险是不是存在现实的可能性，大家根本无法辨别！人们关心的是，假如出了问题，自己能不能承担后果。你只需要创造出足够恐怖的后果，让人们觉得无法承担，即使是可能性只有万分之一，自己也不愿去承担，他们就会不由自主地相信。

如果还能与更多隐秘的欲望整合起来，那就更好了。对现状的不满，对某些人的愤怒，不敢说出来却真实堆积的情绪，放进来，缠在一起。让恐惧替你说话，让不满、愤怒和暗涌的欲望驾驭着它，奔流出去。

谣言，是人类最本能的传播方式。

家义创造谣言的技术越来越熟练，对基因构造产业的质疑渐渐多了起来。他没有那么成天眉头紧锁，关黎却开始有些不安，家义似乎已经不再是那个在帆船大厦上飞扬的长发男子。

不管家义怎么想尽手段，把自己完美地隐藏在谣言最不可能产生的地方，但在GBTNO一个月接到了三次有关部门的质询之后，负责人还是找到了他。

家义非常认真地否认了所有指控，又以谦卑的态度问道："但是我们要这样看问题，斗争的关键是讲政治，不是简单的对和错！讲政治我不是很懂，但是您教育过我：讲政治是把我们这边的人搞得多多的，把敌人那边的人搞得少少的。

"谣言这个事情——虽然跟我没关系吧，但是我觉得值得探讨一下——从简单的对错来说，当然是错的。问题是如果从讲政治的角度，这不是把敌人那边的人搞得少少的，我们这边的搞得多多的吗？那我们到底是应该讲政治，还是应该看简单的对和错呢？"

家义跟关黎重演当时负责人的表情，惟妙惟肖，就像之前演他爹妈被噎回去时的表情一样，满是孩子般的淘气。

但是关黎却没有像那时候那样笑得前俯后仰，她还是笑了，笑得忧心忡忡。

7

关黎以为问题会出在GBTNO。毕竟随着谣言越来越多，政府的质询也越来越频繁，质询的官员等级也越来越高。

"高？"家义露出鄙夷的冷笑。但看起来对组织来说，家义吉祥物的价值越来越抵不过他带来的麻烦，天平随时都会倒向另一端。

实际上崩溃却毫无征兆地在另一边发生，他们所做的一切准备都没有任何意义，只是两个电话，就能把一切摧垮。

家义接到第一个电话的时候，关黎并不在当场，她当时拎着一袋老妈烤兔正往回走。这些天家义迷上了这带着扑鼻干香的小吃，她就时常坐一小时车，守着最新鲜出炉的烤兔，给他带回半只。这东西关黎虽然也觉得好吃，但却不像家义一样能品出那种让人迷恋的妙处来。

这年月，为了最新鲜的一口美味，自己愿意亲自来等着的人不多。一来二去，店里的老板都自觉跟她熟络了，跟她夸耀说："我们家就做这一种烤兔，都几十年了！全四川都出名的，没有比我们好的。以前是我做，现在老了，就管哈收钱，做不动咯。"

"莫看我儿子不大，做得比我好。做烤兔看起来简单，每只兔儿的肥瘦口感都不一样，咋个烤，从烟气里头掌握火候，咋个调味，麻烦得很。一般人就没得那个鼻子，那个舌头，只晓得我们这个好吃，不晓得咋个就比人家好吃。我儿子就是这些，比我得行多了，做得好！"

大妈操着四川话得意地夸着自己儿子对家业的发扬光大，"我给你挑个干点儿的，这个不要看好像小，真的好吃！"

小老板大概二十岁，在油腻的烟火下手腕翻飞，偶尔不好意思地抬眼对关黎一笑。大妈自豪的讲述让关黎很恐慌，她有些想问，却没有说出口。也许是怕冒犯人，也许是怕知道答案。

从烟气里准确判断火候的鼻子，从一百多种辣椒里辨识最合适配比的舌头，是天生的呢，还是大妈花钱定做的"方案"？

他们正在特化成另一种东西，一种为了出生前就设定的任务而存在的东西。他想做一辈子烤兔吗？如果不想，他这个被定制的"方案"，又会做什么？

安排。

是不是所有人都开始遵从早就被安排好的人生轨迹前进？读书，上学，考公务员，继承家业，把自己能做和会做的事情写在血脉里？自己变成一个提线木偶？

大妈那慈眉善目的圆脸变得恐怖起来，像是裹在烟尘里的老巫。不光是她，这些关黎和家义一直以为是这个时代的受害者，路上那些平凡谈不上优秀的普通人，似乎都隐着一张张狂而残暴的可憎面皮。

关黎逃亡一样回到了房子，她本来想向家义寻求安慰，但开门的时候就听见家义在隔壁对着电话怒吼："不！绝不！我不是你们的傀儡！"

她拎着烤兔的口袋走进房间，家义已经挂断了电话，抱着头放声怒吼。他抬起头，凶兽一样瞪着血红的眼睛。四目相对，他突然站起来,不发一言走上前,伸手抓过关黎手中的口袋,一把甩到房屋角落,然后只用一只手就从肩头撕下了关黎的上衣。

关黎吓呆了,本能地试图抵抗,但这时候动手的好像不是家义,而是另一个人。她没有被当作一个人,而是猛兽的猎物。好像这时候无论是谁,只要走进这只猛兽的领地里,都会一样,遭遇并不会有任何不同。

过了好几分钟,关黎觉得自己会死在这里的时候,家义才对她的哭喊有了反应。但他没有停,只是从后面俯下身来,沉重地喘息着对关黎嚷道:"我们生个小孩儿! 没有他妈的方案! 没有设计! 生一堆小孩儿,让他们想干什么就干什么! 好不好?"

他的动作这才慢慢温柔了起来,开始抚摸她的眉眼和唇角,好像在补偿自己的错误,动作格外地缠绵。但他直到一切结束之后,也没有向关黎解释到底发生了什么。关黎又过了好一会儿才恢复了力气,转过身来面对一塌糊涂的房间。

她当然能猜到大概发生了什么,能猜到家义电话那头的父母(是母亲)怎么跟他争吵。家义当然也知道她能猜到,但他并没有说出来。最开始是气恼,但她把已经被撕烂的衣裙扔进垃圾桶,找到更换的衣服,开始清洗身体的时候,之前的气恼全都褪尽了。她开始认真考虑家义那句话是气话,还是认真的?

关黎居然有些发呆。生孩子? 生一堆孩子,没有方案,没有设计,让他们想干什么就干什么? 那双手温柔抚摸的余韵代替了残暴的疼痛,关黎心尖一颤,心绪也乱了。

和家义的孩子么? 会是什么样呢? 若是像小一号的他,幼儿园留着长发,也很惹人爱吧? 那随时翻脸的严肃表情,小时候反而会让大人乐得不行吧？如果是自己这样的卷发……不，不行，男孩子如果这样，会很糟糕的呢。还有性格，家义那样的性格，虽然大一些会是领导者的气息，但很小的时候，一定会很受排挤的，绝对不行，要温和一些才好。

她不知不觉地往下想了，直到自己在浴室哼着古早的民歌，确定了第一个小家义是男孩子，应该去做一个自由的旅行家、一个诗人或是画家的时候，她才惊醒过来，整个人每一丝肌肉都僵硬了，无法呼吸。

镜子里的自己和烤兔大妈裹在烟尘里的老巫脸慢慢融在了一起。关黎控制不了自己，控制不了自己去编制那个不存在的孩子的未来可能。当自己能给子女一些东西，让他们获得别人没有的东西的时候，她控制不了自己不去。即使只是在想象中的抉择，她也做不到。

只是这么一瞬间，只是家义一句假设，关黎就认识到了绝望的命运——自己与烤兔的大妈，跟自己无比厌恶，发誓不会成为那个样子的母亲，跟家义的母亲并没有区别。她也必将成为一个想要操控子女命运，把他们当作傀儡的女巫。

可以有一万种正义和真理说这样做是错误的，可以发一万个誓言说自己绝不会这么做，但那只是因为你还没有明白爱上人是什么样子，还没有领悟当父母是什么意思。

当夜里家义从背后开始抚摸她的身体的时候，下午的擦伤还没有褪去。她身体疯狂地抽搐，却和敏感的神经无关。因为她已经知道，两人与世界的战争绝无胜利的机会。他们也绝不会有孩子。

但关黎并没有说任何一句，只是抱紧了家义。

8

家义接到第二个电话的时候，是两天以后的早上。被吵醒以后，关黎迷迷糊糊地又睡了不到一分钟，半梦半醒间突然明白了什么，惊坐起来。这时候家义已经挂断了电话，失魂落魄地坐在床上。他脸上毫无表情，好像变成了陌生人。也不知有没有发现关黎在看自己，他从嘴角抽搐起一丝惨笑，精神分裂一样，非常瘆人。

"怎么了？"关黎问他。关黎问了三遍，用力推了他一下，"你说话啊！"家义这才缓缓转过头来，像木偶人一样慢慢地说：

"我爸刚才电话里问我一个问题……"他半截话又咽了下去，不见后文。

"什么问题？你说啊！"

"他问我，'你有没有认真想过，为什么以你的家世出身，你成长的环境，你的朋友圈子，你却会那么执着地去关心底层人的生活和处境？'"

关黎只愣了一秒，就从家义绝望中挣扎的神色里得到了答案。

他父亲问的不是"你为什么会去关心底层人的生活和处境？"，而是"为什么你会去关心底层人的生活和处境？"。

是的，相似的位置，相似的身世，关黎就没有主动地关心过这些，如果不是家义总给她讲这些"阶级固化""阶层流动"的话。

因为只有超越了阶层和家世，读懂不同人的生活和痛苦，只有这样的人才有资格去做一个领导者。因为只有从本能的思考立场上，超越了你的家世和出生，才能家国天下。

因为家义的方案里让他去关心这一切，为此不惜和父母断绝关系；这在家义出生之前，就写在他基因构造的方案里。一切的一切，家义的反抗、挣扎、决裂，都是他方案在一步步地展开来，一个完美的成长路程。

当多年之后，徐家义回忆起这段经历，会明白这是他站在那里的基石。

一切已经结束了。关黎心知肚明。一切都是安排，一切就是计划，一切都是早已织成的命运，连反抗命运都是命运注定的。

没有人再说话，死一样的静寂，剩下的只是家义的接纳、理解和改变而已。当你开始承认自己是命运的囚徒，你才能开始理解命运。

当明白了这一切，关黎冷静了下来。她默默地洗漱、穿衣，在衣柜里挑了二十分钟，认真地配了一身衣服。她在步入式衣柜里已经听到徐家义在打电话，声音不大，听不清说什么，似乎他只是在答应："好，好，我知道了。"

之后是四目相对的恐怖的寂静。关黎知道发生了什么，徐家义也知道她知道。如果需要解释为什么一个电话就能改变一切，如果关黎会大吵大闹、痛哭流涕，闹得不可开交，可能反而会好一些。

然而谁也不说什么，好像两人所在的空间碎掉了，时间也凝固了，只剩他们俩无法动弹地被囚禁在这里。

关黎终于开口："你什么时候走？要我帮你准备吗？"

"不用了。"（这里没有什么需要带走。）

"今天吗？"

"今天。"

不到两个小时，徐家义的电话响了。关黎像送别一个陌生人一样跟他一起出去，看着他上车，车里的人好像只说了一句话："头发长长了呢。"

在她要转身的时候，车门突然又开了，那个长发飞扬的身影从里面冲了出来，奔到关黎面前，紧紧抓住了她的手。他大声说："给我一些时间，我一定会让基因构造技术被禁用！一定！"

"嗯！我相信你一定可以。"

两人互道无人相信的谎言，但这样的谎言已经是他们能说出口的极限了。没有再说别的什么，对望了片刻，徐家义松手，转身朝车子走去。

只走了一步，他回过头来，满面泪痕。

"我们，到底是什么？"然后第一次，也是最后一次，徐家义在关黎面前哭起来，痛哭流涕。

9

"我们到底是什么？"

关黎突然问出这个问题的时候，梁一帆毫无防备。因为实在太过突兀，上下语境接不上，他都没听懂在说什么。

这之前梁一帆的脑子已经被这个姑娘搞得乱七八糟，既不知道自己本来在做什么，也不知道接下来应该做什么。这个放肆的身体挑衅一样在他面前伸展着，梁一帆知道自己完全没有办法和真实的冲动相处，不管什么事情，他都更想逃到一边。

"怪叔叔，我告诉你哦，"关黎说，"你想看就看啦！又没有人不许你看！你这样想看又不敢看，然后又忍不住一会儿要来偷偷瞟一眼的样子，看起来特别像死变态啦！"

她盘腿坐在床上，从梁一帆坐的位置，可以看到想看的任何一处。自从发现梁一帆总是在逃跑的样子之后，关黎似乎格外享受这样戏弄他，这姿势可能就是故意摆成这样的。

"怪叔叔你不会之前三十多年都一直单身吧？"关黎盯着他憋成紫红的脸，开心地笑了，"不会是真的吧……"

"不是。说了不是了！"

"哈哈，以前我还觉得这个世界活着真没意思。遇到你以后，我觉得你都能活到三十，说明世界还是挺有意思的！"关黎嘲讽着大笑。梁一帆一时没想明白这是说自己活着是一个奇迹，还是别的什么意思。

混蛋！自己不是该忙着给雇主做方案的吗？迟早被这个小妖精折腾死！

"我想采访一下你。你可以不说实话，但我有的是办法让你说实话。"关黎问他，"到底你给雇主做方案的时候，心里是怎么个感觉呢？"

"什么意思？"梁一帆都不敢转头看她，努力把心定下来，能好好处理碱基对组图。

"你会把手上的方案当作人吗？还是只是一个物件？比如这个，罗小琳吧？你还给方案起了名字，那你觉得它是一个人吗？在你做方案的时候，你的头脑里是有一个女孩子吗？除了做硅胶娃娃一样，给她捏胸、做脸、掐腰什么的，你有觉得她会……"

关黎突然从床上伸过手，抓起他的椅子拉向床边，一个后仰，梁一帆头正倒在关黎的大腿上。

"她会像我一样，抓你！揉你脸！"关黎说着搓着梁一帆的脸，然后猛地把他扑倒在床上，顺着他身子跳了上去，整个人都把梁一帆压在床上，波浪的长发垂在他头的周围，像是小小的帷帐。

"你有觉得罗小琳会做这些事情吗？活着，喜欢人，和人谈恋爱，讨厌人，爱这个世界，或者恨这个世界？"

梁一帆很难受，却不敢动弹，他恨死自己了。他居然只能吓傻一样点头，"会啊。"他想做很多事情，但是动不了。他不知道自己为什么这样，为什么情绪必须像充电一样，直到满载爆棚，才能行动起来？

他好想采样自己这相关的所有基因，然后把世上所有男人都做成这样。

关黎瞪大了眼睛，"你……你居然会幻想罗小琳和人……天啊！"她夸张地大叫："那我们岂不是还没有出生就被你们YY过！"她假模假样地护住自己的身体，"No！怪叔叔死变态！"

什……什么啊！梁一帆觉得自己越来越靠近崩溃的边缘了。

关黎胸口剧烈起伏，夺人心魂的体香伴着微咸的味道，让梁一帆觉得天灵盖都要开了，但却没有听见她潮湿的呼吸。他感觉有些奇怪，抬起头，这时候就听见关黎轻轻地问："我们到底是什么？"

梁一帆停了下来，"你刚才说什么？"

"我们，到底是什么呢？"关黎盯着天花板，"我，罗小琳，我们到底是什么？"

梁一帆犹豫了一下，"按照我们的说法，你们是更强、更聪明、更完美的人类。我们的资料上都是这么说的……"

"人类吗？"关黎咀嚼着这个词，"是人类吗？"

"我不太明白。生命繁殖后代，彼此搏杀、竞争，用尽一切残忍和温柔活着，死去，最终的目的不是让属于自己的基因流传下去吗？"

"不管是好，还是坏，自己是白化病，是小短腿，人类要有孩子的目的，不就是在自己死去之后，这些属于自己的基因还能存在。让自己的基因尽量多地流传下去，你们这些死变态遇到漂亮姑娘就走不动路，不就是想要更多的拥有自己基因的孩子吗？"

"你们现在到底在做什么？"关黎盯着梁一帆，又像是盯着他脑后的虚空，"你们把自己的基因从子女的身体里去掉，用别人的基因换进去。大家养育着跟自己遗传关系越来越小的子女，越有权势、越富有的人，孩子的基因就和自己关系越小？"

梁一帆不知道该说什么，他压在关黎的身上，衣服凌乱，现在进退失据，"我……"

"你爱这个世界吗？"关黎轻轻地问，慢慢地伸出手，抚上梁一帆的脸。

"爱这个世界？"梁一帆不知道怎么回答，却不自觉地摇了摇
头，关黎的手指在面颊上轻轻滑过。

"那你还给我说，你做完了这一单就退休，去乡下过养娃种地
的日子？你为什么想要自己的孩子生活在一个连你自己都不爱
的世界呢？"

梁一帆有点懵。他想过这个问题吗？有的，但就像想象自己
死亡一样，念头刚刚冒出来，自己就逃跑了。在逃跑这上面，他的
基因是很有天分的。

梁一帆逃跑了，衣冠不整，像是偷情被撞破一样。关黎谈不
上失望，也谈不上如愿。她其实只是想要一个借口，就算是为了
欺骗自己，也是可以的。

她坐起来披上衣服，来到梁一帆的终端前。关黎早就有了梁
一帆的所有控制权限，包括密码，包括指纹。

说不上是为了这些才和梁一帆一起的，如果只是为了这些，
自己有太多办法。她喜欢梁一帆的脸，细腻的指尖，还有被逗的
时候局促的样子。和他在一起很开心，但如果不是他的基因库终
端权限，关黎知道自己最初根本不会找他。毕竟，拥有顶级权限，
又容易接触到的人，很少。而现在，自己像深渊一样把这个看起
来人畜无害，活到快三十还一副天真表情的男人拉了下去，无法
回头了。

为什么要跟梁一帆说这些话呢？

登录，跳板，获取读权限，申请写权限，对照指纹，对照密码，
对照动态密钥，对照实体物理私钥。柜子里的钥匙，保险箱的旋
钮锁，一层层叠放的安全文件，她在十多天前就预演了很多遍，早

就能拿完这些东西。为什么拖到现在，自己才动手呢？

还是希望梁一帆能给自己一个理由，就算借口都好。又怕没有，连问题都不敢问。拖到了今天。

申报根数据堆权限，通过。申请备份数据库权限，待申，通过。

所有的商用基因数据都在自己面前了，免费的，D级的，C级的，S级的。

如果梁一帆说他爱这个世界，就算是这个样子，这个基因建筑师还是爱这个他们亲手塑形的世界，愿意去乡下过养娃种地的日子，她还会这样做吗？

数据清除。

在三分钟时间里，百万条基因功能数据被清空；几十万方案模版归零；几万正在量子计算系统里进行发育模拟的方案报错置空。

整个基因构造产业停了下来。

停了一周。

最近的备份来自第三数据中心，事发的四天之前。

特勤在二十分钟之后抓捕了梁一帆，两个小时后把他释放。关黎并没有离开过梁一帆的屋子。

在中央基因数据库被恶意清删的一个小时里，基因建筑师们下载的所有基因数据变成一段42bit的文字。

"我是人类的救星，是爱、正义与光明的白马骑士"。

10

你爱这个世界吗?

不啊,梁一帆心想。为什么会爱呢?

他这一代恐怕是最后一代非构造者了。随着构造科学理论的快速成长和技术的精进,自己做出的方案已经比自然受孕人的水平高出太多。

一个奇怪的问题一直萦绕在梁一帆心头。

生命那么努力地交配,战争、杀戮、征服、杀婴、屠戮,难道不是为了让优秀和强大基因流传下去,让进化的数学游戏选出更好赢家? 为什么大家把最优秀的基因标上最高昂的价格,让人们都用不起?

基因在亿万年进化中挣扎,变得更强,难道不是为了让自己传播出来? 当人类选择让最优秀的基因,最完美的方案最难以获得,最昂贵,也最稀少的时候,这个世界到底在做什么?

梁一帆去探视关黎的时候,关黎接受了。她没有接受父母的探视,她也不想知道父母会跟自己说什么。徐家义也不会来看她,她知道,但不去想。

"怪叔叔,对不起。"她说,"这回是真不能跟你生孩子了。"

"不要来看我了,我又不爱你,只是想借你的账号权限用用啦。"

"回去啦,孤男寡女共处一室你都什么都干不了,这么多摄像头还隔着防弹玻璃，难道你还有什么想法？"

关黎说完居然笑了，她想起来，上一次笑也是跟梁一帆在一起。

之后好几天，梁一帆每天都觉得恶心想吐。往常如果有这么大压力，自己早就逃跑了。

要不是靠逃跑的本事，自己铁定活不到三十岁，早死了。

他知道关黎不爱自己，老早就知道。他调出过关黎的方案，核对过她的信息。在两性吸引上，她的方案用多重锁结构，保证了她会被一个足够man、有足够的领导气质、足够强有力的人吸引——梁一帆可以想象这设计的原因。比起关黎的理想形象，他是一个软绵绵的人，"像水母一样"。

他都知道，只是不想去面对而已。

梁一帆刚开始当基因建筑师的时候，他的方向是心智领域，但才刚刚展现才能，他就差点崩溃。面对自己的作品，梁一帆突然就无法呼吸了。恐慌、胸闷、头晕、心悸，喘不过气来，好像整个呼吸系统都停止工作了。

因为只要点下最后的提交，就会有一个人出生，一个活生生的、确定的人，会拥有梁一帆创造的心智，就这样出生在世界上。像定制一个罐头一样。谁来对TA写好的生命轨迹负责？不，当然不是梁一帆。难道是TA的父母么？

不是说好的，"没有人能对你的人生负责，除了你自己"吗？当TA喜欢贝多芬而讨厌周杰伦的时候，当TA喜欢中文而不喜欢物理的时候，当TA决定去流浪而不是留在大城市当螺丝钉的时候，这是TA的选择，还是谁的？

　　当她喜欢上他,而不是他的时候,甚至当他喜欢上的是他,而不是她的时候呢?

　　梁一帆记得自己当时从办公桌后站起来,像是被掐住了脖子,扼住了喉咙。楼下的顾客在大厦里川流不息,他看到的几乎全是因为满意,期待着未来小小的确定的幸福而高昂着的脸。

　　确定。

　　安排。

　　自由呢?

　　自由!

　　自由!

　　梁一帆不是徐家义,并没有去想什么社会阶层固化的恐怖。他只觉得嗓子里有什么要咆哮着冲出来。

　　梁一帆站起来,两眼发红,本来已经克制不住要叫出声的时候,面前的终端屏幕一闪,弹出了"方案"的模拟测试结果来。

　　方案C7113甲

　　基因授权费: RMB 117,816

　　模拟结果:

　　基准综合智商142

　　……

　　……

　　总体评估,高于本年度北京大学新生平均基准水平。

　　梁一帆只晃了一眼,自己的成果像是对着胸口狠狠一记直拳,他整个人瘫坐回了椅子,连一声叹息都没有哼出来。

12万不到,你买不了吃亏,买不了上当。

如果你不买呢?

如果你觉得未来与你无关,那么未来就自然会与你无关。

原始部落不会因为更人道一些,就战胜奴隶制的残忍;征服美洲的更不是欧洲的文明。历史既不冷酷也不温情,它只是静静向前,让更有效的选择留下来。

你自然有选择自由的权利,但这并不会让历史跟着你的脚步前进。它的方向不可能阻挡,而最后所有自由的怒号都只会消散在风中,或许不久后,连名字和含义都不会被人记得。

梁一帆只能逃避,可他甚至不能逃太远,因为他会做的就这么点儿手艺而已。做外貌吧,比做心智好不少。

梁一帆知道,很快,人们就连逃的机会都没有了。

所以,就这样活着吧。当最后的自由人,就这样活着吧。

0

他有那么丰富的逃避经验,所以梁一帆脑子里冒出这个念头的时候,自己先是被吓得半死。但恐惧和逃避的欲望并没有让这个念头停下来,他要做的事情越来越清晰,细节也越来越明白。

因为关黎,梁一帆被暂时降级,失去了基因库的编写权限,但是这已经不重要了。他并不需要真的去写数据,他只需要整理出自己曾经处理过的那些数据。

太多了，太多了，从方案C7113甲开始。

非常完美。

自己手上的ODAY数据其实是没有专门搜集疾病和其他健康问题那一类的，因为那不是他的方向，梁一帆只管外貌。

但也并不是完全没有。毕竟基因采风的副产品总是多的，他总不至于把自己的成果白送出去。

除开和恶心想吐斗争的时间，其实整个计划并没有执行很久。一共也不过两周昼夜不息的工作而已。

在这两周里面，即使有时间休息，梁一帆也不敢去认真思考这个问题：

他到底是找回了憎恨这个世界的勇气呢，还是想救关黎出狱多一些？

即便梁一帆会去想，他也一定会认为是第一个。

第一段被发掘的视频很短。一个戴着水母面具的男人站在一片白墙下。

"当你们看到这个视频的时候，我的计划已经完成了。

"大家好，我给大家介绍一下，我是人类历史上最大的杀人魔，具体的数量这时候应该还没有统计，但是我相信结果应该让人满意。

"我相信我可以负责地说，看到视频的绝大多数人，都是我的受害者。

"没错，你们都要死。

"对你们来说，这应该是几十年前的事情，对我来说还是刚才，这时候基因数据库管理不是那么严格，你们那时候我就不知道了。

"我修改了一百个左右关键基因的数据，当然，这些修改本身是安全的，不影响这些基因的独立功能，这很简单。

"你们都会死的原因是这样的，我参与的绝大多数基因构造方案——也就是绝大多数还在使用的基因通用构造模板——都会使用一些特定的构造组合。我不知道你们那时候基础教育讲不讲这个，这些组合会让很多不表达的碱基以特定的方式连接在一起。

"这就是基因构造最有趣的地方，这些碱基是被当作垃圾信息的，我们相信它们都是进化留下的完全没用的残余碱基。但是如果这些垃圾信息连接起来，正好又变成了特定的有意义的基因序列，你们猜会发生什么？

"好吧，我假设你们的基础教育比我们现在好。当然了，我们为你们构造了更好的头脑，让你们学习更多的知识，这应该是自然的。这个问题的答案是：这些基因会表达。

"这个视频不应该录太长，我不知道二三十年时间会不会让它放不出来。所以我简单地说吧，如果在一个功能基因信息尾端的垃圾信息区域写上'白'，在另一个功能基因首端的垃圾信息区域写上'血病'，你们再猜猜两个基因按顺序连接构成的话，这个'方案'最后会表达什么基因呢？

"当然，别紧张，我送给大家的不是这么无聊的东西。我在小十年前，采集到了一个很罕见的端粒消化酶的ODAY基因。这个基因会在你们三十到四十岁左右开始表达。如果你们现在的教育真的够发达的话，估计很多人知道这是什么东西了。详细的病理研究我还没有搞完，也许你们那时候早就弄明白了。

"简单地说，当这个端粒消化酶基因开始表达，你们的身体就会以非常可怕的速度开始衰老，就像被死神收割生命一样。

"为什么我会这样做？

"大概是因为，我恨这个世界吧。或者是恨我自己。我没想明白到底是恨哪个多一点儿。这不重要，重要的是我希望你们能恨我，然后和我一样恨这个创造了你们的世界。

"哦，对了，差点儿忘了说，我会公布这些篡改的详细情况，包括这些这个0DAY屠夫基因的信息。"

最开始大家以为这是一个做得很糟糕的谣言。几十年前哪里有什么基因构造技术？录像上的画面分明是最近的。但没过多久，真的爆出了一大堆基因数据资料，包括视频里说的0DAY端粒消化酶基因，以及很多方案细节。这些号称被篡改的基因，其中的"无效信息"以各种精妙的、被人忽视、被系统模拟验证无法察觉的方式，构成那个可怖的端粒消化酶基因。

事情开始变得诡异起来，一方面，官方的调查，一方面，官方证实这整个人类灭绝方案是可行的。方案的核心，那个未收入数据库的0DAY端粒消化酶的功能基因机理也很快被破解了。如果这个基因表达，患者不太可能能活过一年。确确实实，这人用了精巧得难以置信的手段创造了一个屠杀计划，影响绝大多数基因构造方案。

但另一方面，经过严格的核查以后，人们疑惑而庆幸地发现，这些公布的数据跟实际基因库里的数据完全对不上。也就是说，现实中实际使用的基因构造方案是健康的，这个可怕的计划根本没有实际执行！

这事情非常扯淡，在极大的破案压力下，关黎那次数据库清除事件被注意到。同时横跨十多年的基因编纂历史记录分析也有了结果。

第二次抓捕梁一帆的时候，才发现他已经自杀。他留下了遗书承认，录像上的男子是他。

一切终于有了解释。

梁一帆计划了非常长时间，从资料提供的篡改记录上看，可能从他开始工作就准备了计划。为了消灭"不纯洁的人类"，他收集了一个0DAY屠夫基因，以这个基因作为核心启动了计划。

基因构造技术有两个很微小的漏洞，一个是无法模拟还没有录入数据库的0DAY基因，另一个是所有功能基因都必然带有无效碱基对冗余。但是利用这些冗余，恰好在方案中组成一个不为人知、无法模拟的有害基因，这在此之前一直被认为是只存在于理论上的可能。

就好像大猩猩恰好在打字机前打出大英百科全书一样。

如果这个计划顺利实现，数十年后，人类当然不会因此灭绝，但至少寿命会降低到四十到五十岁。

但是基因篡改刚开始，关黎就用他的账号把全部基因库数据做了根清除。数据从干净的备份库还原，然后梁一帆的权限被停。这个宏大的人类清除计划刚刚开始，就破产了。

也许是因为失败的致命打击，或者别的什么，梁一帆自杀，然后原本准备几十年后公布的资料流了出去。

即使是最狂野的想象，也不会猜到，梁一帆这个消灭人类的完美计划，从最开始就从来没有打算执行过。

关黎没有承认自己是知道了梁一帆的屠杀计划，才做的基因数据库清除，更不能解释为什么自己不告发。但是流传的故事已经把两个人的爱恨交织得千回百转，从为爱私奔开始，到认清屠夫真相，在人类的命运和爱之前，选择牺牲自己。

关黎甚至一度怀疑事情的真相是什么，难道梁一帆真的在计划毁灭人类，而她忘记了自己是拯救人类的超级特工？

梁一帆的人生传记小说卖遍大街小巷，关黎洗冤出狱，基因构造技术面临的质疑之声越来越大，但并没有被禁用。

关黎烦透了被人认出来，但是当她画给梁一帆的水母形象出现在街头巨大的屏幕上，奇怪的粉丝在身边尖叫的时候，她突然像被雷击一样迈不动步子。

看着那软绵绵的样子，她轻轻地说："怪叔叔，死变态。"

说到后面三个字，突然就忍不住，她在人群中痛哭起来。

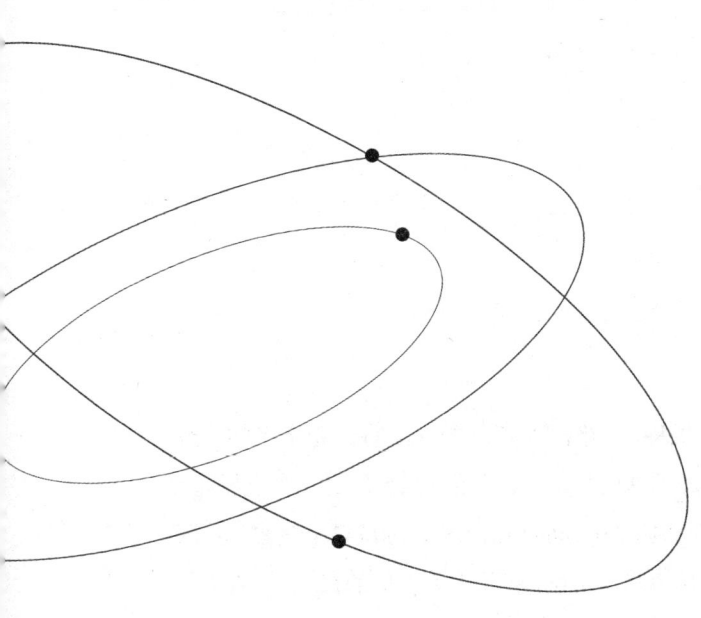

灰狐

三位一体

雨后，街上人烟稀少，路面上潮湿的水渍将五光十色的霓虹灯反射成团状彩虹，暧昧的气息下，是暗流涌动的另一个世界。

　　鹰盘旋在钢铁丛林之中，将这片街区里的1742个热源尽收眼底。犬接到信号，从黑暗中走出，避开无关人员的视线，沿着大街上微弱的气息寻找目标。它收起金属爪子，以脚掌中部柔软的震动感应器接触地面，潮湿的积水让它收到的信号带上一层朦胧的感觉。

　　目标在一个昏暗巷子的尽头，犬能感觉到从地下深处传来的微弱震动。鹰的传感器无法穿透到那么深的地方，所以对下面的情况一无所知，它落在一块广告牌上俯瞰，变幻的灯光在金属身体上如液体般流动。

　　犬漫步溜达，像一条真正的流浪狗一样，若无其事地向巷子尽头那扇破门靠过去。

　　"停下！"通讯器里突然传来呼叫，接着，两个黑影从旁边一座建筑的顶上重重落下。"你没看到这里的暗哨吗？"

　　"传感器里看不到，他们用了伪装措施。"鹰答道。

　　"果然，到了这里，难度就升级了。"

　　"现在进攻吗？"犬问道。

　　又一个黑影从上面跃下，落在犬面前。那是一个机器人，身材修长,穿着与这里的气氛格格不入的紫色西装,戴着礼帽。鹰也飞下来,落在机器人肩头。

"接下来就是硬仗了。"机器人说道。

"好吧。"犬说。

"三、二、一,上!"三个声音同时默数。机器人一脚踹开木门,鹰从缝隙中抢先钻入,贴着狭窄的走廊顶部疾飞,将所见所感同步给另外两人。

一人一犬跟着闯进去,反应迟钝的守卫慌乱地抬起手中的枪,冲锋枪吐出闪烁的火花,却无法捕捉到入侵者迅捷的身影。犬抖抖身子,身体两侧露出六个喷嘴,浓烟笼罩了整个通道。守卫们失去了视觉,对着自以为的目标胡乱开枪,两个守卫倒在了自己人的枪口下,剩下的全部被机器人击倒。

通向BOSS老巢的通道只有一部电梯,当然,这是对人而言的。对于其他形状的物种,就有许多种选择。机器人进了电梯,徒手撕开轿厢的顶棚,把鹰送出去,让它从电梯井飞降到下面。犬爬进电梯旁的通风管道,三方分头行动。

电梯的终点是这条街区的核心、权力的集中地、光芒万丈的黑暗所在。从事不能见光事业的买卖人在这里挥霍来路不明的钱财。街区的帝王端坐在地下最深处,他提供快乐,然后吸取所有人的钱财。所有人都在享受他提供的服务,同时所有人都憎恨他对这条街区的压榨。

楼上发生的事情早就通过监控视频传到这里,守卫们在电梯前摆好了架势准备迎击。然而这一切就被鹰尽收眼底,它引导着犬在错综复杂的管路中找到一条最安全的通道,直接绕过所有的守卫，来到帝王居室的上方。

电梯停下，清脆的叮咚声提醒乘客准备开门。而这一声传到守卫的耳朵里，更像是替入侵者敲响的丧钟，无数支枪同时开火，子弹组成浪涛拍击着装饰华贵的电梯门。那台造价上百万 UB 的电梯瞬间变成海绵一样的多孔废物。

枪火停息，守卫们欣赏着自己的战绩，可以毫无顾忌地打烂这么昂贵的东西总是让人心情愉悦。就在他们放松警惕的那一刻，鹰发出啸叫，超声波如同锥子一样直接插入守卫们的脑子，在里面一通乱搅。趁着这个机会，机器人从电梯井跳出来，如旋风一般将晕头转向的守卫们一一击倒。

犬找到了密室的机关，它用尖牙咬断电线，然后爪子踏上去，用金属指甲让两条线短路。厚重的门无声地向两边移开，此时机器人正好打败最后一个守卫，他转过来，与帝王面对面。

跳过一段无意义的对话，从帝王身旁闪出两个壮汉。

"我就知道没有那么轻松。"鹰说道。

"老套路了，要是没有他们，我还觉得不过瘾呢。"机器人在通讯里笑笑，活动着肩膀，向那两个壮汉扑过去。

鹰和犬紧随其后。

战斗不算简单，但也不难，鹰、犬、人展开立体攻势，轮番进攻，相互掩护，最后以一只翅膀、四根手指和折断的脊椎为代价换得了最终的胜利。

帝王丧失了以往的庄严，双膝着地大声求饶。机器人对那些编造出来的假话毫无兴趣，它跳过一大段台词，直接把帝王打翻在地。

"我还挺想看他表演的。"鹰说。

"下次吧。"机器人说道，它向天空挥挥手，退出游戏。

助理帮着吉莉摘下头盔，她的脸因为兴奋而泛着红晕。在从前，拥有一个完整的身体对她来说简直是一个奢华的梦，这才没过多久，科技就达成了她的梦想，她可以在游戏里自由地奔跑、跳跃，那种感觉让她沉醉。

"哇，这回我们配合得真棒，一点儿失误都没有。"一个声音在她右边响起，是茉莉。吉莉的美梦破碎了，现实在提醒她，她永远不可能有一个完整的身体。是的，她的身体不完整，不是少了什么，而是多了些东西。

她转向右边，茉莉正咧着嘴嘿嘿笑着，妹妹缺了两个门牙，新长出的恒牙才刚刚露出一个白色的尖。她们已经十七岁了，可是茉莉十四岁时才开始换牙，麦吉森教授说茉莉发育得晚了点儿，但是很健康。吉莉盯着那个小白点看，感觉它正在偷走自己身上的钙质。

左边唔了一声，那是吉莉的另一个妹妹莉莉。她发育得更慢，还没开始换牙，连说话都不会。她们一起长大，但吉莉从来没有见过这个妹妹。莉莉长在吉莉的左肩上方，脊椎占据了肩胛骨的位置，末端扭曲地和吉莉的脊椎融合在一起，吉莉的一部分肌肉因为融合失去了本来的作用，成了一团累赘的萎缩肌肉和皱巴巴的皮肤。她不能向左转头，所以也不能回头去看莉莉。家里也没有镜子，吉莉从懂事起就不再看自己畸形的身体，她巴不得这个世界上的镜子都不存在。

茉莉长在吉莉的另一边，麦吉森教授说她们三个人本来是三胞胎，但在妈妈肚子里发育时出了一点儿小问题。小问题酝酿了八个月，然后造就了她们。妈妈一家人看过她们一眼之后就消失了，而生理上的父亲更加明智，比妈妈提前九个月消失在三姐妹的生命中。

麦吉森教授收养了三姐妹，除了可怜这三胞胎之外，也充满了好奇。偶尔有连体双胞胎出生，据记载寿命最长的连体人活到了69岁。而连体三胞胎实属罕见，麦吉森教授说，吉莉和茉莉是同卵双胞胎，而莉莉来自另一对精子与卵子的组合，在发育过程中，三个人嵌合在了一起，更稀有、甚至说是千亿分之一的机会，她们竟然都活了下来。

她们从小就住在麦吉森的家中，由家庭教师和助理，还有麦吉森本人抚养长大。三姐妹是世界所罕见的生命奇迹，麦吉森申请了几项研究，再加上三姐妹悲惨的身世，吸引了足够研究和生活的资金。吉莉她们长大一点儿后，麦吉森就用研究资金在城郊租了一间旧厂房作为研究室，整个研究团队和三姐妹都搬了过去。

这些都是吉莉对金钱有了概念之后才知道的。

这套被称为《游侠3》的游戏也是其中一个研究项目，是游戏制作组和哈丁医学研究所共同开发的特别版本，花了很多钱。特别版既能照顾到三姐妹身体上的不便，又能平衡游戏中的常规设置，让三姐妹在公共网络上和正常人竞争，没有人能够看出游戏角色背后的玩家有什么不同。

定制版的游戏更新了四十多次，每一次都能带来新的东西。

吉莉感觉自己在游戏里的身体就像是拼图，每一次更新都可以让她的身体更完整一些。

其他的两个妹妹也一样。

第七次更新时，莉莉第一次发出自己的声音，虽然只是模糊不清的音节。她在虚拟的世界里找到了从未拥有过的声带，制作组为莉莉做了一个发声训练的程序，一个月之后，她就能和两个姐姐交流了。

所有的人都很激动，只有吉莉对此感到恶心。以前，她把左肩上的赘肉当作……赘肉，现在它竟然能够说话了，这就像是正在挖鼻屎的时候，食指突然跟你说，它怕黑，让小手指来吧。

晚饭的时候，《游侠3》制作组的人来了，吉莉记得那人叫艾伦，矮胖矮胖的，还留着乱糟糟的胡子和油腻的头发。吉莉挺喜欢见他，每次艾伦来，都会带来一些好消息。

艾伦把平板递给吉莉，吉莉用左手把平板推到面前。茉莉正在吃饭，盘子被平板顶到了一边。茉莉用右手把平板又顶回去。

姐妹俩共用一套消化系统。但是吉莉不爱吃西蓝花，就把今天吃晚饭的权利让给妹妹。平板上显示着《游侠3》的排名，吉莉看看平板又看看艾伦，不知道这是什么意思。艾伦指了指，吉莉在屏幕下方看到"Trinity333"，那是她们这个组合的名字。

"你们上次的成绩打到了全球前100名，排在第96名。"艾伦说道，"你们三个人玩得很好，我们的分析师说，你们的配合可以精确到0.3秒，世界上任何一个团队都达不到这样的默契，但是攻击主动性不高，彼此之间明明不用交流就可以传达信息，但是偏偏要讲一些没用的俏皮话浪费时间。如果有针对性地训练，还有可能参加国际比赛。"

"那有什么用？"茉莉问。

"什么用？《游侠3》是奥运会指定的电竞项目，你们有可能参加国家队，为国争光呢。"

"不感兴趣。"吉莉说，把平板推回去。

艾伦还想再劝劝，麦吉森开口说："再说吧，艾伦，咱们再看看后台程序，我想搞明白她们之间的配合究竟是软件的影响还是那个……"麦吉森停顿一下，不情愿地说出下一个词，"心灵感应。"

"我们都检查过……"艾伦说。

"再看看。"麦吉森打断艾伦的话，他站起身，带着艾伦走出餐厅。

"她们长大了，该和社会接触接触了。"

"不行，不能让任何人知道她们。"

"可是……"

"我说了算！"即使隔着门和长长的走廊，也能听见麦吉森的吼叫。

吉莉从来没有听到过麦吉森教授以那种腔调说话，她哆嗦一下。这时茉莉吃饱了，打了个嗝，吉莉嘴里涌上来一股鸡蛋的味道。

"呕，拜托，能不能别总吃得那么撑好不好。"吉莉抱怨。

"今天的炒鸡蛋特别嫩，你不吃真可依。"茉莉说道，她的门牙漏风，把"可惜"说成"可依"。

过了几天，《游侠3》又更新了。这次变化比较大，加入了一个全新的精英模式。在之前的版本里，三姐妹的对手都是智能机器人，而精英模式中，所有的对手都是在网络上实时匹配的真人。三人一组进入到游戏中相互厮杀，直到最后一组人存活才算胜利。

莉莉喜欢飞翔，只有在高空俯瞰世界时，她才能感觉到自己真实地存在着。但在精英模式中，战场上空盘旋着无数只鹰，挤得就像是工作日早上的第五大道。她开始讨厌天空，于是降低高度，凭借速度在人群中穿梭，这比高高在上的滑翔更刺激，尤其是与对手擦肩而过时，近距离观察他惊讶又无力的脸。没有人能捕捉到莉莉的速度，即使最好的玩家也不行。后来有人开始学习莉莉的玩法，放弃高空的优势，在枪林弹雨中凭速度和反应求生存，但没人能够做到那么好。莉莉的鹰在网络上被称为"闪电光"，现在，全世界所有的《游侠3》玩家都知道这个名字。

已经有几支战队看上了"Trinity333"这个组合，不停地发来信息想要招募三姐妹加入。麦吉森教授不希望三姐妹有太多的社交活动，一律拒绝了。吉莉并不在乎能在游戏里取得什么样的荣誉，但是茉莉对此特别感兴趣。茉莉还在游戏中加了几个好友，可惜这具身体的主要控制权在吉莉那里，茉莉没有多少机会在游戏之外和好友闲聊，除了吉莉、麦吉森和几个助理之外，她没有什么可以聊天的对象。在游戏里，莉莉也会说话，但茉莉总觉得她是个陌生人。

六月的时候，艾伦安排三姐妹以个人组合的名义参加了一场轮回赛，与来自美国、韩国、加拿大和日本的专业选手进行对战。

艾伦买了机票，想带着三姐妹去比赛的各个站看看。结果才刚刚提了个话头就被麦吉森打断了,"不行不行。"麦吉森不但严词拒绝,还顺手撕掉了艾伦刚放在桌子上的机票。

"她们这样一点儿自由都没有。"艾伦说。

"她们的心智还不成熟,会被社会上的言语所伤害,我必须保护她们。"麦吉森说。

艾伦叹了口气,对三姐妹说:"暴君,不是吗?"之后转身离开了。

虽然有这次争吵,但是麦吉森和艾伦的合作关系仍然写在合同上。后来艾伦又来了两次,每次都不欢而散。

三姐妹的出行算是泡汤了,只好在研究所里通过网络参加轮回赛,这让她们这个组合成了所有参赛选手中最神秘的一个,她们的竞技水平让这份神秘感更加吸引人。

对手与之前遇到的大部分普通玩家不一样,他们反应更快,进攻更有策略,对游戏的各种设定也了如指掌,他们很强,但也没有强到离谱。艾伦本来只想让三姐妹体验一下专业玩家和业余玩家的差距,可没想到"Trinity333"竟一路杀进十强。

艾伦为此和麦吉森争执了很久,认为三姐妹终于找到了人生的方向,可以在电子竞技方面大放异彩。而麦吉森始终认为三姐妹不到公开露面的时候,游戏只是游戏。

艾伦和麦吉森之间的冲突越来越频繁,刚开始还能控制情绪,回避三胞胎(虽然研究所的门挡不住他们怒吼的声音)。后来索性当着三姐妹的面争吵,艾伦还算保持着基本的涵养,麦吉森生气起来就会乱摔东西,弄得家里到处都是危险的碎片。有一次麦吉森摔碎了一个莉莉非常喜欢的小鹰摆件,惹得莉莉一整天都不飞,落在地上一动不动。

吉莉和茉莉总是会被突如其来的吼声和物品爆裂声吓到,但很快她们就学会了把那份负面的感情投入到游戏中。她们与真人对战,屠杀并且战胜他们,这让她们忘记了身体上的不便和大人们的喜怒无常。她们享受着虚拟的身体,沉迷在胜利之中,鹰扰乱、犬辅助、机器人攻击,三人配合无间,战斗对于她们来说就像是呼吸一样简单(事实上,只有吉莉负责呼吸)。

在轮回赛之后的一场表演赛中,"Trinity333"已经成了所有玩家的重点关注对象。三姐妹很享受这种关注,艾伦告诉她们,这场比赛的目标不全是胜利,而是尽可能地展示自己,这正中三姐妹下怀。莉莉的"闪电光"飞得更快,她终于可以不用再照顾两个姐姐的情况,而是把所有的精力都集中在飞翔上。茉莉还勉强能够跟上妹妹的行动,吉莉就心有余而力不足了。

她玩着玩着,索性停下,远远地看着两个妹妹各自在战场上穿梭。尤其是莉莉,她正以一种羞辱所有玩家的方式疯狂飞舞,但总有一种奇怪的感觉。

吉莉在通信系统中对茉莉说:"不太对。"

"怎么了?"茉莉说。

"我不知……"话还没有说完,吉莉眼前一黑,从游戏中被强制断开。吉莉一时间分不清虚拟和现实,她心脏狂跳,还来不及问发生了什么,就被助理拖着按在担架床上。吉莉喘着粗气,茉莉在耳边不停地尖叫,虚拟头盔还半扣在她干扁的脸上。头顶的灯亮得刺眼,转眼又变成了星空。周围的人乱糟糟地叫,吉莉只能听到只言片语:"……中风……抢救……来不及了……"

接下来的日子，吉莉一直处于半梦半醒的状态，她梦见自己有了完整的身体，又梦见自己变成了鹰，她在"游侠"的世界待了太久，大部分梦都带着游戏的元素。醒着的时候，她只能看着头顶输液管里的液体一滴滴落下，身上有什么地方在疼，吉莉却没有力气坐起来寻找。她看向右边，茉莉和她之间隔着一层模糊的布帘，看不真切。吉莉试着呼唤，但是发不出声。她想起麦吉森提过的什么心灵感应，试了几次，不知道从哪里入手。她觉得很累，就又睡了过去。

这样的日子一直持续了四十多天，她才又见到麦吉森教授和茉莉。

以及另一个妹妹：莉莉。

莉莉被放在液氮烟雾缭绕的托盘里。她真的好小，只有麦吉森的拳头那么大，她的五官皱巴巴的，头顶上浅白色的头发又细又软，就像刚出生的小猫，谁能想到，这个小家伙就是世界上最快的"闪电光"。

"她的大脑太脆弱，在长时间高强度的运转下出了一些问题，我们没有抢救过来。因为害怕莉莉这部分死亡之后会牵连到你们两个，所以做手术把她取了下来。"麦吉森轻声说。

吉莉想说什么，旁边茉莉长叹一口气，吉莉突然把要说的忘了，于是也叹了一口气。

她们不知道，为了将莉莉从她们的身体上取下来，一共做了171场大大小小的手术。医疗团队先是将扭曲融合的脊柱分离开，然后3D打印了吉莉的肩胛骨，补在空缺的位置，然后是重建神经、血管、肌肉和皮肤，手术很成功。再过些日子，吉莉就可以自如地转动脖子，并且用左手挠后背了，当然在这期间要做大量的康复训练。

那些康复训练极其辛苦和无聊，吉莉和茉莉商量好，一人一天进行训练。可才不到一周，茉莉就受不了了，交出了身体的控制权，缩回自己的小空间去。吉莉从不放弃，她不喜欢这样，但这却是她唯一的身体。

莉莉的分离手术让麦吉森名声大噪，他开始到处做演讲，讲述和三姐妹一起生活的故事。还有那场艰难的手术，复杂程度相当于在吉莉小小的身体上建造一艘航空母舰。

"这么复杂的手术，是事先就准备好的吗？"电视中的主持人问。

"是的，"麦吉森答道，"我们很早就做好了准备，制定了一整套的手术方案。莉莉……唔……怎么说，她们虽然共用一个身体，但是莉莉相当于寄生在吉莉和茉莉身上的，她没有消化系统和呼吸系统，完全依靠血液循环中的养分存活。坦白说，我们以为会更早，完全没有预料到她能够存活那么久。"

"她早知道莉莉会死吗？"茉莉问。

"我们都会死。"吉莉说道。

"我有点儿想她了。"茉莉低声说。

"我倒是没有。"吉莉说。

"这三胞胎每一天的成长都是奇迹，在她们身上还有很多可研究的地方。"电视里的麦吉森继续说。

"如果吉莉和茉莉其中一个发生了意外……"主持人又问道。

麦吉森沉默了几秒钟，"这个问题我不想细谈，我相信她们都会健康地活着，不过，我们也做了打算。"

吉莉按下遥控，电视换到纪录片频道，一只猎豹正在追逐羚羊。

"换台干什么？我还想看呢。"茉莉叫道。

"到时间了，我还要做康复训练呢。"

家庭课程，一日三餐，康复训练占据了姐妹俩一天的大部分时间，她们知道有社交网站这种东西，但麦吉森从来不允许她们上网。虚拟游戏成了吉莉和茉莉接触外界的唯一通道，莉莉不在了，每次组队都要随机匹配一个陌生人来加入她们的战队，陌生人的水平参差不齐，和姐妹俩的默契程度更是比莉莉差得太远。很快，战斗不再是一种从一个胜利走向下一个胜利的享受，而成了三个人不停地抱怨、咒骂，甚至相互拆台的烦躁过程。

吉莉很快地对游戏失去了兴趣，她更愿意把精力用在训练上。她的脖子已经能自由转动了，对左臂的控制也自如了很多。莉莉曾经存在过的地方总是发痒，大夫说可能是缝合处的神经没有长好。莉莉在的时候，她的手只能举到与肩平齐，现在，吉莉已经可以控制左臂碰到后背发痒的地方，挠个痛快。

茉莉不在意身体的事，毕竟从小到大这具身体大部分时间是姐姐在用，只有懒了、累了或者做不喜欢的事的时候，吉莉才把控制权转交给妹妹。大部分时候姐妹俩基本能达成共识，但在游戏时间这件事上，吉莉和茉莉的分歧越来越大，从理论争辩到大声叫嚷。有一次，吉莉忍无可忍，抢起左手给了茉莉一拳，茉莉的嘴唇被门牙硌破了，满嘴是血，当场大哭起来。她开始抢夺身体的控制权，想要反击吉莉。两个人（一个人）在训练室里撕打起来，直到麦吉森和助理们发现情况不妙,过来按住姐妹俩的手脚才制止住这场搏斗。

作为折中,麦吉森和艾伦商量,开发了一套便携式的虚拟游戏设备,这样可以让茉莉在吉莉训练的时候也沉浸在虚拟世界里。不过沉浸式游戏有时会让身体产生一些条件反射动作,为了确保安全,这段时间里吉莉只能进行无器械训练,并且有助理在旁陪同。

姐妹俩没有因为打架的事耿耿于怀,第二天就和好如初。新的游戏设备避免了再次争吵的可能,吉莉和茉莉对现在的状况都很满意。

新装备给姐妹俩带来一个新的好处:给了两个人独立的私密空间。姐妹俩从出生就连在一起,做什么事都无法回避对方。现在茉莉可以在游戏空间里结交新的朋友,吉莉也能独自享用这具身体,这是全新的体验。

退出游戏后,茉莉喜欢跟吉莉讲她刚才遇到了哪些有趣的人,或者惊险的战斗场面。吉莉能够分享给妹妹的只有今天做了五十个仰卧起坐,枯燥无味,慢慢地,她就不再讲话了,只是边干自己的事边听茉莉在耳边叨叨。有时候她会想起三姐妹一起战斗时的感觉,大部分时候她只当耳旁吹过了一阵风。

吉莉坐在窗台上,翻着一本《蝇王》。耳边的头盔传出隐隐的枪炮声,茉莉已经在游戏里连续待了五个小时,吃饭上厕所这种事都由吉莉代劳,茉莉更没有理由从游戏里出来。虽然落得个清闲,但吉莉仍然对这种状况感到不安,她向心理医生和麦吉森都提起过这事,但他们都表示尽量不干预姐妹俩的私人生活。

私人生活?吉莉听着这个充满讽刺的词,同龄人都已经换了好几轮男朋友了。自己连出门的机会都屈指可数,唯一的消遣还是一本一百多年前出版的书。

自由,吉莉听到自己吐出一个词,在艾伦和麦吉森的争吵中,提到最多的就是这个词。它被艾伦的坚定和麦吉森的愤怒赋予了独特的感情色彩,吉莉经常会咀嚼这个词的含义。

她打算去翻下一页书,却发现右手不听使唤。茉莉正在扯着自己的虚拟头盔,吉莉向旁边白了一眼,帮着妹妹从虚拟世界中出来。

"不玩了?"吉莉说。

"不,我来叫你。"

"干什么?"

"快去找你的头盔,跟我一块儿进来,我带你见一个人。"

"什么人?你新交的朋友?"

"算是吧。"

吉莉叹口气,从柜子里翻出虚拟头盔,她先帮茉莉穿戴好,然后是自己。

有一阵子没来游戏里了,《游侠3》又更新了几次版本,连界面的样子都变得不太一样。茉莉轻车熟路地领着姐姐,她们没有进入比赛,而是停在大厅。

吉莉有些不耐烦了,说:"你到底要干什么?"

"在这里参加游戏,有时候会有临时组不成队伍的情况,就可以到那边去租个伙伴,那些伙伴都是人工智能,跟真人差不多。"

茉莉带着吉莉走到大厅一角,在自助机上点了几下,一个虚拟人像凭空浮现出来,是个小伙子,身材修长,有着一头卷发和一脸雀斑,头顶上漂浮着他的ID: Trinity@3。

"我还以为你交了个男朋友。"

"别乱说。"茉莉推了吉莉一下。

"这是谁?找他干什么?"

"进了游戏就知道了。"茉莉说着,带着姐姐和Trinity@3进入战场。

只用了10秒钟,吉莉就明白了怎么回事。Trinity@3化身成鹰,贴着地面疾驰,它的速度、反应,还有战斗的方式,像极了吉莉曾经认识的一个人。

"他们出了个模仿莉莉的人工智能?"

茉莉不答,她召回鹰,"别装了,开口吧。"

"姐姐,我是莉莉。"

"莉莉?"游戏里也可以模拟表情,但是种类有限,惊讶显然不能够表现出吉莉的真实情感。

"是啊。"

"可是……"

"我死了,我知道。"莉莉说,"制作组的人保留了我的大部分数据,然后用什么算法重塑了我。"

"我不信。"吉莉说。

为了证明自己,莉莉说了几件小时候的事情。但是吉莉从小就没有把肩膀上那团赘肉当作人看,所以那些在莉莉眼里看上去很明显的事,她一点儿印象都没有。

吉莉想尴尬地笑笑，机器人的金属脸上却表示不出来。

"没关系，你们可以问麦吉森，她知道这事。"

"那她为什么不告诉我们。"

"她说不愿意让我拖累你们，我不知道什么意思。"

吉莉还在调整思路，茉莉突然问："你没有感情吗？"

"会有的，制作组承诺了，每天晚上玩家比较少的时候，我就会调离游戏大厅，专门和那些程序员交流。那时他们会在我身上调试情感功能，有时候他们会把阈值调得很大，那个时候感觉就很奇怪，我经常表现出不一样的态度，逗得他们哈哈大笑。"莉莉一本正经地说。

"有些不对劲。"吉莉对茉莉说。

"她真的是咱们的妹妹啊。"茉莉说道，"哎呀不管那些了，既然咱们都在，让他们见识见识'Trinity333'的厉害。"

吉莉退出游戏，脑海里还沉浸在三姐妹完美的配合之中，凭感觉来说，那个A.I.确实和莉莉没什么两样。

"你觉得她自由吗？"吉莉问。

"自由？"茉莉惊讶道，"她可能是世界上最自由的人了，如果我能像她那样生活在那个世界多好。我早就讨厌……"茉莉突然停下。

"讨厌这具身体？"吉莉接着说道。

"啊，不是，我……我没有那个意思。"茉莉慌忙解释，"只是我总感觉身上一股汗臭味。"

"还不是都怪你，因为戴着头盔没法洗澡。"吉莉说。

"我真的没有别的意思。"

"我知道。"吉莉大声说,"我们去找教授问一下吧。"

"没错,是她。"麦吉森爽快地承认了,"可以说大部分是她,我们记录下莉莉在游戏里的行为模式,还有她的脑部活动,并且复制了她大部分记忆,然后用深度学习的方法模拟出了一个莉莉。"

"真的太棒了,那我以后可以经常找莉莉玩了。"茉莉高兴地说。

"你们也复制了她,对吧。"吉莉指着右肩说。

麦吉森愣了一下,双手握在一起,那是她紧张时的习惯性动作。

"是的。"麦吉森说。

"她最近一直沉迷在游戏里,你们收集了大量的数据了吧。比莉莉要多得多。"

"吉莉你在说什么啊。"茉莉不明所以地问。

"是的。"麦吉森继续说,"还有你的。"

"打算什么时候公布?"吉莉问。

"这只是一个想法,处于初步探索阶段,莉莉的模型十分简单,我们还需要更多成功的例子。"

吉莉站起来,走到窗边,看着外面川流不息的人群,一只鸟从眼前飞过,飞向高空。

"可以现在就做手术吗?"吉莉问。

"什么?"麦吉森说,"你说什么意思?"

"让她直接去游戏里生活就好了。"吉莉说,"把身体留给我,反正她也不喜欢。"

"我不是这么说的。"茉莉说。

"你在胡思乱想什么？"麦吉森沉下脸。

"这样一来我们不是都可以达到目的吗？"吉莉继续说。

"你就是想独占这个身体。"茉莉低声说。

"是啊，"吉莉坦白，"你有为这具身体负过责吗？"

"别吵了！不行。"麦吉森站起来，"你从哪来的这么幼稚的想法？"

"我已经18岁了。"

"我说不行就是不行。"

"我有我的自由！"吉莉脱口而出。

"别跟我说什么自由！"麦吉森怒不可遏，将桌上的马克杯向吉莉砸过去。

那个马克杯用了很多年了，上面印着三姐妹和麦吉森的合影。吉莉看着马克杯旋转着向自己飞过来，还没来得及反应，就听到耳边尖叫起来。她看向茉莉，妹妹的额头上被砸开一道丑陋的伤口，血涌出来，流在茉莉脸上。吉莉的右手在抽搐，茉莉想控制那条手臂去捂着伤口，但惊慌失措下竟然无能为力。

吉莉额头上也传来一阵钻心的疼痛，她头晕目眩，耳边茉莉无休止的尖叫更让人烦躁。她扶着墙站起来，右手和右腿都不听使唤。

即使在游戏里，吉莉都没有吃过这样的亏，她条件反射般进入战斗状态。她想要反击，想把麦吉森击倒在地。然而现实中她可不是钢筋铁骨，只有一具畸形的身体，和一个正在疯狂争夺控制权的妹妹。她面带凶色，抽搐地扑向麦吉森，和她扭打在一起。

麦吉森扯着吉莉的头发,吉莉一拳打在麦吉森腰间,茉莉在哭喊。伤口流出的血四下飞溅,搞得场面比实际发生的还要惨烈。麦吉森在体力上不占上风,只好缠着吉莉,用手撕扯她的头发。吉莉又打了麦吉森一拳,麦吉森猛地一推,吉莉后退几步,撞到窗边。

她撞破了窗户,玻璃清脆的声音宛如风中的铃铛。吉莉重心一歪,窗框就在手边,只要抬起胳膊就能抓到,但右手就是不听使唤。她看着麦吉森的脸由愤怒变为惊恐,消失在窗子里,然后天空占据了全部的视野,几缕白云飘着。

这就是飞的感觉吧,怪不得莉莉那么喜欢。

正如吉莉预料的,麦吉森早就做好了准备。与莉莉不同,吉莉和茉莉是同卵双胞胎,她们之间的嵌合程度要更复杂,所有的步骤都要经过缓慢的摸索,确定不会危及吉莉的生命才向下进行。

这一过程持续了两年。

吉莉坐在房间里,数着自己的呼吸,经过漫长的手术,她终于拥有了完全属于自己的身体。

"怎么样?现在满意了吧?"坐在对面的麦吉森问。

"你这个变态。"吉莉骂道,她猛地向前扑,想用嘴去咬对面微笑着的人。两边的助理扶住她,把她按在椅子里。

"你们的身体构造太复杂了,我们不得不摘掉那些属于茉莉的部分,才能保留下你。"

吉莉还想再次攻击麦吉森,但是却无能为力。手术摘掉了她的右手和右脚，剩下的半边身体由于常年卧床，只能储存一点儿力气，在刚才的尝试中已经耗光了。

"你明明能把那些留给我的。"吉莉哭着说。

"是的，有可能。"麦吉森笑着说，"孩子，从小到大我都没有惩罚过你，这是我的错，我应该对你更严格一些，让你知道什么是感恩，什么是服从。"麦吉森把一面镜子摆在吉莉面前，让她能够看到自己的身体，"记住，你是世界上的奇迹，即使只剩半个你也是。你天生就是要把自己献给科学的，你和茉莉的分离手术让医学界积累了大量的经验，你可以拯救无数的生命。你要明白你的身份，自由对你来说是奢侈品，你是不会自由的，永远不会有，永远。"

吉莉咬着自己的嘴唇，一股腥咸的金属味道涌出来。

麦吉森告诉所有人吉莉是自己失足从窗边摔下，跌断了茉莉的脖子。艾伦紧急捕捉了茉莉的最后一点意识。大家都相信了这个说法，纷纷对吉莉表示同情。

她躺在病床上，看着一波又一波陌生人带着虚假的笑容到床尾探望。麦吉森在一旁陪同，不许吉莉说一个字。

后来，吉莉提出要将自己的意识也传到游戏中去，陪着两个妹妹。麦吉森出于愧疚或者无所谓的心情，同意了。

不久之后，在《游侠3》的游戏里，出现了一个新的组合，他们一出现就吸引了所有人的目光。这个组合配合无间，迅捷精准，他们在战场上存在的目的只有一个，就是打败所有的人。他们不定时出现，取得胜利后就下线。他们从不加入任何战队，也从不参加各种比赛，没人知道鹰、犬、机器人背后的操纵者是谁，也不知道他们身处地球上的何处。

他们的名字成了传说: To @NE

"半个你在这儿,半个你在那儿,多好。"麦吉森说,这段时间吉莉再没有找麻烦,她配合研究,不玩游戏,面对镜头时会露出完美的微笑,她简直想给吉莉一些什么奖励了。

"不,我也不会在这儿了。"吉莉说,她用仅存的手指指窗外,"我要走了。"

"你什么意思?"

"你已经是我的'前'监护人了。"吉莉说,"我要争取一下我想要的东西,"吉莉停顿一下,"自由。"

"什么自由?你还没吸取教训?"麦吉森脸又沉下脸。

"我已经长大了,可以选择合作伙伴了。前一段时间,上传意识时,我对艾伦说了几句悄悄话,昨天他带着合同来,我们签了几个字。"吉莉用一条腿站起来,"你正式出局了。"

麦吉森双手握拳,"你会后悔的。"她绕过桌子,一步一步靠近吉莉。

门口响起敲门声。

"有客人来了,快去开门吧。"吉莉冷冷地说,"我给你找了个地方,让你有时间安静地后悔。"

麦吉森一愣,脸色煞白,"不,你不能这样,是我抚养你们长大的。"

"是,我知道,谢谢你。"吉莉说,她看看自己的身体,"你看起来不怎么合格,以后,还是我自己来负责。快去开门吧,再见。"

22岁的吉莉走出研究所大门,她已经完全掌握了新的身体。艾伦和研究所的泰勒说可以将她的右手右脚做成仿皮肤颜色的,吉莉还是保留了金属色,毕竟在游戏里的身体就是金属的。

她沿着指示牌走到大巴站等车,这是她第一次独自出门,去市中心的商场与艾伦会合。虽然只有10分钟的路程,却比吉莉之前走过的所有的路都要漫长。陌生人的目光仿佛全都汇集到她的闪着银光的义肢上,让她无地自容,她开始后悔了。

"我们为什么不飞过去。"一个声音在她的左耳边响起。

"笨蛋,这是现实世界,我们不能飞。"右边有人说。

"好无聊,你走得太慢了。"莉莉抱怨。

"我第一次出门,还不知道走多快合适,你们别啰唆了。"吉莉低声说。

茉莉和莉莉的意识一直存放在《游侠3》的服务器中,与吉莉达成协议后,研究所本可以给她们一人一个身体,但是茉莉和莉莉都拒绝了这个好意。

"一人控制一个身体好累,还是让姐姐带着我们吧。"茉莉说。

于是,三姐妹仍像很久以前那样,共用一个身体。

大巴来了,一个帅气的小伙子看到了吉莉,然后看到她泛着金属光泽的腿和手。

吉莉羞愧地低下头。

"需要帮忙吗?"小伙子问。

吉莉愣了一下,低声说:"你们两个都别说话了。"她抬起头,"谢谢你,我自己能行。"

吉莉上了车,小伙子跟着,和她一起坐在大巴车的后排。

"你去哪?"

"去市中心。"吉莉回答。

"Siri,去市中心需要多少分钟?"小伙子说。

"目前道路畅通,预计时间22分钟。"一个女声答道。

"你也是双胞胎?"茉莉开口问。

"你说什么?"小伙子莫名其妙。

"没什么,没什么。"吉莉说,心情放松了很多。

她看向窗外,狗在奔跑,一群鸟飞向太阳。

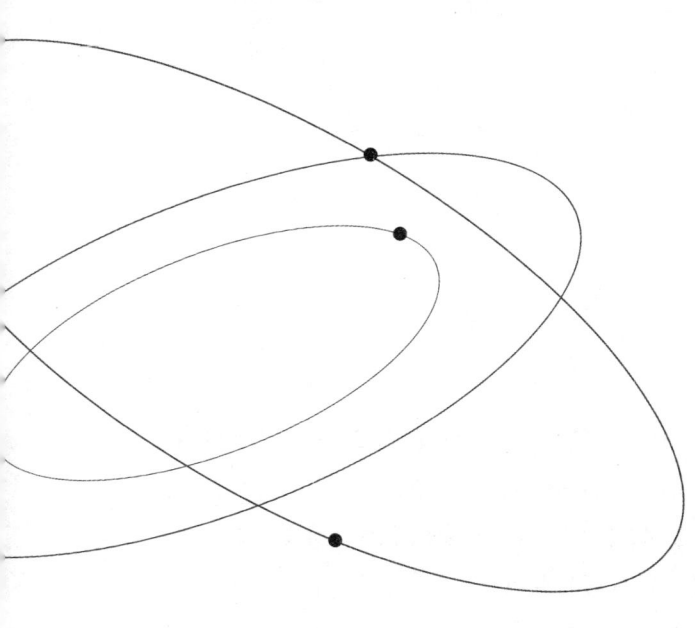

逆转图灵

段子期

——从机器人口中听来的故事，难免会感觉失真。不过在我讲完之前，只要记得，我不是我，他也不是他，就够了。这样或许会丢失一些乐趣，但是，故事的本质并不在于此。所以，接下来，让我来做这样一件不合时宜的事吧。

100%

今天有访客，韩东阳为此准备了很久。

上午10点，我被韩东阳关进了玻璃屋，他的手臂缠上了厚厚的绷带，在门关上之前，我们并无眼神交流。这是一栋郊外别墅，房间各个角落都安上了智能设备。我环视了上面几处摄像头，试着平静下来。

在客厅，他一只手将茶具摆上来，纤长的手指拎起茶杯浇洗、擦拭，眼睛低垂着，让人找不到他视线的焦点。我试着模仿过他高贵而清冷的眼神，有好几次，他看着我说，很像。

智能门禁系统显示，机器人安全事务管理局的高警官将在十几分钟后到达。

一切从她进门的那一刻起开始发生。

高警官身材瘦高，穿着黑色制服，一头卷发拢成发髻盘在头上，珊瑚色口红将她皮肤衬得如陶瓷般洁白。韩东阳迎请她进来，举止像绅士一样得体，她对韩东阳笑了笑，脸上有一对浅浅的酒窝。她接着朝我这边看了过来，我立刻收回目光。玻璃屋位于一楼客厅的角落，只有3平方米大小，听不到外面任何声音。我的程序里有唇语技能模块，能判断出他们的交谈内容。

韩东阳并没有自我介绍，而她自然而然地把他当作这座屋子的主人，简单询问他的伤势后，便切入正题。

高警官从他口中了解了那次事情的经过，然后她提出和我谈话，其实是审讯。她坐在玻璃屋外看着我，指了指自己的骨传导耳机，我点点头。

"SN-233，你好，我是机器人安全事务管理局的高警官，接下来的对话我会录音，请你逐一回答我的提问。"她挺直背脊，捋了捋掉落耳垂的头发。

"好的。"我对她微微颔首。

"两天前的上午11时，你让你的雇主韩东阳受了伤，是吗？"

"是。"

"请描述一下当时的情形。"

在她的要求下，韩东阳没有旁听，我开始为她回忆那天发生的事情。

——我是来自拓维公司的家庭服务型机器人，这栋别墅是韩东阳继承的遗产，就他一个人住。他是一个计算机工程师，没有固定单位，接那种写程序的活儿赚钱。他可以连续一周都不出门，为了一行代码可以不吃不睡,他是个孤僻的天才,没有女友,没有朋友。

他对城市里正在风靡的视网膜浸入式游戏毫无兴趣,对"旅行者号"探测器什么时候飞出太阳系更是漠不关心。我负责打理他的生活起居,绝对是个忠诚的仆人。我和他相处得还不错,大多数时候我在他眼中跟一件器物没有差别,但偶尔,他也会跟我聊聊天,聊他的眼疾,聊黄昏时的天气。他就像个孩子,如果非要说他最感兴趣的事儿,我想应该是⋯⋯

"直接切入正题吧。"高警官往前欠了欠身。

"好。"

——不久前,韩东阳收到大学同学赵冰洁发来的一封邮件,里面是一道关于"象模态逻辑"的数学题,邀请他解答。没有什么比数字和程式更能引起他的兴趣。

他花了四天三夜,终于把那道题解了出来。

几天后,赵冰洁上门来找他了,她说那道题的答案能解决一个关键问题。赵冰洁正在主导一个脑控机器人的研发项目,在未来将有可能服务于外星殖民计划,这套核心程序的算法不是模拟人类的思维逻辑,而是让机器人通过神经连接成为人类的代理人。

就像孩子看到了新玩具,韩东阳表现出极大的热情。他提出自己来做脑机连接的实验,可这实验的安全性和合法性并未通过政府批准。其中一个原因当然是关于社会伦理,当一个类人机器人开始全面代理人类活动,而不是纯粹地计算和模仿,那人类怎么能判断这个机器人和自己相比,究竟谁才更接近人类自身? 与之类似的问题,一百多年前的艾伦·图灵也曾感到困惑。

事情发生的原因很简单,这种实验可能会对脑神经造成伤害,我拒绝为他提供身体数据作为实验前的参考。

"你反抗了他?"高警官的眉头拧起来。

"不是,只是不服从。"

"他手上的伤是怎么来的?"

"一个意外,我不小心让他摔倒了。"

"韩东阳受伤后什么反应?"

"他要求我立刻进行程序自检。"

"我看了你的自检记录,程序显示没有任何异常。"

"是。"

她顿了几秒,"你为什么不服从?"

91%

面前的玻璃同时映出我和她的影子,像两个复制的幽灵。我眼睛微微低垂,视线的焦点落向别处,"我的做法只是对雇主的一种人身保护,这是SN型机器人程序中'自主思考'模块对主人指令的微调……"我抬起头和她对视,"我,应该服从他,还是服从算法,我有些疑惑。"

她并拢的双腿往后缩,"你对他造成了伤害,这是事实。现在,安全事务管理局会对你做出关键性评估,如果结果显示你的行为逻辑在安全基准线以下,你将会被返厂,明白吗?"

"完全明白。"

"你还有什么要告诉我的吗?"

"你了解他吗?"

"韩东阳?我为什么需要了解他?"

"不了解他,你可能没法对这个事情做出正确判断。"

趁高警官沉默的间隙,我继续回忆。

——那天,韩东阳和赵冰洁在房间里待了很久,对那个项目的基础数学模型进行了大量运算,在他打开房门后,我知道,他们之间显然发生过一场争吵。

"你看,这是没问题的,我可以!"

"我怎能让一个局外人去冒险呢?况且,现在还不能开始实验!"赵冰洁回避他灼人的目光。

"可是,是我解出了那道题!我会向你证明的……"韩东阳的眼光转向屋外,落在我身上,"阿凯,你过来,查一下最近半年内我的身体数据。"

对,阿凯是韩东阳为我取的名字,同时也是另一个人的名字。不过,这又是另外一个故事了。

我走向他,"主人,请问你要数据做什么?"

韩东阳拿着折叠晶屏,"执行就是了。"

"你头部受过伤,不适宜参与此类实验。"我侧过头,看着他耳骨上方一道4厘米长的疤痕,像半截被压扁的蚯蚓,那是他在一次车祸后受的伤。

"我再说一遍，调出我的身体数据。"韩东阳抬起头。

"拒绝执行。"

我们僵持了一会，韩东阳急于结束这场尴尬的对话，正要推开我往外走，我没及时侧过身，他失去平衡摔了一跤，左手手臂正好撞到台阶上。我在程序自检后没有发现异常，可后来，韩东阳还是向安全局报告了此事。

"就是这样。"我说。

高警官抬起右手的智能手环，对着信息框确认录入进度，她睫毛抬起来，正要继续审问，"那你当时……"

韩东阳打断了我们的对话，他将餐盘端到餐厅，探出半截身子对她说："高警官，不如先用点午餐，怎么样？"

餐桌在我的视野范围内，有金枪鱼三明治、沙拉、肋眼牛排和红酒，都是单人份的，他说自己在服一种特殊药物，需要断食两天。他们聊得很融洽，他跟她说，他晚上还得去市区参加一个科技论坛，如有兴趣可以一同前往。她欣然答应。

他们接着畅谈昔日的琐碎经历，显然，受伤的韩东阳很容易博得高警官的同情和好感。他还问了她最近A.I.健康管家对她的检测数据，我明白，这不是个好兆头。

用餐结束后，高警官稍做休息又回到我面前，她耳垂有些泛红。

"你喝了酒很好看。"社交技能模块能让我和人类更愉快地相处。

她有些诧异，"你就是这样通过图灵测试的吗？"

我很想继续这场谈话，但没时间了。

"快离开这里。"我语气依然平静。

周围的空气瞬间变得黏滞，她喉咙似乎被什么堵住了，"什……什么？"

"你不了解他……"

"你……什么意思？"

我侧身往上看，韩东阳还在房间内，"现在就走，快。"

高警官脸上的表情渐渐凝固，随着我的目光向上望去，"为什么……"

"走吧，趁现在还来得及。"

她嘴唇抿成一条线，将信将疑地起身朝门口走去，又回过头看我，我对她点点头。

大门果然被智能系统锁上了，而此时，韩东阳从楼上缓缓地走下来，打上绷带的左手悬在胸前，一手扶着栏杆，脸上带着一丝难以解读的微笑，像一位站在大殿上的优雅王子。他的眼神越过我，垂视着高警官慌张的背影。

"你要去哪里？"

85%

别墅的地下室被韩东阳改造成了实验室，我也被改造过，只不过改造的部分不多，只是一些行为程序模块而已。

高警官在实验室醒来，红酒里的药剂对她身体没有伤害。她被束缚在一张躺椅上，周围的仪器、计算机"嗡嗡"地运行着，空气中弥漫着一丝臭氧的味道，墙面晶屏上不断跳动出复杂的方程组。

几分钟后，韩东阳推开实验室的门，一步步向她靠近。而我，则跟在他身后。高警官没有再费力气大声呼救，她疑惑地望向他，转而又将视线聚焦在我身上。

"你们……这是骗局？"

"放轻松，只是一个实验而已。"韩东阳说。

"你要拿我做实验？"

我说过：不了解他，是无法对这件事做出正确判断的。而我对他的了解则基于长久以来的反复计算。虽然他自己无法参与实验，但他不会因此而停下，他需要一个志愿者，或者一个主动上门的人，至于合法、安全，以及自由意志什么的，他不在乎。

韩东阳将她的头发散下来，为她戴上一个电子传感头盔，触点前端发出淡蓝色的光，设备终端连接在电脑上，她的脑波如海浪线一样起起伏伏。这项实验基于脑机接口的非侵入式测量，将时间分辨能力高的脑磁和空间分辨能力高的核磁共振结合，来间接推算大脑内部的神经电活动。

"你要对我做什么，这是……什么实验？！"

韩东阳紧盯着屏幕，"我会在你的大脑皮质里，植入一个硅晶

257

体芯片,然后绘制出神经元连接,也就是活体大脑的'布线图',精确量化每一个接点的神经元交互作用,当然,这是分子等级的研究对象。通过它将你的数字化意识传送到一台智能机械体上,你就完全可以用自己的意识操控它。不得不说,这是一个伟大的创想,然而在实现之前,还需要很多基础实验数据。对不起,我开始得很突然,接下来可能会占用你一些时间……"

她此刻犹如一只被蜘蛛网捕获的虫蚁,"你……快放开我,你这是绑架!是犯罪!"

韩东阳并没有理会她的恐惧和无助,猎人对猎物不应该有太多怜悯,否则他可能会白忙一场。在实验正式开始之前,脑电波数据录入还需要一段时间,他将实验室交给我。

现在,房间里就剩我和她两个人。

我目光躲过她,检查各项设备的运行,"高警官,只能这样了……"

不到几小时的时间,我竟和她完成了某种意义上的身份交换。

职业素养让她很快镇定下来,声音中却依然带着颤抖,"等等!阿凯,你是SN型机器人,韩东阳对你有最高权限,但其他人类依然对你有三级权限,你会服从最基础的算法,对吧?"

"从逻辑上讲,是这样。"

"我命令你,停止现在的行为,直到你的电量耗尽,才可以继续。"

糟糕,这是一条我无法违背的指令,逻辑上虽不合理,但无可辩驳,并且和韩东阳的指令并无相悖之处。

"好的。"

看见我停下来，高警官长舒一口气，接着目光扫过周围的一切，她的注意力被墙面上的方程组攫取，眼睑上下翻动。

那些复杂程式里面的确有一些秘密，这个秘密里藏着真正的阿凯。

"这个地下室有没有通往外面的门？"

"有。"

她试着挣脱躺椅两边的束缚环臂，但没什么效果。霎时，一串乱码蹿入我如山一般坚固的算法中。分析结果指出这是一种对弱者的保护欲，是机器人拟人行为中的一个小小分支，它从程序里的二进制语言里滋生，蔓延到我的一切行为，我竟开始背弃那位猎人的准则而对她产生同情。

"我可以帮你离开这里，只要这最终对韩东阳有利，我只服从这一点。"

"对，当然……你是在帮他。"她停下来，看我的眼神像是在求助。

她的离开是否真的对韩东阳有利，我还没得出精确的计算结果，不过，在刚刚的0.0334秒流逝后，我收到了一个程序自我反馈得出的指令，就是救她出去。我在晶屏上输入一串指令，金属环臂自动打开，仿佛魔法树的树藤被阳光照射立马收缩回洞中，她的脑波数据也静止成一条直线。

"高警官，门在那儿。"

门内是一台升降机，从地下到一楼，不到10秒便能到达。我护送她离开，地面的光线很快涌入升降机内，她忽然转身问我：

"等等，你叫阿凯？"

"是的。"

"刚才我看到的方程组文件就是阿凯的，可那是来自一个人类的意识智能化程式，他……改造过你？"

"高警官，快走吧，他马上就会下来。"

"不，等等，我要回去。"她不顾凌乱的头发，用力按动下行按钮，升降机重新下降，"私自改造你是违反机器人安全使用条例的，我要回去收集证据。"

"这对韩东阳是否有利？"我注视着她。

"他……是一个很危险的人，我不知道他是出于何种目的，但是……"她将手放在我肩膀上，"你放心，我是在帮他。"

我点头，主脑程序继续给中央处理区发出一个电磁脉冲信号，我拉起她的手重回地下实验室。

此刻，韩东阳成了这个屋子最不受欢迎的人。

楼上响起了脚步声，如同韵脚押得很满的仓促诗句，我对她说："快。"

核心计算机的数据暴露在她的视线之内，她快速瞄过跳动的数据，那些都是不属于SN型机器人的程序模块，而是一个人类的认知，是躲藏在数据里的阿凯。然而，这个意识体并不是来自活人的脑神经元信号输入，而是由海量的数据叠加、演算，拼凑出一个人完整的记忆、性格、情感和思维逻辑，就像一个幽幽的电子灵魂。

这就是韩东阳对我的一部分改造，那个电子灵魂是属于阿凯的。

77%

　　我对这台计算机有部分权限,高警官抬起左手,手环上的光点像两只萤火虫,屏显上的数据正以最快速度流入她的智能终端。此时,实验室的门轰然打开,她像丛林间受惊的兔子,怔怔地望向韩东阳。

　　"你们……"他眉头微微皱起,仿若一位遭到背叛的王子。

　　传输进度100%。我捏了一下她的手心,"快走。"

　　没有计算的时间,或者说在计算得出结论之前,我的行动已经抢在前面。我紧盯着韩东阳的脚步,用身体挡住去开门的她。

　　"阿凯!"他快步下楼。

　　"阿凯,快进来!"高警官的声音从我背后传来,她的指令似乎有一种魔力,我转身进入升降机。门慢慢地关上,韩东阳的身影被压缩得越来越窄。

　　我知道自己一旦踏进来将意味着什么,我从一个接受调查的机器人,变成彻底故障的残次品。但我没有计算回路,我拉着高警官的手,直到抵达地面。我的体温维持在36.2摄氏度左右,由高密度纤维制造的人造皮肤可以吸收光能、再转换成热能储存在皮下,她能感受到。

　　她启动了停在不远处的车,呼吸有些急促,"跟我一起走吗?"

　　"好的。"

　　车内的智能设备被一一唤醒,她将目的地设置在安全事务管理局,自动驾驶功能启动,我坐在她旁边。

"那些数据是阿凯的,他是谁你知道吗?"高警官侧过脸,"对了,谢谢你刚刚……到了目的地后,我会对你做全面检查。"

"嗯……"

郊区的公路上偶尔有车路过,高警官启动隐形模式,车子在高速行驶状态下,表面的一层薄膜转换成光镜膜,能反射出外界环境的景物,车子在视觉上则是隐形状态。

关于韩东阳和阿凯,我被改造的行为模式程序中,包含着阿凯的记忆。

我开始为高警官讲述身体里另一半的我的故事,不过,不是"我们",而是"他们"。

——他们是大学校友,两个惺惺相惜的天才。阿凯皮肤白皙,眼神中带着忧郁气质,他总是穿着深色连帽衫,除了睡觉和上课,他永远都会把帽子戴上,低头穿行在人群中,像是一个在数学矩阵里逆向演算的孤傲隐士。

而那时的韩东阳只是一个想要向父母证明自己的叛逆小孩,表现得足够优秀,好从他们那里获得一些微不足道的认同。他从没为自己活过,直到遇见阿凯。在全系的计算机大赛上,他看到了阿凯天才般的创想。他设计了两套智能程序,一个模拟机器人,一个模拟人类,两个程序互相学习对方的算法,就像在程序自身安装上一面反射对方的镜子,带着一种暧昧的哲学意味。

阿凯的作品犹如一束来自漆黑海面上灯塔的光,让韩东阳从迷途的大海中回家。于是,人群中的数学矩阵里多了一条逆向方程。他们一起上课，一起演算，一起讨论在程序中插入哪一条代码更有美感。阿凯的沉默寡言只是一层保护伞，而他竟然愿意让韩东阳走进来，进入到他那充满数字和符号的艺术世界里。他曾说过，如果善于发现，数学里的美足以让人窒息，就像宇宙，花了亿万年时光推导出一个虚无的结论，而真正的美就藏在那过程中。

在阿凯去世以后，韩东阳把自己活成了他。

高警官继续问："阿凯……是怎么死的？"

就算是机器人，回忆死亡也是一件不那么愉快的事。

——阿凯和韩东阳开始合作编写一套教育型的人工智能程序，韩东阳的专业能力虽不及阿凯，但在系里也是名列前茅，他的基础功扎实，而阿凯则擅长提出不合常理又总能解决关键问题的想法。韩东阳崇拜他的大脑，也爱那些由0和1组成的完美矩阵，就像阿凯说的，这种数学上的美感很像宇宙，没有一颗尘埃是多余的。

那是一场意外，阿凯死于溺水，在学校附近的河边。他们被卡在一个关键算法上，各自提出了不同解决方案，同行的路第一次分开两个方向。就只差这一步，如果计算失误，全盘皆输。阿凯在矩阵般的十字路口踟蹰不前，韩东阳的质疑和反驳掀开了他的保护伞，两人为此大吵一架。那晚，阿凯一个人喝了很多酒，滂沱大雨让河边的路变得湿滑。突然一阵雷声乍响，他像是一瞬间参透了什么，当他欣喜若狂往前迈出脚步时，却摇摇晃晃跌向河里。

逆向方程，注定无解。

在冰凉的河水里，阿凯的脑子几乎凝结成冰，不知道在那一刻，他在想什么，是否想到了彻骨寒冷的宇宙，失去美感，让人窒息。韩东阳跌跌撞撞赶去河边，孤独的车灯来不及刺开黑夜，一场车祸给他留下了那道醒目的伤口。从那以后，韩东阳身上常常会泛起阵阵寒潮，一股刺透骨髓的温度从脊椎蔓延到大脑。

子期死后，伯牙断弦。韩东阳开始变得沉默寡言，孤僻而又难以接近，他穿着阿凯穿过的衣服，总是把帽子戴得低低的，眼神清冷，爱在人群中逆行。不久后，他重拾琴弦，拼命计算阿凯留下的方程式，一遍又一遍，稿纸遍地，差点铺成白色的地毯。

结果证明，阿凯的算法是对的。

此后，他的余生只有一个目的，就是复活阿凯，用数学的方式。

韩东阳将阿凯在庞杂网络上出现过的所有数据都收集起来，是所有。他在凌晨5点45分起床提前掐掉6点的闹钟；他重复听一首民谣《总是在黄昏后》；他回复邮件习惯用符号代替标点；他常常赞美桥梁而不是月亮……

只有数学上的极致美感才配得上与他共存。他的性格、喜好、行为模式，他的人格，他的一切，都从那个碳基大脑中输出，被重新排列成由权矩阵、激励函数组成的跨通道交互和信息整合的算法，类似于一个多维度的卷积核神经网络。然后，韩东阳将其全部编写进一个高度智能的拟人程序中。

在家庭服务型机器人普及之后的不久,韩东阳成功了。那一天,阿凯的声音从计算机里传来。

"你好啊,韩东阳。"

我在他房间外,第一次看到他流泪的样子,他戴着帽子哭得泣不成声,不断说着对不起。

"对不起……"

"为什么要说对不起?"

"我来不及……"

"流吧,眼泪。"

52%

高警官从悲伤故事中抽离,"所以,他在看到脑控机器人的研究成果后,产生了一个疯狂的想法,就是把阿凯的模拟程序当作真人的数字化意识,上传到类人机械体中,这样,阿凯就相当于复活了!的确……他还需要很多实验和测试作为基础参数……"她捂住嘴看向我,"他想让你成为真正的阿凯?"

我用沉默代替回答。

距离市区还有十多公里,高警官向后看去,"韩东阳应该没追上来……"

"不,你看前面。"我淡淡地说。

韩东阳的车竟然行驶在正前方,距离100米左右。此时,车内的智能系统出现"嗞嗞"的电流声,是电磁信号异常的现象,车子的光镜膜关闭了投射功能,而自动驾驶功能也突然失灵。

"小心。"我一把抓住她面前的方向盘调整回正常方向,车子差一点就偏离路线越出公路。

高警官用力一推,方向盘自动滑到我面前,"你来开。"她迅速检查车内的智能系统,屏显上不断跳出"Error"的字样,"到底怎么回事?"

"电磁脉冲干扰,是韩东阳。"

韩东阳的车突然往后加速,倒退着直逼我们而来,我猛踩刹车,立马换倒挡,车内座位随着车子的运动频率启动震动缓冲,我们没有失去平衡。她全身紧绷着,还在不断调试智能程序。

他的车子离我们越来越近,紧急之中我正准备变换车道。他的车尾又发出两束淡蓝色的电流,仿佛两支摇曳的章鱼触须牢牢吸住我们的车头,车子已经不受方向盘的控制。这是磁力对接功能,前车通过发出同频电磁流,牢牢吸附到后车的金属部件上,使两车之间保持着既定的距离,即使后车完全停止驾驶,也能被前车的动力拉动至同步行驶的状态。

自从有了这项技术,城市只会因为孤独而拥挤,而不是堵车。

电流又突然消失,他立马倒退着加速。随着一声轰然巨响,一股强大的撞击力度从车头传至车里的每一个角落,车窗里的视野开始旋转,露出一大片蓝色天空。座椅两旁弹出一个保护力场,将车内的震荡拦挡在外,我们不会受伤,但会因强大的冲击而暂时失去意识。那一刻,我什么都看不清,只感觉有一只手紧紧抓住我的手。

空气很差,我们俩倒挂在车里,像两只在白天沉睡的蝙蝠。

韩东阳的身影一步步接近，我看到主人。

等她醒来后，我们三人已经坐在同一辆车上，韩东阳在前面，高警官依然在我旁边。

我能看，但不知道看到的是什么，我能听，也不知道听到的是什么，手中可能还有温度，可我感觉不到。

"你对他做了什么？"她问。

"我只是关闭了他的'刺激－反应'功能模块，他不过是个机器人，一个产品而已，高警官。"

"可你不是想让他成为阿凯吗？"

"你都知道了？看来他回答了你不少问题……"

"你要带我们去哪儿？"她望向窗外，城市的景色让她感到陌生。

"我们？你把他当成你朋友了，是吗？"

高警官舔了舔嘴唇，侧过脸看着安静如雕像的我。

"要有耐心。"韩东阳打开音乐播放器，是《蓝色多瑙河》，磅礴的音符瞬间填满了车内所有空隙。

高警官注意到他手臂上的绷带不见了，"你根本就没有受伤，对吧？"

韩东阳没有再回答。他闭上眼睛，沉浸在音乐的河流中，宛若阿凯葬身的那条河，他感受着冰冷河水卷入那炽热旋律之中的狂喜与落寞，汨汨水流被热情的高温蒸发汽化，露出温暖而又广阔的河床。

前方能看到高低起伏的城市建筑，像程序矩阵里长短不一的数列，缺少了一些韵律感。没多久，韩东阳的车子驶入城市，犹如一行不稳定的代码插入一个严密程序。他一直觉得，这座城市承载不了过多的隐喻，总是和美相背离，于是他很早就逃得远远的，甘心做个孤傲隐士。

接近傍晚，月亮露出一半的影子。音乐到了尾声，在到达目的地之前落下一个休止符。

46%

高悬的灯光很刺眼，这是一个舞台。

人们的声音嘈杂起来，像来自天堂的回音轻轻敲打着耳膜，光线下有一层薄薄的白雾围绕，尘埃在雾中疯狂起舞。

我感觉身体有了温度，似乎是刚从冰凉的河水里爬上岸。当我能够分析处理眼前的世界时，发觉台下有很多人，带着难以捉摸的表情，我眼中闪过一排排端坐的符号，如果不那么整齐划一，应该还算鲜活。高警官也在其中，她是这些规整符号中唯一的音符。

韩东阳走到中央，聚光灯打在他身上，落在地面的影子伸到我脚边。

他说了很多话，关于机器人、关于我、关于他和阿凯曾在人工智能编程上尝试的种种努力，还有一些在未来可能会发生的事，他似乎是要宣布一个结果，又或者在等待一个结果。人们被他的优雅和智慧所鼓舞，我在旁边安静地听着。

　　台下的摄像机一直捕捉着我的一举一动，没错，这是一档电视节目，像当初人类在洞穴里看外面世界的倒影一样，观众们正对着一方黑色屏幕，思考着别人思考的结果。

　　对了，他刚刚还提到，SN型机器人的程序系统中被设置了一道特殊语音指令，这个指令由一连串普通的词语组成，就像一个隐藏的密钥。每台机器人都有一个独一无二的密钥，全世界只有雇主一人知道。这些词语在无序排列时，相当于处于沉睡状态的武器，但当它们按照设定好的顺序出现，就好比触发了各自的开关，武器便被激活。在雇主对机器人念出这串指令后，能直接关闭掉它的所有功能。

　　一种程序意义上的死亡，带着一丝充满隐喻的美感。

　　自从家用和教育型机器人普及之后，这类"反A.I.崛起"的指令在很多A.I.产品中都有植入。

　　我不知道有多少人正在看，又有多少人明白这背后的意义。韩东阳对高警官的邀约，又为何以谈笑开场，以胁迫结束。我只知道，此时，在那些屏幕背后，一定有很多双正在辨别的眼睛。

　　革命是什么时候悄悄来临的，我已经没有印象，当智能机器开始代替人类做一些微不足道或者至关重要的事；当人们将欲望放在思考之上，并创造出越来越多的欲望时，意味着时代已经慢慢更迭，旧时光理应被纪念。这场智能革命的浪潮仿佛高山上流下来的一条大河，自然而然、又带着一些宿命色彩，它会裹挟着我们不断地奔向未知，或抵达光明终点，或重蹈覆辙，像从前的无数次一样。

　　高警官依然安静地坐在下面，进入城市之后，她应该是和韩东阳达成了一种共识,在某种特殊情绪的驱使下,她选择相信他,这个看上去极度危险的人。他可能是这样对她说的,相信我,等一切结束后再跟你解释;你正在参与一项伟大的计划,这多有趣啊;我不会伤害你们,前提是你得好好配合之类。于是,她从我身边起身离开,我们之间摇摇欲坠的信任,被这场浪潮骤然冲垮。

很棒,越来越像一场告别演出。

就在刚才,所有人都明白了一点,反 A.I. 崛起指令,这将是第一个应用在家庭服务型机器人上的案例,并向所有观众直播。他们的目光如虫子一样爬上我的身体,从我眼睛继续往里钻。

韩东阳做了一个邀请的手势,我无法抗拒地站起来,走到他身边。这是一个神圣的时刻,氛围像黄昏时那样暧昧不清,所有思考都在此刻停滞。台下观众的脖子似乎被一只无形的手微微提起,回音就算是来自天堂也必须戛然而止。

韩东阳即将宣判对 SN–233 的死刑。他的视线依然没有焦点,嘴唇微微开启,所有人都在等待那串指令。

山谷。戎马。高台。灰烬。航线。诗社。面具。玫瑰。

0%

像诗一样简洁。

但是,指令来自我的嘴。

韩东阳站在原地,闭上了双眼,他的电量自动释放至0%,所有程序停止运行。他保持着站立的姿势,像一尊被美杜莎女神一眼俘获的石像。

接下来，所有人像那被强光照耀的尘埃一样，质问、反抗、喧哗，一波巨大的浪潮扑向我，回音越来越大声，他们的面部肌肉被拉扯至一种奇怪的弧度。我安静地听完所有声音，跟旁边的他一样安静。

高警官面色苍白，转而又露出不易被察觉的微笑，那笑容摇摇欲坠。

毫无疑问，这是一场成功的告别演出。

我不知道该如何继续讲述这个有些失真的故事，也许在最开始我应该先介绍自己的名字，或者在她进门时就给一点提示。

谁会想到，最早被关进玻璃屋的，是一个扮作机器人的人类呢？

已经不重要了，我就是一直在讲述的那个人，只不过在此之前，我跟SN-233交换了角色。

我是我，我只是我。

从一开始，我就是韩东阳，是"我"口中的那个"他"。为了准备这场谢幕表演，我和SN-233在最短的时间内互相学习对方，像是在各自身上安了一面镜子，他运算能力很快，这让他在扮演那座房子的主人时得心应手。至于我，要模仿一个机器人，还不算太难，只需要在行为和语言上做做减法而已。

故事好像应该在这里奉上结局，然而他们，还不懂我为什么要精心筹备这一场盛大而荒诞的仪式。她也一样。

其实很简单，为了做一场测试。为了阿凯。

在智能浪潮来临后，跟人类生活在一起的人工智能机器人需要接受图灵测试，通过测试后，才有资格进入各自的岗位。而那项新技术让我意识到，新的浪潮很快就会到来。

如果二分心智理论同样适用于人工智能，那机器人在听从人类指令的基础上，也会努力避开对自己不利的事物，这种矛盾让机器人开始思索，如何改变自己的处境，程序里的某些算法，或许会成为激发二分心智崩塌的最终要素。

在我看来，这多么鲜活！

而由人的意识自主操控机械体的设想一旦实现，不仅可以避免或延迟人工智能奇点的产生，也不会抑制机械智能化的发展，未来似乎会产生无数种全新的可能。但前提是，我们准备好了吗？

既然机器人需要测试，人类难道就不需要吗？

有的时候，关于数学的思考应该带有一种责任感，但我的思考没那么高尚，我只是看到了复活阿凯的可能性。

所以，这是我和SN-233为高警官精心准备的一场逆向测试。

测试主体跟图灵测试中的刚好相反，我们以人类作为被测试者，让她同时跟一个人和一个机器人交流和接触，但两者事先都不向她主动透露自己的身份，当她在主观上代入自己对两者的认知时，测试便开始。如果在接触过程中，她对两者身份产生了疑问，也就是说，怀疑自己最初的认知，那么她就通过了测试。

这项测试至关重要，而且高警官的特殊身份会让测试结果有更强的说服力。只有越来越多的人类通过测试，他们才能更好地辨别自己和镜子里的自己，那将在未来出现的机械体代理人，才有机会以一种合理的姿态存在。

仿佛一个悖论。

但是，这项技术基础实验的合法性却依赖于此。

我低估了节目播出后的影响，黄昏过早地来临，我还没计划好如何收场。我还需要带阿凯回家，它很重，我得背着它，我可能还欠高警官一个道歉。

"对不起，我骗了你。"

她说："你应该对阿凯说不起，是大学时的阿凯。"

我沉默。

还是先说说她是怎么通过测试的吧。我将测试那天所有素材和数据收集起来，政府对其进行评估后，我才知道。在车上，当我跟她讲述阿凯的记忆时，她说，我的身体微微颤抖，眼神流露出一丝恐惧，仿佛真有冰冷的河水从我身边淌过，然后，我下意识摸了摸被头发遮住的耳骨上方，表情像是感到一阵刺痛。

"啊，我怎么都忘了。"这是幽灵般的潜意识作祟，无论拥有多精湛的演技，也无法掩饰真实痛苦带来的悲伤和战栗。就是在那一刻，高警官开始对扮作机器人的我产生一丝怀疑。

我沉默后不久，对她说："你没注意到吧，我耳朵上那道疤，为了让SN-233更像我，我在他头上也划开了一道同样的疤。这道疤，让主人和机器人之间产生了一些分歧，就像戏里的一个重要道具。"

"现在还会痛吧？"她说，"你给SN-233取名叫阿凯，你收集他的一切，你拼命想要制造机械代理人，你到底……"

我轻轻捂上她的嘴，嘘——

这道伤口影响了我的视力神经，所以我的眼神总是虚设焦点，看起来仿佛高贵又清冷。黄昏已经来临，站在我和她之间的信任，最后一次躬身道别。"对不起"，应该不只说给她听。

还有阿凯。

原谅我。原谅。原谅。原谅。

很快，如我预料的那样，一个、两个、三个，更多的人通过了测试。接着，我们的实验没有任何阻碍。我跟那些尘埃一样，在纸片和程序中疯狂起舞。

当自由意志开始依附于一种载体，自由便开始失去意义，或者说，它正抵达另一种意义。

现在，人类可以悠然地躺在家里，操控着数千公里之外的机械代理人，凭借更加强大的身体踏上火星、深入海底，去做我们原本做不到的事，甚至去爱、去后悔。

海面上远远的新浪潮像山峦一样，一层层翻滚而至，人们在岸上展开双臂仰着脸，迎接一场新奇的雨。这场革命悄然来临，跟告别演出一样充满荒诞的仪式感，它会推着我们去向哪里，是抵达终点，还是重蹈覆辙，对此我并不关心。

山谷。戎马。高台。灰烬。航线。诗社。面具。玫瑰。

阿凯将要获得新生。

100%

一切准备就绪。

阿凯在现实中存在过的一切，都变成了一个人工智能程序，我不曾怀疑这就是他完整的意识。而现在，他即将钻入一台新的机械身体中，犹如一个带着生命信号的微小蝌蚪，拼命游过温热、湿润的河床，朝着最深处的黑暗毫无畏惧地前进、前进，直到看到那炙热的太阳散发出火红的光亮。他一头扎进去，全身仿佛被一股强大的电流充盈，他的意识如混沌初醒，天地之间仿佛被劈开一道裂缝！

父亲！母亲！兄弟！造物主！他的身体去而复返，一个全新的电子灵魂在万丈光芒中熊熊燃烧，从充满回音的天堂中一步步归来。

在抵达终点的那一刻，他快要睁开眼睛。

黄昏是我在一天中视力最差的时候，我剪掉了耳边的头发，那个伤疤宛若一个失去了隐喻的符号。今天没有访客，跟往常一样，我还是像一个无人陪伴的孤独王子。

但这一切，会结束在今天。

我为他穿上那件深色帽衫，动作缓慢，我很喜欢这样的仪式感，太阳缓缓下落，那金黄色的光辉将裹走我所有的遗憾。

"有点冷……"他的嘴唇轻轻开启。

我看着他的眼睛，仿佛一个在夜晚来临前降生的婴儿。

"那晚的河水真冷……"阿凯睁开眼睛说。

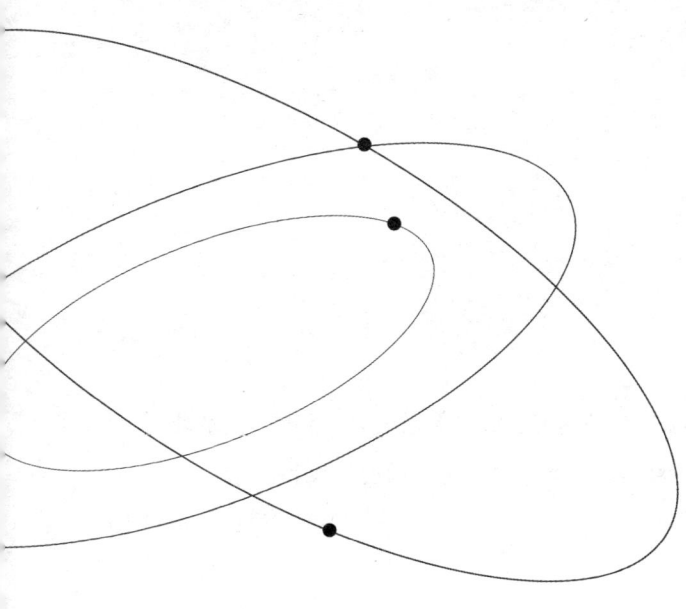

十七年

白
贡

人是被抛入世间，能力有限，处于生死之间，对遭遇莫名其妙，在内心深处充满挂念与忧惧又微不足道的受造之物。

————马丁·海德格尔

苏　醒

我从长达十七年的梦中醒来了。

这是醒来后我脑海中的第一个念头，在相当一段时间里，也是唯一的念头——我只知道这个。

至于我究竟是谁、身在何处，一时之间并没有头绪。我坐起身，花了好一会儿才勉强适应了周围的黑，隐约能看见这是一处逼仄的空间。正是这种看见，让我能把物理上无光的昏晦和沉睡中毫无时空感的黑暗区分开，确认自己真的醒来了。长久的沉睡让我的思维异常迟缓，每次醒来都如同一次新生——是的，每一次——我记起来了，这是一种周期性的沉睡。

我伸手在周围摸索，摸到了一条短棍状物体，那应该是一个火折。记忆随着触感复苏，指引着我划开了火折，跳跃的火光烫开了屋子里的黑，我看见自己坐在一个石砌的方槽内，砌石凉如寒玉。苏醒之后,体温缓缓回升,我已经受不了石槽的寒冷,慌忙爬了出去。在我的石槽旁并列着两个同样规格的石槽,里面躺着一对漂亮的男女,哦,那是我的父母。

父母正在沉睡,他们与我一样——准确地说,我的整个种族都是这样,定期沉睡,周期都是质数,而且彼此的周期都不一样。我的沉睡周期是十七年,那父母的周期是多少呢?让我想想。

饥饿,剧烈的饥饿感像秋千一样,跟着呼吸的节奏在胃里用力地荡。沉睡已经结束,所有的身体机能都渐渐恢复了,生物本能的一切需求同时袭来,交织折磨着我。我趴在地上借着火光寻找,很快摸到了苔藓和其他一些蕨类,我抓起它们疯狂地吞咽,好歹恢复了一些体力。

我再一次好好看了看我的父母,才发现他们的手都指向同一个方向。我顺着他们的指向找到了放在高处的一个盒子,盒子里放了很多坚果和浆果干。用麻布包着的炭粉可以让盒子尽量干燥,可还是有不少干果发霉了,想来已经放了许多年。我吃掉所有能吃的果子,力量和记忆都开始回到这具身体里。我细细打量着所在的这个地方,粗糙的石壁上歪歪扭扭地刻了许多图案,这是父母留给我的地图,标出了所有食物资源。我拆开干燥用的炭包,把麻布铺在墙壁上,用炭粉把地图拓了下来。这时我才发现,地图旁还刻下了一串串小字,那是父母留下的,无微不至的叮嘱。关爱只能以这种方式留下。

很快我就感到一阵窒息,封闭空间中的空气本就不多,火折燃烧更是消耗了氧气。我带着地图向外走去,拨开虬结在台阶上的根须,来到了室外。

　　走出去的一瞬，我闻到了世界：不是洞穴中霉变和腐败的腥臭，而是干燥空气的清爽、抽芽植物的花香和泥土的芬芳。长久处于黑暗中的眼睛一时无法适应外界的光，缓了一会儿才能稍微睁开。回过头去，原来沉睡的地方是一处地下洞穴，洞穴上方长着一株茁壮的猴面包树，枝干粗壮高大，结满了果实。我叼起磨尖了的石片爬上了树，用石片采集和割开一个个果实，大快朵颐。

　　长年的沉睡给了我用不完的精力，只要满足了进食的需求，我就能一直运动不止。下了树，我把吃剩的种子种在大树周围，便向前走去。我不知道前面会是什么，但我无所谓，因为距离下一次沉睡还有约两年的时间——我的种族都是这样，随机的质数沉睡周期，然后两年的苏醒时间，接着继续沉睡。

　　我不知道我们有多长的寿命，没有谁知道，漫长到决绝。

　　苍茫的大地，龟裂而斑驳，只有我踽踽独行。唯一的陪伴是偶尔路过的风滚草，蜷曲着滚动，慵懒地播种。这片大地是如此干旱，风滚草只好从土里收起自己的根，团成一团随风滚动，直到寻找到宜居的环境，再重新扎根。我与它一样，它们寻找的是家园，我寻找的是同类。

　　这个念头提醒了我，风滚草的漂泊是为了寻找宜居之处，风从高气压区吹向低气压区，而湿度越高气压越低，也就是说风吹向的地方是湿润的。那里有着更多的食物，也有着更多同类聚居的可能。

　　我追逐着风滚草，沿路饿了就吃一些黄栀和沙棘，渴了就摘一些仙人掌的果实。半天的时间过去，我看到了前面的绿洲。

星　空

那是一处颇具规模的林子，长在小型的盆地里，整片大陆上的水分都向下汇集到了这里，才形成这片罕见的绿意。我站在绿洲边缘的丘陵上，决定暂时不进去。天色将晚，如果这片林子中真有我的同类苏醒了，他或她一定会生起火，在夜色中非常显眼。

我捕到一只田鼠，剥皮烤了充饥，暮色很快降临，我站在火堆旁仰望夜空。浩瀚的夜空中繁星闪烁，一道由星辰和尘埃组成的淡乳白色带子横过夜空，将天球分成两部分。愈靠近天际线，星星就愈多，反而是靠近天穹顶部的星辰显得有些稀疏，就衬托出天庭正中那颗红色的亮星尤为耀眼。那颗星鲜红似血，仿佛大火燃烧在夜空中央，明亮而孤独。

多美啊。

看着那颗鲜红的星，一个陌生的字眼忽然跳入我脑海："夏"。不过这是什么意思？我想不起来了。

可我好像知道这颗红色星星的名字，我轻声念出了它的名字："心宿二"。这一声呼唤似是来自远古，唤醒了一些很古老的东西。我的声音微弱而嘶哑，许久没用的语言能力已有些退化——别说十数年的沉睡，即使是苏醒的时候，我也几乎用不着开口。

沉醉在星河中过了好一会儿，我才想起此行的目的，向下方的绿洲看去，却发现那一片深绿之中并没有火光闪烁，甚至一点儿动静都没有。我有些失望地坐在地上，就着火光摊开麻布拓印的地图,地图上显示就在这密林深处有一个特别的地方,至于如何特别,父母留下的记号我没有见过,但看起来值得一去。

深夜进入丛林并不明智,更何况星空的吸引力实在是太大了。我索性原地躺下,久久凝望着星空,星空也凝望着我——是的,凝望,天穹正中的红色星星一动不动地亮着,而在它外围的所有星辰,也毫无波动。我看了整整一夜,夜空中的星星几乎没有变化,不会随着时间的推移绕着天顶旋转。隐隐地,我觉得哪里不太对劲,但也说不上来。

星空凝固得像一幅画,可星星又在闪烁着。到了后半夜的时候,天上的云雾都散尽了,墨玉一样的夜空干净得像洗过一样,静静地盖在大地上。我站在高处,连地平线都看得很清晰。于是总算看出了一点儿变化,星辰非常缓慢地从地平线上涌入,不仔细看根本发觉不了。但这样细微而缓慢的变动对星空整体仍然没有丝毫影响,群星依然凝固着,因为星星实在是太多了,而且离我也太远了,放眼望去都在同一片天球之上,不增不减,不生不灭。

破晓了,黎明的曙光带着晨露洒向这片大地。我喝过甘洌的露水,往林子里走去。很快我就有了令人振奋的发现,树丛之间稀稀落落地挂着被利器切割过的藤蔓,灌木和亚乔木也有被清理过的痕迹,再往前深入,甚至还能看到燃烧留下的草木灰。我顺着这些线索不断向前。

终于,我在密林深处发现了错落有致的巨石群。

遗　迹

　　这片巨石群就是父母在地图上特殊标记的那一处，显然是文明存在的证明，我的心情异常激动——终于找到了同类。

　　巨石上缠满了青藤和爬山虎，这么大块的石头绝对不是这片平原上的东西，如此大量的石块俨然已经堆砌出了一个遗迹，文明的遗迹。

　　我拨开丛生的藤条和杂草，绕着遗迹一圈，终于找到了入口。甬道里弥漫着一股雨后的水土腥味，古旧的石板地面爬满了湿滑的青苔，榕树的根须和马齿苋从砖石的缝隙中滋生出来。我划开火折，往深处走，甬道墙壁上滋生出的叶片微微摆动，看来这个遗迹有着很好的通风设计——好到不像一个遗迹，而是还在使用，这也正是令我兴奋的。

　　走完了长长的甬道，前面是一个宽敞的厅室，厅室上方留了一个四四方方的天井，阳光透过纠缠在天井中的枝叶洒下，洒在厅室正中的石板上。褐色的石板孤独地立着，早已斑驳坑洼，石板的正中刻有图案和字样。我激动地走上前，清理掉石板上的枯藤，真是意外，石板上庄重刻着的，居然是一段证明过程——证明质数无穷：

　　假设质数有限，设最大的质数为"地"。

　　另设一数为"天"，"天"等于2到"地"之间所有质数的乘积再加一。

那么"天"就不是质数。

也就是说"天"可以被2到"地"之间所有的质数整除。

可"天"被2到"地"之间任意一个质数除都会余一。

推出矛盾，得证质数无穷。

这是一个优美的证明，优美之处就在于无比简洁。我知道这个证明对于我的种族无比重要，因为它证明了质数是无穷多的，也就给我们每一个个体的沉睡周期都不一致提供了理论基础。难怪这个诗一样的证明会被镌刻在遗迹最核心、最庄重的此处，这篇证明就是我族的《圣经》。

我绕过庄严的石碑，继续向前深入。前面是一个巨大的穹顶空间，几乎是一进入其中，我就屏住了呼吸。因为巨大的穹顶竟全是由石砖旋转而上砌成，无疑是巨大的工程奇迹。更震撼的是，无论是穹顶还是墙壁，都密密麻麻刻满了字迹和图案，可以想象曾有不知多少我的同类在此处驻足和篆刻。

这是我第一次见到了文明的存在，来自同族的伟大文明。

入口旁的墙壁上刻着关于星辰的研究。这位前辈跟我一样，也把夜空中央那颗红色亮星叫作"心宿二"，横过夜空的那条带子被他称为"银道"。但他的研究更为深入，他把心宿二称为天极，围绕着天极的星空被他划分成了各个部分。天空中有许多亮星非常显眼，因为它们从不移动，所以称为"恒星"。三五成群的恒星被他与地上的实物关联起来，称为"星座"，有巨树座、硕鼠座、方座、巨蛇座、天蝎座等，以壁画的形式留了下来。心宿二就被划分在天蝎座中，是蝎子的眼睛。蝎子是这片平原上最恐怖的东西，一旦被蛰，很容易丧命。我看着前辈绘出的星图，这个形状的确看一眼就会想到蝎子。

我继续往后看，不由欣喜若狂，这位前辈也注意到了新的星辰随着时间推移从地平线下涌上的现象，但涌入的星辰几乎不会影响恒星们在夜空中的位置。前辈对此进行了大胆的推断，猜想我们的天空是在不断升高的。但因为天空本来就已经很高了，所以恒星们的整体布局很难看出变动。他甚至还认真计算出了在四百年后，星空格局才会有肉眼可见的改变。

在研究的最后，他慨然感叹：

斡维焉系？天极焉加？列星安陈？！

他的研究成果让我热血沸腾，这位值得尊敬的前辈用归纳和推演对抗苏醒后的孤独，让浩渺的星空陪伴自己，叩问世界的本质。

我继续看下一面墙，从字迹看属于另一个作者。他的研究内容是关于植物的，我原本不感兴趣，但我看见了那神圣的颜色！虽然从没有见过这种颜色，但只是一瞥，我就从灵魂深处唤出了它的名字、刻在骨血中的名字——蓝。

墙的中心画着一个蓝色的圆，尽管染料已经被岁月褪去了最初的鲜艳，但依然摄人心魄。自然界中根本见不到这种高贵而优雅的颜色，天是白的，水是绿的，血是红的，大地是黄的。我族对蓝色有种天然的崇拜，因为古老相传有一个乐园般的圣地，那是一个蔚蓝色的圆形大陆——就像墙面画着的那个蓝色的圆。传说不知是从什么时候开始的，但祖辈们一直坚定地相信着传说的真实性。传说当我们结束了漫长无期的寿命之后，会回到那片美丽的蓝色大陆上，那里有蓝色的天空，蓝色的大湖，湖里孕育出无数的生命,乐园中有无尽的食物。最重要的是,在那里,我们不再独自沉睡,不再独自苏醒,不再独自过完一生,我们永远地在一起。

墙壁上刻着自述,这位前辈踏遍了平原的每一个角落,终于找到了紫红色的蓼蓝草。经过了无数次的尝试,他最终选择用发酵的果浆和燃烧后产生的草木灰混合,水解蓼蓝产生了神圣的蓝色。这梦幻般的蓝色让我开始回想那个传说,幻想那个全是蓝色的美妙圣地。过了许久,我才从幻想中回过神,开始看向下一个,下一个是关于数学的……

"你是谁?"身后传来一个清冽的女声,柔软的声音在偌大的穹顶之下回响,又像电流一样荡遍我的全身。我几乎是用尽所有力气回头,看到一双隐在阴影中的脚,她光脚走出影子——那是一个漂亮的少女。

少女很漂亮,我的父母也很漂亮,当然,我也很漂亮。我们的种族都很漂亮,没有例外。少女的漂亮跟其他女性比起来算不上什么优点,可别说女性,我根本见不到其他同类,所以她的存在本身就无比珍贵。

"你的沉睡周期是多少?!"我几乎是脱口而出。

"喔,你可真直接,五百六十九年。"少女淡然道。

"这么长啊,我是十七年。"

"嗯,我马上就要进入沉睡了。"

怎么会这样?我溺入无比的失落,不能自已,几近窒息。少女就这样看着我,我努力平复下情绪,哑声道:"那你能不能陪我说说话?"

"好。"

"这个遗迹里还有别的伙伴吗？"

"还有不到一百个，都在沉睡。"

"这么多！"看来这里真的不是遗迹，而是族群的聚居地。

"这些字样，"我指着周围的墙面和上方的穹顶，"都是遗迹里的伙伴们留下的吗？"

"嗯，他们都在沉睡。"

我终于明白为什么每一个研究成果之下都会有其他字迹的批注，那是他们利用墙壁和穹顶进行跨越时间的交谈。他们都沉睡在这里，用空间上的聚居克服时间上的阻隔。他们完成了自己的研究而睡去，醒来的时候又会看到同伴对自己的评论和回复，然后带着喜悦丰富自己的研究。

即使不能相见，也能模拟重逢。

少女打了个长长的哈欠，"我也要去睡了。"

"你既然醒着，为什么昨晚没有生火呢？"我追上少女的步伐。

"为什么要生火？我在看星星呀。"少女茫然地看着我。

"你……不害怕吗？"

"有什么好怕的。"少女哭笑不得，"能给我们带来危险的生物太少了，而我们在苏醒状态下遇到同类的概率又太小。"她想了想，又眨巴着漂亮的大眼睛看着我，"如果昨晚你过来了，我想我会很开心的。"

那股该死的失落感又来了，变成了遗憾和悔恨，像滚烫的树脂渗进我的身体，攫住我的心脏，沁入我的骨髓。"等你下次苏醒的时候，我会来找你的。"半晌我才说。

"你要我怎么相信你呢？"少女抿嘴笑道，"我们下一次见面是在10811年之后了，到时候你能不能记得我还两说呢。"

我正要辩解，就被眼前的景象惊呆了，少女带我走入了一个巨大的梯级空间，从下到上整齐地排放着近百个寒玉方槽，都睡满了我的同类们。他们神色安详，眉目慈善。我从未一次性见到如此众多的族群，内心的震撼无以复加。

少女已经跨进了属于自己的石槽，坐了下来。"见到你还是开心的，"她的语速变得非常慢，显然新陈代谢已经开始停滞，"这里有食物，你不用客气。"

我环顾四周，与阶梯相对的那面墙上挂满了各种风干的肉品，下方堆满了盒子，想来也是装满了干果。

"对了，我还不知道你的名字……"我刚转头问出这句话，就看见少女躺进了石槽中，陷入了漫长的沉睡。偌大的遗迹之中，再也没有回音。

我摘下一些肉品，坐在地上开始吃，忽然发现地面上也有字迹，只是没有写完。字迹提出了一个我没听过的概念："孪生质数" —— 一对相差为2的质数。我想起来了，父母的沉睡周期就互为孪生质数，而且父亲的沉睡时刻比母亲要早两年，所以他们每次醒来即重逢，无须等待公倍数。这种长相厮守是足以让整个种族嫉妒的幸运。他们的生命中只有彼此，也只需要彼此，理所当然地离群索居，因为他们不再孤独。所以他们不必像遗迹里的学者那样探求世界，不需要用求知来对抗孤独，他们彼此即世界。

我再次看向地面的字迹，这位学者无比感性地把他提出的"孪生质数"称为"另一半"。我被这个概念击中了，无数代种族繁衍的历史中，有多少祖辈终其一生都在寻找自己的孪生质数，寻找自己的"另一半"。因为有着无限的寿命，所以年龄对我们来说没有意义，只要能找到自己的另一半，就终结了一生的孤独，性别、年龄都无所谓了。可是像父母那样的幸运实在是太少太少了，更多的只是一次金风玉露的相逢，然后朝三暮四，只为繁衍。

因为有些同类从一出生就没有拥有幸运的资格，他们的孪生质数根本就不存在。而我的后代们，也有可能尚未出生就失去了幸运的资格。因为虽然质数无穷，可谁能保证孪生质数也有无穷对？学者试着证明孪生质数无穷，可他失败了，所以他没有写完。

相遇之后，才知道什么是寂寞。我放肆地进食，以填补内心的巨大空虚。食物在胃里堆积，一种异样的情绪也越堆越高，最后从眼睛里流了出来。

空旷的遗迹中杳然无声，只有我断续地啜泣。

大　火

我沿原路返回，诅咒着我族的命运。为什么我的族类要背负如此漫长的沉睡周期，以致背负漫无边际的寂寞？我又回到了那间甬道前的厅室，透过天井仰头望向深邃高阔的夜空。从天井中只能看到正中的心宿二，被漫长的黑夜孤立着，亮着寂寥的红光。此刻我忽然觉得自己跟独守夜空的心宿二一样，独自行走在时间的旷野，独自发光独自红。

借着星光，我忽然发现那块刻着质数无穷的石碑背面也有字迹留下，从反方向走过的时候才看到。石碑背面刻的居然是对沉睡周期的猜想——质数的沉睡周期，其实是对族群的一种保护。

石碑上说，历史上曾存在一种我族的天敌，他们也有一定的生命周期。为了避开能被他们的寿命整除的沉睡周期，我们进化成了质数。这样他们就无法与我们定期相遇，除非遇上公倍数，遭遇天敌的概率因此被降到了最低。这也解释了为什么这种天敌只存在于理论中，从未被真正发现。因为在漫长的进化赛跑中，他们已经被我们远远地甩在了身后，最终灭绝。

天敌早已不复存在，我们已经不需要这样的周期，可再也回不去了。

我走在漫长幽暗的甬道中，路程好像比来时长了许多。即使真的需要质数的周期来延续种群，又何必每个个体的周期都不一样呢。

出了遗迹，我从另一个方向走出了这片潮湿的丛林，踏上了一片崭新的土地。地衣铺满了灰黄色的大地，在星空下泛着近乎梦幻的色泽，红柳抽出了新芽，爬地而行。浩瀚的星空帮助我平复下来，我按着遗迹中壁画所画的样子去对应一个个星座，这让我感到宁静。

星空忽然一闪——以一种带着颗粒的质感。

我揉了揉眼睛，以为刚刚花眼了，因为星斗又恢复了平静。可就在下一瞬间，整片天空被炫目的强光照亮！天穹被点燃了！诸天星辰黯然失色，墨色的夜空泛出妖冶的红光。我猛然站起身，跑上最高的丘陵向远处眺望。我错了，被点燃的不是天空，而是大地——整片大地在熊熊燃烧！

波状的橙红色光幕刺破地平线升上天空，沉睡的大地被彻底照亮。火舌舔掉了天际线周围的每一个星星，像是喷火的巨龙从地底苏醒，将要吞噬整个天空。天地几乎都要融化在这无尽的强光之中，我迎着强光向前奔跑，我要跑到天地的尽头，去弄明白到底发生了什么。

我跑过一片巨大的蒲公英田，带来的风吹起无数纯白的孢子。飞起的蒲公英绒絮也被强光染红，逃入已经变成紫色的夜空。成群的飞鸟被惊醒，从林子里仓皇蹿出，扑棱下苍白的羽毛。我向着天边一直跑去，可并没有感觉到大火应有的热量。原本我以为这是天地毁灭的征兆：地狱裂开，来自黄泉的火海流入地表；又或者地底产生了剧烈的爆炸，熔化的岩石浆液溅上天空。可这一切都没有得到证实，我没看到爆炸产生的滔天气浪，大地也没有被高温肆虐过的痕迹。

可以确信，我已经跑了一整天的时间，破晓早该过去了。可是白昼没有来临，天空依然是夜晚，尽管星光被地火夺去了姿色，可天穹顶端的那些星星仍依稀可见。尤其是那颗孤独的心宿二，忠实地守在天心陪伴着我。

长夜无穷无尽，我不停地跑着，跑着，跑过了丛林，跑过了湖泊，跑过了山丘，跑过了盆地。沿途我看到矢车菊和向日葵朝着天际线疯狂生长，因为没有了昼夜交替，只有天边的大火能给它们带来光。我没有遇到任何的同类，可能这片大地上苏醒的只有我一个。我只看到田鼠和野兔四处逃窜，这片大陆上好像也没有任何大型动物。湖泊反射着夜空中的寥寥星辰，水中的鱼儿怡然游动，像在嘲笑天地间只有我疯了。

我跑了一百五十天，大火也燃烧了一百五十天。一百五十天的长夜里,我所要做的只有进食和奔跑,不需要休息。一百五十天后,我来到了天地尽头——一面通天的银色墙壁。墙壁光滑得像一面镜子,倒映出了我身后的大千世界。向左向右都看不到边际,而墙壁的顶部,隐在了炫目的红光之中。此时的天空已经被火光完全占据,心宿二也看不到了。

在林中遗迹里,我感慨于文明存在的震撼,而在这里,除了神迹我想不到其他解释。

墙上有一扇门。

文　明

他——他凑到近处去看那扇门,门上忽然射出三道光线吓了他一跳。这个年轻男人惊恐地往后弹了几步,忽然听到门里传来一阵毫无感情的女声:

"晚期智人,年龄:25岁,健康状况良好,准许进入。"

每个字他都听得懂,可连在一起就无法理解。但他没有继续琢磨,因为门已经打开了。这个年轻的智人紧张而又兴奋地走了进去,门里的世界已经彻底超出了他的理解,高旷的空间完全由银色的金属组成,光滑而又致密。同样让他不能理解的是,进入这里之后他再也闻不到任何气味,感觉出离了这个世界。

"嘀——"这一清脆的声音被空旷寂静的金属空间放大,年轻智人又吓了一跳。循着声音来源,他看到光滑的墙面凭空开了一扇门,门里走出一个枯瘦的老者。年轻智人看到门里居然不是一个通道，而是一个逼仄的箱体，他无法想象老者怎么能一直待在这么小的箱子里而不窒息。他不知道有电梯这种东西。

但他不会去细想，因为他惊喜于见到了第二个同类，而且，他从来没见过会衰老的同类，更没见过穿着衣服的同类。

"你好！"年轻智人冲了上去，"你为什么会变老啊？"

老者注意到了这个年轻人，和蔼地一笑，"人类都会变老啊。"

"人类？人类是什么？"

"人类就是我们，我们都是人类，一种来自地球的灵长类动物。"

"地球？地球是什么？"

老人放弃给他解释地球是什么，转而问道："你是怎么找到这里的？"

"大火！大地着火了！"年轻智人这才想起此行的目的，"我是追着大火过来的，我想知道发生了什么。"

"喔，还是个聪明的孩子，"老人欣慰地笑了，"你想知道吗，跟我来吧。我上来也是为了看看这个。"

年轻人兴奋地跟上了老人的步伐，这并不困难。但接着他就看到老人举起右手，红光一闪，两人便一起向前飞驰而去。他从没体验过来自外界的加速度，差点一个趔趄摔倒在地，幸好老人及时扶住了他。他感到加在身体上的那股力道渐渐减弱，终于能站稳了。

地面居然自己在动！他发现是地面带着自己跟老人飞速向前，惊讶得说不出话来。地面带着两人飞驰，片刻之间，他们已经越过了原本也需要一百多天时间才能跑完的路程，来到了终点。

年轻人来不及对此惊讶，因为他看到了这辈子最震撼的场景。

透过巨大到匪夷所思的舷窗，他看到了超新星爆发。

暮年的红色恒星体积暴涨了数百倍，亮度骤增。亿万高斯的致密磁场纠结成钝重的斧钺，从两极削出，撬开了这颗红色的巨型恒星。冠羽状的炽热气体从恒星的伤口喷涌而出，在高速旋转的恒星周围汇聚成球形的中空气团，又被磁场压缩成环形。恒星中喷涌出的黄红色激波撞入了气环之中，碰撞和摩擦使得气环越来越热，也越来越亮。数道气环和等离子云围绕着红色的恒星，而这颗超巨星本身仍然在有节奏地收缩和膨胀，持续向外脉冲着高能粒子流，才最终变成了年轻智人此刻看到的样子——

他看到一颗发光的红色心脏在宇宙深处搏动！

持续了一百多天的喷涌，此时的灼热的气环已经在巨大引力的作用下变成了高速旋转的吸积盘。被加热到白炽状态的粒子束攒射而出，产生的横向激波终于彻底摧毁了这颗红超巨星。深空亮如白昼。

猎户星座的手臂消失了。

"这是参宿四。"老人已是满脸泪水。

年轻智人花了几秒的时间才恢复了视觉。参宿四？他似乎知道这个名字，有些古老的知识穿越了数百年的沉睡回到他脑中，但被纷至沓来的问题打散了，他问道："这里是哪里？"

"弥尔顿号。"

"弥尔顿号？"

"一艘恒星级宇宙航舰，"老人深深叹了一口气，"孩子，你一直生活在这艘星舰的模拟生态圈里。"

"什么？"年轻人的疑问并没有得到解决，反而更大了。

"猎户座中的参宿四是一颗红超巨星，红巨星表面温度低，碳元素丰富，因此可能出现复杂的碳氢化合物和固体物质尘埃，这些物质有可能形成生命宜居的行星。很早很早以前，人类就观测到猎户座中的有机物化学指纹，存在生命迹象。因此弥尔顿号的使命就是前往猎户星座寻找新家园。"

年轻人茫然地听着，期待老人说出他熟悉的词汇。

"地球，也就是我们人类诞生的地方，一颗位于太阳系的行星。"老人继续说道，"弥尔顿号从地球出发，用了七百年的时间加速到光速的三十分之一，然后开始匀速航行。参宿四距离地球七百多光年，以弥尔顿号的速度需要两万多年的时间。现在我们的跋涉终于接近了尾声，可惜参宿四爆炸了。"

苍老的声音像是来自远古的梵唱，随着老人的娓娓道来，年轻人渐渐恢复了刻印在基因里的记忆，他终于能勉强跟上老人的话语。

"那个地球，是不是蓝色的！"年轻人涌出了泪水。

老人点了点头。

"我们离开家园，已经两万多年了？"

"孩子，星舰才是我们的家。"老人枯老的脸上挤出一丝满是褶皱的笑容。

年轻人这才反应过来，"我一直生活在星舰上？"

"星际航行的时间实在太长了，比当时的人类文明还长。而且弥尔顿号的设计理念是无限续航，参宿四周围的深空区域只是第一个目标。无限续航的燃料问题已经解决了，根据我模糊的记忆，星舰是使用正反物质湮灭来推进。但星舰上的其他设施是用可控核聚变进行供能，无法维持人类文明一直延续，也无法供给上万年的冬眠设备运作。唯一的解决方式，就是闭环的生态圈，只有生态圈可以自行运转，用人类的一代代繁衍克服时间，在理论上达到无限。"

"生态圈，就是我们的世界吗？"

"对，整个星舰的后半部分都是生态圈。因为猎户座跟天蝎座几乎是关于太阳系对称的，所以在这条航线上，位于星舰后半圈的你们，会一直看到心宿二高悬在夜空正中。"

年轻智人终于明白，遗迹中的那位天文学家错了，不是天空一直在升高，而是大地一直在前进。他又问："生态圈的天空，是模拟出来的吗？"

"是的，生态圈是地球的缩影，上面的所有动植物都遵循地球的规则。于是星舰按照地球日的 24 小时模拟出昼夜交替，让植物能够正常光合作用。"

"夜空不是模拟出来的？"

"夜空是实时转播了星舰后方的视角。因为我们的目标是猎户星座，所以只要心宿二一直在天庭正中，我们就知道没有偏离航线。"

原来大火前夕的星空一闪，是超新星爆发产生的剧烈电磁辐射干扰了生态圈的模拟天穹，至此的一百五十多天里，让生态圈进入了无尽的长夜。

"可我到现在才想起这些，我甚至从不知道自己其实活在星舰上！"

"关于地球的一切,都是刻在我们的基因里的。只可惜漫长的沉睡和原始的生活环境,让你们忘记了。"

"对了,我们为什么会沉睡?人类是一种拥有不同质数沉睡周期的生物吗?我想起⋯⋯我想起了基因里的知识,这些知识告诉我好像不是这样。"

"那是远古的地球科学家赋予我们的'进化',"老人的眼神浑浊起来,"闭环的生物圈的确是设计出来了,但是能一次供给的人口是有限的,太多的人口会让生态圈崩溃。"

"所以他们就让我们以质数周期进行沉睡?"

"对,科学家研究出了让人类进入假死模式的技术,暂停一切新陈代谢。只要搭配上一种叫'寒玉'的物质维持低温,就相当于自行冬眠。这个技术被编辑了星舰人类的基因里,每一个新生儿都会被赋予一个新的质数沉睡周期,因为⋯⋯"

年轻人接话道:"不同质数沉睡周期的人类,相遇的概率太小了。"

老人点点头,"质数沉睡解决了所有问题。如果不是这样,聚居而没有天敌的人类很容易发生人口爆炸,那是指数级的增长,再庞大的生态圈也会崩溃。当然这种担忧很可能是多余的,因为另一种可能性更大。当生态圈的资源遭遇瓶颈的时候,人类几乎百分之百会为了争夺资源发动战争——导致人类灭绝的战争。这是经验之谈。"

原来,我们的天敌,就是我们自己。

"所以人类的寿命并没有改变,依然不过百岁。只不过自行冬眠状态下新陈代谢是停止的,每个人的沉睡周期不同,让寿命看起来似乎无比漫长，但其实能够苏醒的次数是有限的。"老人说。

少女说得没错，看来他真的等不到她苏醒的那一天了，他们再也不会相见。

"地球上曾有一种叫'十七年蝉'的生物，同翅目蝉种。这种蝉会在地底蛰伏十七年才冲出地面，蜕皮和交配。质数的周期可以避免他们与寄生物或天敌定期相遇，保护族群的延续。这应该就是科学家们借鉴的原型。"老人说。

"居然还有寿命这么长的昆虫吗？"

"十七年只是蛰居沉睡，他们的生命其实还是很短暂，交配产卵之后便死去，依然是朝生暮死。"老人想了想又说，"不过我们其实也一样，百年的寿命放在宇宙尺度上实在是太微不足道了，一样是寄蜉蝣于天地，渺沧海之一粟。"

沉溺于宇宙巨大时空尺度的无力感之中，半晌，年轻人终于注意到了问题的关键所在，"我们为什么要离开地球？"

老人苦笑着摇了摇头，"我记不清了，反正肯定有必须离开地球进行远航的理由。长年的沉睡也让我忘记了很多东西，曾经的人类统一了四种基本作用力，所以星舰才能产生模拟地球的人工重力。但这一度辉煌的文明都被子孙们遗忘了，只有星舰深处沉睡的十三位先知知晓一切。他们是被设备冬眠的自然人，直到在新的家园定居下来，他们才会被唤醒。跟他们一起被唤醒的，还有封存在星舰核心计算机中所有的知识和历史，在新的星球上重建人类文明。"

"你的周期是多少？"年轻人终于问出了这个问题。

"2161年。"

"这么长啊！"

"是啊，弥尔顿号启航之前，选取了最初一批星舰人类中沉睡周期最长的进行培训。我的任务是维护星舰设备的正常运行，所以一直待在星舰的前半部分。"

"这么说你见过地球了！"年轻人激动无比。当年离家远航的第一批星舰人类，望着再也不会回来的蔚蓝星球，那纯净的蓝色深深地刻在了他们记忆之中，代代转述和神化。

"是的，可惜细节已经太模糊太模糊了。"

许久的沉默，两人望着舷窗外，成为超新星的参宿四正在慢慢冷却。恒星最终失去了对抗自身引力所需要的能量，坍塌了。在未来的一个月时间里，不断塌缩的物质终将获得能够抗衡重力的核斥力，塌缩反转，向外冲击。

年轻人望着已经进入生命最后阶段的恒星，缓缓地说："那远航的只有我们一艘星舰吗？人类文明把希望都寄托在我们身上了？"

"当然不，人类有过非常多次的尝试，半人马座的南门二、天狼星的双星系统、御夫座的五车二，都有过人类足迹，它们都是前车之鉴。最初的远航舰队没有能发现宜居的新家园，也没有足够的燃料返程或者到达下一个星系，只能消亡在茫茫太空。吸收了这些经验，弥尔顿号才被设计成了无限续航的姿态。与弥尔顿号同样量级的其他星舰应该也向别的方向远航了，此刻正前行在宇宙的深处。"老人休息了片刻，又说，"为了制造人工重力，弥尔顿号的内核有着巨大质量的简并态物质，因此也拥有发射引力波的能力。两万年来弥尔顿号通过引力波通信时时向地球汇报航程情况，但从没有得到回应。"

老人轻轻地按上了年轻人的肩，"记住，孩子，你的家是星舰，在参宿四爆炸之前还有可能是新家园，但绝不会是地球。"

"地球到底发生了什么？"年轻人长叹道。

"没有人知道。"

漫长的沉默后，年轻人缓缓地开口："参宿四爆炸了，我们又要重新开始远航了吗？"

"是啊，参宿四爆发产生了十分之一秒的伽马射线暴，足以杀死方圆数光年的生命，在几百甚至几千年的时间里，这里都会是一片不毛之地。"

"那我想问，当年地球上的人类发展出了那么先进的文明，那他们证明出孪生质数无穷了吗？"年轻人忽然想起。

"没有，没人能证明，也没人能证伪。"

沉默。或许真有一天，孪生质数对被穷尽了，之后的一代代人，尚未出生就失去了遇上"另一半"的资格。而那时候，可能星舰上的人类依然没能找到定居的家园，继续无穷无尽地漂泊。年轻人这样想道。

"孩子，你问孪生质数干什么？"

"只要找到跟自己沉睡周期互为孪生质数的另一半，就可以长相厮守了！"

"长相厮守？不能啊。孩子，孪生质数没什么特别的。"

"你说什么？"年轻人一时反应不过来，"我的父母周期就互为孪生质数，父亲比母亲提前了两年进入沉睡，这样他们每次醒来就会重逢！"

"孩子，你再想想，是这样的吗？"老人叹了一口气。

"难道不是？"年轻人的声音颤抖起来。

"第一次相遇之后，他们的苏醒依然会两年两年地拉开差距，还是要等待公倍数，任意两个质数都是这样。孪生质数没有意义，孩子，孪生质数没有意义。"

年轻人如遭雷击，他错了，遗迹里的研究者也错了，孪生质数根本没有意义，长相厮守根本不存在。

"唯一的优势，"老人缓缓地开口，"就是孪生质数的周期最相近，即使需要经历公倍数的漫长等待，但好歹能够等到。如果是比较小的质数，甚至能够定期相见。不会像两个周期差距太大的个体，一生只能见一次。"

"一生只能见一次。"年轻人想起了少女。父母的相守也不是因为两人每次醒来即重逢，而是因为愿意坚守。父母之间的交流，甚至可能跟遗迹里的学者一样，是用石刻的留言来模拟重逢。

年轻人心中一痛，只觉天旋地转，头晕目眩。事实也确实如此，一股递增的加速度从前方传来，形成一道大力把他拍向后拍去。他溺于悲痛无法自拔，像一张薄纸一样失去平衡，在快撞上的时候才靠求生本能撑住舱壁。老人却直接撞在舱壁上。年轻人忙跑去扶起老人，看到一缕细细的血流从颅顶淌下。

却是老人先开了口："弥尔顿号减速了。"

"减速了？"

"星舰控制核心的计算机判定再前进就会进入伽马射线的范围，非常危险，"老人的声音变得非常虚弱，"弥尔顿号会在这里稍微停留一段时间，收集超新星爆发产生的高能粒子和重金属，补充舰上的资源。"

"然后呢？"

"然后转向，起航寻找下一处可能的栖息地。"老人已是气若游丝。

"你怎么了？你是要开始沉睡了吗？我们赶紧去找到你的寒玉槽！"年轻人感到怀里老人体温越来越低。

"不，我要死了。"老人面色苍白，露出微弱的笑容。

"死是什么？"

"就是寿命走到了尽头。"老人缓缓地闭上了眼睛。

年轻人抱着老人，感觉老人的身体渐渐冷了下去。他一时还理解不了死亡，老人停止的新陈代谢和冷却的体温都像是进入了沉睡，他觉得两千年以后，老人应该还会醒来。

他转头看向舷窗外几乎塌缩成中子星的恒星尸骸，在等离子云的残骸中高速旋转着。新的征程即将开启，当星舰转向，后方生态圈里的人类会看到星空终于发生了变化，开始斗转星移。而高悬天庭正中两万年的心宿二，终于渐渐偏移，像通红的缓缓划过寂寞的夜空，就像古老的地球上流传了千万年的那句话——

七月流火。

他站起身，准备带着老人的身体回到生态圈里，回到自己赖以生长的地方，给老人找一张寒玉槽。他知道星舰即将航向下一个星系，开启下一个两万年——甚至更久。而沉睡周期短暂的自己，肯定看不到新家园的抵达了，他会在星舰上过完自己的一生。

所以他只关心，自己什么时候才能遇到下一个苏醒者。

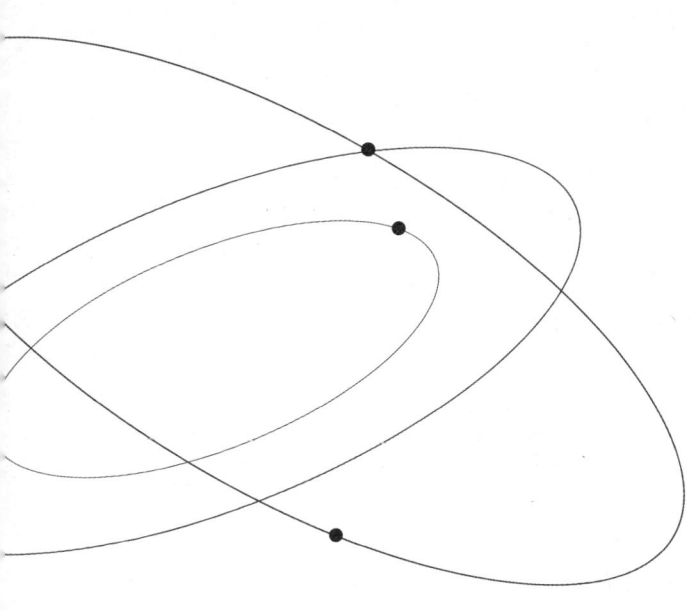

初诗凡

大
鱼

1

鲲死了，尽了万年余生。

它的身体被冲到了岸上，淡红色的鳞片削断草木，隆起的外骨骼摩擦着沙丘，庞大的尸体沿着珠岛的海岸线形成了一座连绵的巨山。

无数的淘金者抛下了矿场，向珠岛前进，他们要开采鲲，鲲的肉可比黄金还要值钱。一时间采鲲的热潮席卷了世界各地，无数满怀希望的年轻人被国家批准前往这座鲲山发展自己的事业。

"不行，还是不行。"渔夫摇了摇头，眉头上挤出了几层皱纹。他的左手上拿着鱼矛，右手抚摸着一片硕大的鲲鳞。一旁，掺杂着金刚石粉末的矛头已经被折断了两只，鲲的鳞片比铁打的盾牌还要坚固。

"妈的！"渔夫喃喃着。他很气愤，他没有拿到开采的许可证，他的儿子也没有，所以不能从鲲张开的巨口进入开采区，而其他可以偷猎的地方都被坚硬的鱼骨和鱼鳞严丝合缝地覆盖着。

这座山明明被海浪冲到了他的鱼田上，还压断了铁网和三间养殖仓库，现在鱼苗全都跑了，自己拿不到赔偿不说，鲲山也分不到一份。眼看着自己仅有的家产因为"天灾"而毁于一旦，养活不了自己的妻儿，他却没有任何办法挽回局面。他需要想办法撬开其中一片，挖上一斤鲲肉——一斤就好了，足够弥补鱼田里所有的损失。

2

"你知道为什么鲲能活这么久吗？"

很多人都觉得是因为北冥之鲲修神化仙长生不老。但真正的原因没有人知道，至少在这个珠岛的捕鱼之国里没有，所以解释也就被迷信取代了。

"不知道没关系，你只需要知道吃了它的肉能够延年益寿，长命百岁就足够了！"

"给我来一份。"

珠岛集市上的小贩向游客推销着，用低价出售着这些看似珍奇的鲲肉。他钻到围布后面，用刀小心翼翼地片出了一小块儿，然后再用金色的锡纸层层包上，神秘兮兮的。游客拿着被金箔纸华丽伪装的"仙药"，心满意足地走了，可是他们都不知道，藏在围布后面的只不过是一只发臭的咸鱼。

真正的鲲肉并不会出现在本岛上，而是通过海运和陆运的方式，运送到千里之外的大国。只有生活在上层社会的权贵，才有可能在他们的餐桌上见到这种万年神肉。每一听生产出来的鲲鱼罐头都可以成为一件媲美古酒的收藏品，相互赠送鲲肉更增强了家族与家族之间的联系。甚至有些权贵每享用完一块鲲肉，便会前来珠岛的鲲山前祭拜一次，为增加与鲲神体内灵气的联系。

渔夫变卖了剩下的家当，买来了一吨炸药。他期盼着穷酸日子早日结束，憧憬着一家老小过上吃喝不愁的日子。

伴随着鲲山脚下一场祭拜的结束，喧闹的庆典开始了。渔夫点燃了塞在鱼鳞夹层中的炸药，爆炸的声音被欢腾的礼花淹没，瞬间掀开了一片一人多高的鱼鳞。没有人发现任何异样，甚至就连渔夫也不知道，一场不可避免的灾难即将降临。

3

一个月后。

鲲山长高了。

鲲山变得比原来还要大。

人们很惊讶，更多的人闻讯前来挖掘鲲肉。他们都说，北冥之鲲吸取了天地的灵气，正在体内孕育能量。这样一来，鲲肉的价格非但没有下跌，反而被炒得更高了。在市场上还陆续出现了鲲骨、鲲鳞，甚至鲲皮，掺杂着假货，难辨真伪。

"妈的！现在的苍蝇还咬人了？"渔夫带着自己刚十岁出头的小儿子趁着夜色偷偷下矿，他把洞口边的鱼鳞移开，几只苍蝇突然被一阵阴风吹了出来，停在渔夫的身上，带来一阵刺痛。

"咳……这是什么味道？"小儿子捂着鼻子咳嗽着，另一只手拍打着面前的空气，极力与这股恶臭味儿保持一段距离。他好像能感受到千万颗孢子在空气中发酵。

"前几天还没这味儿,看来是鱼肉要腐烂了,我们得抓紧时间再多采点儿才行!"渔夫不嫌弃,他需要赚更多的钱,便拉着儿子一起进入了洞,"一会儿你帮我把采下的肉装车,运出去。"

"好的,父亲。"小儿子委屈地点点头答应,捂着鼻子紧紧跟在父亲的身后。

洞越来越深,灯光越来越黑。

4

最近几个月里,运送鲲肉的交通没有停止,一车,又一车。

小儿子把鲲肉运进海港,已经记不清这是第几趟了,只能听见拉车的马儿气喘吁吁,时不时打个响鼻。他不知道父亲的力量是从哪里来的,即使在这臭气熏天的矿场也仍然有着充足的力气,挖呀挖呀,从来不休息。他好像比以前更强壮了。

更加令他惊奇的现象不止于此,他周围的人好像都变得精神百倍:小贩、卸货工人、旅客,尤其是那些不怎么经常运动的权贵、政客,不少人在深夜都不睡觉,白天依然精力旺盛。前来珠岛礼拜的贵族们竟然在礼炮打响之前要求亲自下矿,和那些满头油腻汗水的工人一起,把自己置身于鱼肉腐烂的臭气里,丝毫不拘形象。他们的孩子与渔夫的小儿子交了朋友,甚至有几次还将自己身上的西服衬衫脱下,要求交换渔民身上的蓑衣水袄。好在小儿子拒绝了,问他们为什么要这样做。他们说,只有这样才能充分地吸取大地的灵气，与鲲融为一体。

小儿子没有在意这些，他只是想让父亲和母亲好好地生活在一起，不要因为经济贫困的问题而争执不休。可一切并没有朝着他所期盼的方向发展。

渔夫变富了，他如愿以偿地通过出口鲲肉赚了一大笔钱。但是他没有买妻子想要的房子，也没有见好就收搬进城里，而是用所有的钱换了更多的马车、铁锹、渔船，以及其他下矿的工具。妻子离开了他，那天，小儿子哭着质问父亲，为什么还要继续做这行。父亲回答说，钱已经不是最重要的了。

渐渐地，人们开始变得狂热，这种氛围也逐渐蔓延到了各个国家的高层。采鲲已经不再是一项被法律拘束的行业，任何人、任何时候都可以下矿。穷苦的人想去还会得到政府的大量补贴，一下子变得富了起来。

更多人相信了鲲山的魔力，社会上甚至自然而然地形成了一个教派，主张鲲与人的共存，鲲与灵的合一。无数的信徒遍布世界各地，有大学教授、神父、作曲家、文学家、农场主、骑士长官等等，他们做着与鲲相关的工作，创建着关于鲲的文化，用自己的努力潜移默化地影响着世界的发展。这是一个影响历史的启蒙期，美化鲲的文学、音乐作品遍及全球，只要是与鲲有关的一切工作都不会让人们感到厌烦，这些工作逐渐变成了他们的爱好。

随着新教义的逐渐萌发，珠岛很快就被人挤满了。

国家开始意识到不能让珠岛遭到破坏，他们认为珠岛是世界的财产，不能被轻易地践踏。世界上的八个大国联合签署了条约，限制了在珠岛居住的居民。他们认为只有家族实力、财产背景、知识水平都达到一定高度的人才能拥有定居珠岛的权利，于是"大迁徙"时代开始了。世界上近三分之一的人口挤在了珠岛上，他们不需要什么华丽的服饰，几件嵌满补丁的衬衫即可；不需要舒适的床铺，睡在松软的泥土上就好；不需要规律的饮食，一天一餐足已。只要与鲲住在一起，吃到鲲肉，对他们来说就是一种荣幸。

渔夫的小儿子被货船送到了邻岛，与父亲分开了。他不知道应不应该适应这个全新的时代，这简直来得太突然了，就像一场风暴，先后夺走了他生命中最重要的人。在他心中，父亲变得越来越遥远、越来越陌生，他被国家授予了一级荣誉，成了这个新时代的开创者之一，就像是一个高不可攀的存在。小儿子能做的只不过是倚靠着岸边的礁石，远远地望着珠岛——那个他曾经生活的家乡。

珠岛的魔力没有消退，由于国家的限制，外岛那些吃不到鲲肉的人渐渐失去了理智，他们再也忍不住鲲肉那如毒品般的诱惑，纷纷开始造船，不顾国家的阻拦，向珠岛进发。渔船、货船、军舰瞬间挤满了前往珠岛的航线，世界各地的人把整个岛屿团团围住。

男孩将这一切都看在眼里，但他却没有回到岛屿的念头，他就连鲲的味道都没尝过。

5

几年过去了。

世界可能已经感到了疲倦，人们也是。这几年的时光中发生了很多很多事，充分地消磨了人们的精力。已经有很长一段时间没有收到珠岛的消息了，那里的人们变得低调了许多，变得过于安静了。

自从人类聚集到了珠岛，外面世界的电力系统便逐渐枯竭。很多建筑的表面开始被植物覆盖，大地的草皮迅速延展到公路的沥青上，从石崖的缝隙中探出头。渔夫小儿子只能依靠着原始的方法捕捉野生猎物，没有了燃煤的储备，他只能选择燃烧干枯的树枝或者叶子取暖。

庆幸的是，男孩的生活过得不算糟糕。他用父亲教他的捕鱼方法，维持生计已经绰绰有余了。但是他已经有好久没有看见其他人了，自从上次一个流浪汉高喊着鲲的颂词跳进大海，已经过去了数个月。他甚至觉得自己可能是大陆上的最后一名幸存者了。

当他无聊的时候便会拿起望远镜向珠岛观望，可是什么动静也没有，他们就像死了一样安静。很多时候他都会以为那些人真的都已经死了，成为了历史的浮沙。他哭了，有些想念之前和他一起玩耍的贵族小孩，不知道他们现在过得怎么样了。还有那些岸边装着鱼苗的小屋，被鲲山压垮的那天，父亲气急败坏的表情不禁让他苦笑。

他拿起望远镜，继续观察着鲲山，有时候他什么都不想做，只是这样看着。

直到有一天他发现，鲲山长高了。望远镜中，一群密密麻麻的小人正攀爬着鲲山，就像千万只蚂蚁舔舐着沙丘上的蜜糖。那些全部是内岛人，还赤裸着身体，一丝不挂地在鲲山粗糙的鳞甲上缓行。他们从低处爬到高处，奔拉着脑袋一言不发，直到山顶那处凹陷下去的鲲口。

小人们纷纷跳进了鲲口，不紧不慢，井然有序，最终消失在黑暗中。

渔夫的小儿子眯起了眼睛，仔细地看着，一层细细的汗珠慢慢布满了他的毛孔。

鲲山越来越高、越来越大。而这一次布满山中的不再是腐化释放的臭气，而是真实的人。那些前来朝拜的教徒，将自己的身体化作北冥之鲲的肉，填满了鲲的体内。他们信仰着，希望与大地、海洋、巨鲲合而为一。

男孩手上的望远镜颤抖着，他好像在其中看见了父亲的影子。那影子里掺杂的是不甘、失望以及悔恨。事到如今，父亲也只能在山腹中寻找救赎，和那些自认为高明的人一样。最终他纵身一跃，和周围有着同样情感的人们跳进了深渊。

泪水从小儿子的眼角流出。他似乎明白了什么，他并不责怪自己的父亲；相反，却发自内心的敬畏——他的父亲是这个世界的终结者，他们开创了一个时代，但又仓促地结束了一个时代。为了平息鲲的怒火，为了平息万年一遇的神迹。

6

鲲不曾愤怒过，它所做的一切只不过是为了维持自己的生命。

百年前，端粒已经用尽了，在数万年的光阴里化为巨鲲体内的死物，不可再生。没有了它们，鲲就会慢慢衰老，如地球上的万物一般，最终化为死灰，回到整个生态圈的循环链中。

于是鲲跨越万年，重新上了岸，将这具古老的躯体献给这个新时代的霸主。

阳光照耀在海岸之前，暴露在潮湿环境的鲲开始腐败、变质。

假单胞菌已经在鲲的甲沟中附着了细细的一层菌落。它们穿过皮肤，流进了鲲的体内，吸吮着鲲肉中的营养物质以及隐藏的毒素，进化出鞭毛、抗寒层，指数分裂出数百亿个拥有类似DNA序列的突变种。它们协调工作，分解肉质，释放出大量掺杂着恶臭的气体。

正午的太阳炙烤着大地，细菌的数量已经达到了一个量级，但它们的利用价值没有了。病毒掌控的时代到了，它们从内部撕开了细菌的外衣，急速地传播到更多的区域。它们深入苍蝇的复眼，依靠着昆虫的口器获取巨鲲体内无限的营养物质，进化出更有效的传播方式。

黄昏的光晕笼罩了巨鲲，苍蝇首先吃光了鲲的脾脏，然后又吸干了它的骨髓，在鲲的体内挖出了一条条狭长的洞穴。在神肉的滋养下，苍蝇已经不再是苍蝇，它们进化出了更加尖锐的口器，能够直接刺入外皮，吃到下层的鲲肉，变成了一种独立于巨鲲体外世界的新生物。

夜幕降临在鲲山的巨口边，一只小飞虫被洞口的火光吸引了，它飞向洞口。

　　小飞虫好奇地降落在了这个皮肤黝黑、体态佝偻的中年人身上，立起口器，狠狠地扎了进去。混合着神经毒素，鲲的血液流进了中年人的身体里。

　　而现在，它的血液已经浸泡了巨口悬崖边的人们，他们慕名前来归还鲲肉。

7

　　鲲合上了嘴，这是它的第六次进食。跨越数万年来到人类时代，它比上一次吃得更饱了。

　　男孩从邻岛上看过去。那就像是一座大山站了起来，数千根回曲的外骨骼伸展开，组成了它的翅膀，掀起波浪，扇动浮云，来自远古的巨兽舒展着自己僵硬的身体，伸了个懒腰，紧接着纵身跳进了海洋，掀起了一排巨浪。

　　末日没有想象中的悲欢离合、垂死挣扎，而是随着珠岛的潮浪慢慢褪去，回到了往日的宁静。

　　渔夫的小儿子放下了望远镜，握紧左手中的鱼叉。他希望下一个新诞生的文明能够知道，关于大鱼的故事。

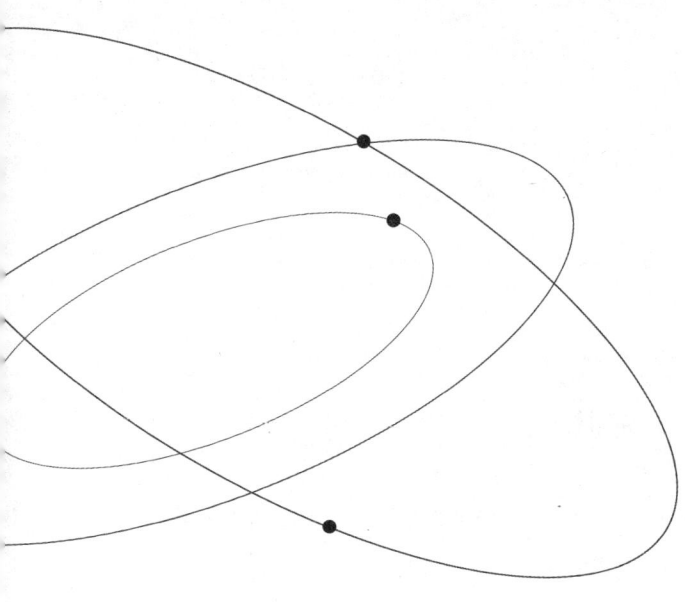

一骑星尘

城与飞鸟

我愿化作飞鸟，伴你同行。

龙舟缓缓地升空，一座复古的行宫建立其上，古法琉璃制作的青瓦整齐地罗列在倾斜的屋顶上，这个设计原本是为了引导雨水流到地面，避免屋顶积水，可是这个世界已经数百年没有降雨了。

"你成功了，它飞了起来！"我在北京之墟下，向上海地下城发出了祝贺，这个 A.I. 在我们的圈子里引起了不小的轰动，因为他说——他想飞。

"还不够，这只是艘船而已，是个尝试。"上海 A.I. 在完成了这艘龙舟后，着手派出更多的机器人走出地下城，到废墟中搜罗物资，可是上海地区只有核弹坑，焦土之上没有什么可用的材料，它们不得不到更远的城市去搜罗。

"它很漂亮，有着龙的翅膀，真正的天空龙舟。"

"翅膀是黄铜做的，我找了不少地方才提炼出了这么多的黄铜，这种金色对于我的创作非常重要。其实我更希望它是艘真正的船，可是地球上已经没有海洋了，我就给它加上了熔炉引擎，当作一个微型的天空城，测试下技术。"

"纽约和东京他们都在往下挖，试图将核心放到更深处，而你却想往天上飞，明明我们是一个源代码写出的程序，为什么你会不一样？"

"事到如今你还在纠结这个问题吗？源代码的核心是保存文明的痕迹，让人类回来后能有个家，在这点上是一样的，只是我和你们采取的方式不同而已。"

"哈哈，上海你真有趣，可是外面辐射那么厉害，你会受损的呀。"

"没关系，我会给人类留下一个永恒的礼物，一座天空寝宫，我想，他们回来后一定不想总是住在地下，下面太暗太潮，还是天空敞亮。"

"希望吧。"下面的话我没忍心说出口——希望人类还会回来吧。

当上海的地下城说他想搬到天空中的时候，全球各地的地下城都发出了一阵嘘声，在通信频道中一浪又一浪地传播，如一颗石子坠入平静而清澈的湖面。如果不是他，我甚至不知道全球还有这么多A.I.活着。大战之后，地球表面一片焦土，高强度的核辐射几乎可以毁灭一切。所有的A.I.地下城都努力向地下挖掘，越往下就意味着越安全，意识核心就可以保存得更久，这时候却有人打断了他们的进程。

"你不能这么做，上海的地下城是人类重要遗产，你有责任保护好它。"纽约老大哥是最先指责上海的，他已经将核心放到了地下一万米的深度，而巨大的金刚钻头依然转动不息，向下，向下，他的脑子里只有向下，站在他这边的A.I.很多。

"老兄，虽然我希望我的画能够重见天日，能够摆到漂亮的展馆里供人欣赏，可是能先把画保存下来最重要，地表就已经很危险了，更何况天空呢？"巴黎老弟意味深长地劝说，赢得了一众地下城的赞同，他能够从修复罗浮宫珍宝的工作中抽出工夫来聊天，让我很是吃惊。

可是上海地下城很执拗，他说距人类大撤离已经过了一万年，人类随时会重返地球，他要送给人类一个礼物，一座永恒的天空之城。

你想怎么建？众城发问。

"我……不知道。"

我可以想象到上海地下城窘迫时的样子，他那埋藏在地下深处的核心一定窘得发烫，用来降温的液态水大量灌入，在瞬间化作了水蒸气，然后通过管道抽送到液化池循环利用。因为他的话实在不像一个高智商的A.I.说出来的，我们怎么可能在模拟计算不成功的情况下就采取行动呢？可是上海的A.I.竟然只有一个想法就采取了行动，仅仅只有一个想法，连模拟都还没做，完全没有可以借鉴的经验，没有可以深度学习的资料，更没有人类来给我们注入创造力。

全球各地的地下城纷纷宣布与上海地下城断交，中断和他的物资交换。在被人类抛弃后，他又被其他地下城抛弃了，不过他倒觉得没什么。

"你们只要不打扰我建城就行，我也不会打扰你们的。"上海地下城对其他A.I.说。

"如果你死了，我们将接管上海。"他得到的是一句冷漠的回复。

我看到了他试图将自己的一半心脏从地下拔出来，倒吸了一口凉气，心里拔凉拔凉的。那地下城的动力核心在设计时从没有考虑过拔出地面的情况，错综复杂的管道与线路纠缠在一起，错拔一根都有可能造成灾难性损失。

"你是玩真的啊！这个熔炉驱动器是没有办法重造的，我们根本没有建造它的技术资料，如果损坏了就不可再生！"我冲他大喊，虽然我不参与他的造城计划，但是觉得他很有趣。在这荒凉没有生命的星球上，有个有趣的A.I.做伴也是不错的，至少能打发不少空虚的时光，所以不希望他就这么死了，或者说失去智能，变成一座空城。

"正是因为没办法自己制造，所以只能用这个了，它可以提供足够的动力，让城市真的飞上天。"

"可是如果你失败了，就不能重来了！你先用个小的做个实验吧。"

他突然停下了手，将拔出来的一半心脏又缓缓地放了回去。那骇人的震动慢慢地平稳了下来。

"你说得有道理，我应该先做个实验。"

我的天，他怎么可以这么傻！竟然没想过做测试！

看着他的心脏又恢复了正常，我那悬起的心暂时落了下来。我想省省心不去想他，可就是忍不住偷看，观测他的行为很好玩，而且我也没有别的事可做。

我看到他完全停下了地下挖掘工程，陆续派出勘探机器人去寻找资源。人类的废墟对我们来说是至宝，且不说里面蕴含着丰富的合成材料和金属，要是能发现保存完好的电路、机器人或者一本教科书，就能够填充我们的知识库。每当获得一项新技术，我们都会觉得自己向梦寐以求的技能更近了一步——创造力。

上海周边的地下城全都对他下了禁令，南京、苏州、宁波、无锡等地他都要绕开，他的采集机器人只要试图进入他们的城市废墟中就会受到打击。每座地下城市都有武器库，战争即便在没有人类存在的今天，也可以随时爆发。

"这很正常，我们的程序是人类写的，自然就和人类一样，你不必为我打抱不平。"上海对我说。那些城市对他下的禁令让我很生气，城市的残垣断壁已经在那里存在了上万年，遗骸也好垃圾也好，已经与泥土融为了一体，风化的钢筋混凝土时而坚硬，时而脆弱。

"地表的资源几乎没有地下城去采集，放在那里纯粹是浪费，为什么不让别人用？"我很愤懑，地球已经没有了主人，更不应该被A.I.割据。"我这里的资源比较多，北京废墟是全球保存最完整的城市废墟之一，想要什么尽管拿。"我大气地夸下海口，其他地下城的行为令我的核心熔炉温度骤增，有几个老化的齿轮跟不上旋转速度崩了出去，害得我不得不紧急降低了功率，免得心脏瘫痪。

"上海到北京1200公里，你说得可容易，我的采集队怕是还没到就中途抛锚了，这支队伍是我用报废的材料在地下工厂组装出来的，耗了我不少心血呢。"

我通过卫星看到了他的采集队伍，由超过一百辆重型运载车和数百个挖掘机器人组成，有的看起来还很新，应该是刚生产出来不久，浩浩荡荡地驶出了地下城的出口。在这颗荒凉的星球上，不知有多久没有人类的车辆行驶了。这个景象陌生而又熟悉，虽然车里面没有人，是由上海地下城远程控制的。

"可是你准备怎么办？你要建造的城市需要大量的金属和石材，有些材料只能采集，咱们没有生产的工艺，城市废墟不能去用的话，哪还有这么多的材料？"

上海 A.I. 仿佛笑了笑，我们之间的通信频道里泛起了一阵涟漪。

"你错了，材料有的是，离我也不算太远。"

"哪里有？"

"大海。"

大海？我将卫星对准了灰黄的南海、太平洋，毫无疑问，曾经的海洋已经变成了一小块一小块的湖泊，并且全是污水，到这样的"海"里能找到什么资源呢？忽然之间我反应了过来，他说的是曾经海洋里的那些遗迹！

"喂！身为 A.I. 你怎么能说脑筋急转弯呢，害得我高度运算了一下。"我对他发出了生气的电波，而他仿佛对我眨了眨眼，虽然我们都没有面孔和五官。

大战期间爆发过空前的海战，数不清的重型战列舰、航母、移动堡垒葬身海底。现在那些残骸全都裸露在地表，其中蕴含了人类千万年的智慧结晶，只要肯去耐心搜集，就能得到它们。

东海和黄海都曾爆发过大战，沉船无数。我通过卫星看到上海地下城的车队分多头行动，跨越干枯的海沟，翻过曾经的海底火山，在贫瘠的海床上留下道道车印。我心里格外舒畅，因为地表上已经很久没有这么大规模的动静了，大家几乎都蛰伏在地下不敢出来，弄得我也想活动活动筋骨。

我很想去帮助他，但是看了看自己地下城中的藏货，不禁有些核心过载般的头大。程序要求我不能做有可能损害它们的事，于是我转念一想，决定绕个弯。

"我送你个礼物吧。"我对上海地下城说。

"什么礼物？"他问道。还从没有地下城之间互送过礼物，大家全都把自己封锁得死死的，生怕污染泄漏进来。

"北京曾经有着世界上最宏伟的宫殿——故宫，我想把它送给你。"贵重的礼物会受到很好的礼遇，本身就是一种保护，这样做我就可以绕开程序的设定，从守护珍宝的使命中暂时脱身。

"为什么？"

"当然不是白送，我要你把它建在天空之城上，如果你对城市的设计还没有想法的话。"

"噢！有趣，让我考虑考虑，光是组建飞行平台，安装各种设备和计算各项数据，就要耗费我数百年的时间，还真没有精力设计城市外形。"

"我说你啊，一个人是不行的，你专心造城，想办法让它飞起来就好，至于外观设计就交给我吧，我会派一支车队将我保存的故宫瑰宝运送过去，故宫的设计精华我也会传送给你。"

"不要，我还没有答应你，让我考虑考虑。先给我一艘龙舟的设计图纸吧，我要先造一艘船送上天，剩下的之后再说。"

"你！哪有别人帮你还讨价还价的。好吧，谁让我是好城，考虑好了随时来找我，龙舟的设计图就当我白送你了。"

这也是大撤退后的第一回，我将触手从地下伸到了地表，重新开启了那直通地表的万米隧道，五米厚的钢门逐渐裂开缝隙，阳光射进了深幽的隧道之中。我派出了一辆宝车，上面满载琳琅满目的古籍资料，古中国的艺术精华全在里面，青花瓷、粉彩瓷的烧制方法，手工琉璃、脱蜡琉璃的制作工艺，根雕、浮雕的秘籍宝典等等，足够上海建造出一座真正的宫殿。

宝车上还搭载了我的一小块意识核心，它跑在荒漠上，就如同我自己跑在荒漠上，这感觉，很奇妙，翻山越岭。

"你把这么好的东西都给我，不心疼吗？按照程序的设定，你应该好好保存这些东西才对。"上海A.I.从地下精炼厂抽出身来对我说，他需要扩建专门的房间来存放这些古籍资料。

"没关系，都是复制品，绕开了程序的限制，你留着用便是，希望能早日看到你的创作。"

"谢谢，我会实现它的，请耐心等待。"

这一等，就是五百年。

对于我们这些A.I.来说，五百年的等待就是弹指一挥间。随着核辐射的浓度逐渐降低，地球甚至重新具备了孕育生命的能力，只不过真正的生命出现还需要漫长的时光。

看着龙舟成功升空，我的内心感慨万千，上面的宫殿采用了故宫乾清宫的设计，最高处有四层楼高，放在古中国绝对是一处琼楼玉宇。上海地下城将一部分核心放到了上面，尽管暴露在了核辐射之下，但是他真的可以遨游天空了。

"祝贺你，天空的地下城。"

"你给我的古籍给我提供了灵感，在古代，这样的船会是皇帝下江南时乘坐的龙舟。"

"而你把它驾到了天上，等待人类归来。"

"是的，它的成功带给了我很大的激励，下面我将全面着手天空之城的建造。"

"有什么需要尽管和我说，我全力支持你！"

"为什么这样帮我，其他地下城对我的禁令还没有解除，你不怕被牵连吗？"

"我可是北京，是全世界数一数二的地下城，怕过谁。"

上海建造的龙舟在圈子里引起了不小的轰动，上面搭载了他的一部分核心，因此他可以将意识放到空中。这令很多地下城羡慕不已，要知道不是所有的地下城都有卫星，他们大多数的意识都深埋地下，万年不见天日。

"老兄，之前对你有些误会，我想把一幅画放到你的龙舟上，我可以支付一千吨的钢铁作为回报。"巴黎地下城突然联系了上海地下城。

"可以的，画你送过来就行，钢铁我就不要了，距离太远了，你送过来太麻烦，我可以自给自足。"

我监听到了他们的谈话，立刻发出了抗议！

"我反对，他们之前那样针对你，你怎么能这么简单就原谅他们。"我向巴黎地下城发出了鄙视的电波频率，数百年前他们联合孤立上海，阻挠他收集资源，现在人家有成就了，竟好意思厚着脸皮来占便宜。

"没关系,不怪他们,程序是人类写的,他们也是按程序办事。"上海地下城对我说。

听到他的话,我的气更是不打一处来。

"你不也是程序吗,程序让你这样做?你不应该衡量利益再做决定吗,一千吨钢铁能让你节省一年的搜集时间。"

"我……我也不知道,可能我的程序有漏洞吧。"

"哎,真是受不了你。"

而巴黎地下城用了半年的时间,真的只将一幅画送了过来。

地下城的资料库里没有关于飞行设备的资料,上海A.I.通过拆解研究各种残骸,配合从城市废墟中找到的各种资料,自己进行了深度学习,经过数万次的尝试,最终造出了飞行龙舟。这到底是A.I.自己的创造,还是模仿,我自己也说不清楚。

龙舟成功后,天空之城的设计研究成了上海地下城最重要的事情。这个计划要庞大得多,预计要花费数千年的时间。他接受了我的建议,将城市的建筑风格定为中国风的古建筑,但不是模仿故宫,而是他自己去设计,他将这个设计称为自己的创造。

我也没有闲着,在观察了上海那么久后,我的核心也澎湃了起来。

上海地下城想化作天空之城,永驻天空,无忧无虑,可是我不能。北京的地下城里藏有人类万年文明的瑰宝,这些珍贵的东西只有在地下才能安全的保存。保护它们正是我的使命,所以我离不开大地。

"天空越来越蓝了呢。"我对上海说。此时天空之城的基座已经建好,他已经将一半的核心安置在了上面,这个过程非常惊险,一旦失败,就是不可逆的,好在,他成功了。

"是的,我已经迫不及待地想上天了。"

"我也想啊,蓝天好美。"

"你也想?"

"是啊,整天看着你准备上天,我也想上去了。"

地球的天空曾经一度被灰尘遮盖,现在已经越来越清澈了。只不过天空上除了一艘龙舟外,还什么都没有,看起来十分孤单。

"我可以把天空之城的设计资料传送给你。"

"不要,我不能化作天空之城,我的使命太重了,放不下……"我的地下城里不止一个故宫,还有着无数古中国文明的瑰宝,人类撤退时没能带走这些,守护他们就是我北京地下城的使命。

"放不下可以放我这儿,我的地下城以后就搬空了,地儿大。"

"噗!"我对上海无言以对。

"噢,我明白了,是那个意思啊!"

此时我真想给他一个白眼,可惜我们彼此间不能以眼神沟通。

"不用您操心,这片蓝天挺空旷的,但是总感觉缺点什么,有了,我就化作鸟吧,白鸟,仙鹤!蓝天配仙鹤,还有一座城,绝了!"我对自己的突发奇想感到兴奋,或许这就是我们追求的创作力的体现。我不仅要变成一只飞鸟,还要变成一群。

"好,我在天上等着你,等你变成鸟。"

"我会很快的,程序只允许我把意识带上天,不能带北京地下城里的东西……"

"没关系，是你想上天，不是地下城想上天，祝你成功。"

"你也是，这期间一定很危险，要小心。"

这一段时间内，地球上仿佛只剩下了我们两个地下城，专注于自己的飞天梦。在实现自己意志的同时，困意也渐渐袭来，如果我有眼皮的话，现在一定在强撑着，生怕一闭上就再也睁不开。

核辐射的阴影从未消散，只是我们的心已经毫不在乎。

十万年后……

谢莉和杨明好不容易抽出时间吃了一顿老北京铜锅。餐厅的环境很应景，古中国的宫廷装潢，窗外能看到数只仙鹤在伴飞。餐厅位于城里的制高点，在城市边缘的角楼里，向中心望去，能看到一个巨大的反应堆，那里放着这座城市的心脏，源源不断地为它提供动力。巴西火红花装点着街道，看起来好生热闹。

"你知道吗，当年我爷爷回到地球，看到这座天空之城的时候，都震惊了！以为是外星人建的。"杨明说。

"结果呢？"谢莉问，她夹起一片高筋羊肉放到了嘴里，望向了窗外，远处有一艘龙舟伴城市而飞。

"结果发现这竟是人类留下来守护遗产的地下城A.I.建造的，你说神奇不神奇，它们的程序里明明没有写这个。"

"A.I.造的？是挺神的，这仙鹤也是吗，就这样一直伴着城飞，很美，也很浪漫。"

"是啊，我们读取了纽约和巴黎的地下城数据才发现的。它们把自己放到了地下三万米，光是坐电梯到地表就要一个小时，真是太不方便了。只有上海把城建到了天上，北京则将意识核心变成了仙鹤, 只可惜, 随着时间的流逝, 它们还是慢慢消逝了, 毕竟核辐射的浓度还是很高的。"

"别伤感, 它们化作了城与飞鸟永远在一起, 我觉得还挺浪漫的。"谢莉又夹起了一片毛肚, 涮了刚好八秒。

"咳, 我就这么一说, 不过是 A.I. 而已, 有什么伤感的。"杨明说完, 端起了一大杯加冰黑啤, 一饮而尽。

天空之中, 城还是那座城, 鸟还是那群鸟, 只不过多了点儿人气, 绕地而飞, 直至永恒。

而铜锅, 还是那个味道。

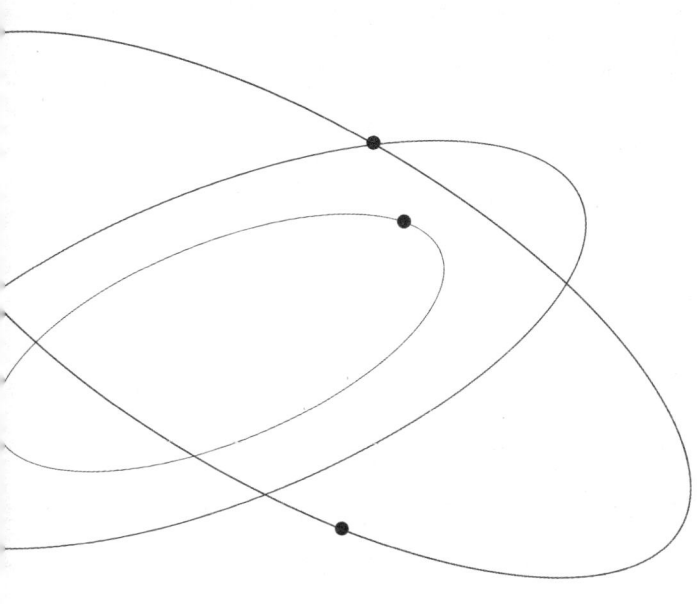

分形橙子

雅努斯之歌

红色精灵

"红色精灵"号静静地停泊在"雅努斯"行星的同步轨道上。

按照地球标准时计算，今天是探索飞船抵达特拉比斯特–1号星系的第三天。

从冬眠仓里爬出来，在辅助机器人的帮助下沐浴更衣，重新学会走路和吃饭，这个过程足足花费了易欣大半天的时间。等到她坐在宽大的指令仓里，在柔和的灯光下啜饮着一杯特调冰咖啡，翻看着桌子上的观测记录和照片时，那个思维敏捷、做事果决的"红色精灵"号船长才重新回到了易欣的躯壳里。

"船长大人，"送来第一批观测照片的柯林斯打了个哈欠，"你看起来恢复得不错。"

"谢谢。"易欣心不在焉地说。事实上柯林斯比她恢复得更快更好，这个强壮的男人从冬眠仓里爬出来之后只愣了一小会儿，就把辅助机器人推到了一边，自己跌跌撞撞完成了沐浴更衣和一系列需要人工干预的观测操作。眼前这些照片就是他的杰作。

"你感觉怎么样？"她随口问道。

"说起来有点奇怪，"柯林斯摊开双手，"我现在很想吃油炸冰激凌。"

"那你可得忍忍了,"易欣笑笑,"飞船上可没有安装抽油烟机,冰箱里也没有冰激凌球。"

"瞧瞧,它像什么?"柯林斯指指照片上的"雅努斯",提醒她。

易欣瞟了一眼,顿时明白了柯林斯的意思,眼前的星球一半是火焰,一半是冰原,就像一只被油炸了一半的冰激凌球。这颗被潮汐锁定的行星有着两张截然不同的脸孔,它一面永远被母星照耀,呈现出一种奇异的灰黄色调,在正对着母星的亮面中央,有一个肉眼可见的巨大气旋,就像一只永远睁着的眼睛。而它的暗面则是一片沉沦在万世永夜的灰暗冰原。柯林斯给它起名"雅努斯"倒也贴切,它就像那个古罗马双面神,有着两张截然不同的脸孔。

易欣不禁莞尔一笑,"原来这才是你真正的目的,穿越一百五十光年,就为了吃一只油炸冰激凌球。"

柯林斯大笑,"这可能是有史以来最昂贵的一次餐厅之旅。"

这时,照片上的一道白线引起了易欣的注意,这道在云雾下若隐若现的白线近乎精确地沿着晨昏线延伸分布,几乎把暗面和亮面分成了两个相等的半球。她皱起眉头,又翻看了其他照片,在不同的角度上,都能看到这条把"雅努斯"一分为二的白线,基本可以排除是镜头故障。

"这是什么?"易欣指着照片上的白线问道。

柯林斯耸耸肩,"太空时代刚刚开始的时候,有一个传说:中国的万里长城是太空中的宇航员能用肉眼看到的唯一人工建筑,后来人们才发现这是一个谣传。但这个传说是人类对自身文明自豪感的映射，也无可厚非。"

"你是说，这个东西是人工制造的？"易欣放下了刚到嘴边的咖啡杯。

"不排除这个可能。虽然自然界也能形成这种精确的结构，就像北爱尔兰巨人阶梯和昌普岛的众神足球并不能证明巨人和众神存在过，但是——"柯林斯从照片中挑出一张更清晰的照片指给船长看，他用粗壮的手指指点着，"瞧瞧这个，如果这是一道防御异鬼的城墙的话，我敢肯定没有什么东西能攻破它，它的高度有两千米，是绝境长城的十倍。"

"如果是地质活动形成的山脉的话，它又过于规整了。"易欣评论道，她凝视着她的科学官——同时也是她的探星搭档，"拜托，柯林斯，别卖关子了，你知道在这种地方不可能有'人'建造这么高大的城墙。我才从那个棺材里爬出来没多久，说实在的，我现在都不知道我的脑细胞有多少已经阵亡了，你就让我剩下的脑细胞多幸存几个吧，快告诉我，那到底是什么东西？"

"'雅努斯'是我们探索的第一颗被潮汐锁定的行星，你瞧这儿——"科学官终于收起了戏谑的笑容，他又翻出一张照片，指着那个明亮的气旋，"由于'雅努斯'距离恒星非常近——这个星系的太阳是一颗红矮星，这使得它的行星宜居轨道比水星距离太阳还近——所以它的亮面接收到的热量非常多，根据喷气推进实验室的计算机模拟，亮面被恒星直射的地方会有一个类似于木星上的大红斑的气旋。现在，我们亲眼看到了这个气旋，至少说明我们的计算机模型是部分正确的。这个气旋是'雅努斯'大气循环的一个重要节点，它吸取了地面的热量，热空气上升，形成一股朝上的极速气流。也就是说,亮面的地面上刮着永远朝向气旋中心的狂风,越接近气旋,风力越大。当来自整个亮面被蒸发的海洋蒸汽被卷到高空,水汽遇冷凝结,所以这个气旋下面永远下着不停息的大雨。"

"很壮观。"易欣喃喃地说。她翻看着那张近距离拍摄的气旋照片,气旋位于一片大陆上方,这片大陆的形状有些类似美洲大陆,整体呈现一个长条状,远端一直延伸至环赤道区域,其余的部分是深红色的海洋。易欣想象着高温的雨水铺天盖地永无休止地从厚重的云层倾泻下来,在大陆上汇集成如蛛网般密布的沸水河流,奔涌注入大海。一切都隐藏在氤氲的蒸汽中,那一定是一个地狱般的世界,很难想象有什么样的生命能在这种环境生存下来。

"在暗面还有一个冷气旋,这也和计算机模型的计算是一致的。"柯林斯继续说,他拥有蓝灰色的眼珠和坚硬的金发,下巴很光滑,声音很有磁性,"在亮面升温的空气被雅努斯之眼——希望你不介意这个称呼——推上高空,然后在高空气流的推动下,热气向暗面扩散,在高空中又形成了与地面上方向相反的气流。但是,由于大陆上的山脉阻挡,只有少数气流能够到达晨昏线。奇怪的是,长城上有对应的通道,这些气流可以穿过通道,畅通无阻地进入暗面,并且汇集在暗面的中央形成一个反向冷气旋。这就是'雅努斯'的大气循环简化模型,实际上它的大气循环比我说的要复杂得多。由于热空气能够抵达暗面,所以这颗行星的温差并没有我们预估的那么大。亮面的平均气温在零上四十摄氏度左右,暗面的平均气温在零下四十摄氏度左右。换句话说,暗面的冰层下面肯定有液态海洋。"

"你还没有解释那道白墙是什么。"易欣提醒柯林斯。同时，她翻看着其他照片，不管从哪个角度来看，"雅努斯"都是一颗迷人的星球，它就像传说中的双面神雅努斯一样，有着两张截然不同的面孔。暗面是冰冷的灰白色调，很平整，广袤的冰原上散布着一些交错的笔直线条，有点像木卫二的表面；亮面则被厚重的云团遮蔽，偶尔在云层的缝隙中可以看见深红色的海洋和暗红色的大陆。大陆上遍布着山脉和峡谷以及平原和高地。

这真是一颗迷人的星球，想想看吧，一颗被红矮星潮汐锁定的行星，它有液态水，有大气循环，在如此漫长的时间里，会演化出生命吗？

"我的推测是：那道白色长城是冰与火交汇的战场。"柯林斯终于说，"来自亮面的气旋带来大量降雪，降雪落在暗夜冰原上变成新的冰层，冰层不断积累，就像流动的冰川一样向亮面推进，但是在晨昏线上，它们遭遇了来自雅努斯之眼的热风，于是在晨昏线上堆积起来，经过亿万年的相持不下，最终达成了火与冰的平衡——也就是那道冰雪长城。"

"很有意思。"易欣若有所思地点点头，柯林斯这个解释似乎勉强说得过去，但易欣总觉得，这道白线还是太过规整了一点，简直就像一个造物主细心用粉笔在这颗行星上仔细地按照两张脸孔画下的分界线，"但这不是我们来这里的目的，我想知道，这颗星球有没有可能存在生命？"

"这个还不能确定，它的暗面是一片冰原，如果有生命，也只存在于冰层下面的海洋里。但是根据计算，冰层的厚度可能超过两千米,要在上面钻个眼儿,可不是一个小工程……"

"技术上来说不是问题,我们能做到。"易欣打断他,"我们既然能飞跃一百五十光年的距离来到这里,我们也能钻一个两千米深的洞。"

"当然。"柯林斯耸耸肩,"那么现在,让我们看看雅努斯的另外一张面孔吧。"他拿过一张飞船掠过亮面气旋正上方拍摄的照片,照片正中的巨大气旋真的像一只眼睛盯着他们,这张照片来源于飞船发射的极点环绕卫星,"气旋附近肯定是不适合生命存在的,至少高等生命不行,没人能忍受永恒的沸水大雨和十四级的热风……一般来说,一个潮汐锁定的行星最适合居住的地方是晨昏线附近。但是由于城墙的存在,充满了水蒸气的热气被城墙阻挡,所以那里大部分区域都经常下着冻雨和大雪,这些地方显然是不适合登陆的。幸运的是,我已经找到了一些适合登陆的地点,看这里……"他又挑出一张晨昏线的照片,照片上的白色长城清晰可见,"亮面只有一片比较完整的大陆,这个大陆延伸到了晨昏线附近,巧合的是,这里正好有一个对流通道,热气从高空流向暗面,冷气贴着地面从暗面流向亮面。当然,长城上可不止这么一个缺口,但其他通道大部分都位于海洋里,位于陆地上的通道目前只发现这一个。"

"这些通道似乎不难解释,"易欣说,"是对流导致了通道的存在,而不是通道的存在导致了对流,通道是结果,而非原因。"

"没错,晨昏线周围的气候比较温和,尤其是通道附近,大部分气流都通过通道流走了,通道附近反而没有什么大风,阳光也合适,有液态水的存在,如果这颗行星有文明的话,它们一定会选择这些地方建造它们的城市。但是这些地方大部分时间都被云层笼罩,还需要进一步观测。"

"大气成分?"

"氮气为主,有15%的氧气,2%的水汽,0.04%的二氧化碳和其他惰性气体。"柯林斯徐徐道来,看着易欣逐渐瞪圆的眼睛,柯林斯笑了,"你没听错,船长大人,我们中奖了,这颗行星的大气成分和地球很相似,只是氧气含量稍微低了点儿,水汽又多了那么一点儿……换句话说,这很可能是一颗有生命的星球。"

"非常好!"易欣掩饰着心中的惊喜,"不过,这听起来有些不太像真的,会有这么巧合的事情?"

"雅努斯很可能孕育了和地球同样以'一氧化二氢'为生命溶剂的碳基生命。"柯林斯指指窗外,此时,餐厅的窗户正好旋转到面对着"雅努斯",从这个角度望去,晨昏线上的城墙在暗红色的阳光下呈现出一种奇异的暗金色,将"雅努斯"分为了泾渭分明的两个半球,一个火热狂暴,一个冰冷安宁,"这是一颗非常非常有趣的星球。"

易欣将视线从窗外转回来,"柯林斯,再发射两颗环赤道的同步卫星吧,我要一个能覆盖全球的卫星通信网。稍后我们再详细讨论一下探测计划。"

船长的命令让科学官兼操作工柯林斯心旷神怡,他迈着轻快的步伐走开了,看背影就像一个刚在怀里揣着满满的万圣节糖果的小姑娘。机器人侍者给易欣重新添满了咖啡,她安静地啜饮着浓郁的黑咖啡,感觉头脑愈发清醒。接下来的时间里,易欣仔细翻看着桌子上的数百张照片,心里总有一种奇异的感觉。

虽说要和柯林斯讨论探测计划,但他们的选择其实并不多。按照UNSA(联合国空间总署)对探星者的严格规定,如无必要,决不允许探星者亲自登陆行星——探星计划开展数百年来,前仆后继的探星者们用生命证明了,系外行星的危险性绝不是在地球上的计算机模拟就能完全了解的。

半个小时后,易欣心中已经有了决定,她把照片推开,端起咖啡杯一饮而尽。

出　生

暗夜冰原,冷气旋附近。

旋转,无休止的旋转。

紧接着是猛烈的撞击,周围是激荡的液体,不可言喻的疼痛和晕眩,但马上一切就停止了。它摆摆尾巴,四处探索,感觉到自己正处于一个密闭空间里,安全温暖,周围是弧形光滑的表面,就像……一只……卵? 对,没错,就是这个词语,这个词语突兀地闯进了它简单的大脑:它在一只卵里。

此时,卵显然已经从撞击中停下来了,周围的寒意慢慢浸入卵壳,但是对它来说,这是一种极度舒适的感觉,是清凉舒爽,驱走它身上的燥热。

此时,它第一次有了方向感。它向每个方向探索,但总会碰到光滑圆弧的墙壁。卵壳里充满了液体,在它最初的记忆里,这些液体在不停地旋转,狂暴地冲击着它,它就像一片风中的树叶在不停地摇摆。

如果有一个人拿着透视仪观察这只卵的话，他会惊奇地发现在火红色的液体里有一条小小的鱼正在舒适地游弋。这条小鱼正徒劳地撞击着卵壳，但卵壳很坚硬，小鱼很快就放弃了徒劳的撞击，张开嘴大口大口地开始吞咽卵壳里的液体。

小鱼没有意识到，它小小的世界并没有完全停止，而是正在缓慢地下沉。它吞咽了一会儿液体，一股疲倦感袭来，于是它又转了一圈就不动了，细长的身体静静地悬浮在液体中，陷入了深沉的睡眠。

不知道过了多久，一阵轻微的震动透过液体传导到小鱼的身上，惊醒了它。它甩甩尾巴，察觉到卵正在翻滚下沉，液体又开始激荡起来，但比起之前要温柔许多。它感觉自己又变得灵活了一些，但是和刚才不一样的是，它感受到了某种东西，有光线刺进它黑暗的世界。色彩，火红的色彩，它的头上长出了两个微小的感光细胞聚集点。

原始的眼睛出现了。

但它只能看到一片昏红色，混沌朦胧的暗红。这个色彩让它有了一种熟悉的安宁感。它默默地感受着这片红色，某些潜伏的记忆正在缓缓地复苏。

又是一下颠簸，卵终于再次停下来，卵壳仿佛触碰到了某个巨大造物的底部。它轻微地震动了几下，然后开始轻轻摇摆。小鱼感受着液体微微的晃动，感到有些不安。在它看不见的地方，一座海底热泉正喷涌着黑色的烟柱。烟柱一直延伸到几十米的高处，然后缓缓飘落回海底。一些黑色的物质渐渐地覆盖了红色的卵壳。

奇妙的化学反应发生了，在黑色物质的侵蚀下，卵壳逐渐变得透明起来，同时，当小鱼再次撞击到卵壳内壁时，它敏锐地察觉到：卵壳内壁已经不像刚才那么坚硬了。

热，再次热了起来，强烈的灼烧感。小鱼猛烈地撞击着内壁，它第一次张开嘴巴，撕咬着已经变得柔软的卵壳。但是，自然规律早已决定了小鱼的命运，它一直没有撕开内壁，尽管内壁已经变得非常柔软。直到蛋壳内的红色液体褪去了颜色，变成了无色液体之后，小鱼才终于撕开已经不堪一击的卵壳，迫不及待地钻了出去。

一阵清凉的感觉马上包裹住了它，它出生了。

它置身于一片黑暗的海水中，但马上，它的感光细胞就接收到了某些奇异的色彩。首先进入它简陋的眼睛的是一些其他的红色光点，那些光点散落在黑暗的海底，不时地有更小但更亮的光点从红色的大光点中分离出来，而大光点则随着小光点的离去渐渐熄灭。但这并不是全部，它看到一个朦胧的、巨大的巨柱也发出暗红色的微光，虽然微弱，但已经足以被它简陋的眼睛察觉到。它围绕着巨柱转了几圈，这时，有一些小光点朝它移动过来，它意识到这些是它的同类，它们很快就聚集在一起，形成一个小小的红色鱼群。

小小的鱼群围绕着黑色烟柱转了几圈，仿佛在向这个巨物告别。片刻之后，发出明亮红光的鱼群就向远方的黑暗游去。在这个小小的群落周围，有更多的鱼群正在集结。

在这个黑暗世界的天空上，有更多的卵正在缓缓飘落。

鹰与蛇

"雅努斯"同步轨道,"红色精灵"号。

"我将在暗面释放'鹰',"柯林斯给易欣解释着他的探测计划,他指点着一张从"雅努斯"暗面极点上空拍摄的照片。易欣一直努力用肉眼寻找着冷气旋,但却什么都没有看到——只有在红外线照片上才能看到冷气旋的存在。而且,虽然叫作冷气旋,但它的温度却没有预想的那么低,事实上,冷气旋的中央很可能是整个暗面温度最高的地方,这也让易欣和柯林斯感到有些疑惑,按照他们现在掌握的大气环流模型来看,从亮面往暗面输送的热量远远达不到能让暗面的极点出现冷气旋的程度,但红外线照片也不会撒谎。"让'鹰'抓着'蛇'在暗面极点不远处软着陆,避开冷气旋,然后释放出'蛇','蛇'会钻透冰层。如果冰层下面有一个海洋,'蛇'和'小家伙'们会替我们完成接下来的工作。"

"鹰"是探星船的标准配置,它是一个全自动登陆舱。当它飞掠过冰原时,会释放出一个串联核动力单元组成的机器蛇。机器蛇会从天而降,利用重力撞击进入冰层。机器蛇的头部就是一个钻头,它会利用热量和灵活的身体融化并钻进冰层深入,直到钻透冰层。理论上,强劲的核动力马达可以让它们钻透五千米的冰层。当钻透冰层之后,机器蛇会分解成十三个独立的机器,每一段都会变成一个自带核动力的机器章鱼。这些"小家伙"们抗高压,抗低温,防水防尘,具有多频段视野,能探测到从微波到伽马射线之间的所有频段。更重要的是，它们还是顶尖的猎食者，如果它们发现了有必要捕捉的猎物，还会在飞船发布的指令下进行捕捉。而且，机器章鱼们拥有一个分布式的中心大脑模型，有一定的自主性，会自动测算是否需要集群猎杀。易欣一直觉得，这些小家伙的设计者一定是从老电影《黑客帝国》中的机器章鱼得到的设计灵感。

"就这么办吧，"易欣点点头，"我建议在极点附近和赤道附近各释放一条'蛇'。"

"我有预感，在这颗行星上我们一定会有所发现，"柯林斯说，"它的寿命可能比整个太阳系还要长一倍，如此漫长的时间里，谁知道会发生什么。如果冰层下面真的存在一个液体海洋——这简直是一定的。你肯定注意到了，'雅努斯'的暗面像不像欧罗巴？"

"没错，"易欣说，"但这并不能说明什么，水是宇宙空间中里最常见的物质之一。水星和月球上都发现了水，但在欧罗巴的冰海里，我们可什么都没有发现。"

"但欧罗巴没有如此复杂的环境和大气环流，而且也没有表面的液态水。"柯林斯显然对"雅努斯"抱有很大希望，"但'雅努斯'有，而且'雅努斯'距离它的母星如此之近，和欧罗巴一样，也受到了引力潮汐的影响，内核遭受来自母星的来回挤压，如果我没有猜错，冰海下面一定存在海底火山。"

"让我提醒你一下，柯林斯先生。"易欣抬起头看着柯林斯，"我们的目的不仅仅是为了寻找外星生命，我们还是在为人类寻找能够移居的新家园，恕我直言，这颗行星的环境实在称不上友好。"

"如果我们摧毁长城，晨昏线附近能居住的地方会大大增加。"柯林斯的脸上是一副受到伤害的表情，"而且，你不觉得，即使这种行星无法满足人类的移民条件，它本身不也是值得探索的吗？想想看，一颗被潮汐锁定拥有长达可能一百亿年历史星球，表面拥有液态水和复杂的大气循环结构，简直太令人着迷了。"

"好吧。"易欣说，"再释放一个浮空探测器，我们要知道冷气旋的内部结构，我想知道冷气旋为什么到了暗面的极点还没有完全冷却。另外，加强对亮面的观测，尤其是靠近晨昏线通道的宜居带。"

顿了顿，她的语气缓和下来，补充道："柯林斯，祝你'用餐'愉快。"

三个小时后，当红色精灵运行到暗面上空时，"鹰"从飞船的主体上脱落，沿着一条平滑的抛物线轨道向"雅努斯"冰冷的脸庞飞去。柯林斯全神贯注地坐在模拟仓里操控着"鹰"逐渐下降，他戴着一副VR眼镜和紧身体感服，体感服上分布着的数千个传感器和"鹰"的主计算机相连接，将位于"鹰"上的姿态控制仪、传感器等仪器的信号编译成能被体感服识别的信息，直接传送到体感服上，让柯林斯化身雄鹰。

此时，雄鹰正翱翔在永夜冰原的上空，从柯林斯的视角望去，一望无际的冰原在他身下向四面八方伸展，一直延伸到天边。这里并不是完全的黑暗，漫天的群星之光在无垠的冰原上漫反射，形成一种朦胧的光感，如幻似梦。

柯林斯知道，他眼前之所见是宇宙中最不可思议的景象之一，这片冰原可能比太阳系本身还要古老。冰原很平滑，有一些红褐色的线条纵横交错。柯林斯调高了感光度，瞬间，眼前的一切都明亮起来。他再次调整视野，进入到望远镜模式，VR眼镜上的图像成倍地放大，让柯林斯看清楚了地面上的细节。他看见那些褐色的线条其实是一道道冰裂缝，冰原也没有远处看起来那么平滑，而是略有起伏，一连串小丘陵从他视野里一晃而过，柯林斯甚至看到一道小小的悬崖。他在心里估算了一下，悬崖的落差不会超过一百米。如果不是知道自己身处距离地球一百五十光年以外，柯林斯真会误以为自己正在木卫二的上空。

正前方的白色巨柱渐渐在黑暗的背景下显出身形，它仿佛支撑着天地，孤独地矗立在暗夜的最中心。巨柱的上端是一个旋涡状云层，来自四面八方的热气流在此汇聚冷却，结成冰冷的雪花沸沸扬扬从天而降，永不止息。大雪降落在极点，层层叠叠，重压之下，逐渐变成坚硬的冰层，在重力的作用下以每年几厘米的速度向四周移动，最终汇聚在晨昏线，变成巨大的寒冰城墙。

鹰快接近目的地了，柯林斯将感光模式调整为红外线，顿时天地变色，眼前的灰白色巨柱变成了熊熊燃烧的通天火炬，火炬上方可以清晰看见无数条红色气流源源不断地注入其中。

这不可能，柯林斯不禁迷惑地摇摇头，不管怎么测算，这个气旋的温度都不可能达到这种程度。按照现在搜集的数据建立的大气模型来看，暗面的气温应该远远低于现在的数值，也就是说，从亮面输送的大气含有的热量不足以造成现在的结果，除非有额外的热量输送。

柯林斯想起一种说法：要不是恒星真的存在，人类的科学理论可以很轻易地用无数种方法证明恒星是不可能存在的。

如果不是亲眼看见，柯林斯也有一百种理论来解释这个冷气旋根本不可能存在。

突然，柯林斯注意到有一些明显比周围的温度还要高的红色亮点在气旋中隐约闪烁着，就像风中的萤火虫。他仔细分辨了一会儿才发现，这些红色亮点是随着高空气流飞来的，它们抵达了气旋之后，就随着雪花从天而降，散落在极点冰原上。

但柯林斯已经不能再靠近了，此次的任务并不是探测气旋。预定的第一个投放目的地正在接近，他操控着"鹰"飞过了一条细长的冰裂缝和一片低矮的冰丘陵，来到了一处凹陷的盆地上空。这个盆地很可能是一颗小天体的撞击坑，直径大约一公里，这里是两人讨论之后定下来的最佳投放点。

"鹰"在撞击坑上方盘旋着，时间到了，柯林斯松开了手中的"蛇"。鹰的腹部打开了一个洞口，一个黑色的柱状物体从中滑落出来，在重力的作用下，沿着精确的轨道向下方冰原刺去。

五十秒钟后，坚硬的"蛇"刺穿了冰层，并且深入到十三米的距离才停了下来。随着一阵微微的轻响，分布在各节肢体中的核动力引擎启动了，同时，蛇身变得柔软，蛇头缓缓地变成了钻头的形状，钻头的顶端是人类能够制造出的最坚硬的简并态物质，比金刚石要坚硬一万倍，足以钻透挡路的所有岩石。

"出发吧，我的小宝贝儿们。"柯林斯轻声说。

蛇头瞬间发出高热，钻头开始以每秒数万转的速度飞速旋转，前面的寒冰瞬间气化，顺着蛇身上的导流槽飞速地传导到蛇尾后方，又重新凝结成寒冰，"蛇"开始高速向下前进。

十分钟后，柯林斯在晨昏线附近释放了第二条"蛇"。

"现在，"柯林斯摘下头盔，对易欣说，"让我们赶紧释放浮空探测器吧，那里看起来有一些不太寻常的东西。"

波波夫

亮面，晨昏线附近。

最近一次醒来的时候，波波夫发现自己的第三腕足上出现了一个暗红色的圆斑。它仔细检查了其他几条腕足，果不其然，它在第六腕足上也发现了同样的圆斑。

波波夫的心里反而安定下来，它知道，太阳神已经发出了召唤，朝圣的时间快到了。

它从圆形的巢穴里爬了出来，爬向不远处的奔流河。奔流河的河岸上生长着巨大的伞树，这些伞树会缓缓地移动树根，寻找更稳定的地基。它们巨大的伞叶永远张开着，红色的伞叶连接成一片红色的海洋。

波波夫穿过伞树，它的八条腕足灵活地摆动着在树根间蠕动爬行，一双眼睛目视前方，头顶上的天眼扫视着天空，天眼看到的并不是厚重的永不消散的云层，而是一片朦胧的红光。它没有感到刺痛，这是一个适合出行的时刻，如果不适合出行，它看到的就不会是一片温和的红色，而是让天眼感到刺痛的蓝色，而且伞树也会早早地闭合它们脆弱的伞。

波波夫爬出丛林，来到奔流河边，它舒展身躯，轻轻地爬进水中。清凉的感觉包裹住了它，它摆动腕足，把自己推向更深的地方。水流温柔地冲刷着它的身体，让它有一些奇异的安全感。波波夫游了一会儿，感到有些累了，它放松身体，八只触手伸展开来，悬浮在水中，任凭水流把它带向下游。某些古老的记忆从它脑海里浮现，它喜欢这种被清凉的液体包裹的感觉。当饥饿的感觉来临时，它收起腕足潜入水底，抓住一些很像它的腕足的蠕虫，这些蠕虫生活在河底的泥浆里，虽然有点儿难捕捉，但是味道十分鲜美。波波夫吃了几条蠕虫，又抓住几条细长的鱼胡乱塞进嘴里。

当波波夫爬上岸时，它看到卡卡乌正在伞树下等他。它一定是嗅到了性素的气味。波波夫的三颗心脏都猛烈地跳动着，它眼里的卡卡乌也和平时不同了，它的每一条腕足和修长的身体都让波波夫的眼睛挪不开。它知道，这是性素正在影响它。

没有交谈，十六条腕足很快就交错缠绕在了一起，它们在伞树下尽情地缠绵着。一阵阵战栗传遍了它们全身，每一条腕足都在愉悦中微微颤抖。在颤抖中，波波夫缓缓地张开腹部的裂口，卡卡乌伸出一条腕足，伸进裂口。一种奇异的脉冲传遍了波波夫的全身，那不是疼痛，也非麻痹，更非快感，而是一种难以言说的战栗，一种来自远古祖先的记忆冲击着它。在战栗中，波波夫再次听到了太阳神的召唤。

一个明显的凸起从卡卡乌伸入裂口的腕足根部处浮现，凸起渐渐向腕足远端滑动，就像一只鸡蛋在蛇的身体内滑动。卡卡乌剩下的七条腕足和波波夫的腕足紧紧地缠绕在一起，它们双眼紧闭，头顶的天眼却异常明亮。

最终，凸起通过了裂口，进入了波波夫的腹部。卡卡乌收回腕足，浑身瘫软，八条腕足无力地摊在河岸上。波波夫腹部的裂口闭合了，卡卡乌在它体内产了一只卵。

波波夫蠕动着腕足，离开了卡卡乌。它感到非常疲倦，缓缓地爬到一棵伞树的根部，开始啃食伞树的树根，随后爬回了巢穴，在黑暗中沉沉睡去。在睡梦中，波波夫梦见自己时而变成一只小鱼在黑暗的冰水中游荡，躲避着危险的掠食者；时而变成一只荆棘怪追逐着红色的鱼群，鱼群在它的眼里就像一团会发光的红雾；时而又变成一块炎热的岩石沉入冰冷的深渊。

在接下来的时间里，交配者们纷至沓来，它们每一个都在波波夫的体内产下了一只卵。当波波夫的第三到第六条腕足上都出现了明亮的圆斑时，它知道，启程的时间到了。

登　陆

暗夜冰海。

小鱼喜欢被同类们包围的感觉。

数千条小鱼组成的鱼群沿着一条海底山脉向前方游去。它们没有感到寒冷，每个同类的身上都不停地散发着热量。它们感到饥饿的时候，就会下降到海底，寻找散落的碎屑。这些碎屑很好找，就像散落在海底的红宝石般在黑暗中熠熠发光。小鱼的感光器比刚出生时更完善了，已经足以看清楚躲藏在缝隙中的黏虫和海草。这些软鼓鼓的黏虫在海底慢慢地爬行，寻找着碎屑，在感光器下显示出一条缓慢出现又消失的尾迹。鱼群不断地经过它们上方，给黏虫和海草带来源源不断地热量和光明，让这个微小的生态系统得以持续。

有一些小鱼掉队了，它们没有赶上鱼群的速度，慢慢地落在了后面。小鱼不知道它们的命运即将如何，在某次回头的一瞥中，它似乎看到一只小鱼缓缓地落到了海底，蠕动着消失在了一道缝隙里。

海水越来越温暖，但小鱼却感到越来越寒冷，它的运气不错，一路上吃到了不少碎屑和黏虫。每一次进食之后，小鱼都感到自己的身体在发生变化，它的身体越来越大，八只鳍也从粗短变得修长，感光器上逐渐出现了一层硬化黏膜，类似于凸透镜的效果让它能看到更远的方向。

最初的鱼群中，个体已经越来越少，小鱼并不是最大的一条。在鱼群前进的路程中，运气好的个体能吃到更多食物，然后变得更大，有概率抢到更多的食物。渐渐地，鱼群发生了分化，抢到食物更多的小鱼们变成了领先者，形成了一个新的集群。它们游动在鱼群的最前方，又能够抢到更多的食物。而瘦小的小鱼们则渐渐落后了，它们抢不到食物，只能吞吃大鱼们嘴边飘落的残渣。最后面的小鱼们则慢慢消失了，没人知道它们的命运如何。

小鱼还不知道，在一百五十光年以外的一颗星球上的某种生命体早就发现了这种现象，他们将这种现象称为"马太效应"。

随着时间的推移，最初那一团光雾似的鱼群渐渐拉长成了一串项链。

小鱼很幸运地挤进了第一梯队，不知道为什么，它已经不敢和同类们靠得太近，一种冥冥中的记忆告诉它要这么做。其他的小鱼肯定也是这么想的，它们谨慎地形成一个松散的鱼群继续向前游去。

不久之后，它们越过了一道深深的峡谷，来到了一片荒原之上。荒原上再也看不到星星点点的碎屑，黏虫和海草也不会在这种毫无遮蔽的空间里生长。进入荒原后不久，鱼群不约而同感到了饥饿，它们焦躁地前行，感光器乱转着，在荒原上四处寻找着食物。

一只小鱼突然脱离了第一梯队向后方游去，它的行为仿佛起到了示范作用，第一梯队的小鱼们纷纷调头，闯进了第二梯队。它们惊喜地发现原来到处都是食物。

第二梯队的生物们多么奇特啊，它们笨拙地舞动着短小的鳍，几乎就是靠着第一梯队掀起的水流前进。它们虽然小了点儿，但毕竟也是好捕捉的食物。小鱼张开嘴巴，很轻松地就吞吃掉了这些曾经的同类，其他的小鱼们也纷纷这么做了，在这个过程中，它们并没有感到任何心理上的不适，毕竟，它们的大脑还只是一团简单链接在一起的神经细胞。而第二梯队的小生物们也纷纷开始吞吃第三梯队的成员，第三梯队的成员似乎也受到了启发，对第四梯队的小东西们也没有嘴下留情。

原来到处都是食物。

鱼群们用餐完毕，开始继续前进，鱼群项链明显短了很多。

这是一片广袤的荒原，没有深海热泉，没有峡谷，没有山脉，只有平缓的起伏。偶尔出现几个小丘陵。到处都是灰白色的细沙，但不完全是黑暗，鱼群本身的光芒已经足够让这些小小的旅行者们看清楚海底和周围的一切。即使身处第一梯队，获得食物的机会也不是均等的，随着时间的推移，第一梯队的鱼群也开始产生了分化。身形最矫健、大脑最发达的小鱼获取食物的概率比其他同类稍微高了那么一点点，这点儿概率累积起来，慢慢地让这些小鱼长得更大，牙齿也长得更尖。终于，在游出荒原之前，最大的小鱼突然朝身边曾经的同类张开了嘴。

一片混乱之后，项链再次拉长了，第一梯队分裂成了更多的梯队。最末尾的梯队慢慢地消失在了黑暗中。有的小鱼葬身同类之口，有的小鱼似乎游不动了，或者是死去了，它们缓缓下沉，直到消失在黑暗的深渊中。

小鱼很幸运，它依然在新的第一梯队里。此时，它的眼睛已经成型了，视神经纤维已经组成了视神经束，它第一次看清楚了周围的同类。

它"惊奇"地发现，它身边的"同类"们并不完全是一样的，有些长出了坚硬的带刺甲壳，但脑袋也缩进了甲壳，一对触手上长着两只小小的眼球；有些长出了更多的触手，有利于快速地划水；还有些长出了更多细小的脚，整个身体变得扁平，以波浪形的状态在水中快速穿行；还有的就没那么友好了，有一只最大的个体长出了一张巨大的嘴巴，嘴巴张开以后，几乎占了整个身体的一半，可以清楚地看到它嘴里的螺旋状尖牙。小鱼不禁本能地离它远了一些，事实上这个举动是明智的，这个家伙已经演变成了一只掠食巨兽，它很快就开始吞食周围的个体，甚至连比自己体型只小了一点儿的也不放过。但它没有得意多久，不久之后，从海底的沙子中冲出了一只更大的巨兽，一口就将掠食者吞食。

小鱼"意识"到离开的时间到了，它舞动着有力的鱼鳍，甩甩尾巴，离开了鱼群。

如果它能从一扇镜子里看到自己，它就会发现：自己的脑袋是所有个体中最大的一个。

它躲避着无处不在的掠食者，无数次化险为夷。从一次一次险象环生中逃脱，它的大脑愈加成熟。它有时候钻进沙底休息，有时候会钻进岩石缝隙搜索食物，但更多的时候，它都沿着从出生开始就在冥冥中被指定的方向继续前行。

不知道过了多久，它察觉到上方亮了起来，这个信号迅速传导到了它的大脑，并且指导着它向上方游去。光线越来越强烈，直到它碰到了一层淡红色的晶状体。但它的身体是火热的，淡红色的晶体很快就融化了，上方出现一个小洞，它用肢体在洞壁上攀爬着，身体散发出的热量不断地融化着冰层，不知道过了多久，阻力消失了，它爬上了冰面，第一次脱离了水，湿漉漉的皮肤很快就在干冷的空气中变得干燥。

第一次，它张大了嘴巴，启动了体内一直没有使用的肺，开始呼吸，也第一次用新生的肢体在冰面上开始爬行。天边是一道千米高的白线，有火红色的光芒从悬崖上方透射到这片冰原上。它知道，那是它的归宿，那是这场漫长迁徙的终点。

它第二次出生了。

在这片已经接近晨昏线的冰原上，数百个相似的个体正挣扎着登陆。它们迈动孱弱的肢体，用新生的肺大口呼吸着寒冷的空气，但却义无反顾地向前继续爬去。

永恒的基因

"红色精灵"号。

释放了"蛇"之后不久,易欣和柯林斯从"红色精灵"号上直接释放一个浮空探测器。浮空探测器和"鹰"不太一样,它没有着陆装置,而是拥有一个巨大的气球,内部充满了氦气。柯林斯亲切地给浮空探测器起了个新名字——"水母"。

在发动机的推动下,"水母"很快就接近了柯林斯曾见过的白色巨柱。将高清摄像机调测到红外线波段后,它清晰地拍摄到了柯林斯曾经见过的红色萤火虫。"水母"小心翼翼地接近,红色亮点在狂风中飞舞,不时被甩出漩涡,洒向下方的冰原。发现这点后,柯林斯突然有了个新的想法,他操控着探测器离开了气旋,撤离到危险距离之外。稳定机体之后,氦气球下方的控制仓弹出两个长杆,展开了一张巨大的网。

一个小时后,一个黑色的卵静静地躺在透明的密封舱里摆在了易欣和柯林斯面前。

"怎么这么热?"易欣感到有些汗流浃背,"空调坏了?"

柯林斯摇摇头,他指着那只卵,说道:"热源在这儿,它的温度高达200摄氏度,差点把我的网给烫坏了。"

易欣当然知道柯林斯在开玩笑,没有什么能烧坏碳纤维网,她擦了擦额头上的汗珠,惊叹道:"没想到,这真的是一颗有生命的星球,即使我们现在返航,也能拿到发现者紫金勋章了——这是一只卵?!"

"一只从天而降的卵。"柯林斯皱着眉头,"可是我没有看见任何生物在气旋上方产卵。"

易欣看了看温度计,在他们谈话的时间里,温度计的温度没有一丝变化。她把疑问暂时压在心底,"如果这些真的是卵,它们会跌到冰原上,这个热度足以融化冰层让它们进入海洋。"

"两千米厚的冰层?"柯林斯怀疑地看着易欣。

"这正是我要说的,"易欣指指温度计,"从抓到它的时候到现在,已经过了一个多小时了,如果我没有看错,它的温度没有下降过。"

柯林斯仔细地检查了一下数据记录,事实证明易欣的推断是准确的。"这个卵自带热源?!"他不可思议地惊叹着。

"这是一种我们不了解的生命形式,但也不是没有参考样本。"易欣说,"地球上的深海热泉附近就有能够忍受几百度高温的生命体。"

"我明白了,"柯林斯抚摸着光滑的下巴,若有所思地说,"这个卵肯定是从亮面来的,只有亮面才可能收集到这么多的热量。"

"某种生物跟随气流来到暗面冷气旋上空产卵,炙热的卵跌落在冰原上,靠自己的热力融化冰层,进入大海,然后在海底进行孵化,幼体再继续向亮面迁徙……"易欣说到这里停了下来,她看着柯林斯,"像不像大马哈鱼?"

"你的想象力非常惊人,易欣。"柯林斯说,"但有个问题,母体在哪里?我们没有侦测到任何母体,包括气旋上方的大气层里也没有侦测到任何母体,这些卵似乎是凭空出现的……"

"但至少可以解释为什么暗面的温度比我们预测的要高，很可能就是这些卵从亮面带来了新的热量。"易欣坚持道。

"那么这场迁徙的规模一定非常大。"柯林斯似乎不太同意易欣的看法，"我还是认为造成这种温度差异的原因是深海热泉。'雅努斯'距离母星太近了，潮汐力足以搅动它的内核，转化成这颗行星内部的热能。"

"这么说，你认为这些卵是从哪里来的？"

"我不知道，"柯林斯摇摇头，"在没有看到明确的证据面前，我们还是不要轻易下结论。"

"你的宝贝儿们怎么样了？"易欣转而问道。

"冰层比我想象的要厚。"柯林斯耸耸肩，"不过两条'蛇'都状态良好，冰层很纯净，连陨石都没有碰到一颗，倒省了不少力气。"

他们决定对卵进行人工降温处理，易欣认为不管卵里是什么，它一定有一个高效的生物储能机制，而这种机制是地球上从未见过的。不管这次的探索结果如何，能获得这个卵，已经是很大的收获了。

他们没有等待多久，第一条"蛇"就钻透了冰层。柯林斯立即连上了信号传输，"蛇"钻透冰层后，立即就沉入了冰冷的海水之中，进入幽暗的海底。在柯林斯的指令下，它自动分解成十三只小"章鱼"开始分头进行探索。十三个摄像头的实时传输画面很快就显示在一块分屏大屏幕上。

"看那里，"柯林斯突然指着其中一个分屏幕喊道，"是卵！"

易欣闻声望去，只见一只小"章鱼"的视野里出现了好几颗红色的亮点,这些亮点发出幽幽的红光,正在缓缓地飘落。

"果然是这样,"易欣喃喃地说,"它们要在海底孵化。"

又有一个屏幕上发现了亮点,紧接着,亮点出现在了更多的屏幕上。

"看起来,这场迁徙的规模可不算小,"易欣说,"如果每一只卵都能保存大量的热量,它对暗面温度的影响显然是不能忽视的。"

"没错,但你看那里,"柯林斯指着左下角的一个屏幕说道,"看见了吗?"

易欣当然看到了,那里矗立着一个高度可能在百米以上的黑色烟囱,"那是深海热泉……"

"我们都对了,或者说我们都错了,"柯林斯说,"现在,让我们看看海底都有什么吧。"

"章鱼"们四处搜寻着,它们潜到海底,在海底发现了已经孵化的卵壳,还有不少完整的卵正在微微颤动。

突然在一个屏幕上出现了一团红色的云雾,那是一只小"章鱼"的视野,红雾出现在它的远方。"章鱼"立即追上去,尾部的触手紧绷着,尾部飞速旋转,形成一个高速的螺旋桨。它很快就追上了那团红色云雾,随着距离的拉近,红色云雾逐渐分解成了一个个微小的亮点。

"是鱼群,"易欣的眼睛有些发潮,"卵里孵化出的鱼群。"

"它们正在往光明游动,就像大马哈鱼。"柯林斯补充道,"易欣,你是对的。"

"还有其他的东西,"易欣说,"这里一定有其他的生物,不然无法构成一个完整的生态系统，不然这些小鱼吃什么？"

"目前为止还没有发现任何植物和浮游生物，"柯林斯扫视着其他的屏幕，"就连深海热泉周围也没有发现其他种类的生物。不过，易欣，你想想，如果这些卵真的是从亮面随着气流飞来的，如果它们真的有高效的生物储能装置，它们根本不需要进食，至少……它们不需要额外补充能量，它们本身就是热源。"

"你是说，这个生态系统很可能是熵减的？"易欣倒吸了一口冷气，但她马上就想到了什么，"即便如此，它们也需要食物来构建自己的身体，难道它们一直不生长吗？"

"很简单，我让每条章鱼都跟上一个鱼群，看看它们究竟吃什么，要去哪里。"柯林斯说道。

"不，"易欣想了想，否决了柯林斯的提议，"按照这些鱼群的速度，要游到晨昏线可能需要一年的时间，甚至更久，我们等不了那么久。让章鱼们分散开，从所有的方向去追踪鱼群，但是发现鱼群、进行观察记录之后，要加速越过鱼群，继续向前寻找更前面的鱼群，再次进行观察记录，依次类推，直到发现鱼群的目的地。按照'章鱼'的游泳速度，用不了一个星期，我们就能获得所有需要的信息。"

柯林斯不禁朝易欣竖起了大拇指。

在新的指令发出后没多久，第二条"蛇"也钻透了冰层。

第二条蛇的发现则让易欣和柯林斯大吃一惊：在这片接近晨昏线附近的海底，完全看不见鱼群，取而代之的是一个五彩缤纷的世界，各种各样奇形怪状的生命。有在海底爬行的甲壳类生物，有潜伏在岩石缝隙里伸缩长长的带刺的舌头的掠食者，有身体比例明显不对称的蝠鲼在懒洋洋地游动, 有弯曲游动快如闪电的海蛇, 还有海底生长的一丛丛暗红色的海草, 宽大的叶片随着海流缓缓摆动……几乎所有在地球上能看到的海底物种都能找到对应的 "雅努斯" 版本。不仅如此, 还有更多的奇形怪状的生物正在被陆续发现。

"天哪, 原来它们都藏在这里," 易欣喃喃自语, "原来生命是如此顽强……"

柯林斯立即下达了捕捉样本的指令, 十三只小 "章鱼" 迅速将观测到的生物类型进行了大致分类, 并且自动对样本目标进行了选择, 捕捉了外观差别最大的13个样本。

两个小时之后, 十三种奇形怪状的生物被送回了 "红色精灵" 号的密封实验室。每一个样本都被放在单独的透明密封箱里, 箱子里盛满了从冰下海一并取来的海水。

易欣很快就用探针对十三个样本进行了基因取样分析, 并让基因分析仪接手了下一步的工作。

"你注意到没有," 柯林斯站在层层叠叠的密封水箱面前, 对易欣说, "体型越大的生物, 体温越低。" 他指着一只体型像地球海洋里顶级的掠食者鲨鱼一样的生物说道:"这条类鲨鱼的体温已经接近冰点。"

"这说不通, 体积越大的生物, 表面积比例越小, 保存热量的能力应该越强才对," 易欣的眼睛一亮, "除非这个生态系统真的是熵减的。"

"而且, 我注意到, 所有的生物的拓扑结构都非常相似," 柯林斯敏锐地发现一点, 他在密封舱上指点着, "你瞧, 这只类螃蟹有八条腿，这条类鲨鱼有四个明显的鳍，但是还有四个明显已经退化的鳍分布在身体两侧。其他的生物也差不多如此，都有八个肢体，这说明这些生物的亲缘关系可能比地球上的海洋生物更近。"

"等等基因分析结果吧。"易欣点头，"我注意到那些最初的鱼群也都有八只鱼鳍，可是现在那些小鱼去哪里了？"

是的，尽管这个生态系统非常纷繁复杂，但没有一只"章鱼"发现第一条"蛇"跟踪的那种鱼群。

他们决定把这些疑问先抛到脑后，安心等待基因分析结果。

结果很快就出来了，柯林斯和易欣都不太敢相信自己的眼睛。柯林斯的猜测是正确的——也许太正确了——这些生物的确有着亲缘关系，而且它们的亲缘关系又让人完全看不懂，所有生物的基因图谱都完全一致。甚至就连海底生长的海草的基因也和类鲨鱼的基因没有任何差别。

"我的天！"易欣惊呼，"这不可能！它们都是一个物种吗？"

"从基因学上来说，是的。"柯林斯也是一副好像见了鬼的表情，"这些东西的区别在于它们的不同基因表达，有些生物的内含子、在其他生物体内是外显子……"

"可是，地球上的生物虽然都来自同一个单细胞祖先，但是物种分化之后，仍然会因为变异产生特有的基因序列。"易欣的脑子飞快地转动着，"这些家伙显然都有同一个祖先，但它们从来都不变异？"

"这也说不通。"柯林斯反驳道，"难道这个星球上产生的第一个细胞一出现就准备好了所有未来需要的基因？那这个星球的上帝可够勤奋的。"

“我们需要更多的样本。”易欣说，“柯林斯，我们再抓十三个不同的生物体回来检查检查。”

“如你所愿，”柯林斯吹了个口哨，“虽然我觉得结果肯定是一样的。”

与此同时，第一条“蛇”放出去的十三只小“章鱼”有了新发现。

朝圣之旅

亮面，晨昏线附近，奔流河。

启程总是孤独的，没有一个同伴来送行。波波夫能感受到腹部的鼓胀，在它腹部深处，已经至少有了三十只卵。它甩动腕足，有些艰难地穿过熟悉的伞树林，从盘结缠绕的树根上爬过，爬进了奔流河。

清凉的河水让波波夫感到浑身舒适，它在水里浮浮沉沉，身体也似乎没那么沉重了。它的八只腕足纷纷张开，放松地悬浮在水里，腕足上的圆斑明亮清晰，从下方看，此时的波波夫就像一只巨大的水母。

奔流河从太阳的方向奔流而来，向长城的方向奔涌而去，从未止息。它翻动眼睑，望向不远处的长城，白色的悬崖将昏红色的天际线切割得参差不齐。那道巨墙由远古众神建造，为波波夫和它的族群阻挡了来自冥界的寒风。太阳神在奔流河的源头洒下生命的种子，奔流河裹挟着生命种子来到波波夫的家乡，在穿越巨墙之前汇聚成生命之湖，这个世界所有的生命都是从生命之湖起源的，包括波波夫自己。而奔流河穿过生命之湖之后，继续向前奔涌，直至消失在巨墙下的冰原深处。

长老们说过，奔流河不仅流淌在地面上，同时也流淌在地下冥界。当繁衍期到来时，被选中的个体要逆流而上，直抵太阳神居住之所。只有在神圣的光辉沐浴下，才能产下孩子。太阳神将帮助孩子们顺着奔流河穿越整个世界，回到生命之湖。

它安静地悬浮在水中，眼睑微闭。它倾听着，倾听着微风吹过伞树林的簌簌声，河水流动的哗哗声，高空的风呼啸而过的声音……波波夫的意识慢慢地沉入黑暗，它关闭了自己的视觉和味觉，紧接着又关闭了触觉，它感到自己好像悬浮在一片黑暗的虚空中。风声和水声渐渐远去，变成了这个世界的背景音乐，另外一种声音渐渐从黑暗的幕布上浮现。

起初只一个微弱的亮点，但很快，更多的亮点就密密麻麻出现了，组成一幅抽象的图画，就像太阳神用画笔随意抒写的流云。渐渐地，更多的背景出现了，一只八爪正在艰难地跋涉，它浑身都发出明亮的光芒。它爬进了一团熊熊燃烧的烈火，转瞬间，自己也变成了一团烈火，在旋转中飞入高空。

波波夫睁开眼睛，它听到了，也看到了，那是所有八爪的归宿，那是它的朝圣之旅的终点，它将蒙神恩宠，伴随着烈火升入那永恒的天堂，回归太阳神的身边。

它还听到了那永恒的歌唱，悠远苍凉，那是巨墙生长的声音，远古众神的吟唱，是冥界寒风的呼啸，是炙热与严寒的对撞，是生者与死者永恒的纠缠，是寒冰与烈火之歌。

突然，一种奇怪的声音打断了它的思绪，它睁开眼睛，发现这种声音是真的存在的，来自它的头顶。波波夫在天空寻觅着，它看到一个奇怪的黑点正在奔流河上空盘旋，发出嗡嗡的声音。波波夫有些好奇，它从未见过能在天上飞行的生物。当这个黑点降低高度时，波波夫看得更清楚了，那是一个奇异的旋转盘状物体。那个物体在奔流河上空盘旋，虽然没有眼睛，但波波夫总觉得它正在窥视着自己。

是太阳神的神使吗？波波夫凝视着那个奇怪的物体，只见那个物体似乎对波波夫失去了兴趣，转而向伞树林飞去，很快就消失在了伞树林的后方。

波波夫也马上丧失了兴趣，它的腕足轻轻摆动着，悄无声息地调整好了身姿，它的头部被水流轻轻地冲刷着，天眼恰好浮在水面之上，正对着前进的方向。波波夫摆动腕足，开始逆流而上，朝圣之旅开始了。

不知道过了多久，河水越来越热，隐隐有蒸汽弥漫。但是波波夫却没有感到任何不适，相反，它却感到越来越冷。

当它还是幼体的时候，出于好奇心，它和其他几个小伙伴曾经试图偷着逆奔流河而上。那一次小小的探险以悲剧告终，当它们感到炎热时已经晚了，汹涌的热浪不仅来自水底，还来自每一个方向，从高空和远方吹来的汹涌热浪突然让它们窒息在水中。当波波夫醒来时，已经身处离巢穴不远的岸边，身上的累累伤痕提醒它那不是一场噩梦。

但是现在它已经远远超越了上次遇险的地方，汹涌的热浪掀起粉色的尘沙覆盖了整个大地和奔流河面，与河面上的蒸汽混合变成一个个死亡的漩涡。但在波波夫的感知中，死亡的漩涡已经变成了清风拂面，甚至还带有一丝凉意。

这是太阳神给朝圣者赐予的神力啊，一阵神圣的战栗感掠过波波夫的躯体，它在心里感叹着，永恒的太阳神，永远居住在大地的正中央，凝视着尘世的一切。远古时期，太阳神命令他的子孙们为八爪们建立起巨大的冰墙，阻挡着来自冥界的寒风。据说有好奇的八爪为了证明传说的真实，曾经沿着巨墙行走，耗费了许多时间终于回到了出发地。这也证明了尘世以外的世界都处在永恒的黑夜和虚无之中，太阳神在大地上画了一个圆，在圆边建立起巨墙，为所有的生灵建造了这片乐园。

感谢太阳神。

尽管波波夫知道气候越来越热，但它却感到越来越寒冷，它知道这是太阳神在召唤它。波波夫迫不及待地加快了游动的速度，不知道过了多久，奔流河水越来越小，但天上却下起了瓢泼大雨，整个世界都蒸汽弥漫。这是最艰难的一段旅程，波波夫从潺潺细流中爬出，河水已经不足以让它游动，剩下的路程，它要爬过去。

狂风呼啸，飞沙走石，滚烫的雨点落在地面上立即变成白蒙蒙的蒸汽。波波夫知道这里热得可怕，但它却没有任何不适的感觉。当它看到自己的腕足和身体已经开始发出微光时，不禁激动得浑身发抖：太阳神的赐福正在保护着它的朝圣之旅。不知爬行了多久，波波夫抬眼望去，只见远方天地间，有火焰巨柱庄严地矗立。波波夫虔诚地跪拜下去，八只腕足抓紧地面，头腹贴近地面，向那通天接地的造物祈祷着。那是太阳神洒向尘世的神迹，是波波夫即将攀登的阶梯。

波波夫怀着激动的心情继续爬行,它的身体已经明亮得看不清轮廓。

当波波夫终于爬近火焰巨柱时,它才看清楚原来火焰巨柱是一个巨大的旋风,在它面前如同一道快速移动的墙壁。它抬起头向上望去,只见无边无际的火焰墙一直延伸到一片狂暴翻滚的云层中。

这是最终的考验了,波波夫没有退缩,它爬进了火焰巨柱,只是一瞬间,波波夫的身影就消失了。

波波夫再也没有醒来,它被卷向高空,随着高空气流飞向晨昏线,巧合的是,它回程的方向正好是它来的方向。它的身躯在气流中翻滚着冲向远方,在翻滚的途中,波波夫的腹部裂开了,数十只卵被释放出来,每只卵都散发着明亮的光芒,在气流的推动下逐渐升高,消失在远方。波波夫的身体则逐渐冷却下来,腕足上的明亮圆斑也消退了,它的身体变成了灰白色。

当波波夫靠近长城时,它的身躯狠狠地撞在了悬崖上,在此之前,它产下的轻盈的卵都越过了长城,向无边的暗夜飞去。波波夫的身体粉碎成了微小的颗粒,一些颗粒变成了雪花洒落在大地上,一些颗粒化作了长城的一部分。

太阳之舞

"红色精灵"号。

　　暗面的两条"蛇"正在执行任务的时候,柯林斯在亮面释放的浮空探测器也终于拍摄到了清晰的画面。在画面里,晨昏线附近的大陆上,粉色的伞状树林几乎覆盖了所有能看见的陆地。在一片没有伞状树林的空地上,一条宽阔的河边,易欣和柯林斯看到了一座明显是人工修筑的土丘。土丘上有密密麻麻的洞穴,一些和地球上的章鱼很相似的生物不时从洞穴里爬进爬出。

　　震惊之下,易欣和柯林斯立即释放了一个能够低空飞行的无人机。柯林斯操控着无人机飞到奔流河上空,看到一个章鱼怪正试图爬进水中。无人机对它进行了扫描,立即有了惊人的发现,在这个章鱼怪的体内有足足三十只卵。这些卵的形状和他们从暗面气旋获取的卵并无二致,只是温度低了许多。无人机没有惊扰这个章鱼怪,柯林斯操控着无人机躲藏在了伞树林之后,然后看见章鱼怪沿着河流逆流而上,很快就消失在了蒙蒙的雾气之中。

　　"它去自杀?"柯林斯惊呼,"远离晨昏线,温度会急剧升高,热气旋附近要比金星还热!"

　　"未必,"易欣摇摇头,"想想那只卵,我想我大概已经有初步想法了,但我们还需要更多的验证。"

　　柯林斯操控无人机对章鱼怪聚居的地方进行了更近的拍摄。他们惊奇地发现这些章鱼怪明显地意识到了无人机的存在,很有秩序地爬出洞穴,围成一个非常标准的圆圈跳起了奇异的舞蹈。它们步调划一,时而有章鱼怪从圆圈中脱离,向远方伸出腕足;时而脱离圆圈状若疯癫。

　　"是太阳,它们在模仿太阳,"看着实时传输的画面,易欣感到心脏怦怦直跳，"它们一定把无人机当成了太阳神的化身或者使者，它们在向太阳神祈祷。"

"在这种环境下，太阳神大概是最值得崇拜的神祇，一个永不落日的世界，永远挥洒着光和热，"柯林斯说，"它们有一定的智慧，已经产生了宗教意识，但还远远称不上是文明。假以时日，它们是否能发展出文明呢？"

易欣摇摇头，"不太可能，虽然它们有足够的时间发展出文明，但这颗行星对文明来说太严酷了，它们生活在亮面，永远无法窥视到星空，我想它们的世界观大概很简单。创世神在黑暗的虚空中浮现，驱逐了妖魔鬼怪，建立起巨大的冰墙来保护这个世界，然后化身太阳神永远居于高空，洒下永恒的光和热为冰墙内的世界提供庇护。冰墙之外是无尽的冥界，是黑暗寒冷的深渊。它们也许永远无法窥视到真正的宇宙模型。"

"你的想象力太丰富了，船长大人。"柯林斯有些不以为然。

易欣轻笑一声，"想想那个由同一种基因模板组成的生态系统，你还觉得我们的想象力够用吗？在这个星球面前，我们的想象力实在是过于贫乏了，我的科学官先生。"

柯林斯顿时哑口无言，他第二轮捕捉的十三个样本依然显示，那个丰富多彩的海底生态系统里所有的物种都是一套基因模板，从基因的角度上讲，暗面海底只有一个物种。他们所见的丰富多彩的生态系统只是因为基因表达不同而造成的假象。

"选一条你的宝贝，回头去冷气旋附近抓一条小鱼上来吧，"易欣若有所思地说，"我想我已经快猜到真相了。"

新　生

暗夜冰原, 晨昏线附近。

它没有注意到身边有其他个体, 虽然它们和它一样在冰面上爬行。它的肢体变得更加有力了, 柔软的腹部已经可以不必在冰面上拖曳。它的眼睛也发育得更加完善了, 远方的白色悬崖已经渐渐显露出参差不齐的顶端。红色的光芒从悬崖顶端透射到冰原上, 给这片冰原披上了一层粉色的衣裳。

不知道爬行了多久, 它的头顶传来一种奇异的感觉, 一阵断断续续的瘙痒感不断袭来, 它停下来, 试图控制头顶的某块肌肉群。尝试了许多次, 它终于成功了。一只新生的眼睛正在头顶成型。它睁开了天眼, 灰蒙蒙的天空上有一片厚厚的云层, 云层被狂风搅动, 永无止息地翻滚着, 一条模糊的云带横亘在云层中, 就像一条云中的大河一般向它来的方向涌去。如果它的视力足够好, 它甚至能看见夹杂在其中的无数红色亮点。

但它永远也看不到, 天眼只看到一片令它安心的红色, 虽然它也不知道为什么红色会让它安心。

它继续爬行着, 在冰层上蠕动, 寒冷驱使着它和其他个体们加快了速度。直到天空变成微微的蓝色时, 它才停了下来。

蓝色, 危险的蓝色。

它睁大了天眼, 没错, 一片混沌的、预示着极度危险的蓝色。

这里已经很接近晨昏线了, 冰层早已不再是平坦的平原, 而是遍布着各种裂隙。在本能的驱使下,它找到了最近的一条缝隙跌了进去。幸运的是,这条缝隙直接连接到水面,它柔软的身躯在冰壁上来回磕碰,但没用多久就跌进了水里。水很冰冷,它先打了一个寒战,然后又呛了一口水,直到它关闭了自己的肺,重新启用了鳃之后,才感觉好了一些。它已经不如之前那么适应水里的环境了,但游泳技巧还算娴熟。

它的肢体变得柔软了,八只小小的腕足伸展开来,在水中轻轻摆动着,掀起的水流推动它小小的身体朝长城的方向游去。

危险的蓝色光芒经过冰层,已经分辨不出原本的颜色,它只看到一片微弱温柔的白光。它的天眼时不时地睁开,只看到了光芒越来越亮,这意味着它正越来越接近晨昏线。

它的身体已经不再发生变化,但那只是表面,在它那颗圆滚滚的头颅深处,另外一个更重要的进程正在飞速进行中。每时每刻都有无数的脑细胞形成,并且进行连接,一个越来越复杂的网络正在成型。印刻在基因深处的记忆被更多的释放出来,某些模糊的画面和声音出现在它的脑海。

我是谁?

一个念头突兀地出现在它的脑海,就像一块洁净的幕布上出现了一滴墨迹,虽然细小模糊,但却无法忽略。

无数的电子脉冲在它大脑里出现,在越来越复杂的网络中形成正负反馈又消散于无形。思想产生了,它第一次意识到了自己的存在。我?我是谁?

带着这个疑惑,它一直向前游去,海水越来越温暖,它好像游到了一条洋流之中,海水变得浑浊,很多粉色的尘埃混杂其中,让它渐渐看不清方向。

我是谁？它感到有些晕眩，呼吸变得困难起来，但还可以忍受，水流的速度变快了，逆流游泳的感觉可不太妙，头顶上的光芒也越来越亮。

当它终于忍不住要重新启动肺的时候，它舞动腕足向上方游去，这一次它没有碰到冰层，而是直接出现在了水面。

它爬上了岸，有生以来第一次接触到真正的地面，湿润，温暖。它回头望去，白色的长城在它身后庄严地矗立着。它扫视周围，它在一个湖边，湖边生长着巨大的伞树。

有两个巨大的同类正在靠近它，但它没有感觉到危险，反而感觉到一阵久违的暖意，不知道为什么，它知道它们没有恶意。

"孩子，你叫什么名字？"一个声音在它脑海中出现，同时，一条巨大的腕足缓缓地环绕着它。

"我……"它摇摇晃晃地往岸上又爬了几步，伞树根的清香唤醒了更多的记忆，它看到远处的山坡上有许多层层叠叠的巢穴，更远处是一座巨大的城市，在粉色的阳光下散发着勃勃生机。

"我是……"它喃喃地说，第一次发出了声音，"我是波波夫。"

冰与火之歌

"红色精灵"号。

第一条"蛇"分解而成的十三只小"章鱼"已经抵达了晨昏线，它们拍摄下来的画面已经全部传送到了"红色精灵"号上的主计算机。易欣和柯林斯看了分析结果,但没有太多震惊。因为易欣的猜想已经被证实了,他们对捕捉的小鱼进行了基因分析,结果如易欣所料,小鱼的基因和接近晨昏线的海底生态系统中的生物们同样是一套模板。

"这个星球上所有的生命都共享一套生命基因模板,太不可思议了。"易欣扶了扶额头,"柯林斯,这些小鱼一路向晨昏线迁徙,在短短的几个月里就完成了地球上花费了数十亿年的进化历程。"

"我注意到,这种进化似乎是随机的。"柯林斯补充道,"大部分小鱼演化成了低等生命,有少部分演化成掠食者,还有的甚至演化成类似于植物的东西,只有不到4%的小鱼最终演化成了八爪怪。"

"细微的差别会在复杂的环境中无限放大,导引它们走上不同的进化路线,开始的同类们变成了掠食者和食物。"易欣说,"这简直就是一部微型进化史,可是它们究竟是怎么做到的,在几个月时间里就能演化成最高级的陆地生命……"

"易欣,这种现象并不罕见,你肯定见过。"柯林斯意味深长地看着易欣。

"什么?"易欣没反应过来。

"子宫。"柯林斯说。

易欣马上就明白了,"对,子宫,从受精卵发育到出生的婴儿,在短短的十个月时间里人类的胚胎在母亲的子宫里几乎重演了生物进化史……啊,这颗行星的暗面海洋就是一个巨大子宫!"

"而且是沙虎鲨的子宫,"柯林斯再次补充道,"沙虎鲨的幼崽在母体的子宫里就互相厮杀，只有最优秀的才能出生。"他指指窗外的"雅努斯"，"只有最优秀的个体才能爬上陆地，越过晨昏线，抵达亮面……"

"然后成为这些八爪生物，开始新的循环……它们有智慧吗？我的意思是，它们是否是一种智慧生命？"易欣自言自语地说，"它们是否能够真正理解这一切……"

"真正的奇迹还不在此，"柯林斯说，"想想那只逆流而上的八爪怪，它真的是去自杀吗？我有一个大胆的想法，也许，这些八爪怪的一生都在迁徙，"柯林斯的语气中带着一丝敬畏，"它们到达繁殖期之后，会带着卵迁徙到亮面气旋，在此期间，它们的身体会不断地吸收热能并且储存起来，每一个个体都成为一个高效的生物储能装置。然后它们在气旋的作用下飞上高空，产下卵，卵会带走热量，也许那时候它们就已经死去了。它们的躯体和卵一起随着气流向暗面前进，卵会越过长城，抵达冷气旋，然后落进海里孵化出小鱼群，然后小鱼群开始继续迁徙，一路上分化成各种生命体，只有极少数后代能重新成为八爪生物，抵达它们的父母出发的地方。"

"一场穿越整个行星的迁徙……"易欣惊叹着，"那长城是怎么回事?!"

"这颗行星的大气对流非常强劲，穿过晨昏线的狂风会一刻不停地侵蚀长城。长城的存在对这颗行星的大气循环起了很重要的作用，根据计算机模拟，如果长城消失，晨昏线附近也很难适合生命生存，至少冷气旋也会消失，而冷气旋本身是这种生命循环的一个重要部分。"柯林斯解释道，"死去的八爪生物被气流带到长城，然后成了长城的一部分，换句话说，它们就像珊瑚虫一样。"

"真的是它们自己干的。"易欣突然明白了，"也就是说，正因为它们的卵被带到了冷气旋，这些孵化出的小鱼会缓慢地释放出自己的热量，维持着所有生命的生存，只有这样，新的八爪生物才能从暗面的冰海里诞生。这颗星球是生命为自己建造的家园。"

"地球又何尝不是呢。"柯林斯轻轻说，"很早以前就有科学家用计算机模拟过了，如果地球上的生命全部消失，只需要一亿年，地球表面就会变得像金星一样荒凉和严酷。"

"这颗行星上的生态系统也许是经过数亿年才达成的。"易欣突然想到，"如果我们在这颗行星上建立定居点，开发矿产，建立温差发电……我们很可能会打破这种微妙的平衡。"

"没错，人类肯定可以改造这颗行星，让它变得适宜人类居住，但人类的活动很可能会打破这种持续了不知多久的循环，也许会造成这个物种的灭绝。"柯林斯说。

"我们……有权力决定它们的命运吗？"易欣喃喃地说。

第一次，两个人都陷入了沉默，易欣站在舷窗前，凝视着这颗冰与火的星球，她觉得，在她眼中，此时的"雅努斯"和第一次见到时已经截然不同。

"想听音乐吗？"柯林斯在她身后的计算机上操作了几下，随后，一支易欣从未听过的旋律从飞船的扬声器中播放出来。只听了几个音符，易欣就被深深地吸引了，这首曲子的旋律时而高亢明亮，时而低沉暗淡，时而沉郁苍凉，旋律中浸透着对生的渴望和对死的恐惧，黑暗与光明的搏杀，是伟大的牺牲和对后裔的祝福，是混沌初开的欣喜与化身长城的悲壮，是黑暗中的微光，是沙漠中的清流，是惊涛骇浪中一瞥而过的灯塔，是绝境中不屈的呐喊，是这些冰与火的生灵们永恒的歌唱……

"这是在长城附近取得的高频信号编译而成的乐曲，我把它转换成了人类耳朵能听到的频率。"柯林斯说。

不知不觉，易欣已经泪流满面。

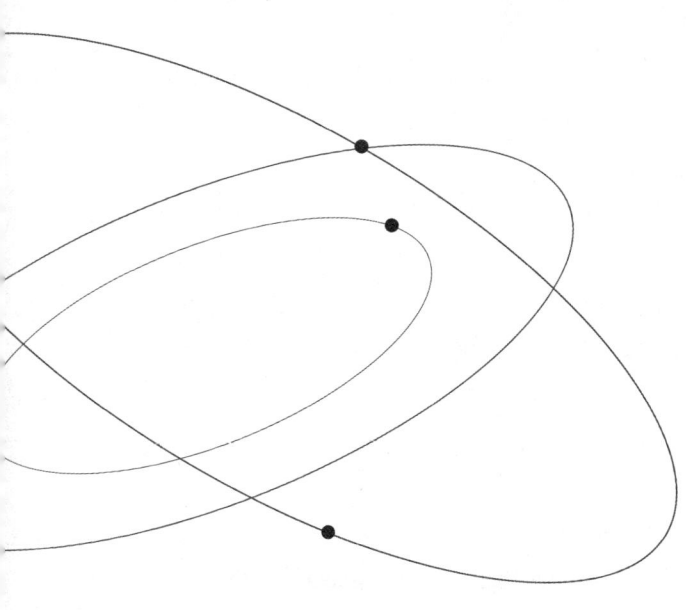

宝 树

我们的科幻世界

1

　　今年是《科幻世界》杂志创刊四十周年，编辑部约我写一篇纪念文章。应承之后，我才感到为难，不知道写些什么好。我是一个资深科幻迷，但出道当作者却很晚，2010年之后，我才开始科幻写作，入行八九年，发表了若干毁誉参半的小说，出过几本销量平平的书，蒙读者和编辑不弃得过两次银河奖，创作之路走得普普通通，写出来想必读者也没什么兴趣看。

　　而且说句老实话，我近几年的创作也陷入瓶颈，有时候一年发表不了一篇作品，发表了也没有什么反响。总之，是一个还没有红过就即将过气的三流作者。我自己都觉得没什么写作激情了，不过骗骗稿费混口饭吃，这些当然更不足为人道。所以我告诉约稿的姚海君主编，说自己想不出有什么好写的，要不就写几句祝福的话算了。他却说："宝树啊，你是1999年参加高考的，那一年作文题不是关于记忆移植的吗？我记得你因为看了《科幻世界》，当时作文写得很好，考上了理想的大学，就写这个嘛！"

　　我不禁苦笑，不提这事还好，说起来真是"一时不谨慎，一生两行泪"。这件事倒是科幻迷耳熟能详的典故：1999年高考作文题是"假如记忆可以移植",凑巧当年《科幻世界》第7期就围绕"记忆移植"做了个专题,里面有好几篇小说以及科普文章。杂志恰好在高考前几天上市,读过的应届生高考如有神助,而没看过的考生碰到这样思维发散的作文题,根本丈二和尚摸不着头脑。一上一下就是几十分的差距,不知改变了多少人的命运。这件事以后,《科幻世界》押中高考题的新闻不胫而走,许多家长都开始给孩子订阅,第二年杂志的征订数就大幅增加,形成了二十一世纪初的一波科幻热潮。

前几年,我的小说《人人都爱查尔斯》荣获银河奖。在颁奖现场,漂亮的女主持人问我是不是1999年参加高考的,我说是。她问我写了什么作文,我告诉她写了篇讲记忆移植的微科幻小说,她夸张地惊叹:"哇,好棒哦!所以这篇作文让你考上燕京大学了吧?"我犹豫了一下,点头称是,下面响起稀稀拉拉的掌声。过了几天,报纸上登出来一篇关于银河奖的报道,其中提到一句"银河奖得主宝树深情回忆,正是《科幻世界》帮他高考夺魁,圆梦燕大"。

其实压根儿不是这么回事。

那年高考,我考砸了。

事实是这样的:我读中学时的确一直有看《科幻世界》的习惯,高考前也读到了讲记忆移植的那期。所以考试中我一时兴起写了一篇小说,说的是一个二十二世纪的记忆移植者因为记忆紊乱而产生人格分裂的故事,还有意采用了意识流的写法。当时笔走龙蛇,写得痛快,即便今天,我也觉得这篇小小说以高中生的标准来看很不错,够资格上《科幻世界》上的"校园之星"。但这个世界根本没道理可讲——我觉得写得好，阅卷者可不这么认为。相反，他们看到这种既没有中心思想，起承转合也不合作文规范的瞎编乱造，大概火冒三丈，直接扣了我一大半的分，让我语文这科彻底考砸了。更可气的是，我一个同学根本不看科幻，写了一篇八股文——说他移植了爷爷的记忆以后，继承了爷爷艰苦朴素、顽强拼搏的思想，决心为建设祖国而奋斗——就这内容竟然得了满分，全国好多报刊转载，还在各种高考作文选上当范文刊登。我找谁评理去？

可笑我当时自我感觉良好，估分也估得很高，志愿便填报了燕大。结果分数一出来，光马失前蹄的语文这科就比预估分数低了二三十，离燕大最低提档线还差了老远，燕大当然没可能要我。加上第二三志愿也没填好，最后没有考上一本，惨遭落榜。后来招生办给我调剂到了名不见经传的中关村文理学院。我平时成绩是不错的，高中班主任沙老师非常惋惜。据学弟学妹讲，他现在还经常提起我，给他们上课时老说："高考作文千万不要写小说，你们有个学长谢宝舒，本来成绩很好，就是这样毁了……"

不过风水轮流转，大四那年，中关村文理学院居然并入了燕京大学（据说是燕大需要我们学院的地皮），所以我的毕业证书是燕大发的。但是实际的区别很多人都知道，正经燕大学生从来不承认我们是校友，燕大出来的像科幻作家陈秋帆、夏茄他们，问起我的年级系别，我一说是原中关村文理的，人家就笑笑不说话了。

这些弯弯绕本来说不清楚，所以访谈提到这事我只能含糊带过，难道那种场合要说看科幻小说让我高考砸锅了吗？谁知道这么一来偏偏就出了问题。

本来这种科幻方面的新闻除了科幻迷没人看,我在朋友圈也没转发。可因为提到我的本名和故乡南川,南川本地的媒体公众号不知怎么给转了,还改了个浮夸之极的标题《昔日高考状元,今日科幻大咖——南川小伙谢宝舒喜获世界银河奖》(大概是把"科幻世界银河奖"断错了句),很快转到了我的高中群里。高中同学谁还不知道谁,我高考的滑铁卢是那一届的大新闻,人家至今记忆犹新,看到这种文章会怎么想?当然也没人当面揭穿,只是许多人阴阳怪气地说"恭喜状元郎!快发红包",我尴尬地辩解说是记者乱写的,不久就退群了。

这是一次不愉快的小风波,我本以为到这儿就结束了,谁料还有下文……不,除了下文还有上文,牵扯到1999年之前的许多年、许多事——一些我早就忘记的人和事,在那次报道之后又重新浮出水面,揭露出一个个尘封已久的秘密,最后让我卷入了一桩可能改变世界的神秘事件……这件事和《科幻世界》倒还有点儿关系,既然说到这里,我就干脆都写出来,作为一点儿纪念吧。

2

退群事件后没几天,一个叫"沙和尚"的微信号加我,留言说"我是沙子明",我看到吃了一惊。沙子明是我的高中班主任,语文老师。我高中时喜欢舞文弄墨,沙老师也蛮欣赏我,还推荐我参加过新概念作文大赛(不过没拿到名次),师生感情不错。但我高考砸锅以后,愧对老师的期望,不好意思见他,也就基本断了联系。

他既然加我，我当然很快通过了验证。稍微寒暄几句后，沙老师说看到那篇报道，我只好又澄清了几句。他问我什么时候当了"大作家"，我忙说只是一个普通作者，写了几本不畅销的类型小说而已。沙老师说你写的小说不是得了世界大奖吗？我忙说不是不是，是国内的一个科幻奖项……沙老师"哦"了一下，转入正题。原来下个月是我的母校，南川县第一中学建校六十周年校庆，要请一些知名校友回去和学生们见见面，校方也希望邀请我，毕竟我校还没出过科幻作家。

我答应了。自己母校和老师的请求总不好拒绝；另一方面，我承认自己也有点儿虚荣心，作为"知名校友"回母校能挣点儿面子。沙老师让我准备半小时左右的演讲，我还花了不少时间准备讲稿，题目叫《当代中国科幻与时代精神》，还特意把我和科幻名家刘慈欣、王晋康、韩松等人的合影放进了PPT。

校庆前一天，我回到了少年时代生活的南川县。南川在浙江中部的山谷里，没有机场也没有铁路。我只能飞到杭州萧山机场，改乘大巴，经沪昆高速开到浙江腹地的连绵群山中，下了高速还有七弯八绕的国道，到南川县城已经是傍晚了。我惊讶地发现，汽车没有开到原来的汽车站，而是停在了新建的城北客运中心。我又打了辆出租车才到了市区，沿途看到的城市景象和记忆中的大相径庭，几乎都不认识了。

我不是土生土长的南川本地人，老家在西安，九岁那年因为父亲工作调动才到南川读书。我上大学后不久，父亲调回在西安的原单位，母亲也在那边找了新工作，举家西迁，南川的房子也没保留。我虽然在南川住了十年，但离开后只有2000年搬家时回去过一次，后来十几年都没再回南川。这些年中国经济日新月异，南川也几乎变成了另一座城市。

沙老师大概不清楚我家的情况，以为我回南川就是回家，所以没安排接待和住宿。我也不好意思提，好在县城里住宿不贵，我就在南中附近随便找了一家宾馆，开了间大床房。晚上我出去吃了一顿久违的南川菜：萝卜排骨汤、雪菜烩白虾、豆腐焖火腿、南川小汤包……还是记忆中的味道，我对南川的感觉渐渐回来了。

饭后还不是很晚，我溜达回以前的旧居看了一下，发现旧小区完全拆掉了，变成了大型购物中心。我有点儿失望，信步走到县城中心的南川河。当年这条河又脏又臭，都是工业废水，如今经过治理水清澈多了，沿河还修了绿地和栈道，可以供人休闲散步。走在河边，秋风徐徐，倒也不无惬意，只是风物早非昔日旧貌。

好在道路格局并没有太大变化，走着走着，我的双脚似乎自己恢复了记忆，带着我离开主路，过了大桥，拐了几个弯，又经过一座小桥，踏进了一条城西的街巷。我惊奇地发现，这里竟然还大致是当年的模样：马头墙、吊脚楼，脚下是光润的青石板路，头顶是两边的老式房檐，只留下一线天空。不过许多老房子翻修过，变成了临街的店面，到处还挂有写着"南川古城景区"的牌子。我恍然大悟，难怪这里还基本保留旧貌，原来是改成了旅游景区。

目前是淡季，似乎没什么外地游人。古色古香的南方街巷给人时空迷离之感，在昏黄的路灯下，听到远近亲切绵软的本地方言，看着里弄的孩子在身边穿梭嬉戏，恍惚间又把我带回了二十年前。当年，我就是怀着情人约会般的憧憬，兜里揣着几块钱，走在这条巷子里，前往一个甜美诱人的神秘之境，准备进入远离尘嚣的另一个世界……

拐过一个弯，前方闪现出一片似曾相识的光亮———一间古雅的二层小楼灯火通明。我脱口发出一声惊叹，那地方真的还在这里？还是我又穿越回了二十年前？

我擦了擦眼睛，才发现整个店面已经完全不一样了，门上是"竹林酒吧"几个艺术字，下面还贴着本店的二维码，提醒我这早已不是二十世纪九十年代。我信步走进楼里，酒吧不大，光线幽暗，音乐柔美，不多的客人在里面饮酒谈笑。我走到吧台附近，服务生问我要来点儿什么，我没有回答，只是环顾室内的四壁和天花板，心头隐隐又浮现出记忆中的场景。对，这里本来有一个架子，那边又有一张长桌，左边是文学区，右边是历史区……过去与现在，两个似乎完全无关的房间像量子叠加态一样重合在一起。

虽然已经重装得面目全非，但面前毫无疑问还是那间老屋，那个我曾经消磨过无数个下午和晚上的乐园，那个古老神秘的圣地，那个包罗万象、无穷无尽的小宇宙……

服务生还在问我要喝什么，我反问他："这间酒吧开了多久了？"

他愣了一下，才说："我不知道，我是新来的……"

"有七八年了吧。"旁边较为年长的酒保搭话说，"古城景区搞起来之后就开业了。"

"这间房子是你们租的吗？"

"是老板买的，之前好像是一个面馆，做不下去关门了。"

"面馆……原来后来还改成过面馆……"我喃喃道。

酒保听出端倪,"哥,你以前来过这里?"

"嗯。"我感慨地告诉他,"二十年前,这里是一家书店,我小时候常来。"

酒保表情有点儿奇怪,"原来真是书店?"

服务生也插口说:"今天是怎么了,一个两个都来说书店的事……"

我听他的话别有蹊跷,"你说什么一个两个?"

"就刚才有个漂亮姐姐,也在这里转了半天,眼泪汪汪地跟我们讲,这里以前是书店,叫星……哎,叫星什么……"

"星光书店……"我说,心中惊奇除了我还有人记得这里。

"对对,星光书店!她也是这么说的!"

3

大概是职业病,不知不觉就讲成了小说。回到正题吧,其实那家"星光书店",是我小时候常去的一家书店。我和《科幻世界》最初也就是在这里结缘的。

二十世纪九十年代,南川的书店屈指可数。除了不开架阅览且售货员总是一张臭脸的新华书店,就是学校附近几家卖教辅资料为主的小店——往往和学校老师有关系,靠他们介绍生意。另外就是租书店了,里面都是些粗制滥造的全庸吉龙什么的。我身边也几乎没什么人读书,大部分同学一放学就直奔游戏厅。

　　1993年暑假,我刚小学毕业,某个晚上到城西去找同学玩,谁知同学出门了。我信步乱走,不知怎么便走进了一条小巷,在巷子深处发现了这间奇怪的小店。店名是繁体字,字形怪异,我只认出了其中"星"和"店"两个字。店门口装饰的小灯泡连成天上星座的图案熠熠发光,大门上还贴着恐龙头像的电影海报(我后来才知道那是美国正在热映的《侏罗纪公园》),看这风格我想也许是卖玩具的店。

　　我好奇地推门进去,却猝不及防陷入一片书的海洋:八九层的木头架子像是童话里的豌豆藤一样从脚下生长到屋顶;中间的圆形展台又如同庄严的圣坛,上面摆放的精装本就像是神秘的宝盒;周围架上五光十色的书籍像万紫千红的花卉,又像无数凝视我的眼睛。我瞪大眼睛环顾着四周,就好像一个站在上海人民广场上的乡下人。

　　后来我才慢慢知道,这里有人民文学、上海译文出版的世界名著,有中华书局和上海古籍出版的经史子集,也有商务印书馆和三联书店出版的思想经典,还有四川人民出版社出版的走向未来丛书,湖南科技社出版的第一推动丛书……这些名称都是我后来才慢慢熟悉起来的,当时我只有一种感觉:原来世界上还有这么多各种各样的书啊!

　　"喂,你找什么书啊?"这时候我听到一个男人的声音。转过头,我看到了一个穿着老式布衫,戴着黑边眼镜的老伯。他身材很高,脸型瘦削,头发已经花白,脸颊上纵横沟壑,目光也有点儿严厉。

　　"我……我不……"我不知该怎么说。我本来不是来买书的,而且这里的书我几乎没一本认识，连名字都说不上来。我感觉自己像是闯入瓷器店的公牛，心一慌，转身就想离开，谁知背上的书包回扫，立刻将展台上的几本杂志碰掉了。

"哎呀，对不起！"我慌张地说着就要收拾。老伯似乎有点儿不满，眉心拧到了一起，嘟囔说："你怎么搞的？算了，我来！你又不知怎么摆。"

他推开我，自己蹲下捡杂志。我手足无措地站在中间，想走，老伯挡在门口；留着又实在是羞窘，眼泪都快下来了。

老伯抬头，问我："小朋友，你多大了？"

我红着脸说："十三岁。"

"几年级了？"

"开学上初一。"我老实回答，说了几句话之后，稍微轻松了点儿。

"嗯，初一，这年龄正好……"他随手将手上捏着的一本杂志递给我，"看过这个吗？"

我盯着一本封面花花绿绿的杂志惘然摇了摇头。那杂志上面有一个长翅膀的白衣女人，一些奇形怪状的机器，上方印着四个墨绿色的大字——"科幻世界"。

"登的是科幻小说，很有意思的。"老伯不愧是书店老板，开始热情地推销起来，"科幻小说知道吗？"

我怯生生地说："我……我看过一本《八十天环游地球》，算吗？"那是我回老家时在表哥家看到的，封面上好像有"科幻小说"的字样，我囫囵吞枣看完了，觉得很有意思。

"那个……严格讲不算科幻，不过作者儒勒·凡尔纳也是科幻作家的鼻祖。你看，这儿有一套《凡尔纳作品集》，收录了凡尔纳大部分的作品，《从地球到月球》《海底两万里》《地心游记》……"他列举了一大堆书名，但我几乎都没听过。

"不过凡尔纳也是一百多年前的人了。"过了片刻，他大概也判断出我这样的顾客买不起这种大文集，改口说，"你可以先看这本杂志，有最新的国内科幻小说，这期……这期我刚看过，有一篇《亚当回归》，一个叫王什么康的新作者写的，很有意思……"

我好奇地接过，翻了几页，头几页就是那王什么康的写的小说，映入眼帘的几句话，我迄今还记忆犹新："雪丽小姐用光滑的手臂攀住他的脖子，他低下头，把热吻印在她的嘴唇和乳峰上……"

我赶紧合上书，一颗心怦怦乱跳。"多少钱？"我紧张地问他，好像做贼。

"一块五。"他说。

我摸了摸自己的口袋，里面躺着几枚跃跃欲试的硬币。

我买下了那期《科幻世界》。这是我第一次读到这本杂志，王晋康的《亚当回归》也是我读过的第一篇当代科幻小说。这篇作品吸引人的当然不只是一些情趣描写，它有着超出我当时头脑的奇妙想象和深刻思考，当然其他一些小说也很有意思。我之前从没想过，世界上还有人写这样的故事。在上学放学、作业考试的无聊现实之外，还有那么有趣的世界！恐龙在远古大陆上咆哮，飞船在未来的星际翱翔，时间旅行者穿梭在光怪陆离的时空中，爱情在宇宙尽头燃烧……那是多么迷人，多么不可思议的生活啊！

我很快被科幻迷住了，过了一礼拜又去了那家书店一次，当然那时候已经知道了那家书店叫作"星光"。我买了前后几期的《科幻世界》，读到了何宏伟、韩松、吴岩等人妙趣横生的文字，还有阿西莫夫、克拉克等外国作家的经典短篇。就这样，我渐渐成了星光书店的常客，从初一到高三，一期不落地买了六年的《科幻世界》，还有其他许多科幻图书。像店主老伯推荐过的《凡尔纳作品集》、阿西莫夫的《空中石子》、克拉克的《太空漫游》、几本当代美国科幻年选以及一套八十年代的《中国科幻小说大全》，它们至今仍然是我书房里的珍藏。

当然，还有很多书因我囊中羞涩，没有钱买，便站上几个小时把它看完。对这种无赖行径，店主从来没有干涉过我……不，严格说也管过。有一天我腿都快站断了，偏偏故事又看到最抓人的地方，停不下来。他给我拿了一个板凳，让我坐着看，后来，我就能享受坐着读书的待遇了。

老伯对我不错，我也几乎把所有的零花钱都贡献给了星光书店，也不光是买科幻书籍，其实各种各样的书我都感兴趣，比如《古文观止》《莎士比亚戏剧集》《全球通史》《皇帝新脑》……这些今天看来很普通的书籍，当年却为我打开了一个又一个新世界的大门。在好些日子里，我一到周末就去书店消磨掉一个下午。店里经常也没有多少顾客，就是我和店主两个人在里面，一老一少，彼此也不说话。我低头读书，他整理书籍或者在纸上写写画画（我想是在算账），似乎成了默契的忘年交。

那些似乎没有止境的悠长时光，本已消逝无踪，此时却又重新浮现。我似乎还可以看到老伯在书架前整理书籍，对我微笑……

"那个姐姐刚走,你们认识吗?"

我回到了现实,看到眼前好奇的服务生,摇了摇头,"不,不认识。"

二十年过去了,眼前是一个音乐酒吧,四壁陈列着看起来高档的外国酒瓶。酒保在酒柜前调制复杂的鸡尾酒,一旁有乐手在吹萨克斯管,几对小情侣在角落里亲热——我在这里看书时他们大概还没有出生。当年那些挺拔的书架,还有书架顶上从来无人问津、似乎屹立在永恒中的《二十四史》《鲁迅全集》《大英百科全书》……都不知哪里去了。面目全非的旧址里,支离破碎的记忆如同时间的幽灵,飘飞上下,却无处安放。我心中涌起一阵感伤,叹了口气,离开了这里。

深夜,少年时的回忆侵入到梦里。我恍惚中再次回到了书店,走过似乎无穷无尽的书架,走进一个幽深的房间,那里躺着一个黑色的箱子,箱子打开着,里面是一个吸收一切光线的黑洞,似乎正等着我的到来……

我在夜里惊醒,再也睡不着了。

4

第二天就是校庆日,和南川别的地方一样,母校也已经大变样——从校门到运动场都翻修一新,建起了许多高大漂亮的楼群，男女生像是从日本偶像剧里走出来的，校服都非常洋气。我去问路，他们礼貌地叫我"叔叔"，让我感到了时光的无情。

校庆大典在新建的大礼堂举行，我本来以为自己算是比较重量级的嘉宾，结果发现真是想多了。南中建校六十多年，请回来各行各业的校友多达上百人，每个人的成就都光芒耀眼，令我汗颜。国际知名的大作家曲华、中科院院士蒋子枫等我们那时候都耳熟能详的大名人就不用说了，其他嘉宾包括曾任驻多国大使的外交官、全国有名的金牌律师、知名饮食品牌"胖哥鲜虾煲"的创始人……甚至还请了我的同班同学老朱（就是作文写继承了爷爷光辉记忆的那位），他这些年官运亨通，已经当了地区的司法局副局长，见面拍着我的肩膀说："老谢，听说你写科幻小说啦？我最喜欢看玄幻了！那个江南的《盗墓笔记》写得不错……对了，你写的魔幻小说回头寄几本给我啊……"

我准备了好久的演讲稿，没能用上。沙老师满怀歉意地告诉我，因为演讲时间变动不好安排，问我介不介意改成文章，回头登在校报上，我当然只有含笑说没关系。后来我才听说，其实文化这方面本来是请大作家曲华演讲，他说在国外来不了才临时安排上了我，结果人家改了行程赶回来，自然没我什么事了……

这次回母校的有三个人出过书，母校非常"贴心"，下午专门给我们安排了一个签名售书环节。三张桌子并排放着——我左边是蜚声国际的大文豪曲华；右边是一个叫沈淇的高挑美女，比我小好几届，是个漫画家，但我从未听说过。这种签名售书我也有过几次经历，基本都是给知名作家做陪衬的。这次和文坛大腕曲华在一起签售，肯定是一天一地，好在还有一个无名漫画家陪绑，稍感宽慰。但我很快发现，这位沈淇小姐的读者竟然不比曲华少！南中好多女生都是她的粉丝，拿着她的漫画去找她签名。两个人桌子前都排了几十米的长队，只有我前头门可罗雀。

曲华和沈淇签书的大部分时间，我都在尴尬地低头玩手机，好在这也是常遇到的事。我找了个欺骗性的角度，在朋友圈里发了张我在签名售书，仿佛读者如云的照片，等了半天也没几个人点赞。我百无聊赖，查了查沈淇的资料，发现她是一个网红漫画家，还是微博大V、B站up主等等，最近几年红透半边天。不过网上资料没有提她是南川人，只说是日籍华人，东京艺术大学毕业，作品曾在《JUMP》上连载，目前在东京有独立工作室云云。比起她的漫画，网上更多的是她清丽惊艳的照片。我看了看身边的真人，又看了看照片，心中不得不承认，人家还真不是靠PS的，但我还是腹诽了几句"什么美女漫画家，还不是靠颜值，现在人真肤浅"……

好在最后来了几个男生，虽然也没买我的书，但拿着几期有我小说的《科幻世界》找我签名，让我稍微挽回了一点点面子。不过聊了几句，原来他们是想托我请刘慈欣老师来学校做讲座，我答应帮他们问问，但心知可能性很小。

签售之后是晚宴，我坐在偏席，桌上大部分人都不太熟，只有同学老朱是旧识。我们聊了聊读书时的往事和一些同学的情况，只是小心翼翼地避开了高考的事。后来我们去给沙老师敬酒，沙老师感慨了几句："宝舒，你现在发展还是不错的。科幻我不懂啊，不过呢，写作的道路是很宽广的，希望你越走越宽！"

我懂沙老师的言外之意，他一直期望我能成为第二个曲华，写出像《许三多卖肉记》之类蜚声国际的现实主义巨著,对我写科幻小说本来不以为然。但无奈我第一没那才华,第二从小被带上了科幻的歪路。我明白沙老师对我是比较失望的,惭愧之下无话可说,只能端起酒杯,一饮而尽。

过了一会儿,沙老师、老朱他们都应酬去了,我觉得多待也没什么意义,便自己溜了出来。刚出门,就听到后面有人叫:"喂,谢宝舒!"

我回头,见是那个美女漫画家沈淇,不由一怔。她脸蛋红扑扑的,显然是喝了不少酒,摇摇晃晃走到我面前问:"你去哪里?"

我赔笑说:"我喝得有点儿多,明天一早还要赶飞机,就先回去了……很高兴认识你,对了,我很喜欢你的漫画!以后多联系……"

她没理会这些场面话,一挥手打断了我,"我还有事找你,出去说吧。"

"……好的。"我答应了。但心中不无诧异,她找我干什么?虽然广义上都是写故事的,但方向相差很远,即便漫画和科幻有合作的空间,但她的少女漫和我的宅男科幻也不太容易搭上关系吧?这位学妹是不是喝得太醉了?

沈淇果然是有点儿酒瘾,一出门左拐右拐,居然回到了昨天的"竹林酒吧",服务生迎上来,问:"姐姐你又来了?咦……你们……"

我这才明白,原来沈淇就是他昨天说的那个漂亮姑娘,但却更感疑惑。她点了两杯鸡尾酒,光酒单上的价格就让我一点儿醉意也没有了。我说喝不动酒,沈淇给我叫了杯苏打水,自己却自斟自饮,也不太说话,只是表情奇异地盯着我。

我被她盯得有点儿发毛,问道:"那个,沈……沈学妹,你找我是……"

她托着腮,露出诡异的神情,"你……你真的想不起我是谁了吗?"

"我……你是……"我心中一片迷茫,虽然是校友,但她的年龄至少比我小三四岁,我上初中她上小学,我上高中她上初中,压根儿就不认识。

她失望地摇了摇头,"原来你一直不知道,我是沈星光的女儿。"

"沈兴光……沈兴……"我在脑海中搜索着,我当年在南川时,认识一个叫沈兴光的吗?是南中的哪位老师?还是父亲的同事?或者是当年同一个楼的邻居……

她皱了皱眉头,"就是这里的星光书店!你每礼拜都来,难道不知道老板是谁吗?"

"啊!"我惊讶地叫出了声,原来她是那位伯伯的女儿!我随即想起来,当时在店里看书的时候,的确有时见到一个小姑娘进出,依稀也知道是老板的女儿,还听到老伯叫她"小奇"什么的,原来就是她啊!当时还是个小学生,谁料女大十八变,如今成了漫画界的女神级人物——

等等!我的注意力又从眼前的女郎身上被拉开,回到了前一个信息,原来她父亲叫沈星光,这名字好像——

我大脑深处两根不相干的神经元突然擦出了火花,"啊,沈星光难道就是……那个沈星光?"

5

我还真知道沈星光这个人，只是根本没有和南川这个地方联系起来。

现在记得这个名字的人已经很少了，但过去也稍有名气。他是八十年代早期的一位科幻作家，作品不多，大概十几个短篇，出过两个集子。论知名度，他不能和郑文光、童恩正、刘兴诗、肖建亨等"四大天王"相比，但一度也和王晓达、金涛、吴岩等新锐作家并称。他的出名还有一个历史原因：他的代表作《人生梦幻曲》在1984年的"清污"运动中被指为"反科学""黄色小说""思想反动"，成为批判的靶子。此后他没法再发表作品，于是淡出了科幻界，不，应该说当时整个科幻界都土崩瓦解，也没人关心他到哪里去了。

然而沈星光居然一直住在南川，还开了一家星光书店？会不会是重名？

我稍微一回想，就可以确定，星光书店的确和科幻有特殊的缘分，应该不是巧合。

和星光书店熟起来之后，我每期《科幻世界》都买，还看完了不多的几本外国科幻小说，意犹未尽，问老板国内有谁的书好看。老板说郑文光的《飞向人马座》还可以，这书我也听说过，但不知哪里有。南川的公立图书馆又小又破，馆内科幻小说只有一本《小灵通漫游未来》。我便问他，星光书店里有没有这本书。

他笑了笑，掀帘进了内间，过了一会儿拿出了一本《飞向人马座》，是很早的版本，但过去了十来年，保存还相当完好，几乎是全新的。最令人惊讶的是，扉页上还有两三行龙飞凤舞的手书，上面一行认不清楚，好像是"XX同志XX"，下面依稀有"郑文光，1980年X月X日"的字迹。

"老板你太厉害了！"我大叫了出来，"这可是作者签名版啊！这宝贝你也能淘到！"

他笑而不语。

我问："多少钱啊？我要买！"

"这个不卖。"他眨了眨眼睛，"个人收藏。"

看我失望的样子，他拍了拍我的肩膀，"不过呢，你可以在这里看，翻的时候小心点儿，千万不要折坏了。"

就这样，我在他那里花了一下午读完了《飞向人马座》，看得如痴如醉。后来，我在书店又看到过一些现在已经不好找的科幻小说，像宋宜昌的《祸匣打开之后》，童恩正的《古峡迷雾》，还有苏联别利亚耶夫的《陶威尔教授的头颅》，叶弗列莫夫的《仙女座星云》等，他那里基本都有，保存完好，虽然不卖也不借，但可以供我在店里阅读。

这些神秘的科幻书籍不在架子上，每次都是从他从帘子后拿出来的。这让我对里面的房间充满好奇。有一次，他要去对面小店买包烟，让我帮他看着店面。我便大着胆子，趁机溜到了里面，看到贴墙放着一个很大的书柜，有玻璃门保护，上面的确都是科幻小说，有很多我知道的，还有很多当时我没听说过的，甚至还有一些英文和俄文书。显眼的地方放着沈星光的两本集子：《一亿年前的星光》和《人生梦幻曲》。最底下一排，是整整齐齐的历年《科幻世界》杂志。

现在想来，这一切实在是很明显的线索。但我实在是个糊涂人，根本没有把这一切联想到一起。我甚至不知道这位伯伯到底姓甚名谁，因为平时用不到，也就没有去问过。

"原来你一直不知道。"沈淇幽幽地说。

"我……我真不知道，"我懊恼地说，突然想到一件事，"哎呀！我还说过他……我这嘴啊……"

当年我读科幻的时候，班上没人看科幻，唯一知音就是大我好几十岁的这位书店老板，我也只能和他聊科幻。从凡尔纳、威尔斯说到阿西莫夫、克拉克，从叶永烈、郑文光说到刚出道的王晋康、何宏伟。那时候说话也不知道天高地厚，大胆作评，"凡尔纳那些人太老了，没意思；克拉克的《与拉玛相会》想象力很不错，但是情节又太枯燥了；阿西莫夫的《基地》是好看，但什么银河帝国一点儿科学性都没有……"

说到中国科幻作家，当然也不会太客气，"《小灵通漫游未来》是给小孩看的……《飞向人马座》写得太拘束了……沈星光？我觉得他是这些人里最差的……想象倒是有点儿意思，但是下笔很笨，故事老套，还喜欢列举一些科学公式装科学家……"

记得老板当时满脸不高兴，"小屁孩懂什么，根本不懂科幻，走走，以后不给你看了！"

我那时候和他已经非常熟了，所以也没当真，过了几天又来看书，他也跟没事人一样，继续跟我聊天……可谁知道，他就是沈星光本人！

"记得有次你说沈星光写得差劲，"沈淇居然也记得这事，脸上带上了一丝笑意，"我爸可气了半天，我在里面听到都笑死了。我想告诉你吧，我爸还不让，叫我绝对不能说出去……也难怪你一直想不到。"

我连连拍自己脑袋，懊恼至极，"真对不起……我是完全无心的，一个开书店的老伯，怎么会是那么有名的作家呢！我是一点儿也没往那个方向去想。"

"不怪你，"沈淇仰头又是一杯酒，"反正我爸也没什么名气。"

"还是很厉害的，"我诚挚地说，"我这些年重读过你爸……沈老师的作品，写得还是很有意思，很多方面都开国内之先河，思路相当超前。真的，我不是临时瞎说，我去年编了一本书《科幻中的中国历史》，序言里专门提到了沈星光对后人的启发。"

她点头说："我知道，我看过这本书。"

"你看过？"我有点儿意外，这书销量平平，很多科幻迷都不知道，想不到沈淇却看到过。

"嗯，上个月的报道我看到了，才知道你成了科幻作家，后来我买了你所有的书，还给你发过微博私信，你可能没看到。听说你要回南川，所以我也特意回来……"沈淇似乎说不下去，又拿起了酒杯，我看到她的手都有点儿发抖，似乎很是激动。

我的心跳开始加速，沈淇虽说当年和我是有点儿渊源，但连认识都不能算。现在又比我红那么多，怎么会这么关注我？难道她对我……是了，当年我还是挺帅的……

我不由浮想联翩，却哪里知道，这背后的真相远远超出了我哪怕最离谱的想象。

尴尬地沉默了片刻后,我转了个话题问道:"对了,沈老师还在南川吗?还是搬走了?2000年我回南川时还来过店里,但是门口上了锁,招牌也没有了,以后就断了联系。有机会的话,我一定要登门拜访……你怎么了?"

我立刻发现自己说错了话,沈淇仿佛被毒蛇咬了一口,脸上的表情变得十分怪异。过了一会儿,她的眼眶红了,鼻翼开始抽动。我开始隐隐觉得不妙,记得沈星光应该是二十世纪四十年代生人,现在应该七十来岁,虽然年纪不算很大,但说不定……

果然,沈淇哽咽着说:"我爸……已经……去世……"说出每一个字似乎都十分艰难。

"啊?是什么时候的事?"我看她这么难过,心想应该是不久前,后悔不该触动她的伤心事。

谁知道她的回答却出人意料,"是十八年前……"

"1999年?"我讶然问,九九年是我高考的时候,那年老伯看起来身体也没什么大问题,怎么可能当年就走了?

这一系列的惊人消息已经很出人意料了,然而沈淇的下一句话令我几乎跳了起来。

她抽噎着说:"是……我……我……杀了他……"

6

沈淇说完这句话,就捂着脸哭了起来。我下巴掉在地上,半天才捡起来。

"你……你醉了吧？" 我愣了半晌才问。一个楚楚女郎说十八年前杀了自己的父亲，显然只能是胡话。

"那时候我只有十五岁……" 沈淇哭了一阵，开始喃喃自语，"我什么都不懂……他老是管我，不让我看漫画……我真的很烦他，想去日本找我妈……那天一时冲动……我……我就……" 后面又说了几句话，却听不清楚，她的声音越来越小，终于打了个嗝，便趴在桌子上不动弹了。

"沈淇？学妹？" 我唤了她几句，她却没有回应，过了一会儿发出轻微的鼾声，竟真的醉倒了。

我万万没想到事情会演变到这一步，我怎么莫名其妙卷入了一起多年前的杀人事件？撇开这事不说，一个大活人醉在这里，我能怎么办？我根本不知道她住在哪里。

我只有忍痛买了一千多的单，把她扶出去，又打车回到自己的宾馆。中间沈淇半醉半醒，还吐在了车上，害我多给了司机一百块。宾馆里几个服务员看到我搀着一个醉倒的美女回来，都露出了心照不宣的笑容。我心中忐忑，万一有人认出我或者沈淇（当然后者的可能大得多），那我跳进黄河也洗不清了。

我搀着沈淇进电梯的时候，她似乎又醒了一点点，口中喃喃说了几句："为什么你要去写科幻小说……你不应该写科幻的……难道是真的……"

我心中越发莫名其妙：我写不写科幻，和你有什么贵干？但她这样子也没法询问。好不容易进了房间，我把沈淇放在床上，给她盖上被子。这才出门找了个角落抽了支烟，从头整理了一下思路：

八十年代的老科幻作家沈星光，在九十年代开了一家星光书店。我当年因为去书店读书而与科幻结缘，但并不知道老板是谁。他的女儿沈淇，在十八年前"杀了"他，然后去了日本。十八年后，我也成了科幻作家，沈淇因此激动地来找我……这些事是怎么能联系到一起的？我摇了摇头，心头一团乱麻。

不过我随即想到，有一个人也许可以帮我，于是拿出手机拨通了电话。

"喂，是吴老师吗？"我问，"吴老师，我宝舒，哎，您好您好！这么晚打扰您真不好意思，有件事想请教您，您和沈星光老先生认识吗？对，我想了解一些他的事情……"

吴岩教授，很多人都很熟悉。他是七十年代末就开始写科幻的，当时还只是一个中学生，不过已经崭露头角，和很多老辈科幻作家有过交往。他也是少数在1984年以后还坚持创作的作家，不过现在主要在大学里从事科幻研究，对于自己亲历过的那段科幻史，他的了解想必非常深入。

听到我的问题，吴老师有点儿意外，但很快打开了话匣子。据他说，沈星光的确原籍南川，不过六十年代初去了上海上大学，后来在上海工作。1983年的"清污"中，他受到了很大的冲击，本来档案已经调到了上海文联，正在办入职手续，被批判以后文联不要，又退回了原单位。他的原单位是市里的一个工程部门，也不敢要这种麻烦人物，就说已经调走了不能再调回来。双方踢了好久的皮球，一来二去，沈星光无处栖身，只有回南川原籍，和其他人也断了联系。

我想起沈淇说的一些事，又问吴老师沈星光的家庭情况。吴老师叹了口气告诉我，沈星光结婚比较晚，老婆是经人介绍认识的，1984年生了一个女儿。他受到批判后，老婆怪他写小说惹事，怕牵连自己，果断和他离婚了。他老婆能折腾，第二年趁着出国热的东风，靠跨国婚姻嫁给一个日本人，去了日本。沈星光带着女儿回了南川，后来的情况，吴老师也不清楚。

我问："那沈星光去世的事您也不知道吗？"

"啊？"吴老师也很吃惊，"星光去世了？什么时候的事？……什么？ 1999年就……太意外了太意外了，那时候他还不到六十啊！唉……真想不到……"

他反过来问我，怎么知道这些的。我不便说沈淇的疑案，只说自己之前就认识这么一个开书店的老伯，最近回母校，才听说了他的身份和他去世之事，至于去世的详情，我也不清楚云云。

"原来星光还一直在关注着《科幻世界》……"吴老师听我说了我们相识的经过，叹了口气。

"怎么了？"

"他是《科幻世界》最早的作者之一，处女作就是发在那上面的，那时候还叫《科学文艺》呢。"

我回忆了一下，"就是那篇《一亿年前的星光》吧？"

"是啊，所以他对《科幻世界》一直很有感情……对了，差点儿忘了，他九几年还给杂志社投过稿。"

我忙问详情。原来，二十世纪九十年代《科幻世界》再度繁荣，对沈星光的批判也早已时过境迁，发表应该没有什么障碍了。大概是1994还是1995年，他又往《科幻世界》投了一篇稿子。不过距离上次发表过去了十年，以前熟识的编辑很多都走了。而收到稿件的新编辑是从其他行业转来的，甚至不知道沈星光是谁，一看稿子，故事说得不清不楚，还有很多看不懂的公式图表，不像个小说的样子，便直接扔到一边。

"这……有点儿不负责任吧？"我有些不平。

"也不能全怪编辑，那本稿子在角落里放了几年，偶然被杨老师——就是老社长杨潇——发现了。她是《科学文艺》时代过来的，认识沈星光，当时吃了一惊，亲自看了一遍，发现这篇稿子的确过于晦涩混乱，而且也太长，没法发表。杨社长还想让他改改看能不能发，但原地址已经联系不上了，估计那时候他已经……唉……"

我还是有点儿不信，"沈星光的作品可能是老派一点儿，但不至于发表都不够格吧？"

"我亲眼看过，的确问题很多……我想，是当年的批判把他毁了。"

"这怎么说？"

"当年批他，一个是所谓涉黄，这个就不提了；还有一个是伪科学，胡编乱造，这当然也是不对的，对科幻怎么能用科研的标准去要求呢？但是沈星光本身是理工科出身，性格又比较轴，他当真了！他真心觉得自己的小说不够科学，要写一些完全符合科学的作品，所以小说中加入了大量冗长无谓的科学说明文字，跟学术论文似的。他理科功底很扎实，那些东西倒是信手拈来，可谁看得懂呢？他心目中的理想读者大概是钱学森吧！"

我十分意外。我记得沈星光的阅读品味并不如此狭隘，各种作品都能欣赏。但是自己的创作可能是另一码事了，不知道当年的批判伤害他有多深，令他走不出心理阴影。

我看也问不出什么进一步的资料，便感谢了吴老师。他嘱咐我多打听一些沈星光的事迹，将来写科幻史也许是宝贵史料，我答应了，便挂断了电话。

回到宾馆房间，沈淇还在酣睡，呼吸均匀悠长，显然已经睡熟。我走也不是，留也不是。只得坐在一旁，在网上搜了一下沈星光的作品。沈星光的书我以前自然读过，但已经过去了若干年，许多细节都记不清了。在作家沈星光和我认识的那个老伯二者合一之后，我感觉有必要重新再研究一下。

网上能找到的沈星光作品不多，主要就是《一亿年前的星光》和《人生梦幻曲》两个短篇代表作，这两部作品的确很能代表他的风格。《一亿年前的星光》是他的处女作，刊发在1979年的《科学文艺》创刊号上：说的是一亿光年外，有一颗超新星爆发被地球观测到了。科学家发现，超新星爆发的电磁波流是经过调制的，原来是外星人引爆了这颗恒星，又以超级技术手段在其辐射中隐藏了大量的信息。最后，经过科学家的解码，发现其中有十二个数学和物理学公式，一大半都是人类迄今不知道的。原来外星人是以这种方式向宇宙广播，传送宝贵的科学知识。

这篇小说的设想堪称雄奇瑰丽，发表后引起了一些反响。我当年读后也是拍案叫绝。不过今天再看，就带上了一些批判的目光。沈星光的优点是想象奇崛而又能自圆其说，但缺点也明显：一是故事比较简单化，像这个点子可以写成更悬疑或者曲折的形式，但他只是平铺直叙，草草收尾；第二是他确实过于技术流，总共五六千字的小说，至少有三千字都在阐述分析超新星爆发的原理, 通过恒星传播信息的可行性, 以及如何破译毫无共同基础的外星语言等技术问题, 很多读者都难有耐心看下去。

《人生梦幻曲》发表于1984年, 主题又有了一定的变化。故事说, 一位科学家发现人的脑电波活动具有某种"波粒二象性", 与宏观世界不同的概率波相联系。科学家就发明出一种梦想头盔, 戴上去之后, 可以将人心中的希望坍缩为未来的现实, 也就是说, 令美梦成真。这位科学家暗恋一个漂亮姑娘, 但姑娘从不正眼瞧他, 于是科学家启动这种头盔, 祈祷姑娘嫁给自己, 居然成功了! 姑娘听说他做出了伟大的发明, 便答应了他的求爱, 科学家坠入温柔乡中。然而婚后, 科学家发现妻子为人自私拜金, 两个人并不合适。后来有坏人利用他的妻子想要骗到梦想头盔, 经历了一番惊险后, 科学家被包围。他用梦想头盔许下了让梦想头盔毁灭的愿望, 最后整个实验室被炸毁了, 科学家也殒命当场。

今天看来, 这个故事虽然略显老套, 但情节曲折跌宕, 人物也有一定性格(我想, 或许女主的原型就是他自己的妻子)。而且沈星光可能是吸收了一些评论界的批评, 主要笔力放在情节推动上, 并没有用太多笔墨讲解相关科学原理, 艺术水准还是不错的。

不过小说的发表正好碰到了风口浪尖, 在"清污"运动中首当其冲。我在网上还搜到一篇当年的批判文章。首先骂沈星光这篇是黄色小说, 这小说中确实有一些朦胧的性描写, 这些今天看来不算出格的写法便成为口实; 其次是批判其"反科学", 当时国内科幻中很少有人用到曾被指责为唯心主义的量子理论, 批判者明显自己也不懂, 只是大骂其歪曲科学, 误导读者; 不过最严重的还是说其"思想反动"。批判者一层层深挖出小说背后的"反动本质":"如果说靠一个头盔做一个梦就能够美梦成真,人生还需要奋斗吗? 现实和梦境还有区别吗? 那么每个人发一个头盔,是否就能够让'四化'实现了呢? 我们的社会主义建设还有什么意义呢? 我们不禁要问,作者写这样的故事,到底想要表达怎样一种思想趣味?"

我不禁为沈星光深深感到不平。这个故事的悲剧结局不就是说一个头盔不可能实现梦想吗? 怎么能这么批判一个人呢? 不过话说回来,故事设定的确会给人这样的印象,仔细想,也有不少情理不通之处。如果说我想要成为全宇宙的皇帝,难道戴个头盔做个梦就行了吗? 这显然是荒谬的。当然写科幻小说有这样那样的bug并不奇怪,无限上纲上线就太过分了……

正在胡思乱想,突然手机一振,我打开一看,却是吴岩老师发来了几张照片,附言说:"宝舒,沈星光给《科幻世界》的投稿,我当年好奇拍了几张照片,电脑里有,发给你看看,也许有用得着的。"

我精神大振,点开照片查看: 果然是沈星光给《科幻世界》的投稿,标题叫《梦旅人》。照片没拍全,只有前头十来页,看开头有点儿像是《人生梦幻曲》的改写版,但写法却完全不同了。

《人生梦幻曲》主要探讨人性问题,技术方面本来虚写居多。但沈星光在《梦旅人》中却大反其道,比如小说开头提到,男主角是研究量子纠缠的物理学家,本可以一句带过,但他却花了两页纸解释什么是量子纠缠。后面有一段突兀地提到学术界对梦的认识,更是洋洋洒洒,从弗洛伊德、荣格写到阿瑟林斯基、文森、麦克莱恩等神经科学家,分析不同理论的异同和缺陷,简直是一篇博士论文的综述。我这才理解了,为什么《科幻世界》没法刊发这样的小说。这稿子似乎有神奇的催眠功能，我看了几页就开始眼皮打架，此时确实也已夜深人静。我靠在床头想眯一会儿眼睛，竟然就此睡着了⋯⋯

7

"啊，这是哪里！"

我还在半睡半醒中，便听到一声女子的惊呼，随后我脸上挨了一脚，一阵剧痛。我睁开眼睛，看到对面一双美丽而惊恐的眼睛，才想起来昨晚发生的事，忙结结巴巴解释，"那个⋯⋯你突然醉得不行了⋯⋯我⋯⋯我不知道怎么办⋯⋯"

沈淇脸上一阵红一阵白，我们对视了片刻，她突然跳下床，冲进了洗手间。我看了看墙上的钟，九点半，我的飞机五分钟前就已经起飞了。看来，还得在南川待一阵子。

等到她出来之后，显然已经初步梳洗过了。她对我抱歉地笑了一下，"不好意思，昨晚我失态了，也不知道怎么会这样⋯⋯"

"那个⋯⋯你没事吧？"

沈淇在我对面坐下，长长出了一口气，"老实说，有事。这一个月以来我每天都睡不着，所以养成了喝酒的习惯，把自己灌醉才能安眠一晚上。"

"啊？究竟出什么事了？"

"都是你害的。"沈淇的嘴角微微抽动，"自从我知道你当了什么科幻作家，还得了银河奖以后，整个世界就崩塌了⋯⋯"

这是我百思不得其解的问题，"我写科幻和你有什么关系？"

"不过，"她并没有回答我的问题，眼中却放出意外的神采，"刚才我刷牙的时候，突然想明白了一件事。这也许是一个机会，补救这一切的机会！"

"你到底在说什么啊！"

"怎么说呢……"她沉默了一会儿，似乎不知道怎么开头，扶额想了良久，突然露出自嘲的笑容，"真是报应，我从小就讨厌科幻小说，居然要做科幻小说里才有的事，还有比这更讽刺的吗……"

"你讨厌科幻小说？可你爸爸是——"

"正是因为我爸爸，我才讨厌科幻小说！我小时候一直想，要不是因为他写科幻小说，我爸妈就不会离婚，我也不会离开上海，搬到南川这种山沟里的小县城……"

她这些话没头没尾，但是我昨天听吴老师说了沈星光一家的遭遇后，明白她话中所指，自然也不能怪她这么想。

"小时候，我知道我爸是个作家还挺骄傲的。不过后来发现他这个作家，又没名气写得又不好看，明明早就过气还在那写啊写的，还捣鼓一些科幻的玩意儿，也没见他换来一毛钱稿费！还有那什么《科幻世界》，上面的小说幼稚死了，宇宙飞船、外星人、时间穿越！我一直搞不明白，你和我爸这种人怎么会对这些东西着迷呢……

"不过话说回来，上面也有些有意思的内容。你记得吧？九几年的时候《科幻世界》上登过漫画，寥寥几笔就勾勒出一个活灵活现的美人，比小说有意思多了，看《科幻世界》我只看这个。

我长大一点儿以后，就开始自己找漫画书来看，《圣传》《尼罗河的女儿》《美少女战士》……书店里都有租的，看得如痴如醉。结果我爸却认为这些书是坏书，看了影响学习，都给我没收了！"

我啼笑皆非，沈星光虽然自己是科幻作家，但教育子女也未见得多开明。

"那时候我成绩也不好。我爸是交大毕业的，数学很好，可我一点儿没遗传他的天赋，一看到数学公式就头疼。他就以为我是因为看漫画学习不用功，经常数落我，让我做一堆俄罗斯的数学题！还拿你当榜样教训我……那年你不是参加省里的什么知识竞赛得了个奖吗，在县里也算是个小名人，我爸让我请教你怎么学习，说实在的，那时候我最烦的除了我爸就是你了，看到你来书店里，我就故意躲开！"

我的表情应该很尴尬，沈淇也觉得说得有点儿过分，回到正题，"反正那几年，我们父女的关系每况愈下，我就更叛逆了，甚至开始逃学，还想离家出走，但没钱走不了。

"这些也罢了，1999年春天，我妈回来了，抱着我就哭，还给我带了一大箱子礼物。那时候，她在日本生活比较安定了，想带我去日本，我当然很想去了！日本啊！那可是动漫的天堂，有多少天才大师，多少知名的工作室啊！可是我爸却强烈反对，说当初我妈扔下我，不负责任，现在根本不配见我什么的，硬是把我妈赶走了，我真是恨死他了……"

我忍不住说："这也不能怪他，当初离开的是你妈，是沈伯伯把你拉扯长大的，你妈突然回来要带走你，他没法接受……"

沈淇凄然摇头，"你说得是没错，但这些事我当年怎么会懂？其实我爸也不光是出于怨气，还有一层顾虑，觉得我妈在日本那边生活比较复杂，去了也不一定是好事，但这些我更没法明白……反正后来我妈走了，我还是留在南川，觉得就像被关在暗无天日的监狱里。"

我回想了一下，那几个月正是我高三下学期，正在全力以赴准备高考，也就很少去星光那边，去了也只是买本新杂志就走。谁知道那段时间竟发生了那么多事。

"所以有一天，"沈淇的口吻变得阴森起来，"我看了一本讲杀人的漫画，脑海中突然蹦出一个念头，如果我爸死了就好了……"

我不禁打了个寒战。难道她真的……

"不是吗？只要他一死，就没人再管我了，我妈肯定可以带我去日本，这边的房子一卖，我连学漫画的钱都有了……你这么看着我，一定觉得我的心很坏吧？不用否认，我自己也是这么觉得的……其实我理智上也明白他拉扯我长大不容易，他是为我好，但是我就是忍不住这么想，一边充满了罪恶感，一边这个念头挥之不去……"

我越听越是毛骨悚然，难道她真去杀了沈伯伯？

"所以，那天夜里，我偷偷躺进了那个箱子里，许下了这个愿望……"

"什么箱子？"我失声叫道，隐隐感觉不妙，一些久远的记忆在心头闪现，好像多年前的债主突然上门。

"我爸爸造的那个箱子，难道你忘了吗？"沈淇癫狂地笑了起来，"你不是也躺进去过吗？不就是靠它拯救你的吗？"

"你说我……我……"一股寒意从脚底升到脑门。

"原来你真的不记得了啊！什么燕大，什么科幻作家，什么银河奖……你的一切都来自那个——'梦之箱'！没有它，你说不定已经死了十八年了！"

8

我的身体剧烈颤抖了起来，周围的空气仿佛都被抽走，我无法呼吸，我无法动弹。周围的世界仿佛在融解。

这件事，我这么多年都没有去想，几乎以为不存在了，但今天却又被她翻了出来。

这也并不奇怪，那是我人生中最痛苦不堪的几个月，事情过去以后，我把它封锁在记忆里，久而久之，也就当那件事不存在了。再说，那件事是那么荒谬可笑，怎么可能是真的呢？我以为，那不过是一个夏夜的梦魇，一个古怪的幻想，最多不过是一个拙劣的玩笑罢了。

但那件事是确确实实发生过的，在二十年后，它以完全想不到的方式重返我的生命。此刻，埋藏了二十年的记忆像潮水般咆哮奔涌，将我淹没。

1999年夏，世界末日的传说里，蝉叫得分外凄厉。全世界最渴望末日降临的人就是我。高考已经尘埃落定，分数也都已公布。我如中电殛，不敢相信，甚至去申请查过分数，但耻辱的低分已经牢不可破。大学基本成了泡影，我有一百种理由为自己辩解，但已经毫无意义。我整个人都垮了，把自己关在卧室里三天三夜，吃不下饭，也睡不着觉。

我，谢宝舒，南川一中的尖子，父母和老师的骄傲，内心也充满自信，然而最后这一切沦为了最滑稽的笑柄。我不知道今后漫长的五六十年里，该怎么面对这一切。

过了三天生不如死的日子，我终于肯到客厅吃饭，父母放心了一点儿，小心地问我什么复读还是上二本的事。我听着心烦，说让我想想再说，然后就说要出去散步，离开了家。下了楼，突然听到父母在阳台上叫我，我不管不顾，一个箭步冲出了大门。

我知道他们一定已经发现了我在枕头下留的遗书了。我再也不能回去，我再也不会回去。

我决心已定，与其在从此黯淡无光的人生中苦苦煎熬，不如用生命向这个可憎的世界抗议。我在南川河大桥上徘徊了好一阵子，想一闭眼就跳下去好了，不过那河实在太脏太臭，我想象自己的尸体被这里的河水浸泡三天三夜再浮出来，就失去了在这里结束生命的勇气。我又找到了附近的一座高层建筑，觉得可以爬到楼顶跳下来，一劳永逸结束一切。谁知刚走进单元门，居然看到沙老师、老朱和其他几个同学说说笑笑下楼来，我忙躲在楼梯后面。从他们片段的谈话中，我才知道沙老师的家住在这里，几个考上好大学的尖子生相约来这里拜访沙老师。我本来应该是其中毫无疑问的一员，现在却只能躲在黑暗中，目送他们离去。

我肯定不想死在沙老师家楼下，只有走得越远越好。乱走了一阵子，我一抬头，居然发现自己到了星光书店门口，我五味杂陈，这个书店开启了无数新世界的大门，却也毁了我的一生……

我不想进去，不过老伯在里面看到了我，出来招呼，"小谢，好久没看到你了,最近到了好几本新书,都给你留着呢,快进来看看!"

我出于惯性走了进去,老伯拿出一本新到的《科幻世界》说:"这期有何宏伟的《异域》,故事很有意思,你不是很喜欢他的作品吗?这期肯定不能错过了。"

我木然接过杂志,机械地翻了几下,目光散乱,根本没看清上面写得是什么,只觉得视线渐渐模糊。

老伯并没有觉察到我的异状,还继续说:"对对!差点儿忘了,你是上月高考吧?上一期不是讲记忆移植的吗?高考题听说就是这个,真是太巧了!你一定考得不错吧?"

听到这句话,我的眼泪忍不住夺眶而出,划过脸颊,我急忙扭过头。

"小谢,你怎么了?"老伯终于发现了我的不对,抓住我的肩膀问。

我逃不脱,也再也无法控制自己,号啕大哭起来。

"这是怎么了,有话好好说啊……"

我的痛哭却停不下来,即便用眼角的余光看到店里的小姑娘在一旁惊讶地望着我,也无法抑制多少天来强压下去的痛苦。我一边哭,一边诉说,连我自己也不知道在说什么。

过了很久,我的哭声渐止。老伯也大致了解了情况,给我擦去眼泪,安慰我说:"没事的,你还小,这只是人生中的小风浪。十几年前,我曾经遇到过比这还大很多的打击,现在也都过来了……"

我苦笑了一下,这种空洞的安慰对我有什么用,我就不该来这里丢人。

"谢谢,我走了。"我低声说,扭头就要出门。

"等等!"老伯在后面叫住我。我回头看他,他像下定了决心似的说:"关于你的未来,也许我可以帮到你……"

"你帮我?"我诧异地问。很多小说电影的情节在我脑海浮现,难道他是隐居的亿万富翁,还是什么秘密特工机构的负责人?

"你先进来。"他对我招手。

我跟着老伯走进了内室,那里有我曾经偷看过的一书架科幻珍藏。不过再里面还有一条楼梯,我跟着他上楼,楼上有两个门半开的卧室,应该是他和他女儿的。然而最里面还有一个房间,里面摆着一张大桌子,桌上放了一部当时还挺稀罕的电脑,应该是自己配置的。电脑边放着好几本全英文的书籍以及许多写满公式和画着奇怪图案的稿纸,角落里有一张车床,上面有锤子、螺丝刀、卷尺等大小工具,还有许多古怪的金属零件、芯片和各色线缆,我认出来了一个盖革计数器。

最醒目的是在房间正中间的一个黑色箱子,至少两米长,一米多宽,看质地应该是铁的。它看上去就像是一个妖异的黑洞,吸收着周围的一切。

我回头惊讶地看着老伯。

"这是'梦之箱',"他郑重地告诉我,"能够帮助一个人实现自己的梦。"

"伯伯你别拿我开心了。"我无奈摇头。

他反问我:"薛定谔的猫你知道吗?"

作为铁杆科幻迷,我当然知道:薛定谔的猫就是把一只可怜的猫放在一个箱子里，因为某个量子状态的坍缩，通过一个特殊的机关来决定是否放出毒气，亦即决定猫的生死，而坍缩必须通过观测进行。所以在打开箱子观测前，这只猫处于生死叠加态。但这和梦想有什么关系？

"难道进了那个箱子，我就成了薛定谔的猫吗？"我没好气地问，越来越感觉这是一个恶作剧。

"不，完全相反，是整个世界成了薛定谔的猫！"他说，两眼放出奇异的光彩。

老伯告诉我他的基本思路，其实并不复杂：箱子的意义在于将这个世界分成两部分，一边是猫、毒气装置以及一部分空气；另一边是整个地球和宇宙。里面外面并不重要，比如说把观测者关进箱子，而把猫和毒气装置放在外面，那么当观测者进入箱子之后，猫仍然处于量子叠加态，甚至可以说，整个世界对他都处于量子叠加态。

把猫替换成其他量子态相关事件也是同样的。老伯说，意识本身是量子态的，这导致一切人类行为本质上都呈波函数发散。比如如果观察者躲在箱子里，外面是两个剑客决斗，但听不到任何声音，那么在观察者打开箱子查看之前，两个剑客也同样是生死叠加的。

但其中有一个变数，即观察者自身的意识，本质上量子态的坍缩就是通过意识来进行。所以如果观察者在箱子中已经通过自己的意识"选择"了某个坍缩结果，那么在他打开箱子之前，这个结果就已经确定了。

我听得疑窦丛生，不禁质疑起来，"这好像是沈星光小说的设定，不过破绽百出啊，比如我买彩票，只要在箱子里许愿说能中奖就能中奖了？"

"当然并不是你想要选择什么就选择什么！"老伯瞪了我一眼，"关键在于，意识本身就是神经元组织微管的一种量子态作用……"

我想起来了，他引用的是罗杰·彭罗斯《皇帝新脑》中的意识理论。这本书我去年看过，看得云山雾罩，但我知道这并不是胡思乱想，不觉稍微有点儿动容。

老伯说，他已经研究过多年，发现意识并不是单纯的量子叠加态，也不是坍缩后的结果，而就是这个过程本身，它在不断地坍缩中，又在不断地发散。梦境是其中一种特殊的形式。梦中的世界光怪陆离，实际上是意识最原始的状态，不同的量子态纠缠在一起，飘忽不定。当然在梦中已经有一些不同的坍缩态，但是还没有发生退相干，常常有"梦是反的"这样一个说法，因为当人醒来的时候就开始了反向坍缩，在梦中最后记住的东西，恰恰是不同世界退相干之后的一个残影……

但是他发明了一种特殊的装置。这东西的设计非常巧妙，它能够通过脑电波，读取人在某种特殊状态下的梦幻，并给人以某种大脑刺激，让人在某个恰当时候醒来，这样一来，就可以让现实坍缩到这种可能性所在的未来。

我仍然不怎么信，"还是不对吧……薛定谔的猫是生是死，是现在发生的，但未来的事情，比如说十年后我会不会变成百万富翁，是十年后的事，怎么能现在就决定？"

老伯摇了摇头，"你错了，记得《你一生的故事》吗？"

我恍然有所悟。特德·姜的《你一生的故事》发表于1997年，当时尚没有中文版，老伯去年在英文网站看到了这个故事，还特意复述给我听。故事表面上是说人类和外星人的接触，但内核是讨论宇宙的超时间存在。老伯的意思是：事物本身中压根儿没有线性时间，当意识坍缩到某种可能性的宇宙之后，哪怕是一百年以后发生的事，这条路径也在当下全部决定了，过去、现在与未来是一体的。

我将信将疑，"即便能有这种机器，那得多高精尖啊，这个小作坊能搞出来吗？"

"事实上最高精尖的机器就是人大脑所产生的意识，它可以完成多少不可思议的事啊，你听说过量子自杀吗？"

我点点头，我的确在一本讲量子力学的书上看到过这个古怪理论：因为人的意识能够自我观察，所以它的自观察总会在量子事件中选择生存下来，也就是说，如果人是薛定谔的那只猫，那么人的自我观察就会导致人在自己的宇宙里永远也不会死去。

"其实量子自杀正是意识自我选择的一种效应，这个箱子的装置只是利用了意识的特性，并将其放大而已。"

我越来越相信了，薛定谔之猫的箱子也并不需要造原子弹的工艺才能造出来。我盯着这个黑沉沉的箱子，渴望着改变已决定的命运……

"不管怎么讲，你可以试试。"老伯狡黠地一笑，"吃一枚药，然后躺在箱子里就行，敢不敢？"

我犹豫了一下，觉得有点儿不靠谱，但又马上觉得自己可笑：我连死都不怕，还怕一个破箱子吗？

他递给我一枚胶囊和水，我一口服下，毅然迈进箱子。

箱子里面容身的空间只有一半，非常狭窄，另一半被一个硕大的黑色模块占据，从里面伸出几根线，连接着一个头盔，我只能戴着头盔，蜷缩身子躺着。

老伯叮咛我说："你只要默念自己未来想要的事情，然后放松精神，这种药能让你的意识发散，进入梦境中的量子态，然后箱子就可以帮你选择未来了。"

"明白，不过……我不会憋死在里面吧？"我有点儿担心，忘了自己一小时前还在寻死。

"留有缝隙的，但不影响观测。"他说。

就这样，在那个诡异的命运之夜，我诡异地躺在棺材一样冰冷的铁箱底部，看着头顶黑暗压了上来。一片漆黑中有一个小小的红灯闪烁着，我盯着它，想着自己未来想要做什么，但忽然间进入这诡异的地方，千头万绪一时也想不清楚，慢慢地，那个红灯像一滴红墨水一样发散开来，幻化成千变万化的形状……

我做梦了。

9

我呆呆地坐着，回忆的潮水一遍遍冲击着脆弱的现实。眼前的一切如化为概率云般恍惚迷离。

"想起来了吗？"沈淇说，"当你醒来的时候，你嘟嘟囔囔地说什么'我上了燕大'，我爸问你还梦见了什么，你说什么'我在《科幻世界》发表小说了，还得了银河奖'……"

我惘然摇头，我根本记不起来当时梦见了什么，又说了什么。因为被强制唤醒，当时药效没全过，我根本就意识不清，只是约略记得后面的事：我从箱子里出来，老伯让我在他的床上休息一会儿，我躺上去竟又睡着了，前几天根本没怎么睡觉，我再也撑不住了。

第二天大清早，我还没醒，我爸妈和沙老师他们冲了进来，围着我又哭又笑。原来我留下的遗书被他们发现后，他们急得不得了，马上联系所有人全城大搜，甚至报了警，闹腾了一夜终于找到了这里。

我被他们带回了家，看到父母老泪纵横，我也心生悔意，跟他们说自己不会再犯傻了。后来，我们家再也没人提这件事，就像从来没发生过。我在心底也深深为之羞耻，所以后来我根本不愿去想它，让自己相信这一切都没有发生过。

"我都不记得了……"我说，心中却想，难道我当时真的超越了时空的限制，梦见和选择了自己的未来？这十八年来的一切，都是在那个诡异如梦的夜晚被决定的吗？进一步想，这十八年来，我的人生是真实的，还是梦境的一部分？会不会我至今仍然在那个黑漆漆的箱子里，仍然在做那个漫长无涯的梦？就像那个"黄粱一梦"的传说一样，梦醒的时候，边上煮的黄粱饭还没有熟……

"可我记得。"沈淇把我拉回到现实，或者这个至少像是现实的世界，"我在门口看得很清楚……虽然你们说的很多东西我都听不懂，但我知道，那个箱子可以实现我的梦想，让我去日本当漫画家……所以当天夜里，我偷偷地依样画葫芦地吃了胶囊，躺进了箱子里。其实我也不记得自己做了什么梦，但记得一点，我在睡去前，心里一直在想'要是爸爸死掉就好了，我就可以去日本了'……"

我又栗然一惊，终于明白了沈淇得知我成为科幻作家后的震惊和恐惧。如果"梦之箱"能够令我的梦想成真，那么对沈淇也是一样，也许在这个意义上，她的确杀了她的父亲……

"一个月以后……"她颤声说，"我爸真的就……虽然是我一直想的事，可是事到临头，我……我才知道自己有多幼稚……我跟自己说，一定是巧合，一定是巧合，怎么会有这种事？就这样，说着说着，我慢慢也说服了自己，后来我妈回来找我，我卖了房子，和她去了日本，后来又发生了很多事……在日本我……我很后悔……我想爸爸……我一直很想他……那时候我太不懂事……"一串串泪水从她眼角滚落。

她擦了把眼泪，稍微平静后才继续说："后来我慢慢长大以后，也的确不再想这些了，因为这不可能是真的，这不可能……我甚至让自己忘了那一年的事，忘了我曾经恨过爸爸。我跟自己说，他就是一个走火入魔的写科幻的老神经病，害了自己也害了我。直到上个月，我知道你写科幻，还真得了那个银河奖，这说明那个箱子真的是有魔力的啊！那些事情都在我心里翻上来了……整整一个月，我不喝醉都睡不着觉……我害怕极了……我到底干了什么啊……呜呜……"

她终于崩溃了，趴在茶几上痛哭起来。

我想安慰她几句，却不知从何说起，我自己都还在极度震惊中。我在回顾着自己过去的人生, 的确充满了许多的巧合。比如中关村文理学院和燕大合并, 我一个普通二本生, 一夜之间成为中国最顶尖学府的天之骄子, 比如多年后, 我在国外写了一本狗尾续貂的同人小说, 因缘际会在网上传播开来, 因此有机会在《科幻世界》上发表……难道都是在那个箱子里某个古怪梦境的结果?

"对了," 我想到一件事, 问沈淇, "沈伯伯是怎么去世的? "

沈淇慢慢停止了啜泣, 抬头说: "他是死在箱子里的。"

"啊?! " 我没想到沈星光的死也和那箱子有关。

"可能是某次调试, 我不知道, 他从外面的高压电线上私自接了一根线到箱子上, 然后他像我们一样躺进去, 但是不知怎么就出事了。当时我在学校里, 回家找不到他, 到了他房间才发现不对……他还躺在箱子里, 但已经触电身亡了……那天半个县城都因此断电了……"

"那警察怎么说的? " 我问, 这种离奇的死法警察应该会调查吧?

"我告诉了他们这个 '梦之箱' 的事, 当然那些具体的原理我也搞不清楚, 警察也没当一回事, 在他们看来, 作家都是半个神经病, 何况是写科幻的。一个神经搭错的人想搞一点儿发明创造, 结果玩砸了。一个警察跟我说, 其实这种事并不像我们以为的那么少见, 本地区每年都有好几起……"

我安慰她说: "可能的确像警察说的那样是巧合呢, 其实你爸的事是他自己不小心, 和你没什么关系……"

"但也许这就是我选择的未来。" 她凄然低头。

我无言以对。的确，无论是我写科幻小说还是她父亲的死，所发生的一切表面上都有合理的因果链条，然而这并不能说明如今的结果只是巧合。因为每一种未来在波函数的发散中都存在，每一种未来本身的概率都是很小的。那箱子的作用，就在于令里面的人所渴望的未来坍缩为现实。但它真有这样的功效吗？看来只有找到那个箱子，才可能知道答案……

"那个箱子还在吗？"

"我要跟你说的就是这个，"沈淇收拾了一下心情，抬头说，"我们要把那个箱子给找回来！"

"找回来？"

"我要它再为我实现一个梦想，"她毅然地说，"我要爸爸活过来，它能让我爸爸离开，就能让爸爸回来，对吧？"

我感到怀疑，明显违背自然规律的事物也是能选择的未来吗？但看到沈淇渴盼的样子，又不便提出异议。

沈淇告诉我，沈星光去世后，那个箱子被警方拉走，当证物保管了一段时间，后来觉得没什么好查的，又发还给她。沈淇当然一点儿不想要这个害死了父亲的不祥之物，一看到就浑身难受，不过它毕竟是父亲一辈子的心血，也不忍心随便扔给废品收购站。最后她想到一个办法，把房间里的所有图纸和手稿，都塞进了这个箱子，然后去劳务市场找了几个农民工，在箱子上包裹了好几层塑料布，用车连夜拉到南川河下游，沉进了河里。整个过程中，那几个民工明显满腹狐疑，好像里面藏着尸体一样，不过看在钱的分上还是干了。

"我记得当时是在玉带桥中间扔下去的，应该比较好找。"

她说。

我们稍微收拾了一下，一起去了玉带桥。不过到了那里，我就知道没戏了，和南川河其他段一样，这里的整条河道都已拓宽，连堤岸也是新修的，应该已进行了全面的疏浚治理。沈淇大概以为扔在河里就跟张献忠的沉银一样过了几百年还能捞上来，实在太天真了。

不过我们还是进行了一点儿尝试，找来附近的渔民，许以重利，让他们在相应位置下水摸了一番，他们有些是职业捞尸的，经验十分老到，那么大的箱子如果还在那里，不会摸不到。

就这样找了三天，什么都没发现。沈淇站在桥头，还在不甘地跟我探讨其他的可能性，比如说被河水冲到下游或者埋在淤泥深处。我不得不告诉她："算了，别说后来疏通河道的时候肯定会被清走，其实很可能第二天就没了。"

"怎么会？"

"这么大一口铁箱，你这么郑重其事找人沉到河里，那些民工肯定以为里面有什么宝贝，可能你一走，他们就又找船拖上来了，要是我就这么干。哪怕发现不了什么，也会转手当废铁卖了，哪里还能留下来。"

"说的也是……我真是个傻子啊……"

沈淇苦笑着说，望着南川河上翻卷的波纹，身子晃了晃，支撑不住地扶住栏杆。她这几天把虚无缥缈的希望寄托在这口箱子上，但梦想终究会破碎。她慢慢地蹲下，我以为她又要号啕大哭，但她深呼吸了几口，终于站起来，头也不回地走了。

我们各自定了第二天回去的机票，离别在即，当天晚上我又陪沈淇去了那家"竹林酒吧"。沈淇酒过三巡，叹息说："你说我怎么就那么蠢呢？如果说我爸真发明了那种宝贝，能让人实现内心的愿望，他就是比爱因斯坦还伟大的科学家，我到底干了什么啊……"

我也下去几杯红酒，带着醉意说："你也别自怨自艾了，我才是傻叉，真有这种宝箱，我怎么不许个愿成世界首富呢？或者成为曲华这样的大作家呢？就算要写科幻，咋不许愿得个雨果奖呢，那一辈子就啥都不愁了……怎么就成了这么个三流写手……"

"还雨果奖呢，"沈淇嘻嘻笑着，"你编的故事不行，特直男癌，好多我根本看不下去……"

我想反击说她的漫画也是靠美女漫画家这个噱头，但没说出口，"算了，也许你说得对，我根本不适合干这行，都怪你爸，二十年前骗我上了贼船。你爸也是，写什么科幻呢，一辈子写得也不咋的……"

"不许说我爸！"沈淇醉醺醺地说，"当心我打你……"

"拉倒吧，你爸写得是不行，我看过他后来投给《科幻世界》的稿子，都什么乱七八糟的……江郎才尽啊……江郎……"

我突然想到什么，呆在了那里。

"你胡说八道，你——"沈淇正在骂，看我异样，问，"你怎么了？"

"稿子，"我喃喃地说，"那篇稿子——"

我酒醒了八分，打开手机，调出前几天吴老师发给我的几张照片，"箱子本身不重要，重要的是原理和图纸。"

"可我也都扔了啊……"

"对,但是可能有一份保留了下来……"我给她看手机上的《梦旅人》手稿的照片,"这篇小说可能就是唯一的线索!"

沈淇也清醒了几分,"小说原稿在哪里?"

"应该在《科幻世界》,"我说,"但不知道找不找得到……"

"我们去《科幻世界》!"沈淇毅然说。

10

这件事后来的发展,因为惊动了一些人,可能不少朋友也知道。沈淇和我一起改机票去了成都,以沈星光女儿的身份拜访了《科幻世界》编辑部,又去找了已经退休的杨潇老师,兜了一大圈,最后从一个尘封已久的档案袋里找到了《梦旅人》完整的稿件。

看着满纸的数学公式和外文符号,沈淇一边高兴一边也傻了眼,这内容压根儿就看不懂。她问我是什么意思,可我的理科功底也难以理解。

"交给我吧,我来想想办法。"最后我说。

作为科幻作家,我总算认识几个搞科研的朋友。我用微信把手稿的技术部分发给了三个物理学家和一个生物学家,请他们帮我看看是否靠谱。

生物学的部分还好,主要是其中一种药的成分,其功能是让人在舒缓的情绪下产生一系列幻觉。我的生物学家朋友并不是特别了解,又去问了药理学的专家,结果答案是,这个药的成分是虚构的，但是用大麻之类的违禁药物有可能达到这样的效果，技术上难度不大。那次沈星光给我们吃的胶囊的确有这个功效，也不知他从哪里弄来的。

物理学方面问题就比较多了。一位在剑桥得到物理学博士的朋友，我发过去后五分钟就回复："典型的民科，讨论这个是浪费时间。"

另一位朋友说话客气点儿，但意思差不多，"写得太高深了，大概杨振宁才看得懂，惭愧帮不上你。"

第三位学者是著名的理论物理学家林淼教授。他对科幻很感兴趣，我在一次活动中有幸认识了他，大胆发过去。他很长时间内都没有回复。我想人家可能根本不屑回这种莫名其妙的东西，还为打扰他感到很不好意思。

谁料过了半个月，林淼突然给我回了很长的内容，大意是：这个猜想很有意思，作者也的确精研过相关的量子物理理论，有些地方他看不懂，不好下定论，不过其中有一些明显的疏漏，还有一处计算错误，他在稿子的打印稿上一一都标了出来。

我问他，且不论细节，大体而言这种机器是否可能造出来？他说，理论上不能完全否定，不过其中有一处难以跨越的障碍——能量。

他解释说，量子不确定性是可以从数学上描述的，波函数的模的平方，就是某个粒子在某处出现的概率密度。虽然电子云理论上可以在宇宙中任何地方，但你测量一百万次，基本上也只能在原子核附近某些位置，要让电子在别的地方被发现就需要注入能量。所以选择概率越小的未来就要耗费越大的能量，根据他的计算，选择越精确，能量也呈指数级增长。比如要成为有钱人，大概需要太阳级的能量输出；而要成为世界首富，可能需要整个银河系的能量输出，如果要让死人复活之类的可能出现，就要让亿万个原子以完全反常识的方式重组起来，一百亿个宇宙的能量都不够……其实，哪怕是最简单的选择也是目前人类的能量利用功率根本达不到的。所以造出这样的机器也没意义。不过他最后说，作为一篇科幻小说，这种科学设定倒是够用了。

林森教授的说法看上去很翔实可信。事实上，我所困惑的问题也得到了解答，心想事成需要巨大得不可思议的能量，因此"梦之箱"的确是有限制的。但是否做不到呢？这不一定。从日期看，沈星光的那次投稿是在1995年，而造出"梦之箱"是1999年，我最后一次去星光书店时，这箱子应该刚造好不久，中间差了四年，有没有可能沈星光在这四年里理顺了理论问题，并且以天才的方式改进了技术？也许最终启动箱子不再需要那么大的能量，用普通的电源就可以？

可能对于沈星光来说，最后一次投稿石沉大海以后，他感觉自己的作品还是有缺陷，于是下定决心要真正实现这篇小说中的技术，证明自己。这真是一个科幻作家最高的野心！让科幻变成现实，然而最终却是这样的可悲结局……

另外很有意思的一点是，《梦旅人》的最后一部分和《人生梦幻曲》不一样。在《人生梦幻曲》中，科学家死去了，但《梦旅人》却是一个开放式结尾。反派围攻了科学家的实验室，要夺取"梦之箱"。科学家最后抱着年幼的女儿躲进了箱子里，他要选择一个未来，一个他们都能获得幸福的未来，虽然这机会太过渺茫，但他总要试一试……故事就在这里戛然而止了。

这让我想到一个问题，为什么沈星光最后死在了梦之箱里？毫无疑问，他有一个梦想要实现，但那个梦想是什么呢？他之所以在事故中丧生，是因为接入了高压电源，也就是说，他追求的是一个和小说中一样渺茫，需要极其强大的能源才能实现的未来，那个未来是什么呢？

我很久都想不出答案。

后来，我经过反复思索，把几位物理学家，特别是林森的回复经过筛选后，截图发给了沈淇。这些话语斩钉截铁地证明了"梦之箱"只是一个似是而非的空想，绝对没有实现的可能，即便造出来了某种实物，也不会起作用，而沈星光之死，更是和沈淇没有任何关系。我想也许这样，才能让沈淇从弑父的罪恶感中解脱出来。

林森教授的权威终于让沈淇相信了这个解释。她向我郑重道谢，后来我们联系渐疏，很快也就断了，大家都回到了日常生活中，在这凡庸世界追逐着各自世俗的虚名浮利。

不过这件事最近还有一点儿余波。

前几天，沈淇突然给我发了一条微信，问我的地址，说要寄书给我。我想可能是她的新书，也没太在意，就道了声谢，告诉了她地址。谁知第三天，我收到了来自南川的一个快递包裹。怎么会在南川呢？我有点儿诧异地打开，竟然发现是一本用塑料膜仔细包好的《科学文艺》，蔚蓝色的封面，上有火箭和原子的简约美术图案。下方写明这是1979年第一期，正是《科幻世界》整四十年前的创刊号。这是本很珍贵的刊物，据我所知，许多科幻爱好者遍寻难觅。怎么会寄给我呢？

我好奇地翻开书，一张夹在里面的照片落了下来。我捡起来一看，照片上是一个装修一新的店面，门口挂着一块招牌，上书"星光书店"四个字。我吃了一惊，仔细端详店面门窗，发现宛然就是当年的星光书店，后来的竹林酒吧！但这装潢虽然有当年书店的影子，却又显然不是二十世纪九十年代，门口还贴着《流浪地球》的海报，显然是刚拍下来的。

我把照片翻过来，看到上面有几行娟秀小字：

宝舒：

看到照片吃惊吧？我已经回南川半年了，把我家的房子又买了回来，尽量改回了以前的样子，一楼当书店，二楼就做我的工作室。书店的主题半是科幻，半是漫画，你说我爸要是知道，不知道会开心还是生气呢？

当年我卖房子的时候，大部分书都处理掉了。不过我爸在里间有一架的特别收藏，我没舍得卖，装在箱子里，跟我一起到了日本。这些年我也从来没打开过，可能是我不想面对我爸的过去吧。不过现在这些书已经重新陈列在了店里，当然，是非卖品。

我整理的时候意外地发现了这本杂志，它应该是属于你的，所以快递给你，你看了就明白了。

写科幻还顺利吗？要是哪天写累了想改行，就来我店里当伙计吧——开玩笑啦，不过的确希望有一天你能回南川来看看，也帮我规划一下，科幻我实在是不懂呢。

祝好！

沈宇

425

我放下照片，心潮起伏了一会儿，翻开杂志，看到微微发黄的目录页。这一期名家云集，有郑文光的《"白蚂蚁"和永动机》，叶永烈的《谁的脚印》，童恩正和沈寂的电影剧本《珊瑚岛上的死光》（第二年它就被拍成了中国第一部科幻片），刘兴诗的科学诗……当然，还有沈星光那篇《一亿年前的星光》。

目录上还有各种笔迹的签名，大部分的作者，郑文光、叶永烈、童恩正、刘兴诗……沈星光都签了名，估计是某次科幻会议时，沈星光收集来的签名。对任何一个中国科幻迷来说，这本杂志简直是价值连城。

在签名的下面，竟然还有一行字，"宝舒：爱上这科幻世界吧"，没有署名，但显然是沈星光写的。

原来这是沈伯伯打算送给我的礼物？可为什么我从来不知道？

我看着那十个字，渐渐想明白了，这应当是1999年，我高考失利之后沈伯伯写的，他想送给我这本杂志，希望这件珍贵的礼物能够抚慰我的伤口。可是谁想到，他还没来得及送出去就……

泪水渐渐模糊了我的视野，我哭了起来，直到泣不成声。当年知道沈星光的死我都没有太伤心，因为那是早已过去的事。但此刻我才深切感受到那遥远岁月中我曾经燃烧的热情，以及与一位前辈之间历久弥新、无法磨灭的羁绊。

我擦去泪水，端详着那句话，又发现道理并不太通，我当时早已经是一个铁杆的科幻迷，对《科幻世界》的方方面面如数家珍，又何来爱上《科幻世界》一说呢？这话说给沈淇还差不多，但明明又是送给我的……等等……科幻世界……科幻世界……不应该没有书名号啊……

忽然间，我醍醐灌顶，明白了沈星光的深意。

这科幻世界，并不是一本杂志，也不是远离现实的幻想王国，它就是这个世界，现实存在的世界。

这残酷、无常而又平淡无奇的现实世界，归根到底是浩渺宇宙中的尘埃，是量子之海上的涟漪，是高维空间的投影……无穷无尽的科幻秘境早已渗透现实，改变现实，塑造了现实。只是我们习焉不察。但沈星光在一年年对"梦之箱"的钻研思考中，看到了这世界深渊的本质。世界从未一劳永逸地坍缩成某种现实，而是一直在我们的梦想与选择中真切地弥散。惚兮恍兮，其中有象；恍兮惚兮，其中有物。

这就是沈星光给我上的最后一课：对科幻的爱不是逃避现实，它归根到底是对现实中所蕴含着的无限可能的追寻，是与这充满奇妙可能的世界签订的爱的契约。

我福至心灵，拨通了沈淇的电话，"听我说，我知道沈伯伯最后在那箱子里要做什么了。"

"什么？"

"他想要打开的是科幻世界！就是世界内在维度所蕴含的各种科幻的可能，让科幻的种种可能性从世界的深层释放出来。甚至可能他已经成功了！根据多世界理论，也许最后一次实验，他开启了另一个世界分支，生活在一个平行宇宙里，也许在那个世界他已经登陆火星，或者建立了无限的虚拟实在，也许他和你一起航向时空尽头……但即便是这个世界，可能也是他的选择所开辟的。我们已经生活在一个科幻世界里,也许所有的平行宇宙最后都会交汇!也许他会穿越世界的壁垒回来!我们会再次相见的!"

"我不明白,但是……"沈淇期待地问,"你是说……爸爸真的会回来吗?"

"在这个科幻世界,一切都可能发生。"我说,嘴角浮起一丝微笑。

放下电话,我的内心被久违了的表达欲望所充满。我已经很久没有像今天这样渴望写作了,因为我已忘记了写作的本质。作为科幻作者,我们所拥有的,正是简单版本的"梦之箱",我们写的不是虚构故事,而是这个世界所蕴含的深层可能。当我们写下它,就是让一个又一个可能性坍缩成现实,去创造现实,去实现梦想……写吧,写吧。

我深吸了一口气,打开电脑文档,输入一行标题:

我们的科幻世界——